마음
공부

마음공부

고산 스님 외 14분 지음

1판 1쇄 발행 | 2009. 2. 25

발행처 | Human & Books
발행인 | 하응백
집 필 | 법안
출판등록 | 2002년 6월 5일 제2002-113호

서울특별시 종로구 경운동 88 수운회관 1009호
마케팅부 02-6327-3535, 편집부 02-6327-3537, 팩시밀리 02-6327-5353
이메일 | hbooks@empal.com

값은 뒤표지에 있습니다.

ISBN 978-89-6078-063-7 03810

큰 스님들의 주옥같은 말씀이
모두 부처님 말씀

마음공부

불교TV 무상사 큰스님 초청법회 법문집 2

| 고산 스님 외 14분 지음 |

Human & Books

큰 스님들의 주옥같은 말씀이 모두 부처님 말씀

불교TV 무상사에서는 불자들을 편안한 불법(佛法)의 세계로 인도하기 위해 매주 일요일마다 큰 스님들을 초청하여 법회를 연지도 벌써 4년이 흘렀으며 그동안 큰 스님들이 법문을 하신 횟수만 해도 150여 회가 훌쩍 넘었습니다. 불자들의 참여도 연 1만 명이 넘어설 정도로 많은 호응이 있었습니다.

이 모두가 큰 스님들의 주옥같은 법문과 부처님의 가피가 있었기에 가능한 일이었습니다. 저희 불교 TV는 불자들을 편안한 불법의 세계로 인도하기 위해 매주 일요일마다 큰 스님들을 초청하여 법문을 개최하였습니다.

방송을 통해 들려주신 큰 스님들의 주옥같은 법문들을 이대로 사장하기에는 오히려 큰 스님들에게는 뉘를 끼친 것 같고 또한 아쉬움이 너무 많아 제1권《마음 깨침》을 내고 이번에 제 2권《마음공부》를 펴내게 되었습니다.

청화 스님뿐만이 아니라. 청운 스님, 성수 스님, 고산 스님, 진제 스님 등 우리시대 큰스님들의 생생하고 주옥같은 명법문(名法門)들은 불자들의 마음을 감동시키게 될 것입니다. 지난 2008년 2월에 발간된 제 1권《마음 깨침》은 전국의 서점과 도서관에 배포 되어 많은 불자들에게 읽히게 되었으며 꼭 1년 만에 제 2권《마음공부》가 발간되었습니다. 이번 법문집도 많은 불자들에게 읽히게 될 것입니다. 이 법문집이 다른 책들 보다 더욱 많이 읽히게 된 계기는 큰스님들이 일정하게 정해진 원고를 토대로 법문을 한 것이 아니라 무상사 법당에서 그 때마다 가슴속에서 울려 나오는 큰스님들의 생생한 법문 내용을 가감 없이 옮겼기 때문일 것입니다. 그래서 불자들은 매우 감동이 컸다고 합니다.

이번에 발간되는 제 2권《마음공부》는 주로 선수행(禪修行)에 관해서입니다. 고산 스님은 '누구나 수행을 하면 부처가 될 수 있다.' 는 내용으로 법문을 하셨으며 또한 효산 스님은 '선 수행 지침서' 를 마련, 불자들이 올바로 참선공부를 할 수 있는 방법을 제시 하셨으며, 월서 스님은 '오늘날 불자들이 행하여야 할 마음가짐' 정무 스님은 '성불의 길' 또 묘허 스님은 '불자들의 계행' 등을 법문하셨습니다. 일일이 열거하기에는 지면이 부족할 정도로 큰스님들의 법문은 불자들에게 던지는 하나의 경책(警策)이었습니다. 특히 묘허 스님이 불자들에게 던지는 계행생활에 대한 법문은 우리 불자들에게 많은 도움이 되실 것입니다.

"부처님은 처음에 육재일을 도입하셨는데 이것은 재가(在家) 불자들이
부처님을 믿는 것으로 끝나는 게 아니라 한 달 동안 최소 6일은 반드시 계
를 지키고 청정한 생활을 하며 수행자들과 같은 수행의 삶을 살게 하기 위
한 방편입니다. 육재일은 매월 음력 3일, 14일, 15일, 23일, 29일, 30일 인데,
이 재일에는 하루 24시간 동안 재가불자들이 여덟가지 계(戒)를 지켜야 합
니다. 이 같은 사실을 볼 때 석가모니 부처님 당시 재가불자들의 신행(信
行)이 얼마나 철저하였는가를 알 수 있습니다. 비록, 세속의 일에 바쁜 불자
들일지라도 어김없이 한 달 중 6일 간은 철저히 계를 지키며 수행했음을 짐
작할 수 있습니다. 오늘날 우리 불자들도 이를 거울삼아야 합니다."

오늘날 이 사회가 어려운 것은 바로 계행을 지키는 청정한 삶을 실천하
지 않은 까닭입니다. 우리 불자들만이라도 청정한 계행생활을 실천에 옮
겨야 하겠습니다.

앞으로도 큰 스님들이 항상 자유로운 법문을 불자들에게 전할 수 있도
록 저희 불교TV는 최선을 다 할 것입니다.

제 1권에서는 스무 분, 제 2권에는 열 다섯 분의 법문을 우선하게 되었
습니다. 지면 관계상 더 많은 분의 법문을 옮기지 못해 양해를 부탁드립
니다. 그동안 불교TV에 많은 성원을 보내주신 스님들과 불자들에게 깊은
감사를 드립니다. 어려운 가운데서도 이 책을 출간해 주신 하웅백 대표와

스님들의 법문을 생생하게 풀어 정리해준 정성욱 시인에게도 고맙다는
말씀을 전합니다.

2009년 1월 22일

마하반야 바라밀 성우

 차례

고산 스님

누구나 수행하면 부처가 될 수 있다

누구나 수행하면 부처가 될 수 있다

누구나 수행하면 부처가 될 수 있다

주장자를 한 번 내려치시고 이르시되

명월(明月)이 중천(中天)에
영월(影月)이 낙파심(落波心)이로다.

밝은 달이 중천에 걸림에
그림자의 달이 일천 강물에 떨어졌도다.

주장자를 한 번 내려치시고 이르시되

수고취풍(樹高吹風)이요
연심어취(淵深魚聚)니라.

나무가 높으면 바람을 타게 되고
못이 깊으면 고기가 모이느니라.

또 주장자를 한 번 내려치시고 이르시되

어행수탁(魚行水濁)이오
조비모락(鳥飛毛落)이니라.

고기가 지나가면 물이 흐리게 되고
새가 날면 깃이 떨어지느니라.

천시천(天是天)이요 지시지(地是地)요 산시산(山是山)이요
수시수(水是水)인데 불시하물(佛是何物)인고.

하늘은 이 하늘이고 땅은 이 땅이요 산은 산이요
물은 물인데 부처는 또 이 무엇인고.

허!(주장자를 내려치며)

삼각산 위에 흰 구름이 날고
한강물에 밝은 달이 인(印)쳤도다.

활연돈오본자성(豁然頓悟本自性)하니
백천제불안중석(百千諸佛眼中石)이로다.

나무아미타불.

세존사십구년설(世尊四十九年說)이여
귀모토각만허공(龜毛兎角滿虛空)이로다.

나무아미타불.

　나는 감기에 잘 걸리지도 않는데 어쩌다가 일 년에 한 번 정도 감기가
찾아오면 꽤 깊이 앓습니다. 이럴 때면 상좌들이 "스님, 그러시다가 큰 병
이 난다"고 나를 대뜸 끌어다가 병원에 딱 입원을 시켜 놓고는 내 빼는데
하루는 병실에 누워 있는 것이 얼마나 갑갑하고 지겨운지 링거 주사바늘
을 빼고 그 다음날 아무도 몰래 병원에서 도망을 나와 석왕사 법당에 딱

앉아 있었던 적이 있었는데 그제야 마음이 푹 놓이고 살 것 같았습니다.

이와 같이 병이 났다고 해서 꼭 병원에 입원을 하는 것만이 능사가 아니라는 것입니다. 살 만큼 살다가 어느 날 설령, 큰 병이 찾아온다고 하더라도 그것을 그대로 받아 드릴 줄 아는 마음을 가지는 게 더 중요하다는 이야기입니다.

부처님께서도 만물이 스스로 생겨나서 때가 되면 변하고 소멸하는 것과 같이 인간의 몸도 지(地), 수(水), 화(火), 풍(風) 사대(四大)로 이루어졌다고 하셨습니다. 그렇기 때문에 인간의 몸은 수백 가지의 병이 생긴다고 하셨던 겁니다. 쉽게 말하면 불교에서의 만물은 인연화합으로 이루어졌으며, 인간은 지수화풍의 요소로 만들어졌다는 이야기입니다. 흙의 기운에서 오는 병이 백 한가지요 물의 기운에서 오는 병이 백 한가지이며, 불 기운에서 오는 병이 백 한가지요 또 마지막으로 바람에서 오는 병이 백 한가지나 됩니다. 그래서 부처님은 인간의 병을 두고 사백사병(四百四病)이라 하셨던 겁니다.

그런데 오늘날 의학적으로 판단한 인간의 병은 모두 다 합해도 백 오십 가지가 안되다고 하니 의학의 힘도 어쩔 수 없는 가 봅니다. 인간이 아직도 자연을 상대하기에는 현저히 둔하다는 증거가 아니고 그 무엇이겠습니까?

의학에서는 이런 못 고치는 병을 두고 모두 암이라고 통칭합니다. 가끔 신도들 중에는 간암, 폐암, 유방암, 위암에 걸려 찾아와서는 얼굴이 초췌한 채 안타깝게 이렇게 내게 묻기도 합니다.

"스님, 나을 수 있겠습니까? 없겠습니까?"

이런 질문을 들을 때마다 내 마음은 그지없이 안타까워집니다. 나는 희망을 버리지 말라는 뜻으로 "그럼, 나을 수 있지. 허허. 그건 병도 아냐. 약사여래불을 외우면 금방 나아" 하고 용기를 줍니다. 그런데 몇 몇 불자들은 지극정성으로 약사여래불을 호명하고 나서 정말 병이 나았습니다. 이는 병을 고치겠다는 간곡한 자신의 '염원'과 부처님 가피 때문입니다.

이와 반대로 병원에 입원을 하고 항암 치료를 받는 중에 세상을 뜨는 사람들도 많습니다. 그러므로 사람의 병도 마음먹기에 달려 있는 것 같습니다.

요즘, 우리 신도들을 보면 안타까운 생각이 들 때가 많은데 어떤 신도는 마음속에 큰 병을 마치 화두처럼 들고 있는 것 같습니다. 몸에 병이 생기는 것도 마음의 문제인데 이런 사람은 오래 살지 못합니다. 왜냐하면 스스로 병을 불러오기 때문이지요. '나는 건강하고 병이 없어'라고 생각하면 우리의 몸도 건강해 진다는 사실을 알아야 합니다. 그런데도 불구하고 사람들은 병이 없는데도 자꾸만 의심병이 생겨 있다고 믿습니다. 그러니까 병이 몸속에 생기는 겁니다.

내가 아까 읊은 게송인 '활연돈오본자성'은 이를 두고 말하는데 활연히 내가 가진 본래의 자성을 깨닫고 보니 병은 사라지고 없다는 뜻입니다. 원래 성불을 한 사람은 병이 자리를 잡을 수도 없습니다.

이와 같이 일체 모든 것은 내 마음으로 부터 이루어져 있기 때문에 내 마음이 몸속에 병이 있다고 생각하면 병이 생기고, 내 마음이 병이 없다고 생각하면 병은 이내 도망가 버리고 맙니다. 이와 같이 내 마음이 편안하면 그곳이 극락이고 천당이며 내 마음이 슬플 때는 전부 지옥이 될 수밖에 없습니다. 그러므로 우리에게 중요한 건 항상 편안한 마음을 가지고 살아야 합니다. 아시겠습니까?

이렇듯이 내가 완전히 한 생각을 깨달아 놓고 보면 백 천(百千) 모든 부처님도 전부 내 눈 속에 들어간 돌멩이에 지나지 않습니다. 만약 여러분들의 눈 속에 돌멩이가 들어가면 어찌 살 수 있겠습니까? 아무리 작은 티끌이라도 눈 속으로 들어가면 견디지 못합니다. 어서 눈을 씻어 달라고 안달일 것입니다.

이와 같이 자신이 깨달으면 부처도 조사도 소용이 없으며 팔만대장경도 다 소용이 없습니다. 자신이 성불하지 못했으니까 팔만대장경도 읽고, 부처님과 조사도 찾고, 스님 법문도 듣고 있는 것입니다. 만약 자신이 깨닫고 성불을 했다면 자신이 말하는 것이 곧 법문이요 부처님인데 무슨 거기서 더 읽고 배우고 하겠습니까? 우리는 이와 같은 이치를 반드시 알아야 합니다.

일찍이 깨달음의 경지에 도달한 세존께서 49년간 설법한 법문을 두고 이는 마치 "토끼뿔이나 거북털과 같다."고 하신 적이 있습니다. 혹시 여러분들 중 토끼뿔이나 거북털을 본 사람이 있습니까? 아마 없을 겁니다. 왜냐하면 애초부터 토끼에게는 뿔이 없으며 거북에게도 털이 없기 때문입니다. 말하자면 '이름만 있고 실은 없다'는 말입니다. 즉, 이름만 있고 실재로는 없는데 거기서 무슨 구구절절 시시비비를 가릴 수 있겠습니까?

부처님이 49년간 설법한 것도 다 귀모토각(龜毛兎角)에 지나지 않으며 깨달은 사람에게는 본래의 상(相)이 하나도 필요 없다는 말이기도 합니다. 그래서 역대 조사스님들도 깨달은 이후부터는 무애행(無碍行)을 실천하는데 이는 그 어떤 것에도 걸림이 없으며 거리낌이 없는 행동을 말합니다. 슬플 적에는 그냥 울고, 기쁠 적에는 그냥 웃고, 가고 싶으면 가고, 오고 싶으면 오고 자기 마음대로 실천합니다. 그런데 큰 스님들의 이 무애행을 보고는 세상 사람들은 오히려 손가락질을 하며 돌았거나 미쳤다고 합니다. 좋게 말하면 맛이 갔다고 하기도 합니다. 허허. 또한 사람들은 큰 깨달음을 얻은 큰 스님들을 두고 본질을 깨닫지 못하고 오히려 손가락질을 하는데 이것은 정말 잘못된 이견(異見)입니다. 그러므로 우리는 모든 걸 잘 알고 행해야 합니다.

옛날 어느 스님이 조주 스님에게 가서 이렇게 물었습니다.

"만법귀일 일귀하처 (萬法歸一 一歸何處), 만법이 하나로 돌아가는데 하나는 곧 어디로 돌아갑니까?"

조주스님이 이렇게 대답을 했습니다.

"내가 저 청주 땅에 있을 때 적삼을 하나 만들었는데 무게가 일곱근이더라."

오늘 이 법회에 모인 여러분들은 이 뜻이 무엇인지를 한 번 말해 보세요.

이를 해석하면 "만법이 하나로 돌아가는데 하나는 어디로 돌아가느냐"고 어느 스님이 물었는데, 조주 스님은 "청주 땅에 살 때 적삼을 하나 만들었는데 무게가 일곱근이더라." 하고 말씀을 하셨던 겁니다. 누가 듣기에는 동문서답(東問西答)일 수도 있겠습니다.

이를 두고 불가에서는 '마삼근(麻三斤)'이라 합니다. 이 '마삼근' 화두를 오늘 여러분들이 홀연히 깨닫게 되면 바로 성불을 할 수가 있습니다. 그런데 이 화두를 깨치지 못하면 어떻게 되겠습니까? 오늘부터라도 이 화두를 딱 잡아서 잠들 때나 깨어 있을 때나 오직 성성역역(惺惺役役)하게 정진을 꾸준히 하다보면 시절인연이 도래할 때 자연히 원만하게 성불하게 됩니다. 그런데 분명히 정진을 하면 이룰 수 있는데도 불구하고 요즘 사람들은 이렇게 하지를 않습니다.

그러나 한마음 깨닫고 보면 원만성불입니다. 저 하늘의 태양을 보세요. 무슨 사심이 있습니까? 가난한 사람, 부자인 사람, 미운 사람, 고운 사람도 한결같이 태양은 차별 없이 모두를 비추고 있듯이 부처님도 일체 중생에게 차별 없이 골고루 평등하게 자비심을 베풀고 있다는 걸 알아야 합니다.

봄소식을 보세요. 고운 사람에게만 전하고 미운 사람에게는 전하지 않는 일이 있습니까. 봄은 미운 사람에게도, 이쁜 사람에게도, 음지에도, 양지에도 옵니다. 이 불보살의 자비광명의 특성은 일체 모든 중생들이 다 편하고 행복하게 살수록 더 많은 자비심의 빛을 준다는 데에 있습니다.

요즘 스님들이나 신도들은 정진을 제대로 하지 못하고 마음만 먼저 앞서 나가 오직 깨닫기만을 구하고 있습니다. 그러니 성불 할 수가 없는 겁니다. 깨달을 수 없으니 결국 나는 왜 성불하지 못하나 하고 스스로 짜증을 내기 시작 합니다. 짜증이란 진심(嗔心)을 말하는데 즉 화입니다. 화를 내는 사람이 어찌 견성오도(見性悟道)를 하겠습니까? 혹은 개중에는 열심히 공부를 하다가도 자신이 다른 사람보다 조금 낫다고 생각하여 "이만하면 되었지!" 하고 생각합니다. 이를 두고 불가에서는 치심(癡心)이라고 하는데 즉 어리석은 마음입니다. 이 또한 견성오도에 있어 적(敵)입니다. 또한 깨달음에 대한 욕심이 너무 강해 "어서 성불해야지!" 하는 마음을 두고 탐심(貪心)이라고 합니다. 이 세 가지를 두고 탐진치(貪嗔癡) 삼독(三毒)이라고 합니다. 이 삼독심이 앞서면 그 어떤 사람도 결코 성불할 수가 없습니다.

옛날 스님들은 동정(動靜)에도 화두를 끊임없이 들었습니다. 잠이 오면 자고, 할일이 있으면 할일을 하면서도 화두 정진을 게을리 하지 않았습니다. 말하자면 여러분들도 바쁘다고, 피곤하다고 핑계되면서 정진하는 것은 차라리 아니 하는 것보다 못합니다.

화두 참선도 하다가 보면 일상생활에서 변함없이 화두 참구가 이뤄지는 상태인 동정일여(動靜一如)가 되고 나아가 꿈속에서도 정신이 한결같아지는 몽중일여(夢中一如)의 상태가 됩니다. 또한 깊은 잠에 들더라도 깨어있을 때처럼 수행의 자세를 유지하는 오매일여(寤寐一如)의 경지에 들면 누가 공부하라고 해서 하고, 하지 말라고 해서 안하고 하는 경지는 이미 떠나게 됩니다.

이 정도가 되면 밥 먹는 것도 잊어버리고 잠자는 것도 잊어버리고 결국에는 완전히 절구통처럼 앉아서 면벽(面壁)만 하게 됩니다. 이렇게 하다 보면 엉덩이가 물러 빠지게 되고 나중에는 '한소식'을 하게 되는 겁니다. 그러니 꾸준히 정진을 해야 합니다.

또한 승가(僧家)에서는 무엇이든지 자기가 했어도 했다는 생각을 가져서는 안 된다고 했습니다. 이는 아상(我相)을 가져서는 안 된다는 뜻입니다. 또한 부처님은 《금강경》에서도 아상, 인상, 중생상, 수자상이 없어야 부처를 볼 수 있다고 말씀하셨습니다. 그럼에도 불구하고 여러분들은 이 상들을 절대 버리지 못하고 있습니다.

고현(古賢)들이 말씀하시기를, '부작일개물(不作一個物)이 시명작도(是名作道)'라고 하였습니다. 이 말은 '한 물건도 짓지 않는 것이 바로 도이다'라는 말씀이기도 합니다. 또 '불견일개물(不見一個物)이 시명견도(是名見道)'라고 하였습니다. 이 말은 '한 물건도 보지 않는 것이, 바로 도를 보는 것이다.'라는 뜻이며 '불수일개물(不修一個物)이 시명수도(是名修道)'라는 것은 '한 물건도 닦음이 없는 것이 바로 도를 닦는 사람이다'라는 뜻입니다. 마지막으로 '부득일개물(不得一個物)이 시명득도(是名得道)라고 하였습니다. 이는 '한 물건도 얻음이 없어야 바로 그것이 도를 얻는 것이다'라는 뜻입니다.

이 고현의 말씀들을 모두 끌어 모아 분석하면 바로 '놓아버려라'는 뜻이 담겨져 있습니다. 즉 '이름을 짓지 말고, 어떤 것도 보지 말고, 어떤 것도 닦지 말며, 어떤 것도 얻지 말라'는 겁니다. 이것이 바로 무소유가 아니고 무엇이겠습니까?

예를 들면 우리불자들이 이사 갈 때나 공장을 짓거나 할 때 반드시 '천지팔양경(天地八陽經) — 본래 이름은 《불설천지팔양신주경(佛說天地八陽神呪經)》 보통 《팔양경》 또는 《천지팔양경》으로 불리고 있다.'을 읽으라는 소리를 들었을 겁니다. 이 책에 보면 이런 게 나와 있습니다.

년년(年年)이 호년(好年)이요, 월월(月月)이 호월(好月)이요, 일일(日日)이 호일(好日)이요, 시시(時時)가 호시(好時)라 하였으니 하늘이 맑은 날이나 흐린 날이나, 비가 오는 날이나, 안개 낀 날이나, 춥고 더운 날이나 항상 다 좋다고 적혀 있습니다. 그런데 무슨 택일을 하느냐고 꾸짖었던 겁니다. 그래서 이사를 가더라도 택일을 하지 말고 방위도 보지 말라 했던 겁니다.

콜럼버스가 배를 타고 계속 서쪽으로만 갔는데 나중에 보니 제자리로 돌아 왔다는 것과 같은 의미입니다. 이 광대한 우주 같은 데를 가본 사람은 불보살을 제외하고는 아직 아무도 없습니다. 그래서 부처님은 중앙도 알지 못하면서 동서남북을 정해서 이곳이 동쪽이고 서쪽이고, 이곳이 남쪽이고 북쪽이고 하는 방위 따위를 가리지 말라고 말씀하셨던 겁니다.

부처님은 본래 불법이란 무남무북(無南無北), 무동무서(無東無西)라고 했듯이 그런 것 보지 말고 아무데나 가서 이삿짐 풀어 놓고 생수 한 그릇 떠놓고 그냥 '신묘장구 다라니경' 세 편만 독송하라고 하셨습니다.

이와 같이 《천지팔양경》은 일체의 모든 법을 중생들이 알아듣기 쉽게 설명한 책입니다. 그 책의 끝 편에는 '일무소득(一無所得)이 시명열반(是名涅槃樂)'이라고 적혀 있습니다. 즉 '하나도 얻을 것이 없는 것이 열반(涅槃)이며 열반락(涅槃樂)이다.'라는 뜻입니다. 이 같은 지견만 있어도 대승경전을 통하고 능히 깨침을 얻을 수 있다는 겁니다. 그런데도 불구하고 소견 없는 소리를 가지고 "무슨 경(經)이다 불설(佛說)이다." 이런 소리를 하다가는 지옥가기 안성맞춤입니다.

그리고 승가에서는 다섯 가지 경책문(警策文)이 있는데 그 경책문이란 이를 뜻합니다. 첫째 '부득(不得) 인적위자(認賊爲子)'라 이는 '도적을 그릇 알아 가지고 제 아들을 삼지마라'는 뜻입니다. 우리의 몸에는 안(眼), 이(耳), 비(鼻), 설(舌) 신(身), 의(意)이라는 육근(六根)과 육식(六識), 제 칠 말라식과 제 팔 아뢰야식이 있습니다. 이 제 팔 아뢰야식을 그릇 알아서 부처라고 생각하면 이것이 바로 첫째의 경책문에 해당되는 것입니다.

사람이 공부를 많이 하게 되면 식(識)이 맑아집니다. 식이 맑아지는 이유에 대해 제가 설명하겠습니다. 제가 45년 전에 김천 청암사에서 공부를 할 때입니다. 그 때 열심히 기도 정진을 하였는데 하루는 예불을 마치고 참선을 하다가 갑자기 앞이 환해지는 걸 느꼈습니다. 실로 삼천대천세계가 환해지는 것을 경험 했던 겁니다.

말하자면 미국도 한 번 안 가본 내가 알고 보니 뉴욕에 있었던 것 입니다. 빌딩 숲이 펼쳐져 있고, 얼굴이 검은 사람, 흰 사람, 까무잡잡한 사람, 자동차도 지나가고 개미 기어 가는 것까지 다 보였습니다. 또한 견해를 돌려 일본을 보았습니다. 그런데 동경이니, 오오사카니 하는 것이 모두 눈에 환하게 들어 왔습니다. 이 뿐만이 아닙니다. 제주도는 내가 몇 번 갔는데 내가 견해를 돌려 제주도를 보았더니 제주도가 환하게 내 눈에 들어 왔습니다. 그야말로 내가 마음먹은 대로 모든 게 눈에 환하게 들어 왔던 겁니다.

내 딴에는 견성을 했는가 싶어 경봉 대선사에게 뛰어 갔습니다.

"큰 스님 저 견성(見性)하였습니다. 인가(認可)를 해주세요."

경봉 스님은 내가 인가를 해달라는 말을 듣고는 이렇게 말씀하셨습니다.

"그래 어서 일러 보아라."

그래서 나는 "견문여허공 각지담여수 담연허공중 즉견본래인(見聞如虛空 覺知湛如水 湛然虛空中 即見本來人)입니다" 하고 "삼천대천세계(三千大千世界)가 손바닥의 구슬처럼 환합니다."라고 했습니다.

경봉 대선사는 "응 그래, 그것은 견성이 아니라 바로 제 팔 아뢰야식이 맑아져서 환해지는 것이다. 그것을 두고 바로 식광계라고 하느니라."

여기에서 한 단계 뛰어 넘어야 견성한다는 것이었습니다.

그 때 나는 정말 스스로 모든 것이 환해졌습니다. 심지어 어떤 신도를 보니까 그 신도의 집까지 보이고 그 방에 누가 누워 있는 것까지 다 보였습니다. 나중에 그 신도에게 그 이야기를 하니 부끄러워서 다시 나를 찾아오지 않았습니다.

한번은 내가 석암 스님을 모실 때였습니다. 석암 스님은 내가 환하게 깨침을 얻었다는 걸 알고, 중생의 뜻에 거슬리지 않게 함부로 신도들에게 말하지 말라고 하셨습니다. 그런데 한번은 한 신도가 큰 스님에게 이렇게 물었던 적이 있었습니다. 그 신도의 말은 간밤에 꿈을 꾸었는데 어떤 사람이 허연 홑이불을 자신에게 덮어 씌워 놓고는 붉은 색으로 자신의 이름자를 써 내려가더라는 것이었습니다. 그래서 큰 스님에게 물었는데 큰 스님은 말씀하시기를 "네가 이 꿈은 죽는 꿈이지요? 하고 물으니 죽지!" 하고 대답을 했더랍니다. 신도는 깜짝 놀라 "그럼 죽지 않으려면 어떻게 해야 합니까?" 하고 물었습니다. 그 때 큰 스님께서는 "관세음보살의 명호를 부르면 죽지 않아" 하고 말씀하셨습니다. 이후 그 신도는 관세음보살을 열심히 불러서 죽지 않았습니다.

내가 여기에서 하고자 하는 말은 그런 꿈조차 함부로 남에게 이야기 하지 말라는 겁니다. 사람이 불길한 생각을 하면 할수록 좋지 않은 일들이 일어나기 쉽습니다. 좋지 않은 것을 전제로 하고 남에게 물으면 당연히 "그렇다" 라고 대답할 수밖에 없습니다.

또 한 번은 어떤 신도가 나에게 찾아와 "저 부자가 되겠습니까?" 하고 물었습니다. 그래서 나는 당연히 "부자가 되고 말고" 하고 대답했습니다. 만약 그 신도가 "저의 사업이 망하고 말겠지요" 하면 "망하지!" 하고 대답을 했을 겁니다. 스님들의 답변은 이렇게 할 수 밖에 없습니다. 그래서 신도들이 스님들을 찾아가서 자신의 신상에 대해 '이러쿵저러쿵' 하고 묻는 것은 잘못 된 일입니다. 어쩌면 바보 같은 생각입니다.

사람들은 세상을 살아가면서 매우 조심해야 할 게 몇 가지 있습니다. 그것은 바로 입조심하고 함부로 남에게 막말을 해서는 안 된다는 것입니다. 특히 우리 스님들은 더 말을 조심해야 한다고 생각합니다.

언중유골(言中有骨)이라는 말이 있습니다. 부처님 말씀에도 특히 말을 '조심하라'는 법문이 있습니다.

부처님은 첫 번째 말은 종자(種子)가 되고 두 번째 말은 싹이 트고, 세 번째 말은 열매를 스스로 거둔다고 했습니다. 말이란 이렇게 무서운 겁니다.

그런데 절에서 보면 우리 보살들은 공양할 때도 쉬지 않고 계속 이야기를 합니다. 심지어 밥을 다 먹고도 침을 튀겨가면서 무슨 그리 할 말이 많은지 재잘재잘 합니다. 한마디를 하더라도 오래 가슴 속에 되씹어서 해야 하는데도 불구하고 함부로 내 뱉고 맙니다. 어쩌면 그 말이 화살이 되어 자신에게 다시 날아오는 줄도 모르고 말입니다.

그러나 우리 스님들은 공양할 때 한마디도 하지 않습니다. 우리불자들은 그런 스님들의 모습을 배우고 익혀야 합니다. 아시겠지요.

다시 본문으로 들어가겠습니다.

첫 번째는 '도적을 그릇 알아 아들을 삼지 마라'입니다. 이것은 '식(識)을 그릇 알아 부처라고 하지마라'는 뜻입니다.

두 번째는 '부득(不得) 현양매구(懸羊賣拘)'인데 '양고기를 매달아 놓고 개고기로 속여 팔지 마라' 입니다. 이는 한마디로 사람들의 '허장성세(虛張聲勢)'를 탓하는 말입니다. 전부 가면을 쓰고 있다고나 할까요. 그러므로 우리는 공부를 해도 항상 마음에서 우러나오는 공부를 해야 하며, 또한 시조를 써도 마음에서 우러나오는 시조를 써야 하는데 다른 사람에게 대접 받으려고 이 눈치 저 눈치를 보면서 하고, 부처님에게 108배를 할 때도 누가 보나 안보나 분별하지 말고 스스로 신심을 내서 하라고 했는데 이런거 저런거 다 따지고 하는 불자들이 많습니다. 이렇게 세상을 살아서는 절대 안 됩니다.

세 번째는 '부득(不得) 마미부승(馬尾付繩)'입니다. 이는 '말 꼬리에 붙어가는 파리 노릇을 하지 마라'는 뜻입니다. 예를 들면 화주나 시주를 하는 보살이, "나는 절에 화주나 시주를 많이 했으니 아마 그 절에 있는 스님이 나를 극락으로 보내줄 것이다"라고 믿고 있는 걸 말합니다. 어찌 보면 이 같은 생각을 가지는 사람은 말꼬리에 붙은 파리에 지나지 않습니다. 자기가 절에 화주나 시주를 좀 해 놓고 모든 것을 모두 그 스님한테 미뤄버리는 것은 마치 말꼬리에 붙은 파리가 저는 힘 하나 안들이고 천리 길을 가는 것과 같은 식입니다. 우리 불자들은 이런 식으로 세상을 살아서는 안됩니다.

네 번째는 뭐냐 하면, '부득(不得) 도금분추(鍍金糞箒)'입니다. 이 말은 '금칠을 할 때는 마당 빗자루, 똥 빗자루나 썩은 고목나무에는 하지 마라'는 뜻입니다. 이것이 무슨 소리인가 하면 스님들이나 신도들이 속으로는 부처님 말씀에 대해 아무 것도 배운 게 없으면서 겉으로는 허장성세를 해서 신도들이 좋은 옷만 입고 으스대거나 스님들이 가사장삼을 입고 으스대는 걸 말합니다. 이게 똥 빗자루나 썩은 고목나무 둥치에 금칠을 한 것과 어찌 다를 수 있겠습니까? 불자님들 이제 명심하겠지요.

제가 재미있는 이야기를 하나 하겠습니다. 하루는 법문을 하다가 불자들에게 물었더니 하는 말이 스스로 모두 공부가 잘되어 어떤 경계에 이르렀다고 자랑했습니다. 그래서 내가 우스개로 그렇게 공부를 잘 했다면 지금 내가 이 법당에서 홀라당 옷을 벗고 법문을 해도 되겠느냐고 물었더니 모두 도망가겠다고 했습니다.

경계에 든 사람의 눈에 한갓 이 몸뚱이는 아무 것도 아닌데 옷을 입으나 벗으나 무슨 소용이 있겠습니까? 안 그렇습니까? 사람이 부끄러움을 타는 것은 아직 경계를 벗어나지 못했다는 말입니다.

부산에 제가 가끔 목욕을 하러 가는 곳이 있는데 그 목욕탕은 시설이 좋아 국회의원, 시장, 장관도 더러 오는 곳입니다. 그런데 그런 사람하고 홀라당 옷을 벗고 마주치면 인사는커녕 얼굴을 피해 돌려 버립니다. 그런데 하루는 내가 아는 의사 한분이 나를 보자마자 홀라당 벗은 채로 인사를 하였습니다. 나도 안녕 하세요? 하고 인사를 하였지요.

이와 같이 옷을 벗었든 안 벗었든 사람을 만나면 인사를 하는 게 예의인데 그저 부끄러워서 눈길을 피해 가면 되겠습니까? 자기나 나나 서로 홀라당 벗고 있는 처지에 말입니다.

또 한 번은 시자를 데리고 목욕탕을 간적이 있었습니다. 마침 시자는 사우나탕에 들어가고 혼자 때를 밀고 있었는데 한 사 오십대 쯤 보이는 뚱뚱한 처사 한분이 나한테 자기 등을 싹 갖다대더니 "이봐 학생 내 등 좀 밀어 줘"라고 말하는 것이었습니다. 내가 머리를 박박 깎았으니 수증기로 인해 앞이 잘 보이지 않았는지 나를 학생으로 그만 착각했던 겁니다.

그래서 내가 "예, 예" 하고 등을 잘 밀어주니까 하는 말이 "그 학생 등 참 잘 민다. 다음에 오면 또 밀어 줘" 하고 그냥 가버린 것입니다. 나는 마치 뒤통수를 맞은 것 같은 느낌이 들었지만 가만히 생각을 해보니까 그 사람이 천진난만하고 낙천적이어서 좋았습니다.

그 사람이 좋은 것은 그냥 있는 그대로 자신의 마음을 드러내었기 때문입니다. 무슨 거기에 가식이 있는 것도 아니고 말입니다. 물론, 그가 학생이 아닌 스님임을 알고 그랬다면 나중에 무안했을 지도 모릅니다. 세상에는 이와 같이 알고 행하는 것과 모르고 행하는 것은 천지차이입니다.

다섯 째는 '부득(不得) 장심대오(將心待悟)'입니다. 이 뜻은 '마음을 가져 깨닫기를 기다리지 말라'라는 뜻입니다. 이것이 다섯 가지 경책중의 마지막입니다.

우리는 이 다섯 가지의 경책문을 외우고 잘 살펴서 실천에 옮기는 게 매우 중요합니다. 그저 머릿속에 외워 담고만 있고 이를 실천하지 않는다면 아무런 소용도 없습니다. 오히려 자칫하면 도탄에 빠질 수도 있다는 부처님의 말씀입니다.

내가 오늘 장황하게 이런 법문을 하게 된 시발점은 바로 며칠 전 감기에 든 것 때문입니다. 우리 몸은 몸이 아니라 지수화풍사대로 이루어진 것에 불과합니다. 때문에 우리 몸은 항상 수많은 병을 가지고 있습니다.

여러분이 나를 멀쩡한 사람으로 보지만 사실 나도 고혈압과 당뇨로 인해 병신에 지나지 않습니다. 그중 고혈압은 총무원장을 하다가 걸린 것 같습니다. 스님 네들에게 떠밀려 했는데 그게 보통일이 아니었습니다.

종무회의가 한 번씩 열리면 현안 때문에 머리가 다 깨칠 듯이 복잡해져 혈압이 자꾸 올라갔는데 그게 결국 고혈압이 되고 말았던 겁니다. 당뇨병도 마찬가지로 몸이 늙으면 자연히 신진대사가 잘 이루어지지 않아 걸리는 병인데 고혈압이나 당뇨병은 중병이 아니기 때문에 나는 그걸 병으로 생각하지 않습니다. 아니 병이라고 생각 한 적도 없습니다. 그런데 이것을 진짜 병이라고 생각하면 건강해질 수가 없다는 것을 알아야 합니다. 나는 건강하기 때문에 전국의 보살계 법회나 부처님 점안식이니 뭐니 해서 안 다니는 곳이 없습니다.

예전에는 일타 스님하고 함께 많이 다녔는데 그분이 그만 열반하고 나니 이제 만만한 게 고산인 것 같아요. 거기다가 내가 성이 오 씨니 급하게 부를 때는 나를 두고 '올고사리'라고 수근 대기도 하는 것 같습니다. 그럴 때면 빙그레 웃고 맙니다.

누가 나를 고사리라고 하든지 말든지 상관을 하지 않고 오직 중생교화를 하기 위해 천지 사방을 떠돌지만 이렇게 사바세계에 와서 중생교화를 하다가 결국에는 이대로 가는 것도 행복이 아니고 무엇이겠습니까?

인연이 있을 때까지 해야 되는데 결국 모든 것은 의심 없이 일념(一念)으로 해야 한다는 것을 깨달았습니다. 사람이 한생각 의심을 하게 되면 딴 기운이 나를 찾아와 덮어씌울 수도 있습니다. 이러한 의심이 지나치게 되면 결국 사람은 멍청해지기 쉽습니다. 의심이 많은 사람은 어떤 일을 해도 의심을 하게 되는데 이런 사람은 크게 성공할 수가 없습니다. 무슨 일을 해도 저 사람 혹시 사기꾼이 아닌가 하고 의심하고, 심지어 아내를 의심하고, 자신에게까지 의심 병이 생겨 스스로 미치고 맙니다. 오늘날은 이러한 의심병이 주위에 너무 많이 만연해 있습니다. 사람이 사람을 믿지 못하는 것이지요.

우리는 요즘, 핵가족이 되어 이사를 갈 때도 부모조차 내 버리고 가는 시대에 살고 있습니다. 이런 짓을 하게 되면 자신도 분명히 자식들에게 화를 당한다는 걸 모르고 말입니다. 부모가 조금만 기력이 없고 자신들의 삶에 짐이 되면 아예 경로당부터 먼저 생각하는 젊은이들이 많은 세상입니다. 뿐만 아니라 돈만 있으면 아예 실버타운에다가 부모를 맡겨버리는 자식들도 많습니다. 부모가 등골 빠지게 일해서 공부를 시켜 놓았더니 모두 자기 잘난 줄 알고 성장하여서는 부모의 은혜는커녕 그냥 발길질로 차버리니 얼마나 한심한 세상입니까?

여러분 제 말을 듣고 이젠 정말 정신 차리십시오. 아들딸들도 의무 교육을 시켜주고 나면 그것으로 끝내야 합니다. 그 다음부터는 자식들의 인생입니다. 그렇게 되면 부모가 '해라, 마라' 하지 않아도 스스로 잘 될 놈은 잘 되는 게 세상이치입니다. 자신이 성공하고 싶으면 열심히 공부 할 것이고 그렇지 못하면 안 되는 것입니다. 아무리 부모가 '해라, 마라' 한평생 자식에게 매달려 가지고 종노릇 하는 것도 소용없는 일입니다. 부모는 자식이 스스로 일을 하도록 하게 하는 지혜가 필요합니다.

심지어 어떤 불자는 절에 시주를 하면서 자기이름은 쏙 빼고 남편이름, 자식이름만 써 넣는데 소용이 없습니다. 중요한 건 바로 자신인데도 말입니다. 그런데 나중에 정작 자신이 암에 걸려 죽을 때가 되니까 "스님! 내가 왜 암에 걸립니까? 죽도록 아이와 남편을 위해 헌신만 했는데" 하고 원망을 해보아야 아무런 소용이 없다는 말입니다. 물론, 죽도록 약사여래불을 외워 나을 수도 있지만, 몸에 병이 들기 전에 먼저 부처님을 찾는 게 매우 중요합니다.

우리가 절을 찾는 건 시주를 하기 위해서가 아닙니다. 그럼, 무엇 때문에 절을 찾는 것일까요? 그것은 바로 '마음공부'를 하기 위해서입니다. 이를 어리석은 중생들은 잘 모르고 있습니다. 절을 찾는 것은 부처님을 만나기 위해서가 아닙니다. 마음속의 의심을 지우기 위해서 입니다.

그러므로 한 생각부터 의심을 자꾸 하게 되면 좋지 않은 땅기운이 와서 몸을 덮어 씌워 자신을 멍청하게 만든다는 사실을 알아야 합니다. 사람이 또한 애욕(愛慾)에 빠져 들게 되면 물기운에 빠집니다. 애욕에 빠진 사람은 육근문두(六根門頭)에서부터 물이 흐르는데 입에서는 침이 나오고, 코에서는 콧물이 나오고, 눈에서는 눈물이 나옵니다. 그러므로 애욕을 경계하는 것도 매우 중요합니다.

그 다음에 한 생각에 진심(嗔心)을 내어서는 안 됩니다. 즉 화는 만병의 근원이 됩니다. 한 생각에 진심을 내면 결국 유화내소(有火來燒)가 되어 불기운에 휩쓸려 자신을 다 태워버리게 됩니다. 이것 또한 자신의 생명을 재촉 하는 일입니다. 사람이 화를 내게 되면 인체의 몸은 변합니다. 우선 눈자위가 시꺼멓게 타들어 가고 콧구멍도 굴뚝같이 변합니다. 자세히 한 번 보세요.

아내나 남편이 몰래 바람을 피우면 아무도 모를 것 같지요 그것이 아닙니다. 그런 사람의 눈자위나 콧구멍을 자세히 보세요. 아마 시꺼멓게 변해 있는 것을 알 수 있습니다. 그런데 요즘 사람들은 그것조차 감추려고 시퍼렇게 화장을 하고 다닙니다. 사실 안 칠해도 시퍼렇게 보이는데도 불구하고 말이지요. 허허.

어찌해서든 상대방을 속이려고 들지만 이런 사람은 우선 속부터 진실하지 않아 매일 속이 새까맣게 타들어 갑니다. 이게 바로 자신의 몸을 망치는 일이라는 것입니다. 사랑도 해야 할 사람과 해야 몸과 마음이 행복하다는 것을 너무도 우리는 모르고 있습니다.

끝으로 '일념심희(一念心喜)'가 있습니다. '한생각의 마음이 항상 기쁘면 바람이 와서 나부낀다'는 말인데 얼마나 좋습니까? 이렇게 하기 위해서는 무엇이 필요합니까? 바로 '좋은 생각 좋은 마음'을 가져야 한다는 겁니다.

이 세상, 전체가 모두 이 마음의 작용입니다. 그러므로 우리의 몸을 괴롭히는 병도 마음으로부터 오는 겁니다. 결국 이 마음을 잘 다스리는 것이 바로 오래 사는 길이라는 걸 명심해야 합니다.

'일체유심조(一切唯心造)'라는 말이 있습니다. 이는 '모든 것이 마음'이라는 말입니다. 즉 '마음밖에는 한 물건도 없다'는 걸 여러분은 깨달아야 합니다. 그러므로 오늘 이 자리에 모인 여러분도 잘 생각해야 합니다.

오늘 이 자리에 오신 여러분들의 마음도 오직 석가모니 부처님하고 같은데 이 한 마음을 깨닫지 못하고 있다는 건 그동안 헛살아 온 것과 진배 없습니다. 살아도 산 것이 아니라는 말입니다.

여러분에게 지금 한마디 묻겠는데

"지금 현재 여러분은 살았습니까? 죽었습니까? 살았다고 해도 이 주장자로 삼십 방망이 때릴 것이고 죽었다 하더라도 삼십 방망이 때릴 것입니다. 현재 살았습니까? 죽었습니까? 죽지도 않고 살지도 않았다고 해도 삼십 방 때릴 것입니다. 왜 그럴까요? 살았다 해도 틀린 말이요, 죽었다 해도 틀린 말이기 때문입니다. 왜냐하면 이 법사의 말을 듣고 있으면서 이 말을 알아들을 줄 아는 여러분의 본성(本性)자리는 본래부터 태어난 점이 없기 때문에 죽음이란 없습니다. 그래서 이를 두고 불생불멸(不生不滅)이라 하는 것입니다. 태어난 점이 없는데 죽음이 있느냐는 겁니다. 그런데 몸뚱이가 없어지는 것을 두고 여러분은 죽었다라고 합니다. 그럼 그 몸뚱이는 무엇이라고 여러분은 생각합니까? 바로 우리가 입고 있는 옷에 지나지 않습니다. 바로 옷인 것입니다. 옷. 이 옷 벗어 버리고 저 옷 갈아입고 저 옷 벗어 버리고 이 옷 갈아입는 것에 지나지 않습니다. 여러분들 옷장을 들여다보면 옷이 수십 벌이잖아요. 그러니까 우리 몸은 옷장 속의 옷을 갈아입는 것과 똑같다는 말입니다. 그런데 마음이란 것은 오직 하나입니다. 그 마음이란 놈은 '선천지이무기시(先天地而無其始)하고 후천지이무기멸(後天地而無期滅)'이라. 하늘 땅 보다 먼저 생겨가지고 하늘땅이 궤멸해도 항상 존재하는 자리가 바로 마음자리입니다. 이를 깨닫는다면 여러분들은 항상 정신을 똑바로 차려서 하루를 살아도 올바른 삶을 살아야 합니다. 기도와 정진을 합시다."

목인석녀 차수행(木人石女 叉手行)하니
대지함생(大地含生)이 태평가(太平歌)로다
나무아미타불.

만약에 어떤 스님이 오늘 산승(山僧)에게 묻기를,
"제불출신처(諸佛出身處), 모든 부처님이 어느 곳에서 나왔습니까?"
하고 묻는다면, 이 산승은 답하기를,

"춘풍(春風)이 괘송지(掛松枝)이다. 봄바람이 소나무 가지에 분다." (걸렸다) 할 것이요.

또 어떤 사람이 그와 같이 묻는다면,

"강해양수(江海兩水) 강물이나 바닷물이 합일용공이라 하리라."

바로 이것입니다. 강과 바다가 한데 모여 공중으로 솟구친다 이 말입니다. 여러분은 이것을 집에 가서 화두 삼아 깊이 생각해 보시기를 바랍니다.

어떻게 하면 내가 부처가 되고 어떻게 하면 범부가 되는 것을 아시게 될 겁니다. 아마. 그쯤 되었을 때는 이 마음이 환해져 하늘로 치솟아 경계를 이루게 되어 일체의 모든 것이 내 탓임을 깨닫게 됩니다. 만약 그렇게 된다면 일체의 망상을 모두 쉬어 버리고 그 마음속에 화두를 잡게 되면 그만 '한소식'을 할 수 있습니다.

'한소식' 하고 나면 나무로 깎아 만든 사람이나 돌로 깎은 여인이 손을 잡고 춤을 추면서 걸어가게 될 것입니다. 그렇게 될 때는 이 대지의 함생들이 다 태평가를 부르게 될 것입니다.

그러니까 먼 데서 내 마음을 찾지 말고 가까운 데서 찾도록 노력해야 합니다.

1934년 | 경남 울산 출생.

1945년 | 범어사에서 동산스님을 은사로 득도.

1961년 | 고봉스님으로부터 전강 받음.

1961~69년 | 청암사 · 범어사 강사.

1969~75년 | 법륜사 · 조계사 · 은해사 · 쌍계사 주지.

1975년 | 조계종 총무원 총무부장.

1978년 | 제5대 중앙종회의원.

1979년 | 경남도정 자문위원.

1984년 | 조계종 제13교구 본사 쌍계사 조실.

1998~99년 | 조계종 제29대 총무원장.

현재 | 쌍계사 조실. 부산 혜원정사 조실.

불교는 사람을 가르치는 말

불교는 사람을 가르치는 말

석가모니 부처님이 49년 동안 열반에 드시기 전까지의 가르침을 요약
하면 우주와 허공계에서 사람만이 가지고 있는 특권 3가지를 가르치셨습
니다. 첫 번째는 사람은 기본적으로 생각을 내는 즉시 100%되도록 눈 깜
짝 할 시간에 되도록 되어 있습니다. 두 번째는 허공계가 다하도록 어려
움은 일체 없도록 되어 있습니다. 세 번째는 특별히 내 일은 다하고 남을
위해서 5가지를 중생계가 다 할 때까지 끝없이 도와주며 지도하고 이끌
어 줄 수 있다는 겁니다.

또 한 가지 사람은 근본적으로 되어있기를 생각 내어 모든 일을 하면
99% 안 되는 일이 정해져 있고 또 한 가지 길은 사람이 생각 내면 시간이
약간 걸려도 100% 되도록 그 길이 정해져 있다는 겁니다.

99% 안 되는 길은 왜 안 되느냐? 생각 내고 의욕만 가지고 죽자고 매달렸기 때문에 그 일은 99% 될 수가 없습니다. 또 한 길은 생각내서 100%되는 길은 생각을 내고 방법이 가장 정확하고 진행과정이 아주 정확해서 그때 죽을 힘을 다해서 노력하면 그 길은 백 만사가 100% 되도록 근본적으로 되어 있기 때문입니다.

그러므로 사람은 내 것 3가지를 알고 써야 합니다. 첫 번째는 말의 기본 2가지를 정확하게 알고 써야하고 그러면 어려움이 천 배는 줄어들고 좋은 것은 천 배나 당겨서 사용할 수 있습니다. 두 번째 몸의 기본 3가지를 알고 쓰면 어려움은 99% 줄이고 좋은 것은 99%당겨서 마음대로 사용할 수 있습니다. 세 번 째는 내 것 마음의 3가지를 기필코 알고 찾아내어 써야 합니다. 마음의 기본 3가지를 알고 찾아내어 쓰면 우주와 허공계 일체에서 생각 내면 눈 깜짝 할 시간에 100% 될 것이며 어려움은 영원히 없고 다른 사람에게 5가지를 끝없이 도와 줄 수 있고 이끌어 줄 수 있습니다. 그때부터 사람의 특권 3가지를 마음대로 사용할 수 있습니다.

또한 말에는 원리가 있습니다. 이 2가지 원리를 제대로 알고 쓰면 어려움은 천 배나 줄이고 좋은 것은 천 배나 마음대로 쓸 수가 있습니다. 그러므로 말이란 사람이 있고 나서 필요한 것임을 알아야 합니다. 그럼 말의 원리에 대해 이야기 하겠습니다. 여러분 말은 누가 만들었을까요? 사람이 만들었습니다. 왜 만들었을까요? 사람을 위해서 편리하게 사용하기 위해서 사람이 만든 것입니다. 무엇이 만들었을까요? 마음이 움직여서 입으로 만들었습니다. 그럼, 무엇을 근거로 사람은 말을 만들었습니까? 보이는 세계 몸을 기준으로 하여 만들었으며 마음을 기준해서 보이지 않는 세계를 표현 한 것입니다. 또한 말은 다음 3가지로 구성되어 있습니다. 첫째 호흡하는 세계, 둘째 물질계, 셋째 말(言語)의 원리로 구성됩니다.

이와 같이 말은 다른 동물과 구별해 주는 중요한 특징 가운데 하나이며 말은 생각이나 느낌을 음성 또는 문자로 전달하는 수단이며 체계입니다. 말은 인간과 인간 상호간에 의사를 전달하는 기호체계라 할 수 있습니다. 그래서 내 생각을 남에게 전하기 위해 말을 하게 됩니다. 또한 말할 권한은 말하는 사람에게 보유되어 있으며 어느 누구도 강요 할 수 없습니다.

말을 듣는 사람은 남의 뜻을 받아들이기 위해 듣습니다. 하지만 듣는 사람에게는 받아들일 수도 있고 받아들이지 않을 수도 있는 권한이 있기 때문에 그래서 말은 누구에게도 강요 할 수가 없습니다.

말은 크게 두 종류로 나뉩니다. 첫째는 물질계(物質界)의 언어로서 보고 잡을 수 있는 물체에 붙인 말이며 둘째는 무형계(無形界)의 언어로서 보고 잡을 수 없는 것에 만들어 놓은 말입니다.

그런데 보고 잡을 수 있는 물질계의 언어는 헤아릴 수 없이 많습니다. 예를 들면 땅, 나무, 돌, 동물, 달, 지구 등으로 그 형상에 이름 붙여져 있는 것들입니다. 또한 보고 잡을 수 없는 무형계의 언어 또한 셀수 없이 많습니다. 마음, 심성, 신경, 얼, 바람, 허공, 공기, 전파 등 입니다. 이밖에 불교에서 말하는 불성(佛性), 본성(本性),묘진여성(妙眞如性), 여래장(如來藏) 등이 있고 세상에서 말하는 하느님, 조물주, 절대신, 정방신, 여호와 등등 이런 것들은 볼 수 없는 무형의 명칭으로 비록 눈에는 보이지 않지만 말로써 그 존재를 알립니다. 무형계의 말을 다 표현하려면 물질계의 말과는 비교할 수 없을 정도로 많습니다. 그럼, 이 말들을 누가 다 만들었을까요?

사람이 사람자신을 위해 편의상 만들어 놓았는데 생각에서 비롯된 것을 입으로 옮겨 놓은 것들입니다. 사람은 말을 얼마든지 만들 수 있지만 그 말만으로는 일체 허공계에 존재하는 모든 생명체를 잘 살고 못살고 병들고 건강하게 해 줄 수는 없습니다. 특히 대략 200여 종이 되는 종교에 대한 폐해(弊害)가 너무나 깊고 큽니다.

예를 들면 절대자(絕對者)를 두고 각 종교에서는 제각기 부르는 호칭이 다릅니다. 사람들은 제각기 다른 이러한 칭호에 목숨을 걸고 울부짖으며 기도를 합니다. 과연 그 말이 옳은가? 하느님, 조물주, 절대자, 절대신, 여호와 등의 말들은 누가 만든 것일까요? 이 호칭들은 사람이 사람을 위해서 편의상 사람의 의지대로 말로 형상화한 것입니다. 사람은 스스로 만든 말에 빠져 그것을 더욱 더 형상화(形象化)시키고 구체화 시켜서 종내는 그 말에서 벗어나지 못하는 어리석음을 범하고 있습니다.

말이란 의사소통에 중점을 두어야지 낱말 자체에 의미를 두고 감정이 실리면 말의 본뜻은 사라지고 수많은 오해만 만들어 냅니다.

이 처럼 말의 원리를 안다면 누가 그런 말에 속아 시간을 낭비하고 자기 건강을 버릴 수 있겠습니까? 이건 다 말의 원리를 몰라서 당하는 어려움입니다. 만약, 말의 원리를 안다면 400여 종이나 되는 종교에 현혹되어 속을 사람이 어디 있겠으며 어느 누가 사기를 당하겠습니까? 돈을 적게

들이고 이익을 크게 볼 수 있다고 유혹해도 거기에 현혹되어 피해를 볼 사람은 없을 것입니다. 왜냐하면 자기 일은 자기만이 할 수 있지 남이 대신해 줄 수 없다는 것을 알고 있기 때문에 거기에 속을 일은 절대로 없다는 것입니다. 그러나 사실은 사기를 치는 사람보다 사기를 당하는 사람이 훨씬 더 나쁜 사람입니다. 왜냐하면 자신의 돈은 조금 들이고 남을 이용해서 횡재하려고 하는 큰 흑심을 품고 있기 때문입니다. 그래서 사기를 친 사람보다 사기를 당한 사람이 훨씬 더 나쁜 것입니다.

말의 원리를 알면 어떤 사람이 아주 좋은 말로 칭찬을 하고 나를 추켜세워도 그저 미소만 띄울 뿐 거기에 현혹되어 같이 술을 마시고 실수를 하거나 몸에 큰 피해가 오도록 할 일은 없습니다.

또 어떤 사람이 악담(惡談)을 하고 나를 모략할지라도 말의 원리를 안다면 미소를 띠고 그 자리를 빨리 피해버릴지언정 상대방과 괜히 서로 나쁜 소리나 비난을 주고 받으며 싸워 아주 큰 피해를 보는 일은 하지도 않을 것입니다. 만약 내게 그러한 일이 닥쳤을 때는 과거 많은 생으로부터 살아오면서 그 사람과의 맺은 인연이 혹 악연으로 인해, 다시 말하면 그만큼 그에게 나쁘게 한 일이 있었기 때문에 이제 그 시간이 닥쳐 내가 보복을 당하는 것으로 알고 있기 때문입니다. 이럴 때는 그 자리를 피해버리면 그 일은 두 번 다시는 찾아 오지 않습니다. 만약 그것을 모르고 화가 나서 싸움을 한다면 싸움으로 오는 피해가 얼마나 큰지 알 수가 없기 때문에 크게는 살인도 날 수 있고 병신도 되며 평생 골병이 들 수도 있습니다.

그래서 말의 원리를 알고 그 때 그 때 택할 건 택하고 버릴 건 버리고 피할 건 피하면 열 번 어려움이 올 것을 한 번으로 줄일 수 있습니다. 만약, 말의 원리를 모르고 살아간다면 어려움이 닥쳤을 때 해결하기는커녕 더한 어려움을 만들 수도 있습니다. 지금부터라도 효과적인 말의 사용법을 알아야합니다. 다른 사람에게 생명을 주는 말, 덕을 세우는 말을 해야 합니다. 그리하면 지은 업도 갚을 수 있을 뿐 더러, 다음 생에 몸 받아가도 화(禍)가 없을 것입니다.

그 다음에는 우리 몸의 세계에 대해 말씀 드리겠습니다.

몸의 기본 3가지를 알고 쓰면 99% 어려움은 없고 99%로 좋은 것을 마음대로 사용할 수 있습니다. 그러므로 우리는 사람자체를 알아야만 합니다. 대개 우리몸의 구조는 두 가지입니다. 몸은 첫째 뇌(腦)와 머리끝부터 발가락 끝까지 뼈와 살로 이어져 구성되며 심장, 폐, 위장, 대장, 소장 등 오장육부(五臟六腑)가 분야별로 자리를 잡아 이루어져 있습니다. 또 힘줄이 엮여 마음대로 동작을 할 수 있도록 이루어지고 핏줄이 연결 되어 세포가 변치 않도록 계속 모자란 것은 공급하고 남는 것은 회수를 하며 쉴새없이 돌아갑니다. 그래서 우리 몸은 너무나 정교하고 묘(妙)하여 조금이라도 어느 분야가 못쓰게 되면 한 부분이 못쓰게 되며 이렇게 아주 정밀하게 이루어져 있는 물질이 곧 사람의 몸입니다.

둘째, 이러한 정교한 몸을 움직이는 데는 보이지 않는 힘이 있습니다. 그 힘은 보이지 않는 것인데 그 정밀한 몸을 움직이는 임은 단전(丹田)으로부터 시작하여 머리끝 정수리에서 신체의 가장 작은 모공, 콧구멍, 입, 양미, 꼬리뼈, 손바닥, 장심(掌心) 등 발바닥 용천혈까지 전신을 돌립니다. 흔히 숨골이라고도 하고 백회(百會)라고도 하며 이 모든 것을 움직이는 보이지 않는 힘을 마음이라 합니다.

또한 우리 몸의 관리법에는 6가지가 있습니다. 이런 내 몸을 누가 관리를 해야 합니까? 다른 사람은 할 수 없고 오직 자신만이 관리를 해야 합니다. 그러므로 내 몸을 관리하는 여섯 가지 방법만을 터득 할 수 있다면 이 세상의 어려움은 하나도 없을 것입니다. 그런데 어찌하여 아무렇게나 자신의 몸을 써 놓고 엄청난 어려움을 당해야만 하는지 안타깝습니다. 사람으로 태어났으면 몸과 마음을 알아서 써야 되거늘 몇 십 년이 지나도록 생각도 안 했다는 것은 그 이상 부끄러울 일은 이 세상에 없습니다.

사람이 자신의 몸을 다스리는데는 몇 가지가 필요합니다. 그중 한 가지가 성내는 것입니다. 사람이 성내고 짜증내고 고민하는 건 자살행위이지 삶을 영위하는 데는 전혀 도움이 되지 않습니다. 그러면 어째서 이러할까요? 그것은 집착에서 비롯된 것으로 바라는 바가 되지 않았기 때문입니다. 하여 이러한 일이 일어날 때는 그 어느 누구에게도 알리지 말고 내 마음부터 가라앉혀야 합니다. 내가 어려움에 처했을 때 남이 알게 되면 될 일도 되지 않습니다. 남이 알게 되면 나의 어려움을 외면해 버리기 쉽기 때문입니다. 가족 또한 알게 되면 낙망 끝에 혼란만 가중(加重)되어 원만하게 일을 처리 할 수가 없습니다. 이러한 경우의 해결 책은 불안한 마음, 당황하는 마음들을 한 시간 남짓 고요한 상태로 유지한 다음 일처리에 대한 것을 곰곰이 생각해보아야 합니다. 처음엔 그 일을 가볍게 생각하면서 연구를 하고 두 번째는 조금 힘든 방법을 택해야 합니다.

쉽게 생각하면 이런 결론에 도달하는데 그러면 결과가 어떻게 나올 것인지 분석해보고 다음엔 조금 세부적으로 들어가 어찌하여 성사가 되지 않았는가? 하고 생각해 보아야 합니다. 세 번째 그래도 안 될 때는 죽기 아니면 살기로 작정하고 해결하려 들면 안 되는 것이 없습니다. 마음을 가라앉혀 조용한 마음으로 일처리를 생각해야지 당황하고 성낸 마음으로 일처리를 하다보면 남는 것은 실패 밖에 없습니다.

처음에 가벼운 상태로 처리하려 했지만 그게 안 되어도 실망할 필요는 없습니다. 또 생각을 하고 또 해두었으니까요. 다시 마음을 재정리하여 힘을 들여 처리하는 방법으로 부딪쳐 보아야 합니다. 만일 그 때 된다면 "내가 이만한 정도면 되는 걸. 내가 뭘 걱정했나." 하고 웃으며 돌아 나오면 됩니다. 만약 그것도 안 되면 그 땐 그럴 줄 알았다고 단념하고 이젠 죽을힘을 다해 처리할 방법을 생각해 두었으니까 마지막 카드를 쓴다면 이 세상에 안 될 일은 하나도 없습니다.

노력을 바르게 하고 방법만 제대로 쓴다면 모두가 다되도록 하는 게 사람살이의 기본입니다. 그러니 내 몸을 알고 쓰고 몸 구조를 알고 몸 관리하는 방법과 다음 생에 몸 만들어 놓고 옮겨가는 방법만 안다면 무엇이 답답하겠습니까? 그래서 어려움을 모두 없애버리고 자기 스스로의 마음을 찾아내어 이 넓은 우주와 허공계(虛空界)를 마음대로 한다면 무엇이 두렵고 무엇이 답답할 게 있겠습니까?

그런데 사람의 몸은 먹어야 살지만 많이 먹어서도 안 됩니다. 사람의 몸은 과도한 영양소를 흡수하거나 신체에 이롭지 못한 음식을 먹으면 한

두 번은 견디나 결국 고장 나고 맙니다. 특히 먹는 음식 중 마약, 술, 담배는 사약과 같아 절대로 먹어서는 안 됩니다. 가족을 사랑한다고 하면서 이러한 행위를 하는 것은 자신에게나 가족에게나 모두에게 거짓말을 하는 겁니다.

이러한 음식들은 수명과 직결되어 결국은 명(命)을 재촉하게 되는데 먹어서는 안되는 음식을 먹으면서 말로만 가족을 사랑한다는 것은 말과 행동이 전혀 맞지 않기 때문에 완전한 거짓말이 되는 것입니다. 다시 말하면, 얼마나 가족들이 보기 싫고 원수지간이기에 수명을 단축하는 일만 가려서 하는가를 참으로 깊이 생각해 보아야 합니다.

또한 일을 할 때는 무리하게 해서도 안 됩니다. 몸은 정밀한 기계와 같아 지나치게 사용하면 망가지게 됩니다. 특히 과도한 성생활이나 음란한 성생활은 절대로 해서는 안 됩니다. 정액은 혈액보다 훨씬 중요하며 정액을 많이 소모하면 바로 수명이 단축 됩니다. 일한 이후에는 반드시 휴식을 취해야 합니다. 일하는 것과 쉬는 것은 얼핏 생각하기에는 아무것도 아닌 것처럼 생각되지만 일없는 휴식은 보람이 있을 수 없고 휴식 없는 일 또한 자신을 학대하는 어리석음의 소치입니다. 흔히 뼈빠지게 일을 했지만 남는 건 없다는 말은 결국 욕심에서 비롯된 결과이며 '사람이 천하를 얻고도 건강을 해치면 무엇 하나?'라고 하는 게 바로 이에 해당하는 답입니다.

일이 없어 쉬는 것과 일하고 난 다음에 쉬는 것은 신체적으로나 정신적으로나 엄청난 차이가 있습니다. 다시 말하자면 우리의 몸은 고도의 정밀한 기계와 같아 적당한 가동시간과 적당한 휴식 시간이 교차되어야만 정상적인 작동을 할 수 있습니다. 건강한 몸에 건강한 생각이 깃든다는 것을 명심해야 합니다.

우리 사람의 병은 3가지에서 연유 된다는 점을 알아야합니다. 첫째는 몸에서 생겨난 병이고 둘째는 신(神)의 세계에서 나는 병이며, 셋째는 전생죄업(前生罪業)에서 기인 한 겁니다. 이러한 법은 증세가 제각기 달라서 적절히 대처하지 않으면 해결하기 어렵습니다. 첫째 몸에서 난 병은 진찰을 받아 치료하면 나을 수가 있습니다. 하지만 한두 군데 가면 오진이 있을 수 있으니까 서 너 군데에서 진찰을 받으면 정확한 진단이 나옵니다. 둘째 귀신으로 인해 생긴 병은 진찰을 해도 병명이 나오지 않으며 몸에 열이 나고 한기(寒氣)도 들며 꿈자리도 뒤숭숭하고 갑자기 아파 몸져누웠다가도 언제 그랬냐는 듯이 툴툴 털고 일어납니다.

이러한 증세는 귀신들린 것으로 무당을 불러 푸닥거리를 하면 호전 될 수 있지만 이것은 무당이 믿는 또 하나의 귀신을 불러 귀신이 귀신을 쫓는 일이라 바람직하지 않습니다. 제대로 신심을 가진 사람은 지극정성으로 기도를 올리거나 아니면 구병시식(救病施食)을 해야 합니다. 셋째 전생죄업으로 기인한 병은 아프기는 하지만 병명이 나오지 않고 귀신들린 증세와 같은 것은 없지만 꾸준히 아픕니다. 이병을 치료하는 법은 전생죄업을 다 받는가 아니면 기도를 해서 가피(加被)를 받아야만 합니다. 이 모든 것의 가장 수승한 치료법은 '기도와 가피'뿐입니다. 기도는 진정 목숨을 걸고 하면 전 우주와 허공계에 가득 찬 불보살의 가피로 찰나에 다 나아 버립니다. 불보살은 우주 안에 꽉 차 있는 원소를 눈 깜짝 할 사이에 사용하기 때문에 바로 나을 수 있는 겁니다. 찰나에 낫지 않으면 그 기도는 헛된 것이고 거짓입니다. 기도를 하면 일체 어려움을 다 막아버리고 좋은 일로 다 돌릴 수 있습니다.

그러므로 사람과 사람 사이에서 오는 어려움은 반드시 전생의 인(因)과 현생의 연(緣)이 닿은 것으로 쉽게 물리 칠 수 는 없지만 그 어려움을 참고 견디다 도저히 안 될 때는 그 자리를 피해야만 합니다. 그렇지 않으면 그 고통으로 또 다시 다툼이 생겨 업을 짓는 수가 있습니다. 그럴 바에야 그 상태에서 멈추는 게 가장 현명한 방법입니다. 그리고 보이지 않는 데서 오는 사업이나 진급, 시험 등으로 오는 어려움은 참고 견딘다고 다 해결 되는 건 아닙니다.

이러한 금생에 생기는 어려움을 피할 길은 없으나 차단하는 방법은 오로지 기도 뿐입니다. 기도로 이룰 수 있는 건 4가지가 있습니다. 첫째는 재산을 노력과 지은 복보다 훨씬 많이 얻을 수 있고 둘째는 진급이나 시험의 결과가 잘 될 수 있고 셋째는 몸에서 나는 3가지의 병으로부터 해방 될 수 있으며 넷째는 젊은 시절에 죽을 사람이 칠팔 순을 넘기며 충분히 살 수 있습니다. 그러면 이러한 기도의 징표는 꿈에서 어떻게 나타날까요? 재산을 얻을 때는 쌀이나 소금, 열쇠 등을 얻으며 진급이나 시험의 결과는 서류를 받습니다. 또 병이 났을 때는 침을 놓든지 약을 주든지 하여 즉각 낫게 할 수 있습니다. 수명이 연장 될 때는 내 목을 떼어 버리고 다른 목을 이어 줍니다. 이와 같이 일체 남에게 구걸하지 않고도 자기 몸을 알아서 쓰고 마음을 찾아내어 가지고 있는 힘을 다 쓸 때는 전 우주와 일체 허공계를 찰나에 마음대로 쓸 수가 있습니다.

또한 다음 생에 몸을 만들어 놓고 이 몸을 사용할 수 없을 때 옮겨 가는 법 3가지를 말씀드리겠습니다. 첫째 반드시 원력을 세워야만 합니다. 다음 생에는 꼭 남자의 몸으로 태어나기를 원력으로 세우고 체중과 키가 적당하기를 바라며 평생에 단 한 번도 병원에 가지 않는 건강한 몸으로 태어날 수 있도록 원력을 세워야만 합니다. 이 말은 남녀 간의 차별을 두고 하는 말이 아니라 남녀 간의 신체적인 구조가 안고 있는 문제로 여자의 고통은 남자와 비할 바가 아닙니다. 둘째는 복이 많아야 합니다. 가장 적은 복은 남의 말을 좋게 하고 작은 일부터 거들어 주는데서 복이 시작 됩니다. 가장 큰 복은 우주가 돌아가는 원리에 따라 가장 큰 일을 했을 때 큰 복이 됩니다. 그러나 아무리 원을 세워도 사람자체가 죄를 지으면 지옥에 떨어지고 복을 지으면 천상에 태어나는 것이 근본이며 저울로 달자면 무거운 쪽이 내려가는 것과 같은 이치입니다.

복이 많으면 공중에 떠서 올라가고 죄가 크면 내려 박혀 동물계로 해서 무간지옥(無間地獄)으로 떨어지는데 동물계는 모두 다 지옥입니다. 아무리 원을 세워도 복이 죄보다는 조금이라도 많아야지 죄보다 복이 작아서는 그 원은 실패작입니다. 재료도 없고 기술진도 없다면 아무리 설계를 잘해도 그 건물은 실패작이 될 수밖에 없듯이 만약 복이 넉넉하다면 모든 것은 마음대로 되게 되어 있습니다. 기필코 죄보다는 복이 많아야 하고 더욱이 큰 죄는 짓지 말아야 하며 어떤 일이 있어도 큰 죄는 피해가야 합니다.

하지만 먼지가 쌓여 올라가듯이 지은 죄는 피할 길이 없기 때문에 복을 더 지어야 합니다. 때문에 원력, 복, 죄 이 3가지를 알아야 합니다. 오늘날 선방(禪房)의 스님들에게 대중공양(大衆供養)을 올리는 것은 가장 크고 좋은 복을 짓기 위함입니다. 그러면 그 복은 무엇일까요? 한 가정의 가장(家長)은 가족이 잘 먹고 항상 행복하게 살게 되면 그 책임이 끝나지만 한 나라의 대통령은 백성들이 잘 먹고 잘 입고 걸림 없이 살도록 해줘야 하는 게 지도자가 해야 할 일입니다.

그러면 스님은 어떻게 해야 할까요?

자기 마음을 찾아내어 그 힘을 마음대로 써서 우주와 허공계를 눈 깜빡할 시간에 마음대로 하여, 육신통(六神通)을 걸림없이 마음대로 쓰는 동시에 남에게 다섯 가지를 도와주어야만 합니다.

그 다섯 가지는 경제, 명예, 병 낫는 것, 수명을 늘리는 것과 한 사람도 남기지 아니하고 동물들도 지옥도 천상도 가리지 않으며 한 생명도 남기지 아니하고 다 자기마음을 찾아서 쓰고 일체 어려움이 없도록 노력을 아끼지 않겠다고 원력을 세워야 합니다. 이것이 도를 닦는 스님의 원력(願力)입니다. 그렇게 되어야만 한 부처님의 원력이 한 도인의 원력이요 한 공부하는 스님의 원력이 될 수 있습니다. 이보다 더 큰 일이 어디 있겠습니까?

자기 마음을 찾아내서 육신통을 마음대로 쓰는 것은 물론이고 모든 중생을 자재무애(自在無礙)하게 쓸 수 있도록 마지막까지 책임지는 이가 누구일까요? 부처님이 지고 있고 도인이 지고 있고, 애를 써서 공부하는 스님이 지고 있습니다. 그런 큰 원력을 세워 중요한 일을 하고 있는 스님이기 때문에 거기에 조금이라도 보탬이 되고 인연을 맺기 위해 선방 스님들에게 대중공양(大衆供養)을 올리는 것입니다. 그리하여 우리 또한 그 인연에 따라 스님과 함께 공부하게 되면 어려움을 면할 수 있게 됩니다. 이것이 복중에 최상이요 인연 중에 최상입니다.

부처님이 6년을 고행할 때 다섯 비구가 수발을 다했습니다. 아무것도 먹질 않고 수행(修行)을 하시는데 어느 날 뼈만 앙상한 당신의 몸을 보고 이것은 수행이 아니라고 생각했습니다. 굶으며 몸을 혹사(酷似)하는 극단적인 것은 수행이 아니라고 깨달으시고 이후엔 고행하시면서 양을 키우는 처녀로부터 젖을 얻어먹으며 건강을 되찾아 참선에 들어가 드디어 6년 만에 확철대오하여 불지(佛地)에 오르셨던 것입니다. 그런데 그 때까지 수발하던 다섯 비구는 "싯다르타는 이제 파계(破戒)했다."며 모두 부처님 곁을 떠났습니다. 그러나 부처님은 정각(正覺)을 얻으신 후, 산에서 나왔을 때 제일 먼저 한 일이 다섯 비구를 찾는 일이었습니다.

드디어 부처님이 그 다섯 비구 앞에 왔을 때 그 다섯 비구는 "저기 파계한 싯다르타가 온다."고 수군거리다 부처님께서 곁에 오시자 그 위엄(威嚴)에 놀라 자신들도 모르게 부처님께 절을 올리게 되었습니다. 그 때 부처님께서 "선재로다 참으로 착하도다"라고 말씀하시며 그 다섯 비구를 처음으로 제도(制度)하셨습니다. 그 인연은 보통 인연이 아니었습니다. 부처님께서 수행하실 때 도와주었던 인연입니다. 자신을 낳아준 부모보다 가족보다도 먼저 그 비구들을 제도하셨던 것입니다. 그러면 우리는 오늘날 선방공양(禪房供養)을 십 수년 다니며 많은 스님들께 공양을 올립니다.

철마다 해마다 공양을 올린 스님들이 부지기수인데 그 스님들 가운데 어느 스님 한분이라도 부처님이 되신다면 그 공양올린 공덕으로 나의 어려움은 모두 사라지고 그리로 끌려 가버립니다. 이런 엄청난 인연이 우리 곁엔 항상 상존(常存)하고 있습니다. 그러나 언제 그 행운이 찾아올지 모릅니다. 그렇기 때문에 스님들에게 복을 짓고 인연을 맺기 위해 대중공양을 올리는 것입니다. 평상시 집에 살아도 복을 전혀 짓지 않는 것은 아닙니다. 복을 지으면서도 한쪽으로는 죄도 함께 짓고 있습니다. 크게 다르지 않지만 그 복들은 먼지가 쌓이듯이 올라가는 복이라 큰 복은 못됩니다.

선방에 와서 공양을 올리고 빨리 도를 이루어 우리도 이끌어 주고 다른 모든 사람이 이끌어갈려고 원을 세운다면 이 복을 어디다 비유하겠습니까? 예전에 큰 스님들이 하신 말씀 "삼합이 청정치 못한 공양은 받지를 말라." 하셨습니다. 이 말은 무슨 말입니까? 사심(私心)을 갖고 올리는 공양은 받지를 말라는 말씀입니다. 그러면 어떤 것을 사심이라 할까요?

"이 공양을 받으시고 도인(道人)이 되고 부처님이 되어서 모든 중생을 제도해 주십시오." 하고 원하는 마음이면 물질이든 무엇이든 상관없다는 말씀입니다. 받는 분은 어찌해야 할까요?

"나는 탐욕(貪慾)을 가지고 이것을 받는 게 아니라서 공부하여 일체 어려움에서 벗어나고 모든 중생을 다 제도하기 위해서 이 공양을 받노라."

하고 받을 때 주는 이의 마음도 아주 청정하며 어디에도 걸림이 없고, 받는 이 마음 또한 어디에도 걸림이 없을 때 그 오고가는 물질 또한 아주 청정하다고 할 수 있습니다. 그래서 삼합이 청정치 못한 것은 받지를 말라는 했던 겁니다.

또한 죄는 나를 먼저 속이고 남을 비판하거나 남의 일을 방해하는 것부터 시작입니다. 가장 큰 죄는 부모에게 불효하고 부모님을 곤경(困境)에 처하게 하는 것이 이 세상에서 가장 큰 죄입니다. 또한 불법을 모르고 절에 가면 큰 죄를 짓는 것이며 부처님께서 가르친 법을 알아야만 큰 죄에 걸려들지 않습니다. 그래야만 틀림없이 다음 생에 몸은 원하는 대로 받게 됩니다.

여담(餘談)이지만 사람에게는 참으로 재미있는 일이 있습니다. 누구나 한 세상 살다 이승을 떠나면 물질은 모두 버리고 가는 게 원칙입니다. 그런데 어느 누가 죽어도 얼마간의 돈은 남아 있습니다. 그렇지만 그 약간의 돈 마저 하나도 남기지 아니하고 뻥튀기 하듯 불려서 떠날 때 가져 가는 도리가 있습니다.

사람은 죽으면 눈에 보이지 않는 무형계의 마음만 떠나는 것이 아니고 편승(便乘)하여 보이지 않는 것도 모두 따라갑니다. 그 중에 가장 중요한 것은 복이며 죄인데, 여기에서 말하고자 하는 것은 복(福)입니다. 그 복(福)을 몇 천배 불러 가져 갈 수 있는 방법이 있는데 그 방법은 도를 이루어 중생을 제도하기 위해 불철주야(不撤晝夜) 공부하는 분에게 공양을 올리는 겁니다. 그리하면 그 공양 올린 공덕(功德)으로 최소한 몇 천배의

복을 가져 갈 수가 있습니다. 이 이치는 우주와 허공계가 돌아가는 도리를 깨달아야만 알 수가 있습니다.

'공수래공수거(空手來空手去) 세상사여부운(世上事如浮雲)'이라 했습니다. 빈손으로 왔다가 빈손으로 간다면 얼마나 허망한 일일까요? 하지만 이 말은 잘못된 말입니다. 올 때도 복과 죄를 가지고 왔고 갈 때도 반드시 복과 죄를 가지고 갑니다. 참으로 여러분께 권유(勸諭)하는 바입니다.

그 다음은 사람이 가진 마음의 세계에 대해 이야기를 하겠습니다.

3가지를 알고 찾아내면 우주와 허공계 일체를 눈 깜짝할 시간에 마음대로 할 수 있고 일체 어려움은 없다는 것입니다. 마음은 네 가지의 힘을 가지고 있습니다. 본디 마음은 보려 해도 볼 수가 없고 손으로 잡으려 해도 잡을 수가 없습니다. 이와 같이 일체의 형상이 없는 관계로 스스로 깨닫지 못할 뿐이지 누구나 다 이 마음을 쓰고 있습니다. 그래서 이 세계는 허공계이고 이 허공계는 허공, 바람, 전파, 공기, 원소로 가득 차 있습니다. 이 허공의 힘은 전 우주를 조금도 요동 없이 인력에 어긋남이 없이 질서 있게 운행되도록 유지하며 도와주고 있으며 바람의 힘은 조그마한 물질로부터 전 우주까지를 마음대로 부숴버리고 원소로 돌아가게도 만들며 다시 만들어 내는 힘도 가지고 있습니다. 전파는 1초에 지구에서 달까지의 거리를 단숨에 달리는 빠른 속도를 가지고 있으며 모든 생명체의 생각함과 움직임을 빠짐없이 정리하여 기록합니다. 누가 보지 않는다고 남을 속이는 일은 자신을 속이고 남도 속이는 일입니다. 이 모든 것을 전파의 기록에 비추면 명경지수(明鏡止水)에 달그림자 비춘 것과도 같습니다. 공기 또한 우주 안에 존재하는 모든 생명체를 살리는 힘을 가지고 있는데 모든 생명체는 동물과 식물로 크게 나뉩니다. 동물은 산소를 섭취하여 탄소를 내 뿜고 식물은 동물이 내 뿜은 탄소를 취하여 산소를 만들어 냅니다.

이처럼 상호유기적(相互有機的)인 관계를 지속적으로 유지시켜 이로움을 주는 것을 공기라 하는데 이 자리이타(自利利他)는 바로 공기에서 배워야 합니다. 이러한 허공계 전체를 아우르는 존재가 사람이며 사람이 곧 근원(根源)이고 으뜸이며 이 세상 최고의 보배라 할 수 있습니다. 때문에 사람 마음이 가지고 있는 힘은 그 어떤 것보다도 강합니다. 그렇지만 이것을 모르고 쓰고 있기 때문에 현재와 같이 겨우 쓰고 있을 정도입니다. 만약 알고 쓴다면 전 우주와 일체물질계를 포함하는 허공계를 마음대로 사용할 수 있습니다. 그 힘은 어느 누구나 모두 가지고 있는데 단지 그 힘을 찾아 쓰는 방법을 모르다 보니 장애(障碍)에 처했을 때 어찌할 바를 모르고 있을 뿐입니다. 부처님께서는 이 모든 것을 깨우쳐 주기 위해 가르침을 세웠는데 그것이 바로 불교입니다.

부처님께서는 49년 동안 이를 가르치셨고, 그 후로도 모든 도인(道人)들이 이를 깨우쳐 주기 위해 애를 썼으며 모든 스님들도 이를 깨우쳐 베풀기 위해 공부하며 노력하고 있습니다. 선방공양은 이처럼 큰 복을 짓는 일입니다.

그리고 인간이 가진 마음의 힘을 활용하는 6가지 법을 이야기 하겠습니다.

아미타 부처님의 사십팔대원(四十八大願)에서 이르기를 이른바 육신통이라 하는데 첫째, 생각을 내어 오고 가는 법입니다. 이른바 신족통(神足通) 또는 여의통(如意通)이라 하여 공간에 걸림 없이 왕래(往來)하며 그 몸을 마음대로 변화할 수 있는 걸 말합니다. 둘째 남의 마음을 헤아리는 법입니다. 타심통(他心通)이라 하여 사람 뿐만 아니라 어떤 중생이라도 생각하는 바를 다 알 수 있는 것을 말합니다. 셋째 과거를 살펴 미래에 대처하는 법입니다. 숙명통(宿命通)이라 하는데 과거는 어떻게 살아왔고 현재는 어떻게 살며 미래는 어떻게 사느냐를 찰나에 다 살펴보는 것을 말합니다. 자기 자신 뿐만 아니라 육도(六途)에 윤회하는 모든 중생들의 전생, 금생, 후생의 일을 다 아는 것은 참선을 하여 견성을 해야 얻을 수 있습니다. 넷째 눈으로 보고 모든 사물을 분별하는 법입니다. 천안통(天眼通)이라 하며 멀고 가까운 것과 크고 작은 것에 걸림이 없이 무엇이나 어디서나 밝게 보며 일체의 걸림없이 사물의 모든 것을 단숨에 알아채는 것을 말합니다.

소심경(小心經 :법공양할 때 암송하는 경)에 이르기를 "내 몸 가운데는 팔만 털구멍이 있고 그 구멍 하나하나마다 9억의 세균이 살고 있다"라고 했습니다. 또한 "찬물 한 방울에 팔만 사천 세균이 들어있다"고 했습니다. 이 모든 것을 찰나에 알아챘다"는 것입니다. 이런 눈을 가지고도 우리는 종잇장 하나를 못보고 옷자락 하나를 헤아리지 못하는 어리석음을 가지고 있습니다.

다섯째, 귀로 듣고 일체를 분별하는 법입니다. 천이통(天耳通)이라하여 멀고 가까운 것과 높고 낮음을 가릴 것 없이 어디서나 무슨 소리나 잘 들으며 많은 부처님이나 선지식들의 설법을 듣고 그 모두를 간직 할 수 있어야 합니다.

여섯 째, 모든 일에 마음을 움직여 쓰는 법입니다. 누진통(漏盡通)이라 하여 망상을 일으켜 자신에 집착하는 분별에서 떠나 번뇌와 망상이 완전히 끊어지고 모르는 것 없이 다 아는 것으로 일체 생각을 찰나에 다 움직이는 것을 말합니다.

이 육신통(六神通) 중 제 1통에서 제 5통까지는 선정(禪定)에 이르지 못하는 세계인 유루정(有漏定)을 닦는 외도(外道)나 신선이나 천인(天人), 귀신들도 얻을 수가 있고 약을 쓰든지 주문을 외워도 될 수 있지만 작은 오신통만을 얻을 수 있습니다. 그러나 누진통(漏盡通)은 불보살(佛菩薩)만이 얻을 수가 있습니다. 만약, 바른 방법으로 마음을 찾아내어 그 힘을 다 쓸 수 있을 때에는 모든 일에 전보다 빠른 속도로 위의 여섯 가지를 사용할 수 있습니다.

그리고 마음을 찾아 쓰는 법 세 가지를 말씀드리겠습니다.

선원(禪院)이란 말은 한자어인데 우리말로 하면 마음을 찾아내기 위해 공부하는 곳이란 말입니다. 화두(話頭) 역시 한자어로 우리말로 풀면 마음을 찾아내는 방법이라 하겠습니다. 화두는 1,700여 공안이 되는데 한 예로 시심마(是心麼)화두를 들수 있습니다.

다음으로써는 화두를 길게 잡는 법에 대해 말씀하겠습니다. '무엇이 이 몸을 가지고 다니는 고'에서 '고'자에서 알 수 없는 의심(疑心)을 딱잡아 가야 합니다. 화두를 중간으로 잡는 법도 있는데 '이것이 무엇인고' 혹은 '이뭣고'에서 언제든지 '고'자에서 알 수 없는 의심을 잡지 못하면 안됩니다. 그리고 화두를 짧게 돌리는 법은 '고'자만 잡아 돌려 의심을 돌아가는 걸 짧게 잡는 법입니다. 화두를 염(念:생각으로만 화두를 되풀이 하고 있는 것)으로 잡든, 송(誦:소리내어서 말로만 되풀이 하는 것)으로 잡든, 관계없이 의정(疑定)을 몰지 못하게 되면 사구선(死句禪)이라 합니다. 만약 염으로 화두를 잡든 송으로 잡든 의정만 돌면 활구선(活句禪)이라 합니다. 다시 말하면 사구선은 공부를 할줄 모른다는 말이고 활구선은 공부를 할 줄 안다는 말입니다. 때문에 아무리 오랜 세월동안 공부를 해도 식견이나 생기고 변재나 나지 헛수고 일뿐입니다. 그래서 의정을 몰 때 애를 써서 잡는 법, 중간으로 잡는 법, 짧게 의정을 몰아가는 법 이 세 가지를 주의 깊게 살펴야 합니다.

첫째, 애를 써서 의정을 몰다보면 상기병이 가장 위험한데 상기병이 나면 머리가 아프고 가슴이 답답하고 목과 고개가 아플 수 있습니다. 그럴 때는 잠시라도 지체하지 말고 일체화두와 생각을 다 놓아 버리고 단전으로 가만히 호흡을 내리고 내 쉬기를 약 십여분만 하면 머리가 맑아집니다. 만약 시간을 지체 했을 때는 오랜 시간 단전호흡을 해야만 나으므로 이 상기병을 참으로 조심해야 합니다. 둘째, 의정을 중간으로 잡다보면 상기병이나 어떠한 병에도 걸리지 않으나 힘의 소모가 너무 많아 애를 써서 하는 것과는 엄청난 차이가 생깁니다. 셋째, 의정을 아주 짧게 잡는 법이 있는데 이는 어려움을 당했을 때 참으로 무서운 병이 기다리고 있습니다. 그 병은 맑은 혼침병(昏沈病)이라 하여 본인도 모르게 모든 게 돌아가는 법이며 남이 봐도 아주 자세히 봐야 약간이나마 알 수 있는 정도입니다. 스스로는 항상 공부하는 것으로 완전히 착각하기 마련입니다. 참으로 큰 병이라 그 병을 잡으려고 애를 쓰지 않고는 도저히 될 수 없습니다. 이것이 선수행의 기본이치입니다.

이번에는 간화선(看話禪)에 대해 말씀드리겠습니다. 사람 마음의 수명은 허공계가 생기기전에 나와서 허공계가 아무리 변해도 다하지 않습니다. 그러나 몸의 수명은 얼마 되지 않습니다. 간화선이란 화두(話頭)를 들고 수행하는 참선법으로 화(話)는 깨달음의 세계를 총체적으로 드러내는 본래의 모습이고 간(看)은 '본다'는 뜻으로 선의 공안(公案)을 보고 열심히 공부하여 마침내 대오(大悟)하기에 이르도록 좌선하는 방법입니다. '삼처전심(三處傳心)'이란 말이 있습니다. 불교의 조사선(祖師禪)이 교외별전(敎外別傳)되었다는 근거가 되는 설(說)로써 영산회상거염화(靈山會上擧拈花), 다자탑전분반좌(多子塔前分半座), 이련하반곽시쌍부(泥連河畔槨示雙趺)를 말합니다.

영산회상거염화는 부처님께서 꽃을 들어 보이니 가섭이 미소를 지었다는 송나라 오명(悟明)이 편찬한 전등회요(傳燈會要)에 근거를 둔 것으로 정법안장(正法眼藏)과 열반묘심(涅槃妙心)을 마하가섭에게 부촉함을 말합니다.

다자탑전분반좌는 《아함경》 중본기경(中本起經)의 대가섭품(大迦葉品)에 근거를 두고 있는데 석가모니 부처님께서 사위국 급고독원에서 대중을 위하여 설법할 때 마하가섭이 뒤늦게 당도하자 부처님께서 당신이 앉으셨던 자리를 비켜 앉으시니 가섭이 그 자리에 앉았습니다. 이런하반 곽시쌍부는 《대반열반경(大般涅槃經)》 다비품(茶毘品)에 근거한 것으로 부처님께서 열반에 들어 입관(入棺)된 뒤 멀리서 온 가섭존자가 이를 슬퍼하며 울자 석가가 두발을 관밖으로 내 놓으며 광명을 비추었다는 것입니다. 이와 같이 이심전심의 법을 가섭존자에게 전했던 부처님의 마음을 간화선의 뿌리로 보며 선종에서는 이들 삼처전심을 교외별전의 유일한 근거라 하여 매우 중요시 하였습니다.

경전 밖에 따로 문자를 전하지 않는다는 불립문자(不立文字), 교외별전의 가르침은 중도(中道), 연기(緣起)와 긴밀한 연관을 가지고 있습니다. 이는 선이 손가락이 아니라 달을 보는 수행임을 명확히 하는 것입니다. 이러한 가르침은 조사선의 전통속에서 형성되었으며 그 어떤 수행법보다 가장 빠르게 단도직입적으로 마음 본자리를 밝히는 길입니다. 선가귀감(禪家龜鑑)에서 "세존이 삼처전심한 것이 선지(禪旨)가 되고, 일대교설이 교문(敎門)이 되었다"고 선언하였던 것입니다. 이후 중국에 와서 임제종(臨濟宗)에서 주창한 간화선은 송나라 말기의 대혜(大慧) 선사에 이르러 번성하였습니다. 그는 묵조선(默照禪)과 이전의 선행(禪行)에 비판을 가하고 간화선을 주창했으며 이를 조주(趙州)의 '무(無)'자 화두를 통해 가르쳤습니다. 한국선의 맥락은 대혜의 간화선을 받아들인 고려의 지눌(知訥)에게서 그 원류를 찾을 수 있습니다. 우리가 잘 알고 있는 서장(書狀)은 대혜 스님과 재가자들의 상황별 선문답을 통해 전형적인 생활선의 모습을 보여 주고 있습니다.

특히 당시 엘리트 지식인들이 생활 속에서 불교수행을 하며 궁금했던 것을 질문하고 대혜 스님이 답을 주셨다는 점에서 서장이 시사하는 바가 큽니다. 달리 말하면, 당시 재가자들의 선수행의 열기나 수준이 상당히 높았다는 방증(傍證)이며 서장은 재가선(在家禪)의 활성화, 생활선(生活禪)의 토대를 마련했다고 볼 수 있습니다.

그런데 지금 우리나라로 이어온 참선법은 그 화두를 받아서 들고 공부를 하는데 1,700여 공안이나 되니까 다 말 할 수는 없고, 하나만 예를 들자면 어느 수행자가 조사 스님에게 가서 예를 올리니까 "뭣이 그 몸뚱이를 가지고 여기까지 왔는고!"라고 묻습니다.

쉽게 말하면 태어나서 지금까지 그 몸뚱이를 마음대로 가지고 움직였는데 "뭣을 가지고 여기까지 왔느냐"고 묻는데 그 말에 수행자는 딱 막혀 버립니다. 오기는 왔는데 생각을 내어 오기는 왔는데 뭣이 온 줄은 모르는 것입니다. 그걸 알면 대답을 하겠는데 거기서 막혀 버린 것입니다. 그 순간 그 알 수 없는 의심을 가지고 몰아 붙여야 합니다. "뭣이 이 몸을 가지고 다니는 고!" 무엇이 이 몸을 가지고 움직이기는 움직이는데 그것의 실체를 알 수 없다는 것입니다. 찾아내려는 생각을 딱 잡아서 몰아붙입니다. 이것을 의심, 의정이라고도 하는데 관찰(觀察)이라고도 합니다. 알 수 없는 그 무엇을 찾아내려는 생각이 하나로 모여 있는 상태를 말합니다. 그래서 처음에 공부를 해보면 잘 안 되어도 그 의심을 잡아서 놓치지 않으려고 있는 힘을 다해 정진하면 어느 순간 한 경계가 훌쩍 넘어가는데 그때야 스스로에게 웃으며 '이렇게 하면 될 것을 어떻게 공부했기에 그런 어려움을 당했나!'하고 스스로 깨달을 때가 있습니다. 이제 그 경계를 넘으면 모든 생각이 달라져 비로소 공부의 힘을 얻게 됩니다. 즉, 공부하는 방법을 터득하게 된 것입니다. 이 공부하는 과정에도 여섯 가지의 나타남이 있습니다. 그 여섯 가지를 모르고 공부를 하게 되면 거의 다 중간에서 다른 곳으로 빠져 버리기 쉽습니다.

다음은 간화선의 여섯 가지 수행 과정에 관해서 말씀드리겠습니다.

첫째, 먼저 의심을 딱 잡아 몰아서 힘을 얻는 것입니다. 둘째, 공부를 시작하여 도인이 되는데까지를 말합니다. 힘을 얻어 죽기를 각오하고 공부를 하면 결국 동정일여(動靜一如)가 됩니다. 동정일여란 앉으나 서나, 가나 누우나 깨어 있을 때나, 잠이 들었을 때나 한결같이 의정이 끊어짐이 없이 화두에 몰입하고 있는 상태를 말합니다. 그 다음, 몽중일여라 하여 항상 꿈에도 의정이 끊어짐 없이 그 의심덩어리를 잡고 몰아 붙여야만 합니다. 동정일여가 계속 유지되면 꿈속에서도 깨어 있을 때와 마찬가지로 삼매(三昧)가 유지됩니다. 이것을 두고 몽중일여라고 합니다. 또 이 단계를 넘어서면, 숙면일여(熟眠一如)의 단계이며 깊은 잠에서도 의정을 떠나지 않는 단계에 이릅니다. 이를 두고 오매일여(寤寐一如)라고도 하며 즉, 깨어 있거나 잠에 빠져 있거나 항시 삼매가 유지된다는 뜻입니다. 이 오매일여의 단계를 불퇴전(不退轉)의 경지라고도 하는데, 다시는 보통 사람의 삶으로 퇴전되지 않는다는 뜻입니다. 여기에서 한 단계를 더 넘어가면 성성적적(惺惺寂寂)이라 하는 데 이 말은 뚜렷하게 화두의 의심을 들고 있지만 천지가 무너지는 소리가 나도 추호의 흔들림 없이 고요함을 지키는 걸 말합니다. 이 자리를 놓고 달마 스님이 《혈맥론(血脈論)》에서 하신 말씀이 "심여장벽가이입도(心如墻壁可以入道)다."라고 했습니다. 그러면 그 단계를 훨씬 넘으면 무엇일까요. 백척간두진일보(百尺竿頭進一步)입니다. 벼랑끝에서 한 걸음 더 나아가라는 뜻입니다. 죽을 힘을 다해 공부를 몰아붙여 힘을 다하면 결국 확철대오(廓徹大悟)합니다. 확철대오란 그 자리를 비로소 견성했다는 뜻인데 바로 '참 도인이 됐다'라고도 합니다. 다른 말로는 내외명찰(內外明察)이라고도 합니다. 그러면 어떤 결과가 나오느냐. 바로 육신통을 걸림 없이 쓸 수 있어야 합니다. 확철대오하기 전엔 어떤 조그마한 신통(神通)이 나오면 그것은 경계해야하지만 확철대오한 후엔 의무적으로 육신통이 나와야 합니다. 혹, 확철대오한 것 같은데 육신통이 나오지 않을 때는 공부해온 과정을 다시 점검해야 합니다. 이 여섯 가지 과정을 확실히 알고 죽을 힘을 다 한다면 절대로 딴 데로 빠지지는 않습니다.

셋째, 화두에 의심을 잡아서 몰아붙이다가 힘이 조금 부치면 알 수 없는 간절한 의심을 살짝 놓쳤는데도 뭘 하나 딱 잡고 있는 것을 깨닫게 됩니다. 다시 말하면 공부를 하는 과정에서 혹시나 '이뭣고'를 잡다가 '이'하고 잡고 있든지 '고'하고 잡고 머물러 있든지 또는 어느 경계가 살짝 지나가면서 갑자기 머리에 그 무엇이 나타나는 순간, 이것을 놓치지 않으려고 전전긍긍하든지 등등 여러 가지가 있는데 이것을 이름하여 관법(觀法)으로 빠져 버린다고 합니다. 딱 하나 잡고 고요하게 있어도 경계는 쉴

새없이 바뀌며 나타나니 어리석게도 공부를 제대로 하는줄로 알고 착각하여(錯覺)하여 거기서 나오지를 못합니다. 의심을 잡아들이다가 관법으로 빠지지 않도록 단단히 조심해야 합니다. 이를 아는 이는 그가 관법에 빠진 것을 알지만 본인은 공부를 바로 한 줄로 알고 집착에 빠지면 누가 뭐라해도 듣지 않기 때문에 가장 위험한 것입니다.

넷째, 간절한 의심을 잡아 몰아 붙여 나아가다 조금씩 살짝 빠져 버리면 자기도 모르는 사이에 혼침삼매(昏沈三昧)로 들어가 버립니다. 스스로는 자고 있지만 자고 있는 줄을 모르며 그런데도 자신은 선정에 들었다고 말합니다. 남이 보면 분명 자고 있는데 스스로는 선정에 들었다는 것은 그것 또한 집착입니다. 그래서 참선을 시작할 때는 어떻게든 절대 졸지 않도록 수마(睡魔)로부터 항복을 받아야 합니다. 자기도 모르는 사이에 처음엔 조금씩 졸다가 나중엔 통잠을 자면서도 공부를 잘한다고 합니다. 하기야 지금까지의 공부가 어느 경계까지는 왔고 힘이 생긴 뒤니까 혼침삼매에 빠져 들어가 그 자리에 그대로 머무는 것이라 편안하게 시간 가는 줄 모르고 있는 것입니다. 이럴 경우 혼침삼매에 들었다는 자체가 어리석은 일입니다. 삼매는 무슨 삼매, 졸음에 빠진 것입니다. 그러나 거기서도 경계는 나옵니다. 그러하니 무엇이 달라지고 알아지고 하는 경계가 나오니까 역시 거기에 집착해 버리면 어느 누가 얘길 해도 소용이 없습니다. 듣지 않는 것입니다. 이러한 경계를 미리알고 정진한다면 정신을 바짝 차릴 수 있지만 모르고 빠져 들어가는 데는 별 도리가 없습니다. 아예 나올 생각을 하지 않는다는 이야기입니다. 참 무서운 자리입니다.

다섯째, 공부를 하다보면 혼침에 빠졌든 관법에 빠졌든, 어디에 빠졌든 경계가 나오는 데 제일 쉬운 게 환상입니다. 남은 아무것도 보이지 않는데 본인에게만 무언가 훤히 나타나는 경우가 있습니다. 또 몸이 공중부양(空中浮揚)한다든지 여러 가지로 환상이 나타납니다. 이래 가지고 큰 소리를 치며 뭔가 아는 듯이 자신을 과시합니다. 이럴 경우엔 참 공부가 된 어떤 단계를 넘은 사람이 아니면 그것을 잡아 줄 수가 없습니다. "네가 화두에 의심을 놓치지 않고 잡고 있느냐."고 물어 보면 그런 것은 없으며 이미 떠난 것입니다. 화두의 의심은 간 곳도 없고 그저 환상에 팔여 놀아난 결과입니다. 다른 경우로 꼭 도인이 되고 싶어 간절히 애를 쓰며 몸부림 치다 보면 과거에 도인이 되려다 못되고 엉뚱한 길로 빠져 죽은 귀신이 붙는 수가 있습니다. 그 귀신이 빙의(憑依)가 되면 말로는 당할 수가 없습니다. 청산유수가 됩니다. 귀신 중에서도 가장 똑똑한 귀신이니까 모든 것에 훤하여 아는 소리를 하고 큰 소리를 치는데 이런 경우엔 견성했다고 스스로 한껏 뽐냅니다. 자신을 망치는 줄도 모르고 우쭐대는 그 꼴은 참으로 어리석기 짝이 없습니다. 한낱 무당도 삿된 귀신에 들려 점을 치고 아는 소리를 하면 고관대작도 그 앞에 가면 설설기는데 하물며 수행 중에 붙은 귀신은 귀신 중에서도 최고의 귀신이라 모르는 이가 볼 때는 전부 도인이고 그 앞에서는 모두 다 엎드려 조아리게 됩니다. 누구나 모두 수행 중에 이런 현상이 다 나타나는 것은 아니지만 경계해야 할 일 중에 하나입니다. 그 다음 알음알이가 생기는 데 생각만 하면 척척 아는 소리를 합니다. 이것은 관법을 하든지 의정을 제대로 보든지 혼침에 빠지든지 또는 염불삼매에 빠지든지 모두 가능합니다. 하물며 외도들도 가능합니다.

또 식견(識見)이라는 게 있습니다. 식견은 무엇을 생각만 하면 훤히 알게 되어 오늘 무슨 일이 있겠고 저 사람은 어떤 경우에 처했구나! 등등 모든 사물을 손바닥 보듯이 알게 됩니다. 이 단계를 넘어서면 식광(識光)이 생기는 데 길을 가다 무덤을 보면 이 무덤은 어디 사는 어떤 사람의 몇 대 조부 묘라고 바로 아는 소리를 하기도 하고 지나가는 사람을 보고 저 사람은 어디를 가고 무슨 일로 가는지 그 일이 될지 안 될 지를 훤히 안다고 합니다. 그냥 저절로 나오게 됩니다. 이것을 두고 식광이라 합니다. 여기까지는 수행이 웬만하면 다 나오는 자리입니다. 하지만 이런 것을 참으로 조심해야 합니다. 이런 경계가 왔을 때 화두에 의심을 잡고 있는 힘을 다해 몰아 붙였는가 아니면 놓쳤는가를 항상 점검해야 합니다.

그 다음에 변재(辯才)입니다. 변재가 오면 모든 하는 말이 청산유수처럼 줄줄 나옵니다. 하다 못해 말을 해서 먹고 사는 강사나 교수나 누구나 입으로 노력하는 사람들은 변재가 안 나오면 말하기가 힘들어 집니다. 변재가 나와야 힘이 있는 사람은 힘이 있는 말을 하고 힘이 없는 사람은 힘이 없는 말을 해도 무슨 말을 갖다 붙여도 잘 갖다 붙입니다. 이 단계 위는 지견(知見)이라 하는 데 말로는 당하기가 어렵습니다. 말로는 그 사람을 휘어잡기가 쉽지 않다는 말입니다. 이 정도가 되면 도인이 다 되었다고 큰 소리를 치고 다니는 데 정말로 큰일입니다. 이것은 동정일여 전에 다 나오는 것이고 진로(進路)를 모르고 공부를 하면 이 경계가 나타났을 때 거의 다 속아 떨어집니다. 지견도 경우에 따라서는 차이가 있습니다. 그 단계는 외도에게도 나오는데 외도도 이 단계를 넘어서면 공도리에 들어갑니다. 그러나 참선하는 분은 그래선 안 됩니다. 지견까지는 가능하나 공도리에 들어가서는 안 된다는 말입니다. 공도리에 들어간다는 건 이미 화두의 의심을 놓친 상태이며 호화찬란해져 아무것도 걸림이 없어지게 됩니다. 이런 상태에서는 외도도 생을 자재하는 것은 아니지만 사(死)는 자재하게 됩니다. 옛날에 그런 이야기가 있습니다.

외도가 공도리에 떨어져서 집착하고 있는 것을 보고 어느 사미승이 아니라고 망신을 주니까 향하나 꽂아 놓고 "이 향 다 타기 전에 가겠다. 이런 창피를 당하고서는 이 세상에 못 있겠다."고 하고는 그 향이 다 타기 전에 몸뚱이만 놔두고 가 버렸다는 이야기가 있습니다. 그래서 참으로 조심해야 합니다. 이 단계를 넘으면 외도 또한 죽을 힘을 다해야 합니다. 이 단계를 뛰어야만 외도도 오신통(五神通)이 나오기 때문입니다. 오신통은 부처님의 육신통에는 비할 바가 못 되지만 외도의 오신통은 일반 사람들은 거기에 대항할 수가 없습니다. 그런 정도이니 외도에게 따라 붙어 공부하는 사람들이 많다보니 자연히 엄청난 제자들을 거느리고 있습니다. 그러나 이경계에 절대 속아서는 안 됩니다. 이런 경계에 떨어져 망치려고 참선 하는 것이 아니고 도인이 되려고 부처가 되려고 공부하는 것입니다. 그러나 모르면 이 경계에서 벗어나기도 쉽지 않습니다.

여섯 번째, 공부를 하는 데는 간화선이 있고 의리선(義理禪)이 있습니다. 간화선은 앞에서 말했듯이 그 과정을 정확하게 노력하여 확철대오를 했으면 그것으로 끝납니다. 화두하나 타파하면 그것으로 끝이 난 것입니다. 그때가 되면 비로소 육신통이 나와 마음대로 쓰고 그때야 보림에 들어가서 불지에 오르기 위해 노력하게 되는 것입니다. 보림이 되면 복과 지혜가 함께 오르도록 노력해야 하며 많은 인연을 맺어야만 합니다. 의리선은 알음알이로 1,700여 공안을 전부 알아 맞혀 큰 소리를 치는 사람입니다. 그런데 참으로 조심할 게 있습니다. 죽기를 작정하고 화두에 의심을 몰아 붙여 애를 쓰다가 동정일여가 된 뒤에, 몽중일여가 된 뒤에, 오매일여가 되기 전에 또는 된 후에도 화두를 타파하는 경계가 나타나는 수가 있습니다.

"아! 드디어 화두를 타파했구나. 모든 것을 알겠구나." 하고는 확철대오한 도인이라고 떠들지만 그 도인은 일체가 마음대로 되지 않습니다. 생사도 마음대로 안되고 병고도 마음대로 안 되니 다른 어떤 화두를 잡아도 이내 막혀 버리기 쉽습니다. 그래서 다시 공부를 하여 그 하나를 해결하곤 하지만 자기도 모르는 사이에 의리선에 떨어져 버립니다.

그런데 간화선을 하는 분도 자칫 잘못하면 거기에 빠져 버립니다. 그곳에 집착하여 나오려고 하지를 않으며 그것이 옳다는 것입니다. 옳다고 주장을 하니 어쩔 수가 없는 것입니다. 하나를 알면 다 알아야 하는 것이고 하나를 모르면 다 몰라야 되는 겁니다. 간화선에서는 진로를 알고 공부를 하면 모두 이루게 되어 있습니다. 진로를 모르고 공부를 하면 이 경계에서 도인이 된줄 알고 어긋난 길로 접어들게 됩니다. 앞에서도 말했지만 간화선과 의리선을 잘 구분하여야 하며 간화선을 하다 의리선에 떨어지지 않도록 조심해야 합니다.

참선하는 법은 위의 방법대로 전력을 다해 공부해야 하며 전력을 다하지 못했을 때는 시간은 더 들지언정 절대적으로 잘못될 일은 없습니다. 그러나 이여섯 가지를 모르고 섣불리 공부를 하다가는 언제 어디로 떨어져서 스스로의 집착에 빠질지 모르니까 조심하고 또 조심해야 합니다.

참고로 선법(禪法)에 대하여 짧게나마 밝혀 둘 게 있습니다. 대개 이종선(二種禪)이니 삼종선(三種禪)이니 하는 말은 조선(朝鮮) 후기의 두 고승 백파긍선(白坡亘璇:1767-1852)과 초의의순(草衣意恂:1786-1866)사이에 벌어진 선수행을 둘러싼 논변(論辯)입니다. 일반적으로 이종선은 조사선과 여래선을 말하는데 삼종선은 조사선과 여래선, 의리선을 말합니다. 조사선이란 일체의 분별을 떠난 선이고, 여래선이란 분별이 남아 있는 선이며, 의리선이란 언어에 의지한 선입니다.

논쟁의 시작은 1811년 영귀산(靈龜山), 소림굴(少林窟)의 백파긍선이 《선문수경(禪門手鏡)》을 짓자 이에 대해 두륜산 대흥사(大興寺)의 초의의순이 《선문사변만어(禪門四辨漫語)》를 지어 긍선의 글을 논박한데서 비롯되었던 것입니다. 이 후 이 논쟁은 약 100여 년에 걸쳐 호남지역을 중심으로 두 선사들의 제자들에 의해 계속 되었습니다. 긍선은 불교의 궁극적 목표인 깨달음을 얻기 위한 지침서로써《선문수경》을 짓습니다. 그는 이 책에서 중국의 임제(臨濟:-867)가 제자들을 가르치기 위한 방편으로 개발한 삼구(三句)를 기준으로 선불교(禪佛敎)의 중요개념들을 논구(論究)하게 됩니다. 그는 제 일구에서 깨쳐 부처와 조사의 스승이 되는 것을 조사선으로 해석하였고, 제 이구에서 깨쳐 인간계와 천상계의 스승이 되는 것을 여래선으로 간주하였으며 제 삼구에서 깨쳐 제 자신도 구하지 못하는 것을 의리선이라고 하였습니다. 그에 따르면 여래선은 중근기의 중생을 위한 것이며 이에 반해서 조사선은 진공묘유(眞空妙有)를 체득하는 것이므로 상근기의 중생을 위한 것이라고 하였습니다. 결국 그는 언어에 얽매이지 않고 인간과 인식대상의 참모습을 있는 그대로 이해는 것이 가장 바람직한 경지라고 생각했던 것입니다. 때문에 그는 임제 삼구를 모든 불교의 가르침을 해석하기 위한 절대적 진리라고 간주하여, 이 삼구가 선과 교를 포함한 모든 불교의 가르침의 핵심을 다 포함한다고 주장하고 있었던 것입니다. 의순은 《선문사변만어》를 저술하여 부처와 조사는 상근기의 수행자를 말과 글로써 대하지 않는다고 하면서 긍선이 말과 글로써 상근기를 해석한 것을 비판 하였던 것입니다.

의순은 또 임제 삼구가 긍선의 경우처럼 그렇게 구별될 수도 없는 것이기 때문에 교학이든 선학이든 불조가 남긴 언구는 모두 기용(機用)의 표현이므로 문장에 얽매이고 글귀에 집착하여 뜻을 잃어서는 안 된다는 논지(論旨)로써 긍선을 비판했던 것입니다. 긍선과 달리 의순은 선을 이종선으로 구분하였던 것입니다. 여래선과 의리선은 하나이고 조사선과 격외선은 하나인데, 이름으로 보면 조사선과 여래선이며 가르침으로 보면 격외선과 의리선이라는 겁니다. 그는 격외선과 조사선은 언어를 넘어선 선이며 의리선과 여래선은 언어속의 선이라고 말했습니다. 조사선과 여래선을 근기의 우열관계로 파악하지 않고 문자를 떠난 입장의 조사선과 교리학적 입장의 여래선을 말하는데 의순의 특징이 있습니다.

결국, 의순은 선은 부처의 마음이며 교는 부처의 말씀이기 때문에 마음을 깨달아 말에 얽매이지 않게 되면 교가 선이 되고 언어에 집착하여 마음이 미혹되면 선이 교가 됨을 말하였던 것입니다. 그리하여 그는 말에 따라 견해를 내지 말고 단박에 마음을 깨달아 얻는 것이 중요함을 강조합니다. 주지하듯이 긍선의 주장에는 교종에 비해 선종의 우월함과 임제종 계통이 최상의 선임을 밝히려는 의도가 들어 있다고 할 수 있습니다. 의순은 정확한 근거도 없이 긍선의 임제 삼구를 진리로 받아들이는 것을 비판한 것입니다. 이상으로 조선 후기 두 고승의 논쟁을 약간이나마 살펴보았습니다.

공부하는 사람은 섣불리 공부를 하다가는 언제 어디로 빠질지 모르니까 항상 조심하여 경계를 늦추지 않아야 합니다. 근본적으로 사람은 생각을 낸 대로만 이루어질 수 있습니다. 화두 참구를 할 때 의정이라는 것은 중국말입니다. 한국말로 하면 알수 없는 마음자리를 찾아내려는 생각을 가져야만 딱 찾아내서 쓸수 있습니다. 이것을 확철대오라고 합니다.

부처님 당시에도 부처님이 말씀하시기를 아무리 내가 가르쳐 주어도 본인이 노력하지 않으면 아무런 덕이 없고 다음 어느생에라도 내가 가르친 대로 실천만하면 다 부처님이 된다고 말씀하셨습니다. 공부하는 이들은 잊지 않고 꼭 명심하기 바랍니다. 모든 조사 스님 네들은 대신심과 대분심과 대의정이라야 확철대오한다고 말씀하셨습니다.

오늘의 법문은 여러분들이 어떻게 해야 자신의 마음자리를 찾을 수 있는가에 주제를 두고 선수행에 대해 전반적으로 말씀 드렸습니다.

부산 효산 선원장.

13세에 동진 출가하여 참 종교에 대한 끝없는 탐구심으로 치열한 성찰 끝에 부처님의 가르침인 '간화선법'을 만나게 되었다. 그 후로 해인사, 범어사 등 제방성원을 두루 다니시며 참구정진에 힘써 오셨으며 40여년 용맹정진 끝에 큰 깨달음을 얻으신 우리시대의 선지식이시다. 효산 스님은 세 차례 종정을 역임한 고암스님의 제자로 평생 선방수행을 한 후 지금은 부산 연지동의 한 아파트에 효산 선원을 열고 참선을 지도하고 있다. 최근에는 해인사, 범어사, 통도사 등 40여 년 간 제방선원에서 수행정진 끝에 얻은 깨달음의 세계를 정리해 '효산 선원 수행 지침서'를 펴냈다.

금담
스님

수행이란 무엇인가

수행이란 무엇인가

碧松深谷坐無言(벽송심곡좌무언)

昨夜三更月滿天(작야삼경월만천)

百千三昧何須要(백천삼매하수요)

渴則煎茶困則眠(갈즉전다곤즉면)

푸른 솔밭 깊은 골에 말없이 앉았으니

어젯밤 삼경 달빛 하늘에 가득 하네

백천삼매를 누가 묻는다면

목마르면 차 마시고 곤하면 잠자라 하네.

나무아미타불.

불자여러분 대단히 반갑습니다. 오늘은 수행정진(修行精進)에 관해 들려주고자 합니다. 참으로 뛰어난 게송입니다.

화두를 말없이 들고 푸른 소나무가 있는 골에 앉아 참선정진을 하고 있는 걸 보여주는 선시(禪詩)이기도 합니다. 보통 삼경(三更)이라 함은 저녁 아홉시를 말하는 데, 이땐 하늘에 달빛이 가득하고 스님들이 취침에 들어가는 시간이기도 합니다. 이럴 때 누가 '백천 삼매'를 물으면 '그저 목마르면 차 마시고 곤하면 눈 붙인다'는 뜻입니다. 이것이 바로 삼매의 참모습이라고 할 수 있습니다.

삼매란 인도의 산스크리스트어로 삼마지(三摩地)라고도 하는데 마음이 어느 한곳에 집중하고 심도 있게 세밀히 관찰하는 관(觀)으로 구성이 되어 있습니다. 흔히 각종 관법들이 삼매수행의 방법들로 볼 수 있습니다. 삼매에는 해인삼매(海印三昧), 금강삼매(金剛三昧), 무상삼매(無相三昧) 등 무려 백 천 가지나 됩니다. 이 모든 삼매를 두고 백천 삼매라고 합니다. 그런데 이것이 무엇이냐고 묻는다면 그저 목마르고 차 마시고 졸리면 잠자는 거라고 하였던 겁니다.

우리가 보통 부처님 불법을 '뜰 앞의 잣나무' 혹은 '마른 똥막대기' '일천 칠백 공안'이라고 동문서답(東問西答)하는 걸 많이 봅니다. 그러나 이걸 두고 바로 딱히 '부처님의 진리다'라고 규정할 수 없지만 이건 화두에 관한 의심자체를 주기 위함입니다. 목마르면 물마시고, 배고프면 밥먹고, 졸리면 잠자고 하는 건 누구나 하는 일입니다. 그런데 이 속에 바로 진리가 있다는 겁니다.

이게 바로 불교인 것 같으면 깨닫지 못할 사람은 아무도 없을 겁니다. 우리는 이러한 것을 깨달아야 합니다. 하지만 이 속에는 분명한 대도(大道)가 들어 있습니다. 때문에 이를 수용하지 못한다면 부처가 될 수 없으며, 한갓 중생과 다르지 않습니다. 본래 부처님은 부처와 중생이 둘이 아닌 하나라고 말씀하셨지만 우리는 왜 둘이 아니고 하나인지를 알아야 합니다.

'대도상재목전(大道常在目前) 수재목전난관(雖在目前難觀)'이라는 말이 있습니다. 즉 '큰 도는 바로 내 눈앞에 있지만 눈앞에 있어도 보기는 어렵다'는 말씀입니다. 우리가 이를 수용할 수 있으려면 정말 열심히 정진하지 않으면 안 됩니다.

또 '약능신득가중보(若能信得家中寶)이면, 제조산화일양춘(啼鳥山花一樣春)'이라 하였습니다. '만약 능히 집안의 보배를 믿어 얻으면, 새 소리와 산에 피는 꽃이 한가지로 이 봄 소식이로다.'라는 말인데 이게 무슨 뜻인가 하면 '만약 능히 너의 집에 귀중한 보배가 있는 것을 믿게 되면 새가 울고 꽃피고 하는 도리를 봄 인줄 알게 된다'입니다. 이것도 하나의 격외도리(格外道理)라고 할 수 있습니다.

'단능일념귀무념(但能一念歸無念)하면 고보비로정상행(高步毘盧頂上行)이라'는 '능히 한 생각이 일념으로 들어가게 되면 저 높은 비로봉도 홀로 걸어 들어갈 수 있다'는 뜻입니다. 이것 또한 도리라고 할 수 있습니다. 여기에서 한 생각이 일념에 들어가는 걸 두고 삼매라 하는데, 시공을 초월하는 그 자리에 이르러야 비로소 삼매의 경지에 들어 갈 수 있다는 뜻입니다. 이렇듯 삼매란 그냥 오는 게 아니라는 말씀입니다.

이와 같이 배고프면 밥 먹고, 졸리면 잠자고, 목마르면 물 마시는 것도 하나의 도라는 말씀입니다. 그런데 몇몇 불자들이나 수행자들은 '자신은 이미 도를 닦고 있으니 더 이상 닦을 것이 없다'고 생각하는데 이는 큰 오산입니다. 말하자면 먹고 자고 물 마시는 가운데 즉, 삶의 진리가 있다는 겁니다. 몸에 병이 난 사람은 이 조차 제대로 하지 못합니다. 이 세 가지의 작용을 제대로 해야만 삼매에도 들어갈 수가 있는 겁니다.

그러므로 우리 불자와 스님들은 옛날 조사 스님들이 쓰신 객체간언 어록들을 깊이 읽고 깨달아 정말 열심히 수행 정진을 해야 합니다. 그렇지 않고서는 결코 큰 깨달음을 얻을 수가 없습니다.

'심불반조 간경무익(心不返照 看經無益)'이라고 했습니다. 이는 '마음을 반조하지 못하면 아무리 경을 읽어도 이익이 없다'입니다.

불자 여러분! 우리에게 이 마음을 반조하는 것은 도대체 무엇입니까? 나는 누구입니까? 내가 누구인가를 찾아 볼 수 있는 그런 마음을 돌이켜 보아야 합니다. 즉 신념 있는 그런 마음으로 나를 돌아보지 않으면 안 된다는 말입니다.

이와 반대로 '불신정법 고행무익(不信正法 苦行無益)'이라 했습니다. '부처님의 정법을 믿지 아니하면 고행해도 아무런 이익이 없다.' 오늘 무상사에 오신 여러분들은 참으로 행복한사람들입니다. 부처님의 정법을 여기에 앉아서 다 들을 수 있기 때문입니다.

수많은 사람들에게 물어보면 부처 불(佛)자가 무엇인지 불교가 무엇인지 모르는 사람이 태반입니다. 그분들은 부처님과의 인연이 없기에 이러한 불교의 진리를 알 수도 없고 볼 수도 없으며 들을 수도 없습니다.

하지만 그 분들도 다 같은 부처님이지만 외지(外地)에서 정법을 만나지 못하고 떠도는 방랑자와 같습니다. 부처님은 절 안의 법당 안에만 있다고 생각하는데 이것은 크게 잘못 된 생각입니다. 부처는 집에도 있으며 내 안에도 있으며, 심지어 타종교인 교회당에도 있습니다. 이렇듯 부처님은 삼천대천세계에 다 있으며 모두가 불신(佛身)입니다. 이러한 것도 바로 부처님의 정법(正法)임을 깨달아야만 알아 들을 수가 있습니다. 그러므로 우리불자들은 보다 더 깊이 부처님이 말씀하신 정법을 듣고 공부를 해야만 합니다.

'경인중과 구도무익(輕因重果 求道無益)'이라 했습니다. '자신은 조그마한 것을 지어 놓고 크게 바라는 것, 이런 마음은 도를 구하는데 아무런 이익이 없다'라는 뜻입니다. 사람은 생명을 중시해야 하며 인간의 참모습을 바로 보아야 합니다. 나쁜 업을 지어 놓고 좋은 과보를 바래서도 안 됩니다. 모든 건 '콩 심은데 콩이 나고 팥 심은데 팥이 나듯 '선인선과 악인악과(善因善果 惡因惡果)'의 과보를 깊이 깨달아야 합니다.

자기가 착한 일을 하면 그 열매를 얻지만 죄를 지으면 반대로 죄업을 받는다는 걸 불자들은 명심해야하며 우리는 이러한 불교의 인과법(因果

法)를 확연하게 알고 있어야 합니다. 인과법을 아는 사람은 결코 남을 해치지도 않으며 죄를 짓지도 않습니다. 세상의 모든 만법이 바로 수행의 한 과정이기 때문입니다. 세상은 인연에 왔다가 인연 따라 갑니다.

인간이 짐승과 다른 게 있다면 바로 잘 알아들을 수 있다는 겁니다. 이 마음이 나의 절대 주인공입니다. 또한 내 몸은 법신(法身)입니다. 이 법신은 절대 불생불멸(不生不滅)이기 때문에 '죽는 것도 나는 것도 없으며 생로병사'도 없습니다. 말하자면 늙고, 병들고 죽는 것은 바로 우리의 육신이지 법신이 아니라는 말입니다. 자신이 짓는 대로 모양을 바꿀 뿐입니다.

'심비신실 교언무익(心非信實 巧言無益) 믿는 마음이 돈독하지 못하고 확실하게 정법을 모르면 아무리 말을 잘해도 이익이 없다.'

이와 같이 재물이란 화려한 말솜씨에 있는 것도 아니고 유식에 있는 것이 아니라 믿음에 의해 생깁니다.

'부달성공 좌선무익(不達性空 坐禪無益) 성품이 공한 줄을 모르면 앉아 좌선해도 이익이 없다.'

불자들은 참선만 하면 다 성불하는 줄 알지만 사실은 이게 아닙니다. 이를 제대로 알아야만 합니다. 요즘 화두에 대해 많은 이야기를 하는데 여러분 화두가 도대체 무엇입니까? 화두란 글자 그대로 말씀 화(話)자에 머리 두(頭)입니다. 그럼 말머리란 무엇을 말하는 걸까요?

예를 들면 '어떤 것이 부처님의 참 진리 입니까? 물으면 마른 똥 막대기 입니다.' 여기에서 말머리란 '어떤 것이 부처님의 참 진리 입니까?'입니다.

그런데 이 질문에 대한 대답이 '똥 막대기'인데 불자들은 대개 '무슨 그런 대답이 있나?'라고 생각하기 쉽습니다. 하지만 이러한 생각을 하는 건 잘못된 겁니다. 왜 그런가를 의심하고 깊이 생각해야 한다는 말씀입니다.

《벽암록》에 보면 '만법귀일 일귀하처(萬法歸一 一歸何處)'가 있는데 이는 '만법이 하나로 돌아가는데 그 하나는 어디로 돌아가는가.' 입니다. 말하자면 '그 한곳으로 돌아가는 그곳은 어디인가?'라는 물음입니다. 이는 '대신심, 대분심, 대의정 '을 말합니다.

'대신심'이란 그저 부처님을 깊이 믿는 그런 식의 신심이 아니고 부처님께서 설하신 가르침을 한 치의 오차와 틈도 없이 바로 믿어 들어가는 것인데 일체 중생이 모두 불성이 있고 평등하다는 것을 절대적으로 믿는 마음입니다. 모든 중생은 익힌 업에 따라서 모양도 환경도 다르지만 근본 바탕은 일체의 성인과 조금도 다를 바가 없는 것을 반드시 믿어야 합니다. 따라서 자신도 그와 같아서 무한한 가능성과 성취를 할 그릇임을 믿어 들어가는 걸 말합니다. 여기에 추호의 의심도 없어야 합니다. 만약 믿음이 결여된다면 수많은 노력도 이어지지 못하고 물거품이 될 겁니다.

그 다음 대분심은 무엇일까요? 대분심이란 '모든 부처님과 선지식들이 성취한 길을 나라고 못 하겠는가? 부처님과 조사들께서 약속하신 바이다'하면서 스스로 채찍질하고 원력과 각오를 다지는 겁니다. 여기의 분심은 분하고 원통한 그런 분심과는 다르지요. 말하자면 '어찌 자그마한 번뇌와 두려움 이익과 손해에 흔들릴 것인가. 그 어떤 풍파와 고통과 환란이 다가와도 나는 추호도 흔들림이 없을 것이다.' 하고 원력을 세우면서 정진하는 것이 바로 대분심입니다. 이 분심이 크게 작용하면 더욱 힘차게 넓게 정진을 하게 되지만 그렇지 못하면 조금 애를 써보다가 때려치우고 말겠지요. 다음 대의정은 깊이 화두를 살피고 살펴서 성성적적(惺惺寂寂) 일하고 자고 먹고 말하는 일체의 생활 속에서 여여(如如)하고 머무른바가 없는 청정한 정진을 말합니다.

불자들은 이 세 가지를 확실히 해야만 합니다. 이러기 위해서는 믿음이 돈독해야 하며 의심덩어리를 행주좌와(行住坐臥)에 놓지 말아야 합니다. 말하자면 대분심을 발휘하여 내 머리에 불이 붙은 것을 끄는 것처럼 그렇게 공부를 해야 한다는 겁니다. 자기 머리에 불이 붙으면 어떠하겠습니까? 아마 부모가 죽는다고 해도 제 머리 불끄기에 바쁠 겁니다. 내 발등에 불덩어리가 떨어지면 그것을 안 들어낼 사람이 어디 있겠습니까? 이와 같이 분심(憤心)을 내어 정진해야 합니다.

'부절아만 학법무익(不折我慢 學法無益)'이라고 했습니다. '자신의 아만(我慢)을 꺾지 아니하면 아무리 많이 배워도 이익이 없다'는 뜻입니다. 사람이 남보다 좀 많이 배우게 되면 아만이 저절로 높아집니다. 자기 존재 이외에는 아무것도 보이지 않습니다. 사람이 지위가 높아지고 부자가 되면 옆의 사람이 잘 안보이기 마련입니다. 물론 일시적으로 자신의 삶에 도움이 되겠지만 결국에는 좋지 않은 길로 가게 될 겁니다.

또 '흠인사덕 취중무익(欠人師德 聚衆無益)'이라 했습니다. 이 말은 '처소에 대중들을 모아 놓고 조실 스님이나 방장 스님이 대중을 거닐 덕을 제대로 갖추고 있지 못한다면 그 또한 이익이 없다'라는 말씀입니다.

말하자면 스승은 덕을 제대로 갖추고 있어야 합니다. 또한 조사 스님들은 제자들이 물으면 능히 이를 타파해 줄 수 있는 능력을 지니고 있어야 합니다. 만약, 이를 갖추고 있지 않은 사람은 조실 스님이 될 수 없습니다. 뿐만 아니라 오늘날 이 사회도 마찬가지입니다. 아래 사람을 다스리려면 덕을 갖추어야 하고 항상 하심(下心)해야 합니다. 그래야만 모든 일이 순탄하게 됩니다.

'만복교만 유식무익(滿腹憍慢 有識無益) 사람이 교만만 가득 차 있으면 아무리 알아도 이익이 없다'는 뜻입니다. 사람은 스스로 교만하지 않으려고 해도 이상하게 조금 알게 되면 이렇게 교만해 집니다. 그래서 사람은 교만을 버리기 위해서라도 매일같이 참회를 하여 자신을 닦아야만 합니다.

'일생괴각 처중무익(一生乖角 處衆無益) 괴각은 엉뚱한 모서리에 뿔이 났다는 뜻인데 대중과 함께 처소에 살면서도 대중에게 융화가 되지 않고 혼자만 잘났다고 자기주장만 내세우며 특별하게 살아가서는 안 된다'는 것입니다. 사람은 어느 장소에 가더라도 그곳의 규칙에 따라야 한다는 뜻입니다.

'내무실덕 외의무익(內無實德 外儀無益) 안으로 얻은 바도 없이 겉으로 의의(儀義)의의(宜儀)만을 내보이고 어른이다 뭐다 해봐야 아무런 소용도 없다'는 뜻입니다. 여기까지가 바로 청매조사(靑梅祖師) 십무익(十無益) 경책입니다.

복을 많이 받을 불자들은 필히 이를 거울삼아서 열심히 공부하고 수행

정진을 해야 합니다. 우리가 수행정진을 하는데 필요한 건 삼신(三身),오안(五眼)입니다. 삼신은 법신(法身), 보신(報身), 화신(化身)을 말하며 대원경지(大圓鏡智), 평등성지(平等性智), 묘관찰지(妙觀察智), 성소작지(成所作智)입니다. 우리는 이러한 지혜가 생길 수 있도록 정진해야 합니다.

《금강경》의 「일체동관분(一切同觀分) 제18분」에 보면 오안이 나오는데 육안(肉眼), 천안(天眼), 법안(法眼), 혜안(慧眼), 불안(佛眼)을 말합니다. 우리 중생들은 이 오안 중에 오직 육안밖에 보지를 못하고 있습니다. 말하자면 마음의 눈은 고사하고 자신의 눈으로 보이는 것밖에 헤아리지 못합니다. 천안이나 혜안, 법안이나 불안을 가지는 것은 꿈도 못 꿉니다. 중생의 눈은 이와 같이 눈을 가지고 있으나 앞을 못 보는 장님과 같습니다.

제가 재미있는 일화를 하나 들려줄까요?

어느 날 앞을 못 보는 장님이 길을 가다가 그만 발을 헛디뎌 벼랑에서 떨어지다가 겨우 나무를 붙잡았습니다. 장님은 "살려 달라"고 소리쳤습니다. 그런데 산중이라 그곳에는 아무도 없었습니다. 마침 그 때 스님 한 분이 지나가다가 보니 높지 않은 벼랑에 나뭇가지를 붙잡고 아등바등 대는 것을 보았습니다. 그래서 스님이 하는 말이 "여보세요 손을 놓으세요."그랬답니다. 그런데 장님은 그 말을 믿지 않고 계속 아등바등 나뭇가지를 손에서 놓지를 않았습니다. 그 순간 나뭇가지가 부러져 장님은 떨어졌습니다. 그런데 그곳은 평평한 잔디밭이었습니다. 장님은 괜히 오래 동안 붙잡고 있었던 걸 후회했습니다. 힘만 쓴 꼴이었던 겁니다. 이와 같이 부처님께서 중생들에게 그렇게 탐진치(貪瞋癡) 삼독(三毒)을 놓으라고 해도 어리석은 중생들은 이를 보물인양 놓지 못하고 있는 겁니다.

구법설화(求法說話)를 한 가지 예를 들면, 옛날 지리산 벽송사에서 전해 내려오는 설화입니다. 배불숭유 정책이 한창인 조선시대 때 벽송지엄 선사(碧松智嚴禪師)와 벽계증심선사(碧溪證心禪師)에 얽힌 이야기입니다. 지엄 선사는 큰 스님인 증심 선사에게 부처님의 도를 배우려고 찾아 갔습니다. 당시만 해도 승복을 입고 있으면 붙잡아가는 시대라 겨우 겨우 분장을 해서 천리 길을 마다하지 않고 찾아 갔던 겁니다. 그런데 3년 동안 증심 선사는 지엄 선사에게 법을 전하기는커녕 단 한마디의 가르침도 주지 않았습니다. 견디다 못한 지엄 선사는 어느 날 증심 선사에게 이렇게 말을 했습니다.

"스님, 저는 떠나겠습니다."

"왜 가려고 하느냐?"

"3년 동안 스님을 모셨지만 도에 대한 법문 한마디 없이 매일 일만 시키시니 더 있어 본들 별 수가 있겠습니까? 떠나겠습니다."

"그래? 그렇다면 가거라."

화가 난 지엄 스님은 뒤도 돌아보지 않고 고개 언덕을 넘어서 가려는데, 뒤따라 온 증심 선사가 고개 마루에 서서 큰 소리로 불렀습니다.

"지엄아 지엄아, 나를 돌아보아라."

증심 선사는 발길을 멈추고 뒤를 돌아보는 지엄에게 말하였습니다.

"내가 매일 밥을 지으라고 할 때 설법하였고, 차 달여 오라고 할 때 설법하였고, 나무하라고 할 때 설법하였고, 밭을 매라고 할 때 설법하였는데 네가 몰랐으니, 오늘은 법을 받아라."

그리고는 불끈 쥔 주먹을 내밀어 보였습니다. 그 순간 지엄 스님은 도를 깨달았던 겁니다. 그 후 10년을 중심 선사 하(下)에 정진을 했다고 합니다.

말하자면 중심 선사는 도란 멀리 있는 게 아니고 목마르면 물마시고 잠 오면 잠자고, 배고프면 밥 먹는 그 자리가 다 도(道)라고 가르쳤던 겁니다. 이 같은 도의 깊은 뜻을 지엄 선사는 체득하지 못했던 겁니다.

이와 같이 우리 불자들도 일상 속에 도가 있음을 알아야 하는데도 불구하고 그저 자신의 테두리에서 벗어나지 못하기 때문에 깨달음을 체득하지 못하는 겁니다. 이와 같이 도란 행주좌와 속에 다 있는 겁니다. 하지만 이를 깨닫기 위해서는 열심히 정진을 해야만 합니다.

《묘법연화경》에 보면 이런 말이 있습니다. '일심욕견불 불자석신명(一心欲見佛 不自惜身命)' '한마음으로 부처님 뵙기를 갈망하여 몸과 목숨을 아끼지 않는다.'라는 말이 있습니다. 이 말은 바로 목숨을 내 걸고 정진하라는 말씀입니다. 그래서 염불을 하던 기도를 하던 참선을 하던 해서 무심삼매, 대적삼매, 해인삼매라도 얻을 수 있도록 해야 합니다.

무상사 회주 성우스님이 대략 소개를 했습니다만 《월인천강(月印千江)》이라는 책을 고희기념으로 출판을 하였습니다. 그런데 어떤 사람이 내게 말씀하시기를 '월인만강'이라고 하였으면 좋았을 거라고 하셨습니다. '월인천강'의 뜻은 번역할 필요도 없이 '천강에 비친 달'이라는 뜻입니다. 여기에서 말하는 달 월(月)자는 바로 여러분들의 주인공을 말하며 진리가 가득 차있는 법신을 일컫는 겁니다.

옛날 구지 선사는 어떤 것이 부처님의 법인가 물었더니 손가락만 세웠습니다. 이는 바로 달을 가리킨 것입니다. 그런데 어리석은 중생은 달은 보지 않고 손가락만 쳐다봅니다. 이와 같이 부처님의 팔만사천경도 한갓 손가락에 지나지 않습니다. 말하자면 손가락이 아닌 달을 보라고 만들어 놓은 게 경전이며, 달을 찾으라고 번역해 놓은 게 바로 팔만사천경전입니다. 만강, 천강이라는 숫자가 중요한 게 아니라는 말씀입니다.

달은 이 억만 명의 인구가 사는 지구의 어느 곳에서나 다 볼 수 있습니다. 또한 삼천대천세계가 다 이 안에서 있어 밝게 비추고 있습니다. 하지만 더러운 흙탕물 속에는 달빛이 비치지 않습니다. 오직 맑고 깨끗하고 조용한 물에만 달이 비칩니다. 이를 엄밀히 말하면 삼매(三昧)라고 할 수 있습니다.

흙탕물이고 더러운 물이라고 해서 달이 없습니까? 눈비가 오고 하늘에 구름이 꼈다고 해서 달이 없습니까? 달은 다 있습니다. 다만 달을 보지 못할 뿐입니다.

분명 여러분들의 몸속에 주인공이 있는데 이를 알지 못할 뿐입니다. 또한 찾아보아도 볼 수 없습니다. 그래서 자신 앞에 내 놓지 못하는 겁니다. 그럼 우리가 가진 주인공은 어떻게 해야 찾을 수 있을까요? 바로 나를 믿고 나를 따르고 열심히 공부를 해야만 나의 주인공을 볼 수가 있는 겁니다. 만약 이렇게 주인공을 내 스스로 볼 수 있다면 우리는 과거, 현재, 미래뿐만이 아니라 몇 겁의 먼 세상, 삼천대천세계를 다 이렇게 손안의 구슬 처럼 볼 수가 있게 됩니다. 우리들은 이를 깨달아야 합니다.

그 때 제가 책을 1,200권을 찍었는데 동이 나서 못 드린 분들도 많이 있습니다. 그래서 나중 재판을 인쇄해서 원하시는 분들에게 드리려고 생각하고 있습니다. 아까 무상사 회주이신 성우 스님께서도 말씀 드렸지만 나는 어릴 때 부처님 문중에 들어와 60여 년 동안 살면서 그동안 부처님 은혜를 입고 밥을 먹고 지냈습니다. 그런 연유로 해서 어떻게 하면 부처님의 은혜를 갚을 수 있을까 생각한 나머지 이 책을 보시용으로 만들었던 겁니다.

제가 부처님께 받았던 은혜를 다 갚으려면 아마 부처님을 등에 업고 이 지구를 몇 바퀴 돈다고 하더라도, 또한 평생 부처님께 공양을 한다고 해도, 부처님의 정법을 불자들에게 가르치지 못하고 펴지 못하면 그 은혜를 다 갚을 수 없다고 생각했습니다.

'가사정대경진겁(假使頂戴經塵劫), 신위상좌변삼천(身爲床座遍三千), 약불전법도중생(若不傳法度衆生), 필경무능보은자(畢竟無能報恩者)' '불법을 전하여 중생을 제도하지 못하면 끝내 부처님 은혜를 갚을 수 없다'는 말이 있습니다.

그래서 저는 부처님의 은혜를 백만분의 일, 천만분의 일이라도 갚기 위하여 부처님의 정법을 한 마디라도 모르는 사람들에게 알게 하기 위하여 이렇게 책을 출간 한 겁니다.

부처님이 49년 동안 설법한 말씀 중에 가장 오랫동안 설법한 경전은 《금강경》입니다. 이속에 '범소유상 개시허망 약견제상비상 즉견여래 (凡所有相 皆是虛妄 若見諸相非相 卽見如來)'라는 사구게가 있습니다. '무릇 형상이 있는 것은 모두가 다 허망하다. 만약 모든 형상을 형상이 아닌 것으로 보면 곧 여래를 보리라.' 이것이 바로 부처님이 21년 동안 「금강경 32분」을 설명한 공(空)의 도리라고 할 수 있습니다. 말하자면 《금강경》의 핵심은 바로 '공(空)'에 있는데 이를 깨닫게 되면 부처가 될 수 있다는 말입니다.

또 《금강경》 「이상적멸분 14분」에 보면 '진어자(眞語者), 실어자(實語者), 여어자(如語者), 불광어자(不誑語者), 불이어자(不異語者)'라는 말이 있습니다. 부처님은 정말 진실한 말씀만 하시고, 정말 식다운 말씀만 하시고, 정말 여법한 말씀만 하시고, 정말 쓸데없고 미친 소리는 않으시며 또한 그릇된 소리도 안하신다는 말씀입니다. 그러므로 부처님의 말씀은 확실하게 믿고 따라야 합니다. 또한 평범하게 믿지 말고 확실하게 믿으라는 말씀입니다.

아까 말씀드렸듯이 《금강경》 「일체동감문 18분」에 보면 오안이 나오는데 이 오안을 우리가 제대로 성취하려면 우리의 본성을 보아야만 합니다. 그래야 오안을 들여다 볼 수 있습니다. 그렇지 않으면 여러분은 자신의 앞에 놓인 한치 앞을 제대로 볼 수 없을 것입니다.

즉, '생래부지처(生來不知處) 사거부지처(死去不知處)'라 했듯이 우리는 올 때도 온 곳을 모르고, 가는 곳을 제대로 알지 못합니다. 또한 우리가 어디에서 왔는지, 또한 어디로 가는지, 내가 전생에 무엇을 했는지도 모릅니다.

불자여러분은 아십니까? 이것을 알려면 바로 오안이 열려야 한다는 겁니다. 그리고 사지(四智)가 다 열려야 합니다. 뿐만 아니라 육바라밀(六波羅蜜)도 실천해야 합니다. 이것은 생사(生死)의 고해를 건너 이상경인 열반(涅槃)의 피안에 이르는 여섯 가지 덕목(德目)을 가리키는데 보살이 수행하는 6가지의 바라밀법을 말합니다. 그 여섯 가지란 첫째 보시(布施)로써 단나바라밀(檀那波羅蜜)라 하며 재시(財施)·무외시(無畏施)·법시(法施) 등 널리 자비를 베푸는 행위을 말하며 둘째 지계(持戒)는 시라(尸羅)바라밀로써 재가(在家)·출가(出家)·소승·대승 등의 일체 계행(戒行)을 지키는 것을 말합니다. 셋째는 인욕(忍辱)으로써 찬제(羼提)바라밀이라고 하는데 여러 가지로 참는 것을 말합니다. 넷째는 정진(精進)인데 비리야(毘梨耶)바라밀로써 항상 수양에 힘쓰고 게으르지 않는 것을 말합니다. 다섯째는 선정(禪定)으로써 즉 선나(禪那)바라밀이라고도 하며 마음을 고요하게 통일하는 것을 말합니다. 여섯째는 지혜(智慧)로 반야(般若)바라밀인데 사악한 지혜와 나쁜 소견을 버리고 참 지혜를 얻는 것을 말합니다. 말하자면 오안, 사지, 육바라밀 등은 마지막 지혜를 얻기 위해 닦는 것임을 불자들은 알아야 합니다. 이밖에 닦아야 할 덕목으로 팔정도(八正道)가 있습니다. 그러므로 우리는 살아가는 동안 육바라밀과 팔정도만 잘 행하게 되면 그 속에 부처님의 법이 다 있음을 알게 됩니다.

오늘 여러분들은 무상사에서 전국의 큰 스님들의 법문을 듣는 것이 얼마나 행복한 가를 진실로 알아야 하지만 이러한 법문을 듣고 그냥 돌아서면 안 됩니다. 진실로 가슴으로 깨달아 느껴 알아야 합니다.

그러므로 여러분들은 정말 불교의 진면목이 무엇이고 진리가 무엇인가를 알아야 한다는 겁니다. 또한 누가 여러분들에게 불교에 대해 묻는다면 어떻게 대답할 것입니까? 우스개로 '야 이놈아 불교란 그저 깨달음에 있다'고 말씀하셔도 됩니다. 하하. 한마디도 못하고 그저 그냥 서 있기만 하면 안 됩니다. 중생과 부처가 둘이 아닌 하나의 도리를 깨달아야 합니다. 다른 건 없습니다.

그럼 우리는 어떻게 하면 깨달음을 얻을 수 있을까요? 우리는 육안으로는 볼 수 있지만 천안으로도 못보고, 혜안으로도 못 보고, 법안과 불안으로도 보지 못합니다. 이는 바로 지혜가 부족하기 때문입니다. 그러므로 지혜가 열리기 위해서는 우리 불자들이 피나는 수행정진을 해야만 한다는 겁니다.

《금강경》「법신비상문 26분」에 보면 다음과 같은 사구게가 나옵니다. '약이색견아 이음성구아 시인행사도 불능견여래(若以色見我 以音聲求我 是人行邪道 不能見如來).' 이는 '부처님의 모양을 보려고 하거나 부처님의 말소리를 들으려 하면 그것은 사도를 행하는 것'이라는 뜻입니다. '말과 모양만 보려고 하면 진실로 부처를 볼 수 없다'는 뜻입니다. 이것은 부처님을 모양으로 보려고 하거나 부처님의 소리를 들으려고 하거나 부처님이 정원에 있는데 부처님을 찾아가서 내가 기도를 해서 만나보자 그런 생각을 하지 말라는 것과 같습니다.

말하자면 '내가 바로 부처인데 왜 다른 곳에 가서 찾느냐' 이 말씀입니다. 그러므로 오직 내 자성불(自性佛)을 찾으면 그 자리가 부처인 겁니다. 즉 '배고프면, 밥 먹고, 목마르면 물마시고, 잠이 오면 자고 하는 그 속에 부처가 다 있는 겁니다.' 말하자면 이속에 다 있기 때문에 이 속에서 다 찾으라는 말입니다.

　그리고《금강경》「30분」에 보면 "삼천 대천세계가 다 티끌로 모여 있는데 이 티끌이 얼마나 많은가?" 하고 수보리에게 묻습니다. 이 때 수보리는 "한없이 많습니다."라고 대답합니다. 이는 물질과 모양이 둘이 아닌 하나인 도리를 부처님께서 말씀하시기 위함입니다.

　요즘 과학적으로도 물질을 부수고 부서서 가루를 내는 것을 풍자라고 합니다. 풍자는 원자, 전자, 분자, 핵, 양성자, 중성자, 광자, 광입자가 되어 최종에는 빛으로 남게 됩니다. 다 부서 버리니 물질은 하나도 남지 않게 되어 즉, 무(無)가 되는 겁니다. 과학적으로 보면 모양과 물질도 결국 부수어 보니 아무것도 아닌 무라는 겁니다. 이해가 됩니까?

　이와 같이 여러분들의 몸인 육신도 사실은 내 것이 아닙니다. 육신은 내 것이 아니라 시간이 흘러 콧구멍조차 바람이 들랑거리지 못하게 되고, 눈이 보이지 않게 되고 귀가 들리지 않게 되면 우리의 육근과 육식도 작동을 하지 못하게 됩니다. 그런데 이 작동하게 하는 주인공을 우리는 찾아야 합니다. 우리가 가진 이 육신은 죽은 뒤에 그냥 바람처럼 흩어지고 맙니다. 이것이 내가 아니라는 말씀입니다.

　《화엄경》에서는 깨달음의 차원으로 네 종류의 법계(法界)로 해석합니다. 첫째가 이무애(理無碍) 형이상학적인 이치로써 걸림이 없는 단계를 말하며 둘째는 사무애(事無碍) 현실의 일처리에 걸림이 없는 단계, 셋째 이사무애(理事無碍)로 형이상학적인 이치뿐만이 아니라 현실의 일처리에도 아울러 통달한 경지이며 넷째는 일과 일에 걸림이 없는 단계로 최고의 경지를 말합니다.

불자들은 그러므로 사사무애를 알고 이사무애를 깨달아 매일같이 부단하게 수행정진을 하고, 또한 참회를 하여 진실로 내가 누구인가를 확실히 깨쳐야 합니다.

바닷물에 잠겨 있는 차돌을 하나 건져내어 보세요. 그것이 백년이 지났는지 천년이 지났는지 모릅니다. 그저 돌덩어리에 불과합니다. 우리가 공부를 하지 않고 수행을 하지 않으면 나이를 먹어도 그저 돌덩어리에 지나지 않습니다. 하지만 열심히 공부하고 정진하면 자신의 내면(內面) 가득 환희가 차게 됩니다. 만약 공부를 하지 않고 그냥 지나가게 되면 그야말로 우리는 삼악도의 육도윤회를 거듭하게 됩니다.

그래서 옛말에 도(道)를 성취하기 위해서는 사람의 마음을 동요시키는 팔풍(八風)에서 벗어나라고 하였습니다. 팔풍이란 즉 '이(利) 쇠(衰) 훼(毀) 예(譽) 칭(稱) 기(譏) 고(苦) 낙(樂)'를 가리킵니다. 말하자면 부귀, 명예, 쾌락 그런 것에 치우치지 말고 손해를 보나 이익을 보나 그런 것에 치우치지 말고 남이 나를 욕하거나 칭찬을 하거나 말거나 오직 이러한 여덟 가지에서 홀쩍 벗어나 어떤 환경에 빠지더라도 그러한 경계에서 벗어나 초월할 수 있는 경지가 되어야만 합니다. 그야말로 이런 사람은 계정혜 삼학(三學)이 밝아 집니다. 그러므로 공(公)에 치우치지 말고 유(有)에 치우치지도 말아야 합니다. 만약 이를 실천 할 수 있다면 억겁(億劫)이 지나더라도 우리는 육도 윤회를 홀쩍 벗어나 삼천대천세계를 내 집임을 확 깨달을 수가 있습니다.

이와 같이 열심히 공부를 하고 어떤 힘든 계기가 오더라도 그러한 경계에 너무 치우치지 말고 슬기롭게 극복해야 합니다. 불자 여러분 아시겠습니까?

끝으로 일화하나를 소개 하겠습니다.

옛날 송나라 때 약산 용산사에서는 약산 유엄((藥山 惟儼)이라는 큰 스님이 계셨습니다. 그런데 그 스님은 정말 특별한 경우가 아니면 절대로 법상에 올라가 법문을 하지 않았다고 합니다. 그런데 당송팔대가의 한 사람인 한유(한퇴지)의 제자 가운데 이고라는 사람이 있었습니다. 그는 유학을 선양하며 불교를 비방하던 사람이었는데 당대의 큰 스님인 약산 유엄 선사를 골려주기 위해 묘안을 짜내었습니다. 당시 이고뿐만이 아니라 높은 벼슬에 있는 사람들조차 유엄 선사를 친견하고 법문을 듣고 싶었으나 절대로 만나주지 않았습니다.

어느 날 이고는 큰 스님이 계신 방으로 가서 "큰스님, 얼굴만이라도 잠깐 뵙게 해 주세요."라고 간곡하게 부탁을 했습니다. 스님은 그래도 절에 오는 시주의 청을 거절할 수가 없어 잠깐 창문을 열어 "내 얼굴의 눈과 코, 귀을 보라"하고는 문을 닫아 버렸습니다. 그 순간 이고는 "견문(見聞)이 불여명문(不如名聞)이로구나' 보는 것이 듣는 것 보다 별로구나."하였습니다. 말하자면 큰 스님이라고 이름이 났는데 실제로 보니 얼굴이 시커멓고 목이 긴 학같이 생겨 볼품이 없었던 겁니다. 그래서 이 소리를 들었던 유엄 선사는 껄껄 웃으며 "군학(君學)은 견안천(見眼賤)하고 이문귀

(耳聞貴)"라고 말했습니다. '그대는 어찌 귀는 그렇게 중히 여기고, 눈은 그리도 천하게 여기는가'라는 뜻입니다. 순간 이고는 크게 놀라 방문을 박차고 들어가 무릎을 꿇고 "큰스님 제가 죽을죄를 지었습니다. 법 한마디만 일러주십시오." 간청하였습니다. 이 때 유엄 선사는 "운재청천수재병(雲在靑天水在甁) 구름은 저 푸른 하늘에 있고 물은 이 병에 있다." 그는 그 때부터 삼일을 그 자리에 앉아서 화두를 들고 있다가 크게 깨달음을 얻고 이렇게 게송을 읊었다고 합니다. 합장하겠습니다.

연득신형사학형(鍊得身形似鶴形)
천주송하양함경(千株松下兩函經)
아래문도무여설(我來問道無餘說)
운재청천수재병(雲在靑天水在甁)

몸은 단련하여 마치 학의 형상과 같고
천 그루의 소나무 아래서 두어 함의 경전을 두고 있네.
내가 와서 도를 물었는데 아무런 말이 없고
구름은 하늘에 있고 물은 병에 있다 하네.

이고가 읊은 건 바로 기개도리인데 이 모두가 전부 화두입니다. 화두라는 것은 간화선입니다. 여러분 간화선의 화두란 말머리를 본다는 겁니다. 즉 '의심 하지 말고 정진하여 의심덩어리를 타파하라'는 뜻입니다.

선에는 간화선, 여래선과 묵조선, 조사선이 있습니다. 이들 전부 화두를 관하는 겁니다. 말하자면 간화선 자체가 화두입니다. 이와 같이 여러분도 열심히 정신하면 깨달음에 이를 수 있습니다. 여러분 성불하십시오.

금담 스님

1939년 | 경남 진주 출생.
1945년 | 경남 진주 두방사에서 동진 출가.
1953년 | 대구동화사에서 석우 대종사를 계사로 대성 선사를 은사로 사미계 수지.
1956년 | 대구 동화사 수선안거이래 제방에서 20안거.
1959년 | 부산범어사에서 동산 대종사를 계사로 비구계 수지.
1961년 | 해인사 불교전문강원 대교과 수료.
1968년 | 충남 부여 무량사 주지.
1971년 | 경남진주 청곡사 주지.
1984년 | 경남 거제 해원정사 주지.
1985년 | 해인사에서 자운대율사 법제자로 입실.
1991년 | 문경금룡사에서 관응대종사께 무문관 강의 수학.
1990년 | 진주극락 선원에서 9천일 참회정진 입제 후 현재까지 정진 수행 중.
현재 | 진주 극락선원 회주.

정관스님

자성自性을 회복하는 것이 최상승의 법法

자성自性을 회복하는 것이 최상승의 법法

우리 불교 정법은 본리지 자성(自性) 회복이 최상승의 법이고, 본리지 자성의 깨달음이 대치의 법이고, 본디 자성의 증득함이 구경의 법이고, 본디 자성을 섬기고 수행함이 대성의 법이다.

나무아미타불.

본리지 자성이 진불(眞佛)의 경지이고 본리지 자성이 신의 경지이고 본리지 자성을 등지고 밖으로 겉모양과 색깔 형상에만 집착하고 치우는 것은 외도(外道)이고 허상(虛想)이며 미신이다.

나무아미타불.

　반갑습니다. 본리지 자성불(自性佛)이라고 요즘, 불교에서는 불사(佛事), 불사하지만 중생이 가지고 있는 자성불을 회복하는 일만큼 더 큰 불사는 사실 없습니다. 또 사람이 인류에 대해 공헌 할 수 있는 게 무얼까 생각하지만 사실, 자기의 자성불을 회복하는 것보다 더 큰 공헌도 없습니다. 이와 같이 자기가 가진 자성불을 회복하는 게 불교의 정법(正法)과 구경(究竟)으로 가는 길임을 알아야 합니다. 실로 우리가 이를 외면하고 다른 길로 간다면 부처님의 정법과 구경을 얻을 수 없다는 말씀입니다. 외도들이 가는 다른 길을 간다면 억만 년을 가도 자성불을 구할 수가 없습니다. 오늘날 같이 어려운 시대일수록 자성불을 회복하기 위해 우리는 자신의 자성불을 찾기 위해 열심히 노력을 해야 합니다.

　얼마 전 우리는 새로운 우주시대를 열었습니다. 이를 위해 우리는 엄청난 돈을 쏟아 부었습니다. 그러나 그것만으로는 인류에 공헌했다고 볼 수 없습니다. 그보다 먼저 해야 할 일은 내면성에 있는 자성불을 회복해야 합니다. 그래야만 안식자(安息者)가 될 수 있으며 직접 자신이 낙(樂)을 누릴 수 있는 독거유희락(獨居遊戲樂)자가 될 수 있는 겁니다. 이를 실천해야만 갈증과 고통을 면하고 환희 속에서 살 수가 있습니다. 그러므로 우리는 반드시 자성불을 회복하여야만 합니다.

　사람은 직접 자신이 낙을 누릴 수 있어야만 모든 이치를 실감할 수 있습니다. 그러니까 우주시대를 열고 하는 것도 좋지만, 무엇보다도 그 많은 예산중의 일부라도 인간의 자성불을 찾기 위한 참선과 수행으로 돌릴 수 있다면 이 사회는 더욱 행복해질 수 있으며, 사람들도 복되게 살 수 있습니다. 또한 더불어 범죄가 없고 인간미 넘치는 좋은 사회가 될 수 있으며 환희의 세계가 되리라 생각합니다. 물론 이러한 세상을 만나는 것에 대해 혹 불자들은 실감나지 않을 지도 모릅니다. 하지만 개개인이 자신의 자성불을 찾을 수만 있다면 이룰 수 있습니다.

저는 오래 동안 많은 고민을 해 왔습니다. 어떻게 하면 우리가 사는 동안 행복한 독거유희락을 얻을 수 있는가에 말입니다. 우리는 이 세상에 사람의 몸을 받고, 부처님을 만났으며, 정법을 만났습니다. 정말 더 없이 좋은 기회 속에 살고 있습니다. 이러한 기회는 다시 오지 않습니다.

만약, 우리가 현생(現生)에 온 기회를 놓치게 되면 다음 생에 어떤 업을 받을지 아무도 모릅니다. 그러므로 이러한 기회에 우리는 열심히 수행하고 정진하여 자신의 자성불을 회복해야만 합니다.

지금은 백세(百歲)를 사는 장수시대입니다. 이런 공부를 하지 않고 백년 동안 살게 되면 나중 늙어서 어떻게 될까요? 그야말로 상처받아 응어리진 늙은 노인, 고독하고 쓸쓸한 노인, 실망과 낙담으로 참담한 노인, 불쌍하고 초라한 노인, 국가에서 천대 받고 가정에서 조차 천대 받는 노인밖에 되지 않습니다. 이 뿐만이 아니라 사는 게 공포의 백세가 되고 말겁니다. 말하자면 나라는 존재가 절망과 공포의 노년기를 맞이한다면 얼마나 초라할까요? 한 번 상상해 보세요. 아마 잠이 오지 않을 겁니다.

그러므로 우리는 복된 미래의 백세를 맞이하기 위해 열심히 공부하고 노력해야 합니다. 만약, 이를 실천하지 않는다면 불을 보듯 우리의 백세는 공포와 절망으로 가득할 겁니다. 사람이 태어나서 평생 아무 생각도 없이 그냥 보내는 건 살아도 산 것이 아닙니다. 우리는 복된 말년을 위해 지금이라도 밤잠을 설치더라도 열심히 공부하고 정진해야 합니다. 남이 이를 대신해 주지 않습니다. 노인이 되어 참담한 것은 누구의 책임이 아니라 자신에게 있는 겁니다.

여기에 불교의 목적이 있습니다. 앞으로 다가 올 자신의 말년을 복되게 하기 위한 종교가 바로 불교입니다. 이러기 위해서는 자기가 가진 불성(佛性)을 회복하지 않으면 안 됩니다. 이것이 오늘 제가 여러분에게 드리는 법문의 요지입니다.

우선 간화선 화두에 대해 말씀하고자 합니다.

여러분에게 오늘 제가 숙제를 내어 드리겠습니다. 여기가 서울특별시가 맞지요? 서울특별시가 어디로 누워 있습니까? 서울시가 하루에 춤을 몇 번이나 춥니까?

바로 간화선은 의문 차(車)가 의문의 시동을 거는 걸 말합니다. 차는 시동이 걸려야만 달릴 수 있습니다. 이와 같이 화두도 의문이 걸려야만 됩니다. 서울특별시가 어디로 누워 있느냐? 또 다음은, 서울시가 하루에 춤을 몇 번이나 추느냐? 이것이 바로 의문입니다.

저의 질문에 여러분들은 대답을 하지 못하고 있습니다. 그런데 여러분은 대답을 하지 못하는 것에 아무런 죄책감을 가지고 있지 않으며 또한 부끄러움도 없습니다. 이래서는 안 됩니다. 어떤 질문에 대답을 하지 못하면 스스로 부끄러움과 죄책감을 가지고 있어야 합니다. 이것이 바로 간화선의 회의(懷疑)입니다. 부끄러움도 없고 미안함도 없고 그저 그런 마음으로써는 아무것도 이룰 수 없다는 말씀입니다.

결코 이것은 바른 자세가 아닙니다. 상대방이 어떤 질문을 했을 때는 반드시 '아니다. 맞다. 동쪽이다. 서쪽이다' 등 틀리던 맞던지 자기 나름대로의 대답을 해야 합니다. 그런데 여러분들은 아무런 답도 하지 못하고 있습니다. 이건 불교가 아니라는 말씀입니다. 질문을 하면 바로 답이 나오는 게 살아있는 불교이며 미래의 불교정신입니다. 그래서 불교는 지혜의 종교인 겁니다. 불교는 결코 미신과 구복의 종교가 아니라 인류에게 행복을 주는 종교입니다. 우리 불자들이 거저 부처님에게 무엇 달라, 무엇 달라 하지만 이런 게 불교가 아니라는 말씀입니다. 불교에는 엄격한 정법이 존재합니다. 만약 불교에 정법이 없다면 존재할 가치가 없습니다.

말하자면 서울특별시가 어디로 누워 있느냐? 춤을 추고 있느냐? 여기에 즉각 대답을 받아 내고자 하는 게 부처님의 뜻이며 불교의 뜻이고 우리가 해야 할 공부입니다.여기에 대한 대답은 학벌이 높고 가방끈이 길다고 되는 게 아닙니다. 만약 이런 게 된다면 세계일류대학 나온 사람들은 모두 대답할 수 있을 겁니다. 하지만 이건 절대로 아닙니다. 또한 재주로 되는 것도 아니고, 임기응변이나 수단으로 되는 것도 아닙니다. 오직 자기 나름대로 공부를 하여 체득해야만 즉각 대답이 나올 수 있습니다. 이런 질문에 즉각 대답할 수 있는 경지가 되면, 독거유희락자가 될 수 있다는 말씀입니다. 이게 바로 불교가 가진 높은 경지입니다.

그저 절에 와서 부처님께 기도드리고 목탁치고 복주세요 하듯이 나약하고 연약한, 복이나 살살 비는 게 아닙니다. 물론, 복도 빌고 짓고 해야 하지만 불교는 당장 정신이 죽어 있고 마음이 더럽혀진, 죽어 있는 사람을 되돌려 살아서 눈뜨게 하는 종교입니다. 말하자면 죽은 사람을 다시 살리는 게 불교인 것입니다. 이것이 바로 불교가 궁극적으로 가지는 해답입니다. 정신과 마음이 죽어 있는 사람은 살아도 살아 있는 게 아닙니다. 이 세상에는 멀쩡히 살아있어도 죽어 있는 사람이 너무 많이 있습니다. 이런 사람이 되지 않기 위해서 우리는 열심히 공부를 해야 합니다.

내가 분명히 여러분들에게 숙제를 던졌는데도 불구하고 아무런 죄책감이나 부끄러움이 없다면 이건 죽어 있는 사람이나 똑같다는 말입니다. 부끄러움과 죄책감이 없는 사람은 살아있는 사람이 아닙니다. 아마 이러한 죄책감과 부끄러움을 가진다면, 여러분은 일주일이면 대답할 수 있을 겁니다. 그런데 이것조차 없다면 몇 백년이 흘러도 내가 내린 숙제에 대해 답을 하지 못할 것입니다.

이와 같이 우리가 깨침을 얻기 위해서는 어떤 자극과 분발심(奮發心)이 있어야 합니다. 이게 바로 간화선을 하는 이유이며 핵심입니다. 바로 의문의 차, 의문의 시동입니다. 제가 숙제 내어 드린 건 바로 여러분이 가진 의문에 시동을 걸기 위함입니다. 즉 시동이 걸려야만 차가 움직일 수 있듯이, 여러분도 의문을 가져야만 마음공부에 시동을 걸 수가 있는 겁니다.

이렇게 이야기를 해도 시동이 걸리지 않는다면 그건 내 책임이 아니고 바로 오늘 여러분들의 책임입니다. 나 역시 내 나름대로 빠져나갈 구멍을 만들어 놔야 되지 않겠어요? 절대 내 책임 아닙니다. 하하

한번은 이런 일이 있었습니다. 일제(日帝) 때인데 범어사에 만성이라는 비구니가 있었습니다. 만공 스님이 범어사에 오셔서 수백 명의 대중 앞에서 법문을 하고 있었습니다. 그런데 그 때는 만성 스님은 그저 신도로서 그 틈 사이에 앉아 법문을 듣고 있었습니다.

그 때 만공 스님이 법상(法床)에 올라 "귀신방구에 털이 나는 소식을 아느냐? 일러보아라" 하고 법문을 하고 주장자를 탁 탁 탁 세 번을 쳤습니다. 그런데 대중들은 그저 침묵만 하고 있었습니다. 다시 만공 스님은 "그래 귀신방구에 털 나는 소식을 아느냐?" 재차 일렀지만 대중들은 별무 소식이었습니다.

그래서 만공 스님은 할(喝)을 하고는 그냥 법상에서 내려와 버렸습니다. 그런데 그 순간 만성 비구니는 그 모습을 보고 '아 저 어른 스님은 저렇게 하는데 나는 도대체 무엇인가. 나는 살아 있는 사람인가 죽은 송장인가. 도대체 나는 누구인가?' 하고 자극을 크게 받았던 겁니다.

그날 만성 비구니는 만공 스님의 법에 단 한마디도 할 수 없었던 자신에 대해 반성을 했습니다. 말하자면 '큰 스님이나 자신이나 다 같은 사람인데 나는 왜 한마디도 못하는 걸까? 하고 부끄러운 마음'이 들었던 겁니다. 말하자면 분발심이 일어나 식지 않았던 겁니다. 그 순간 만성 비구니는 자신의 살림을 다 정리하고 만공 스님에게 가서 하는 말이 "큰 스님 정말 죄송합니다. 스님의 법문에 단 한마디도 하지 못한 것에 대해 부끄러

위 간밤에 잠을 설쳤습니다. 저는 스님이 내리신 화두에 대해 회귀하겠습니다. 그러기 위해서는 출가를 해야 하겠습니다."하였던 겁니다. 그때부터 그녀는 비구니가 되어 10년 동안 용맹정진 화두 참구에 들어갔습니다. 그리고 순간 깨달았습니다. 그 화두에 대한 답이 나왔던 겁니다. 그 길로 만공 스님에게 일렀던 겁니다.

그 때 만공 스님이 하시는 말씀이 "남자의 몸으로도 화두를 깨치는 게 결코 쉽지 않은 일인데 하물며 비구니가 깨쳤다니 놀랍구나. 다음 생엔 남자의 몸 받아서 그 복을 펴라"고 말씀하셨다고 합니다.

이후 만성 비구니가 깨쳤다는 소문이 퍼지자 전국에서 신도가 몰려 왔습니다. 심지어 법거량을 겨룬 비구 스님들조차 만성 비구니 앞에서 화두에 대해 대답을 하지 못해 창피 당하기 일쑤였습니다. 그 후 만성 비구니는 범어사에 와서 공부에 정진하시다가 열반을 하셨습니다.

지금의 범어사는 그 만성 비구니 스님의 후광으로 비구니 선방(禪房)이 유명합니다. 보통 결재 때 80~100여 명이 모이는데 여기에 박사 출신도 많이 있습니다. 참으로 놀라운 일이 아닐 수 없습니다. 전국 명성 높은 선방으로 대학교수도 배출 했지만 화두를 깨달은 비구니는 오직 만성 스님 밖에 없다고 합니다.

만약, 만공 스님의 법문 때 내린 화두에 대한 분발심이 없었다면 만성 스님은 결코 깨침을 얻지 못했을 겁니다. 이게 바로 간화선입니다.

말하자면 간화선은 의문에 대한 시동이 걸리고 그에 따라 화두타파에 대한 집요한 수행이 있어야만 가능합니다. 그래야만 큰 깨달음을 얻을 수가 있습니다. 이와 달리 화두에 대한 의문조차 가지지를 못하고 또한 그에 대한 부끄러움, 미안함, 분노 등이 없다면 참선을 한다고 해도 늦어 질 수밖에 없습니다. 물론, 이 같은 경우에라도 공덕이 없는 건 아니지만 좀 적다라는 말씀입니다. 하지만 만성 스님은 큰 스님의 법문 한마디에 의문과 착(着)이 동시에 시동이 걸렸던 겁니다.

화두참구에 있어 우리 불자들은 어려운 건 잠시 피하고 처음에는 쉬운 것부터 하시는 게 좋을 것 같습니다. 그래야만 쉬이 중도에 포기 하지 않고 정진 할 수 있기 때문입니다.

쉬운 화두에는 송화두(誦話頭)가 있습니다. 간화선 화두가 철학적이라면 송화두는 매우 종교적이고 정서적이고 시적 감성이 뒷받침 되는 겁니다. 예를 들면, 염주를 돌리면서 관세음보살을 염불하는 걸 말하는데 이 또한 화두 타파와 똑같습니다. 사람들은 그저 염불하는 걸 두고 격이 낮다고 하는데 사실, 그건 아닙니다.

금봉사의 전설에 따르면 백일, 천일 염불수행만 해가지고도 성불하신 분들이 31명이나 있다고 합니다. 아미타불 염불만 했는데도 육신이 천상으로 등공되었다는 말씀입니다. 이런 사례가 있음에도 불구하고 염불 그거 해보아야 별 수가 없다고 업신여기는 사람들이 있습니다. 하지만 이러한 생각을 하는 건 크게 잘못된 일입니다.

나는 송화두를 굉장히 중요하다고 여기는 사람입니다. 관세음보살, 관세음보살 염불을 하루에 일, 이백 개만 하여도 죽었던 뇌세포가 다시 되살아납니다. 우리 뇌세포는 하루에 20만 개가 죽는답니다. 그런데 우리가 염불을 하면 그 죽었던 뇌세포가 오히려 되살아난다고 합니다. 이것은 의학적으로도 매우 근거가 있는데 정신적 자극이 전체 혈액을 순환시켜 굳어지던 뇌세포가 다시 되 살아나기 때문입니다. 이것이 바로 송화두의 중요성이며 나중 화두타파를 위한 힘의 바탕이 되는 겁니다.

말하자면 염주가 닳도록 굴리면서 열심히 염불을 하면 나중 그 공덕은 일행삼매(一行三昧)에 이르게 되어 앉아도 관세음보살이 되고, 걸어도 관세음보살이 되고, 밥먹으면서도 관세음보살이 되는 겁니다. 즉 자신의 뇌리에서 일행삼매의 송화두가 끊어지지 않게 되는 겁니다. 이경지가 바로 일행삼매입니다. 이를 거친 사람은 더 나아가 간화선 참구를 해도 됩니다.

제가 불자들에게 송화두를 권하는 건 아무래도 간화선보다 쉽기 때문인데 이는 마음만 먹으면 되기 때문입니다. 말하자면 자기 마음먹기에 달려 있는 겁니다. 그런데도 불구하고 자기의 마음을 제대로 쓰지 않는 건 순전히 자기 책임입니다. 자기 마음을 놔뒀다 무엇에 쓸 겁니까? 이걸 제대로 쓰면 되는데 이조차 하지 않는 건 한갓 바보에 지나지 않습니다. 사람은 항상 자기 자신에게 자극을 주어야만 합니다. 자꾸 관세음 보살, 관세음 보살 염불을 하면 홀연히 깨달음으로 가게 되고 나중에는 그 누구도 자신을 따라 올수 없게 되는 겁니다.

저 역시 한 때는 단식을 하면서 관세음보살 염불을 정말 열심히 한 적이 있습니다. 그런데 일주일이 지났을까? 어느 날 새벽 홀연히 깨달음이 찾아 왔습니다. "관세음보살 이것이 무엇인가?" 나는 문득 그러한 생각에 사로잡히기 시작했던 겁니다. 그래서 나는 또 하나의 의문이 생겼습니다. "그럼, 나는 누구인가? 관세음보살은 누구인가?" 끊임없는 작용이 일어나고 결국 이러한 생각은 마음으로 전이가 되었던 겁니다.

제가 오늘 불자 여러분들에게 드리는 말씀은 간화선의 화두타파도 중요하지만 이것은 매우 어렵기 때문에 송화두를 하는 게 좋다는 겁니다. 저의 말씀을 염두에 두어야 합니다. 말하자면 저의 말이 정법이라는 겁니다.

저는 수십년 째 매일 하루에 여덟 시간 씩 송화두를 합니다. 내겐 이것이 일 년 농사입니다. 사람이 농사를 안 짓고 밥을 먹는 건 참으로 잘못입니다. 사람은 일을 하고 밥을 먹어야 떳떳해지고 천하에도 부끄럽지 않습니다. 일도 하지 않고 밥을 먹는 건 참으로 부끄러운 일임을 알아야 합니다. 또한 불자들은 그런 부끄러운 존재가 되어서도 안 됩니다.

저는 송화두를 실천한 장본인이기 때문에 여러분들에게 송화두를 하라고 권합니다. 내가 경험하지 않고 여러분들에게 권하는 건 나쁜 일입니다. 하지만 저는 철저히 부처님의 가피를 경험했기 때문에 여러분들도 송화두를 실천하면 반드시 공덕이 쌓아진다는 걸 말씀 드리고자 합니다. 공덕을 쌓기 위해서는 반드시 일행삼매자가 되어야 합니다.

앉으나 서나, 책을 보나 뇌리 속에는 언제나 관세음보살이 쉬지 않고 돌아가야 합니다. 물론 끊어지면 안 되지만 끊어지기도 합니다. 하지만 공덕을 쌓기 위해서는 끊어지면 또 잇고 끊어지면 또 잇는 부단한 자기 분발심이 있어야 합니다. 분발심이 없는 사람은 끊어지면 그길로 후퇴가 되지만 분발심이 있는 사람은 설령 끊어진다고 해도 또 이어지기 때문에 결국에는 끊어지지 않습니다. 이런 사람은 큰 공덕이 쌓입니다. 이때부터 바로 일행삼매자 되고 그길로 안식자(安息者)가 됩니다.

안식 자가 되지 못하는 건 순전히 자기 책임입니다. 부처님과 스님, 법당의 책임도 아니고 또한 그 누구의 책임도 아닙니다. 안식자가 되면 독거유희락자가 됩니다. 혼자서도 세월을 즐겁게 보낼 수 있습니다. 자기 내안에 기쁨이 쌓이는 겁니다. 그럼 되는겁니다. 혼자서 기쁘게 세월을 보낼 수 있고 시간을 보낼 수 있으며 혼자 있어도 그저 기쁜 겁니다. 삶이란 그런 것이 아니겠습니까?

우리가 낙을 찾으려면 상대가 있어야 합니다. 하지만 독거유희락자는 필요가 없습니다. 장기를 두려고 해도 상대가 있어야 하고 골프를 치려고 해도 적어도 네 사람이 있어야 합니다. 하지만 독거유희락자는 바로 상대가 필요 없습니다. 혼자 가만히 방에 있어도 즐거운 사람입니다.

이러한 독거유희락자가 되기 위해서는 송화두를 열심히 해야 합니다. 물론 간화선을 참구하면 좋겠지만 불자들이 하기에는 약간 힘듭니다. 그러나 간화선 화두가 되면 여러분 어떤 경지에 이를 것 같습니까? 제가 예를 하나 들겠습니다. 술 좋아하는 사람이 술 한 잔 먹으면 기분이 좋지 않습니까? 밥이 싱거워도 그냥 넘어 가고 밥이 질어도 그냥 넘어가고 주면 주는 대로 먹습니다. 방이 추워도 그만 방이 따뜻해도 그만 그렇게 됩니다. 그저 기분이 좋아지는 겁니다. 말하자면 이것저것 가리지 않습니다. 물론, 여기에 비유하는 건 그렇지만 이러한 구별이 생기지 않는 건 마음에 상처가 없기 때문입니다. 사람은 세상을 살면서 마음에 상처를 입으면 안되지만 상처 없이 세상을 살기란 퍽 힘듭니다.

하지만 그러한 상처를 남이 없애주지는 않습니다. 스스로 마음의 상처를 지워야만 합니다. 이런 아픔을 지우기 위해 필요한 게 바로 송화두나 간화선 참구입니다. 만약, 여러분이 이를 열심히 하면 마음의 상처를 받지 않습니다. 방이 춥거나 덥거나 배가 고프거나 말거나 해도 마음은 그저 편안해집니다. 비록, 지금은 손해를 본다고 해도 나중에는 잃어버린 손해들이 모두 회복됩니다.

사람이 세상을 살아가면서 제일 중요한 건 마음의 안식을 구하는 일입니다. 사람이 화두를 들게 되면 정신이 성성해지고 마음이 편안해집니다. 내안에 복지(福地)가 이루어지는 겁니다. 이러기 위해서는 내면적 동반자가 있어야 하는데 이런 동반자가 다음 미래생까지 함께 가게 되는 겁니다. 우리가 세상을 떠날 땐 동반자가 없습니다. 하지만 화두를 들게 되면 내면에 동반자가 생깁니다. 이런 사람은 다음 생에도 큰 복을 누릴 수 있습니다. 물론 자신의 가족들도 마찬가지입니다.

누가 식은 밥을 주어도 불평하지 않고 상처를 받지 않습니다. 또한 어디를 가도 마음의 상처를 받지 않고 지극하게 마음이 편안해 집니다. 이 세상은 좋은 건만 있지 않습니다. 세상에는 별의별 사람이 많이 살고 있기 때문에 때에 따라서는 나에게 상처를 주기도 합니다. 때론 나를 욕하는 사람도 있습니다. 이런 사람으로부터 마음의 자유인이 되려면 바로 '참나'를 찾게 하는 송화두나 화두참구를 하라는 말씀입니다. 이렇게 되면 자신의 허물도 벗을 수 있고 또한 허물을 만들지도 않습니다.

이와 달리 자기 자신이 상처를 받는 건 허물입니다. 사람은 마음의 상처가 없어야 승리자가 될 수 있으며 마음의 상처가 있는 사람은 나약한 사람입니다. 바로 실패자라는 뜻입니다. 그러니까 우리는 화두를 탐구해야 독거유희락자가 될 수 있고 안식자가 될 수 있습니다. 그렇다고 안식자란 좋은 것만 먹고 입는 게 아닙니다. 현실속에 살면서도 물들지 않고 마음의 상처를 받지 않고 사는 걸 말합니다. 남이 욕을 해도 안 받고, 칭찬을 해도 무덤덤합니다. 말하자면 내안에 그 어떤 바람이 불어도 안식만이 가득하게 되어 그저 바람같이 지나가게 됩니다.

우리가 세상을 살면서 누가 칭찬을 하면 기분이 좋고 누가 욕을 한다고 해서 화를 내는 건 좋지 않습니다. 그저 나를 칭찬하거나 욕을 하거나, 쉰 밥 덩어리를 갖다 줘도 상관없이 바람처럼 지나가야 합니다. 우리 마음은 이와 같이 허공이 되어야 합니다. 우리 본래의 마음은 허공입니다. 그저 내안에 든 욕심과 번뇌들을 비워버려야 합니다. 본래부터 우리의 마음은 비어 있으므로 본래로 돌아가야 한다는 말입니다.

어쨌든 오늘의 법문주제는 우리불자들이 간화선을 하면 더 좋지만 송화두자가 되어 늘 염불과 간경, 등을 해야 하여 마음의 평화를 유지해야 한다는 겁니다. 하지만 송화두자가 되는 것도 결코 쉽지 않습니다. 통례로 몇 만 명 중에 하나가 나온다고 합니다. 그러니까 정진을 하다가 원망하고 쉽게 포기를 해서는 안 됩니다. 비록 힘들지라도 송화두부터 하는 게 좋습니다. 그래야만 간화선도 되는 겁니다. 대개 불자들은 송화두를 하다가도 종교와 신앙적으로 자꾸 의문에 휩싸이기도 합니다. 이걸 내가 왜하나 하는 쓸데없는 망념에 이끌리기 쉽다는 말씀입니다. 하지만 이러한 과정도 하나의 수행이므로 망념들을 다 물리치고 열심히 해야 합니다. 그렇게 되면 어느 순간 모든 의문이 풀리게 됩니다.

제가 8,90이 되는 어른 한분을 아는데 그 분은 《금강경》이 닳도록 읽어서 손만대면 먼지가 폴폴 날 정도인데 얼마나 읽고 있었는지 손때가 하얗게 묻어 있습니다. 그런데 그분은 혼자 있어도 전혀 고독을 모릅니다. 그저 밑 반찬을 갖다 주어도 자기가 만든 음식만 먹고 삽니다. 그 분의 얼굴에는 항상 인자한 미소만 흐릅니다. 그야말로 평화롭습니다.

여러분들도 《금강경》을 날마다 읽어 보세요. 정말 마음이 평안해 질겁니다. 그런데 "이렇게 좋은 걸 왜 안하느냐"고 내가 골백번 외쳐보아도 사람들은 그 때 뿐 잘 듣지도 않습니다. 그 분은 그저 독송만 해도 마음속 가득 평안이 넘쳐흘러 도저히 90이 넘은 분이라고 믿기 어려울 정도로 정정합니다. 《금강경》을 독송하고부터 건강도 무척 좋아졌다고 합니다.

이런 걸 볼 때 우리는 송화두를 해야만 합니다. 부처님의 법은 참으로 좋습니다. 앞으로 우리가 사는 시대는 장수의 시대입니다. 그런데 복된 백세가 되어야지 고독한 백세, 힘든 백세, 살기 싫은 백세가 되어서는 결코 안 된다는 말씀입니다. 그런 자신이 되어서도 안 됩니다.

창조적 삶을 살며 간절한 신심으로 자기성찰을 이룬 사람은 자기를 스스로 지킵니다. 이런 사람에게는 절망이나 아픔 같은 게 없습니다. 바로 자기 자신을 지키는 힘을 지니고 있습니다. 우리는 스스로의 힘을 키워야 합니다. 이러기 위해서는 송화두자가 되거나 간화선을 해야 합니다.

즉, 자기성찰의 자기제도의 창조적 아픔을 가져야 합니다. 간절한 신심과 자기성찰의 아픔 없이 공부를 하지 않는 사람은 결코 송화두자가 될 수 없습니다. 사람이 아픔이 있어야 발심이 되고 공부하는 사람이 되는 겁니다. 아픔 없이 무언가를 성취한다는 건 사실 불가능합니다. 아픔이 없는 사람이 어찌 기쁨을 구할 수 있겠습니까? 더구나 어렵고 힘든 과정 없이 무언가를 이룬다는 건 있을 수 없는 일입니다.

하루에 우리의 뇌세포는 20만 개씩 죽어 간다고 합니다. 그런데 우리가 아무 생각도 없이 그저 그렇게 보내면 우리의 죽어간 뇌세포를 되살릴 수 있는 방법은 아무 것도 없습니다. 만약 이렇게 된다면 우리의 몸은 끝없이 병들어 갈 것이며 굳어갈 것 입니다. 이와 달리 우리가 끊임없이 무언가를 추구하고 스스로 자기 성찰에 대한 아픔을 경험한다면 우리의 죽어 있던 뇌세포도 결국 되살아 날 겁니다.

이와 같이 우리의 몸을 금생에 제도하지 못한다면 다음 어느 생에 몸을 제도할 지 아무도 모릅니다. 더구나 다음 생에 소나 뱀으로 태어날지 아무도 모르기 때문에 그 때는 영원히 내 몸을 제도 할 수 없으며 축생(畜生)을 다 돌아다녀야만 합니다. 그러니까 이렇게 좋은 법을 만났을 때, 즉 사람의 몸을 받아서 태어난 이때에 내 몸을 제도하지 못한다면 영원히 우리는 제도하지 못한다는 걸 깨달아야 합니다. 이를 위해서는 자기 성찰의 창조적 아픔을 겪어야만 합니다. 병든 아픔은 안 됩니다.

사람에게 창조적 아픔이 있으면 자다가도 벌떡 일어나고, 시간을 아낄 줄 압니다. 한번이라도 화두를 하려고 노력하고 안 되면 더욱 잘하기 위해 노력하게 됩니다. 또한 자기 성찰이 부족해지면 스스로 부끄러움과 미안함, 죄책감을 가지게 되어 더욱 더 열심히 하게 됩니다.

우리 같은 스님들도 화두 참구에 있어 미안하고 부끄러움과 분노가 없다면 되지를 않습니다. 이와 같이 우리불자들도 자기 성찰이 부족한 사람은 스스로 부끄러워하고 괴로워해야 합니다. 즉 창조적 아픔을 끊임없이 해야 한다는 말입니다. 그래야만 스스로의 힘이 생기고 또한 자신을 지키는 힘이 생깁니다. 이를 통해 독거유희락자가 되는 겁니다. 그래야만 누가 무엇을 어떻게 해도 그저 바람처럼, 구름처럼 모든 사심을 버리고 유유자작한 생을 누릴 수가 있는 겁니다. 말하자면 누가 오든지 말든지 아무것도 기다리지 않아도 스스로 즐거움을 느끼게 되는 겁니다.

사람이 무언가를 기다리는 것도 하나의 고통입니다. 나는 핸드폰이 없습니다. 오고 싶으면 오고, 가고 싶으면 가고 세상이 항상 편안합니다. 그러니까 내가 바로 독거유희락자 입니다.

혼자서 밥 먹어도 밥맛이 좋고 잠 잘 오고 그럼 되었지 않습니까? 이게 인생의 전부입니다.

그러므로 우리는 밥 한끼도 맛나게 먹고, 맛나게 자고, 맛나게 살아야 합니다. 그러면서 새로운 준비를 해야 합니다. 화두참구에 대한 아픔이 있고, 부끄러움이 있어야 합니다. 부끄러움도 없고 자기제도의 아픔이 없는 사람은, 아무 생각없이 허송세월 하는 사람에 지나지 않습니다. 시간이 바로 금사래기인데. 금사래기를 우리가 유의하게 써야지, 오늘도 그만 내일도 그만 그런 내가 되어서는 안됩니다. 그런 대한민국이 되어서도 결코 안 됩니다.

열심히 마음을 닦고 안식자가 되어 부디 독거유희락자가 되시기를 바랍니다. 독거유희락자는 남에게 부담을 주지 않습니다.

내가 오늘 간화선과 송화두에 대한 차이점을 말씀드렸습니다. 남에게 부담 주는 것은 실례입니다. 물 가져오느라, 무엇 가져오느라, 안 하면 때리고 성내고, 그것은 비인격입니다. 그러려면 혼자 해결해야 합니다. 물 갖다 먹고, 안 가져와도 내가 혼자서 기쁘게 기쁘게 기쁘게 살아야 합니다. 사람은 무엇이든 가득해야 합니다. 친구가 가득해야 하고 대중이 가득해야 합니다. 또한 자기 정신세계가 그렇게 되어야 합니다. 그것이 잘 사는 겁니다. 어쨌든 우리는 잘 사는 것이 목적입니다. 남을 상대로 해서 잘 사는 것은 맘대로 되지 않습니다. 독거유희락자만이 자기 마음대로 됩니다. 그러면 이 방에 혼자 있어도, 기쁘게, 기쁘게 시간을 보내고. 아까 그《금강경》, '이렇게 좋다. 너도 읽어라.' 그렇게 되는 겁니다.

오늘, 법회 함께 하게 되어서 고맙습니다. 성불하십시오.

정관 스님

1954년 ㅣ 부산 범어사에서 동산 스님을 계사로 사미계 수지.
1957년 ㅣ 비구계, 보살계 수지.
범어사 강원수료, 범어사 선원에서 수선안거이래 14안거 성만.
쌍계사, 영주암, 범어사 주지 각각 역임.

대한불교신문 이사장, 부산광역시 불교연합회 회장.

조계종 중앙종회 의원.

사단법인 불국토, 사회복지 법인 불국토, 재단법인 불국토 청소년 도량 설립하고
초대 이사장 역임.

대한불교 어린이 지도자 연합회 회장 및 총재.

현재 | 부산 영주암 회주.

인간이 추구해야 할 최상의 도道

인간이 추구해야 할 최상의 도道

반갑습니다.

부처님은 이 우주법계에 충만하여 안 계신 곳이 없습니다. 그리고 시방 (十方)과 삼세(三世)를 초월하여 사람은 물론, 모든 풀과 나무에 이르기까 지 그 은혜를 입지 않은 게 없습니다. 때문에 재재처처(在在處處)가 불찰 불신(佛刹佛身)이오, 삼라만상이 청정법신(淸淨法身)이며 어느 곳 어디 엔들 상적광토(常寂光土)가 아닐 수 없으며 무량수(無量壽), 무량광(無量 光)이 아닐 수 없습니다.

그런데 우리 중생들은 지혜가 암둔하고 업장이 후중한 까닭에 부처님 과 항상 호흡을 같이하고 동정(動靜)하고 있으면서도 부처님이 곁에 있 는 걸 잘 모릅니다. 말하자면 부처님의 진체(眞體)를 보지 못하고 있는 겁니다. 이는 그지없는 업연(業緣)의 소치 탓입니다. 참으로 안타깝기 한이 없습니다.

　오늘, 이 무상사 법당에서 이렇게 법회가 열리게 된 것도 부처님의 화신(化身)이 나투었기 때문입니다. 중생들의 업장은 말할 수 없을 정도로 매우 두텁지만 무상사에 와서 법문을 자주 듣게 되면 소멸시킬 수 있습니다. 그러므로 우리 불자들은 절을 열심히 다녀 기도를 해야만 합니다. 이처럼 부처님의 화신은 방배동 불교TV에서 전파를 송출하면 각 가정이나 일터에서 채널을 맞추면 모두 방송을 들을 수 있듯이 백 사람이던 천 사람이던 누구나 만날 수 있습니다. 그럼, 그 부처님은 누구일까요? 오늘 이 법상에 서 있는 스님이 부처님이며 또한 무상사에 앉아 법문을 듣고 있는 여러분들이 바로 부처님입니다. 이와 같이 부처님의 법신은 늘 우리와 함께 자리하고 있습니다.

　예를 들어 보겠습니다. 여기 태양 광선이 하나 있습니다. 이 광선(光線)은 누구라도 다 받을 수가 있습니다. 과학자, 법관 혹은 학자라고 해서 이 광선을 많이 받는 게 아닙니다. 누구나 그 태양광선을 똑같이 받듯이 부처님의 가피도 누구에게나 골고루 입게 합니다. 그러므로 여러분들도 부처님께 간절히 기도를 하고 신심을 다하면 부처님의 가피를 입을 수 있습니다. 감히 저는 이렇게 말할 수 있습니다.

　오늘 내가 이 무상사 법당에서 법회를 여는 것은 여러분들이 법문을 많이 들어서 아시겠지만 제가 받은 부처님의 은혜에 백분의 일이라도 갚기 위함입니다.

불신충만어법계(佛身充滿於法界)

보현일체중생전(普現一切衆生前)

수연부감미부주(隨緣不感靡不周)

이항처차보리좌(而恒處此菩提座)

부처님 몸 법계에 충만 하사

모든 중생 앞에 나타나시니

인연 따라 감응함이 두루 하시어

이 보리좌에 항상 계시네.

《화엄경(華嚴經)》「여래현상품(如來現相品)」에 나오는 내용입니다. 원래부터 부처님의 불신(佛身)은 법계에 충만하고 모든 중생들 앞에 항상 나타납니다. 또한 인연법에 따라 미치지 않은 곳이 없지만 항상 부처님이 계셔야 할 보리좌를 떠나지 않고 머물러 있어 부처님은 우리의 주변에 항상 계시면서 그 본분을 다하고 있습니다. 말하자면 오늘 내가 방송국에서 법문을 하면 미국이든 한국의 산골짜기든 그 어느 곳에서나 다 볼 수 있고 들을 수 있듯, 부처님의 법신도 그 어느 곳에서나 볼 수 있으며 또한 존재합니다. 이렇듯 부처님은 항상 우리 곁에 있습니다.

그래서 우리가 앉아 있는 이 무상사 법당은 우리가 가진 짙은 업장을 소멸시키고 후중한 진구(塵垢)를 씻어 낼 수 있는 자리인 것입니다. 몸도 일주간 씻지 않으면 때가 끼듯이 우리의 마음도 씻지 않으면 때가 끼입니다. 그러나 우리 육신에 끼는 때는 한갓 시꺼먼 때에 지나지 않지만 우리 마음에 끼는 때는 씻어도 씻을 수 없는 업(業)입니다.

말하자면 탐진치(貪瞋癡) 삼독(三毒)과 오욕락(五慾樂)에 물들어 있기 때문에 물로 씻어도 씻을 수 없다는 말씀입니다. 그럼, 어디에서 이 업장에 낀 때를 벗겨야 할까요? 바로 이 무상사 법당에 와서 법문을 듣고 부처님에게 기도를 해야만 합니다. 그렇게 해야만 지난 일주일간 마음속에 낀 때를 벗길 수가 있는 겁니다. 마음에 낀 때는 목욕탕에 가서 씻을 수가 없습니다. 마음의 때는 이 무상사나 절에서 벗겨야 합니다. 그러므로 절은 세속의 목욕탕과 같은 곳입니다. 일주일에 한 번씩 목욕탕에 가서 육신의 때를 벗기듯이 절이나 이 무상사에 와서 마음의 때를 벗겨야 합니다. 또한 이 무상사 법당은 대도만행(大道萬行)을 골고루 수행하여 정각(正覺), 즉 깨달음의 절정에 이룰 수 있는 곳이며 자리이타(自利利他)를 구현성취(具現成就) 할 수 있는 곳입니다.

여러분은 자리이타라는 말을 많이 들었을 겁니다. 자신을 위할 뿐 아니라 남을 위하여 불도를 닦는 일을 말합니다. 자리(自利)는 다른 말로 전미개오(轉迷開悟)라고 하는데 어지러운 번뇌에서 벗어나 열반의 깨달음에 이르는 말입니다. 그리고 이타(利他)에 들어가서는 광도중생(廣度衆生)해야 합니다. 이와 같이 여러분들도 내가 먼저 이익이 되고 다른 사람들을 이익 되게 해주어야 한다는 것입니다. 이것이 바로 자리이타의 정신입니다. 그래야만 일시 성불이라는 대가를 받을 수가 있으며 눈으로 볼 수 없었던 몇 겁을 두고 내려온 누적된 업장을 깨끗이 씻어 낼 수가 있습니다. 따라서 불자들은 항상 강론현담(講論玄談)으로 이 법문을 가슴깊이 새겨 성불의 길을 오를 수 있는 정기를 마련하는 것이 좋습니다. 이것이 오늘 제가 여러분들에게 드리는 법문의 요지입니다.

부처님이 열반하시기 전 가장 많이 걱정을 했던 건 바로 화합이었습니다. 제자들이 워낙 많아 화합을 부처님은 매우 염려 하셨습니다. 만약, 제자들이 화합하지 못하면 세상을 뜨신 뒤 불법이 제대로 전해지지 못할 것을 염려 했던 겁니다. 그래서 부처님은 육화경법(六和敬法)에서 화합대중(和合大衆)의 실천덕목을 설법했습니다. 육화경법(六和敬法)은 불교교단의 화합을 위해, '신(身)·구(口)·의(意)·견(見)·계(戒)·리(利)'의 여섯 부분으로 정리된 화합의 내용으로 계율과도 같은 내용인데 아마 여러분들도 많이 들어서 알고 있을 겁니다. 이에 대한 해석이 스님들마다 분분하지만 저는 오늘 제 나름대로 육화경법에 대해 말씀을 드리겠습니다.

공동체의 발전과 존속여부는 이 육화경법을 얼마나 잘 실천하느냐에 달려있습니다. 이 육화경법은 오늘날에 와서 국가와 사회 가정의 화합으로 변하여 화합공동체법으로 발전하였습니다. 부처님은 이천 오백년 전에 이미 화합에 대해 지견(知見)을 펼쳤는데 이것은 부처님의 놀라운 선견지명(先見之明)이었습니다.

첫째 '의화동지(意和同志)'에 대해 말씀드리겠습니다. '의화동지'를 풀이하면 '뜻을 같이하면 동지가 된다'는 뜻인데 즉 '마음으로 화경(和敬)함이니 좋은 뜻, 좋은 마음을 가지고 서로서로 화합하라'입니다. 결코 이 세상은 혼자서는 살 수 없습니다. 오늘의 사회는 다 같이 더불어서 살아가는 공동체입니다. 그러므로 나 혼자만 잘 먹고 잘 입고 부자가 되는 건 좋지 않습니다. 만약 이런 사회가 유지된다면 위화감 때문에 온전한 사회가 될 수 없습니다. 좋은 사회가 되기 위해서는 화합이 되어야 한다는 말입니다.

어떤 사람은 보리밥 먹는데 쌀밥 먹고, 어떤 사람은 티코도 가지지 못해 대중교통을 이용하는데 BMW를 타고 다니게 되면 자연적으로 위화감을 느끼게 되고 질투심을 불러일으키게 됩니다. 이런 사회는 오래가지 못합니다. 물론, 사람이 가난하게 사는 것이나 부자로 사는 건 다 이유가 있습니다만 서로 서로 아픔을 나누는 게 중요하다는 말씀입니다.

두 번째는 '구화무쟁(口和無諍)'인데 '말이 공손하면 다툼이 없게 된다'는 뜻으로써 '말로 화경(和敬)함이니 좋은 말로 서로를 위하고 공경하며 화합하라.'인데 입으로 다툼이 없어야 한다는 말입니다.《법구경》에 보면 입안에 도끼가 있다고 했습니다. 무쇠로 된 도끼는 남의 다리에 상처를 내지만 입으로 된 도끼는 마음에 상처를 냅니다. 뿐만 아니라 한 치 사람의 혀는 살인도 할 수 있습니다. 그래서 입만 열면 '재화근원(災禍根源)'이 될 수 있습니다. 사람은 공연히 셋만 모이면 그 기분에 덩달아 남을 욕하기 일쑤입니다. 여러분들도 아마 그럴 겁니다. 남을 험담하고 헐뜯는 게 예사입니다. 이렇게 되면 안 된다는 말씀입니다. 이런 사람은 언젠가 자신도 그 험담의 주인공이 될 수 있습니다.

옛말에 '백전백승(百戰百勝)이 불여일인(不如一忍)이요, 만언만당(萬言萬當)이 불여일묵(不如一默)'이라 했습니다. 일백 번 싸워 일백 번 이기는 게 한 번 참는 것만 같지 못하고, 만 가지 말이 만 번 마땅하다 해도 한 번 침묵하는 것만 못하다는 말입니다.

예를 들면 남편이나 아내 몰래 좋은 일을 했는데 이걸 참지 못하고 미리 이야기를 해 버리면 오히려 그 가치가 떨어지기 쉽다는 말씀입니다. 좋은 일은 말을 하지 않아도 자연스럽게 알게 됩니다. 그런데도 불구하고 먼저 입을 놀려 하게 되면 오히려 이게 불씨가 되어 자칫 가정의 화목이 깨질 수도 있다는 말씀입니다. 이게 바로 '구화무쟁'입니다. 그래서 부처님은 일찍이 입이 만드는 구업(口業)을 만들지 말라고 했던 겁니다. 우리는 자신의 입을 깨끗하게 해야 합니다.

세 번째는 '견화동해(見和同解)'인데 '견해를 같이하면 일이 잘 해결된다'는 뜻입니다. '견해로서 화경(和敬)함이니 올바른 견해를 지녀, 바르게 화합하라.'입니다. 어찌된 일인지 오늘날 사람들은 셋만 모이면 잘 화합되지를 않습니다. 아시다 시피 오늘날은 동창회, 계모임 등 사회적으로 모임이 많습니다. 그런데 나가보면 이삼십 명 중에 꼭 한 두 사람이 모든 사람의 견해를 반박하는 경우가 많습니다. 이럴 때는 설령 자신의 의견이 옳다고 하더라도 대다수의 의견에 따라주어야 합니다. 이게 민주주의사회에서 추구하는 절대다수의 원칙입니다. 이게 지켜지지 않으면 그 모임은 결코 오래가지 않습니다. 이것이 바로 양보의 미덕이 아니고 무엇이겠습니까?

네 번째는 '계화동준(戒和同遵)'입니다. '계율이 같으면 서로 잘 준수하고 계율로서 화경(和敬)함이니 같은 계율을 준수(遵守)하면서 상호간에 화목하라'는 뜻입니다. 우리들이 세상을 살아가는데 있어 매우 중시 여겨야 할 행동이기도 합니다. 가정도 하나의 작은 사회라고 할 수 있습니다. 가정에서는 남편과 아내, 그리고 자녀들이 지켜야 할 규율이란 게 있습니다. 또한 이 사회는 법이 규정하고 있는 법칙이 있습니다. 또한 우리 불교종단도 종단대로 종헌 종법이 있습니다.

도로에서 차를 운전하는 것도 그 나름의 도로 교통법이 있습니다. 만일 행인이 차도를 걷거나 차가 인도를 달린다면 어찌 되겠습니까? 이 세상은 모든 사람의 이치와 삶에 맞게 거기에 맞는 규율이란 게 있습니다. 이 법은 누군가가 임의대로 만든 것이 아니라 모두가 '이렇게 하자'고 정해진 법률입니다. 그런데 만약, 그 법과 규율을 지키지 않으면 어떻게 되겠습니까? 일순간 이 사회는 심각한 혼란에 빠질 것은 자명(自明)합니다.

오늘날 정치도 마찬가지입니다. 대통령은 헌법으로써 지켜야 할 규율이 있습니다. 그런데 대통령이 헌법을 준수하지 않고 자신의 권력을 남발하면 독재자가 되는 겁니다. 엄연히 종교와 정치는 분리 되어야 하는 데도 대통령이 자신이 믿는 종교만을 우대한다면 이 또한 헌법을 파괴하는 행위가 아니고 무엇이겠습니까? 이것이 바로 불화(不和)의 원인이 되는 겁니다. 우리 종단도 마찬가지입니다. 종헌종법에 의거하여 그대로 가면 되는데 이를 거역하기 때문에 불화가 일어나는 것입니다. 이 뿐만이 아닙니다.

법이란 것은 누구나 평등하게 하기 위해 만들어진 사회의 규율입니다. 그런데 자신이 장관이라고 해서, 혹은 국회의원이라고 해서 정해진 법을 무시하고 함부로 하면 어떻게 되겠습니까? 바로 무법천지가 되는 겁니다. 우리 가정도 마찬가지입니다. 가장은 가장으로서의 도리를 다하고 아내는 주부로서의 도리를 다해야만 가정이 화목해질 수 있습니다. 이것이 바로 '계화동준'입니다. 즉 '계율을 잘 지켜라'는 것입니다.

다섯 번째는 '신화동체(身和同體)'인데 '몸을 같이하면 동체가 된다.'는 말로써 '몸으로 화경(和敬)함이니 상호간에 몸가짐을 바르게 하여 서로서로 공경하라'라는 뜻입니다. 이 사회는 하나의 공동체입니다. 우리가 가장 중요하게 여겨야할 것은 '다른 사람의 뜻을 존중히 하는 습관을 가져라'는 겁니다. 비록 상대방의 의견이 옳지 않다고 하더라도 그 사람의 편에 서서 한번 쯤 생각하라는 말로써 역지사지(易地思之)하라는 말씀입니다. 부부싸움도 마찬가지입니다. 남편은 아내 편에 서서 한번 쯤 생각하면 모든 어려운 일도 쉽게 풀릴 수가 있습니다. 이러지 못하고 서로 서로 옳다고 주장을 하게 되면 가정의 화목은 끝내 기대할 수 없습니다.

이 사회는 '다변화의 시대'로써 수많은 갈등이 끊임없이 일어나고 있습니다. 계층 간의 갈등, 지역 간의 갈등, 진보와 보수 간의 갈등, 여당과 야당과의 갈등이 수도 없이 야기되고 있습니다. 이 모든 게 바로 '신화동체'가 이루어지지 않았기 때문입니다. 사람 사이에서 갈등이 생기는 원인은 자신만의 이익만을 생각하는 양보성의 결여 때문입니다. 여러분들은 가정에서나 직장에서 항상 상대방을 존중하는 마음을 가져야 하겠습니다.

여섯 번째는 '이화동균(利和同均)'으로써 이익이 공평하면 서로 균등하게 하라'는 말인데 '이익으로써 화경(和敬)함이니 이익이 생기면 서로의 이익과 이로움을 위해 함께 나누라.'는 뜻입니다. 어떤 일을 해서 항상 이익을 얻었을 때는 욕심을 가지지 말고 서로 똑같이 분배를 하라는 뜻입니다. 역사적으로 전쟁이 일어나고 하는 등의 모든 불화의 원인은 이러한 이익분배가 제대로 이루어지지 않았기 때문입니다. 사람간의 사이가 나빠지는 것도 다 이러한 이익분배가 원인입니다.

오늘날 노사(勞使)간에 일어나는 분규도 분배가 제대로 이루어지지 않았기 때문입니다. 근로자가 자신만의 이익을 너무 생각한다거나 사주가 근로자의 노동을 착취한다거나 하는 것도 불화의 원인이 됩니다. 특히 사주가 돈을 벌어서 이를 골고루 나누어주지 않고 자기만의 비자금을 조성하는 게 사회의 문제거리입니다. 근로자는 자신이 회사에서 일한 것만큼 얻고 사주는 그에 보답하는 회사가 좋은 회사입니다. 즉 균등의 원칙에 위배되지 않게 사주는 회사를 운영하고 근로자는 열심히 일해야 합니다.

이것이 바로 부처님께서 우리들에게 설하신 육화경법입니다.

만약, 불자들이 이러한 육화경법을 머릿속에 담고 세상을 살아간다면 날마다 좋은 날이 될 것이고 또한 마음의 풍요를 얻어 부자가 될 것입니다.

사실, 우리가 추구하는 행복이란 멀리 있는 게 아닙니다. 가정과 사회, 국가가 화합을 이루어 공동체가 된다면 그 어떤 어려움도 쉬이 극복할 수 있습니다. 이러한 것은 결코 어려운 게 아닙니다. 마음만 먹으면 됩니다. 그저 부처님이 일체중생을 섬기듯이 일체중생이 모든 중생을 부처님 섬기듯이 공경하기만 하면 됩니다. 공경하는 사람에게는 적이 없습니다. 중생을 부처님같이 섬기는 것이 곧 여래를 부처님 같이 섬기는 것입니다. 또한 중생을 기쁘게 하는 것이 여래를 기쁘게 하는 것임을 알아야 합니다.

이 세상은 자기만 뛰어나다고 해서 혹은 잘났다고 해서 잘 살 수가 없는 곳입니다. 우리 불교종단 뿐만이 아니라 모든 사회단체가 오직 자기들만의 이익을 추구하는 것은 참으로 잘못된 일입니다. 모두가 조금씩 서로서로 양보하는 마음을 가진다면 이 사회의 대립과 갈등은 급속도로 줄어들 것입니다. 우리 가정이나, 사회, 국가는 이러한 공동체 화합에 노력해야 하겠습니다.

오늘날 한국불교는 논쟁이 많이 벌어지고 있습니다. 대표적인 논쟁은 성철스님의 '오매일여(寤寐一如)'에 대한 경지입니다. 어떤 학자는 '오매일여의 경지는 없다'라고 주장하고 있습니다. 이 오매일여의 경지를 주장하신 분은 해인사에 계셨던 성철 스님인데 1980년 선문정로에서 주장하신 것이었습니다. 저 역시 이 오매일여의 경지를 참선수행의 귀감으로 알고 열심히 정진을 했습니다.

그런데 지금에 와서 한 학자가 '오매일여의 경지는 없다'라고 부정함으로써 혼란스럽게 만들고 말았습니다. 사실, 당시도 돈오돈수, 돈오점수에 대한 논쟁이 많았습니다. 하지만 나는 이러한 논쟁에 대해 많은 회의가 일었습니다. 그래서 나 역시도 그 때 세 분의 다른 큰스님들에게 세 번인가 '돈오돈수가 맞는가? 돈오점수가 맞는가?' 하고 물었던 적이 있습니다. 그런데 큰 스님은 "돈오돈수도 맞고 돈오점수도 맞다"고 말씀하셨습니다. 또 어떤 스님은 "나는 그런 거 모른다."라고 딱 잘라 말씀하시기도 했습니다.

대개 도(道)에 들어가는 문은 많지만, 요약해 말해본다면 '돈오'(頓悟, 단박 깨달음)와 '점수'(漸修, 차츰차츰 닦아감)라는 두 문에 불과합니다. 비록 "돈오돈수(頓悟頓修, 단박에 깨치고 깨치자마자 더 이상 닦을 것이 없어짐)를 최상의 근기를 가진 사람들은 들어갈 수 있다"고 하나, 그 과거를 미루어 따져본다면 이미 수많은 생을 살면서 깨달음(돈오)에 의지해 닦으면서(점수) 차츰차츰 변화해오다가, 금생에 이르러 진리를 듣자마자 즉시 깨달아 한꺼번에 모든 일을 마친 것이기 때문입니다. 진실을 말해본다면 돈오돈수 또한 먼저 깨닫고 뒤에 닦은 근기라고 할 수 있습니다. 그러니 대개의 스님들은 이러한 논쟁에 대해 반기를 들었던 겁니다. 그러한 논쟁을 한지 벌써 서른 해가 지났습니다. 그런데 또다시 오매일여의 논쟁이 벌어진 것입니다. 과연 이러한 논쟁을 할 가치가 있을까요?

화두를 드는 방법에는 움직이나 안 움직이나 화두를 놓치지 않는 경지인 동정일여(動靜一如), 꿈을 꾸면서도 화두를 드는 것인 몽중일여((夢中一如), 잠을 자면서도 화두를 놓치지 않는 오매일여(寤寐一如) 등이 있습니다.

그런데 육식에 보면 '숙면일여' '오매일여' 경지에 도달해야 만이 견성(見性)할 수 있다고 합니다. 화두를 들고 공부를 하되 어떻게 해야 하는가?에 대한 문제는 성철스님께서 누누이 강조하셨습니다.

성철 스님의 말씀은 수행에 있어 '오매일여(寤寐一如)의 경지'를 놓지 말고 수행하라는 것인데 이 경지에 오르는 일도 쉬운 게 아닙니다. 그래서 우선은 행주일여(行住一如)의 경지에서 움직이거나 머물러 있거나 변함없이 화두수행을 할 수 있어야 합니다. 그런 다음에 깊은 꿈속에서 마저 화두를 놓지 않는 몽중일여의 경지를 밟을 수가 있다고 합니다.

그다음에는 숙면일여라 해서 깊은 잠 속에서도 화두를 잃지 않게 되는데 이러한 절대적인 경지를 통해서 오매일여, 즉 깨어 있거나 잠들어 있거나 꿈속이거나를 구별 없이 정진할 수 있는 힘을 갖게 되는 것입니다. 그렇게 오매일여의 수행을 하다가 문득 화두를 깨치고 나면 그만 마음을 가리고 있던 먹구름이 다 사라져 환한 자성의 자리가 보이게 된다는 성철 스님의 말씀입니다.

이는 마치 투명한 상자에 보물을 넣어 두면 그 보물이 안에서나 밖에서나 다 잘 보이는 것과도 같은 이치인데 아무리 빛나는 보물이라도 상자가 두텁고 때 묻어 있으면 잘 볼 수가 없는 것 아닙니까? 그러니 내 마음 속의 보석을 안에서나 밖에서나 잘 보기 위해서는 마음이라는 상자를 깨끗하게 해야 하는 겁니다. 그를 위해 화두를 들고 오매일여의 경지에서 수행을 하고 또 중도의 삶을 살아야 합니다. 중도의 삶이란 다들 아시다시피 치우침이 없는 삶을 말합니다. 치우치는 마음은 바른 삶의 길을 흐리는 요인이 됩니다. 어느 쪽에도 기울지 않고 넘쳐남이 없는 삶을 살아갈 때 우리는 상락아정의 생명체로 존재할 수 있습니다. 가야금의 무명실을 너무 조여도 아니 되고 너무 느슨히 하여도 안 되는, 가장 아름다운 소리를 낳는 적정한 조율의 지혜로 살아야 한다는 것입니다. 만약 오매일여의 경지에 도달하지 못하고서 견성성불을 했다는 것은 오히려 자기를 그르치게 되고 오늘날의 불교정신에 역행하는 일이라고 성철 스님은 강경하게 말씀했습니다.

그런데 요즘 일부 학자들의 견해는 오매일여나 몽중일여가 꿈속인데 어떻게 꿈속에서 조차 화두를 들 수 있는가?라고 의문을 제시하고 있습니다. 말하자면 잠자는데 어떻게 수승할 수 있는가라는 문제제기입니다. 그런데 사실상 그런 경지에 가보지 않고서는 이런 말도 언급을 할 수가 없다는 것을 알아야 합니다. 따라서 오매일여의 경지에 가야 '성불을 할 수 있다 없다'라는 말은 사실상 논쟁거리도 아니라는 말씀입니다. 왜냐하면 그런 경지에 가본 사람만이 학문적으로 이야기할 수 있다는 말입니다.

이런 논쟁은 어떻게 보면 시간낭비에 지나지 않습니다. 성철 스님이 말씀하신 오매일여의 경지란 그만큼 열심히 수행하라는 말씀에 지나지 않습니다. 이런 논쟁이 과열되면 오히려 분열만 초래할 뿐입니다.

따라서 화두 수행을 하는 사람은 오매일여니 숙면일여니 몽중일여니 하는 말보다 더 우선시 되는 것은 무조건적으로 신뢰하고 믿고 해야 한다는 겁니다. 그런데 어떤 학자는 완전히 번뇌 망상에 대해 그냥 쓴 게 아니라《기신론》,《열반경》등 모든 경전들을 다 참고해서 쓴 것입니다. 열반이란 불생불멸, 불생의 번뇌가 생기지 않아야 이루어질 수 있습니다. 열반을 이루기 위해서는 영원히 번뇌를 놔야합니다. 그래서 불생번뇌, 영파번뇌라고 하는 겁니다. 영원히 번뇌를 놓아 버려야만 비로소 자기 심성(心性)을 획득하게 되고 마침내 열반을 얻게 되어 성불을 할 수 있는 겁니다.

그래서 성철 스님은 화두수행에 있어 '견성(見性)하면 즉시(卽是)에 여래가 되느니라'라고 선언하였던 것입니다. 즉 깨닫는 그 자리에서 바로 부처가 된다는 말씀입니다. 말하자면 부처의 자리에 들어간다거나 증득한다는 것은 어떤 교리 (敎理)를 참구(參究)하여 논리적으로 단계를 지어 들어갈 수도 있지만 깨닫는 공부를 열심히 하여서, 번뇌망상으로 뒤덮인 무명(無明)의 구름이 가린 중생은 이 밝음을 보지 못하기 때문에 열심히 수행을 하여야만 참다운 본성(本性)을 발견 할 수 있다고 하셨던 것입니다. 그러므로 열심히 수행을 한 사람은 일체의 망념이 끊어져 비로소 무념(無念) 또는 무심(無心)이라 하며, 이름 하여 무여열반(無餘涅槃)인 묘각(妙覺)에 이를 수 있다고 하셨던 겁니다.

또한 《기신론(起信論)》에서는 깨달음이란 미세한 극미망념이 멀리 떨어져간 《구경각(究竟覺)》이라 밝혔고, 원효(元曉)·현수(賢首) 스님도 《기신론소(起信論疏)》에서 일체중생은 무명의 생각이 아직 떠나지 아니한 것이고, 불지(佛地)를 무념(無念)으로 보았던 것입니다. 무념무심(無念無心)은 번뇌가 영원히 사라져 자성(自性)을 발견한 묘각(妙覺) 뿐입니다.

그러므로 견성(見性)하는 그 자리가 바로 무심(無心)이 되어야 하고 무심(無心)이 바로 견성(見性)이 되어야 하는 것입니다. 이 무심의 자리는 주객(主客)이 일치하고 있는 상태이므로 약과 병이 함께 소멸된 현장입니다.

사람은 몸이 아프면 약이 필요합니다. 그러나 그 아픈 몸이 치유되었는데도 약을 먹는 것은 잘못된 겁니다. 약과 병은 몸체와 그림자와 같은 것입니다. 몸체가 나타나면 그림자가 생기고 몸체가 사라지면 그림자를 볼 수 없습니다. 마찬가지로 병이 없을 때는 약을 먹을 필요가 없습니다. 또한 병이 들면 그 병을 고치기 위하여 약을 먹어야 한다는 생각이 앞서게 됩니다. 그러나 병이 낫고 보면 저절로 약 먹고 싶은 생각조차 사라져야 합니다. 이것이 자연스러운 생리현상입니다.

이와 마찬가지로 우리에게 번뇌망상이 생기고 있으면 그것을 단멸(斷滅)하여야 합니다. 그러나 번뇌망상은 큰 병이 아니라고 단멸할 약을 쓰지 않으니, 자연 번뇌는 치성하고 망상은 우리를 괴롭히게 되는 겁니다.

성철 스님은 견성의 자리를 바르게 인도하기 위하여, 내외명철, 상적상조를 이야기 했습니다. 내외명철이란 견성을 하면 자성의 진여광명이 시방법계를 비추게 되는데 내외가 명철하여야 견성하게 되며 내외가 명철하지 못한다면 그것은 견성이 아니라고 강조했습니다. 말하자면 내외명철이란 실제로 견성한 이가 아니면 알 수가 없습니다. 부처님께서는 일찍이 구경각인 묘각을 성취해야만 내외가 명철해지고 구경각을 성취하지 못하면 내외명철하지 못한다고 말씀하셨습니다. 따라서 구경각이 곧 견성이라는 말입니다. 즉 내외명철은 안 가봤기에 아주 투명하다는 말입니다.

상적 상조란 항상 '고요하여 항상 비추다'라는 뜻입니다. 적광 적조는 구경각을 성취한 부처의 대열반계를 표현한 말입니다. 성불한 부처님의 경계는 일체망념이 적멸하므로 적이라 하고 대지혜의 광명이 걸림 없이 비추는 것을 광이라 합니다. 그래서 적광 적조가 되지 못한다면 그것은 견성이 아닙니다.

말하자면 부처님의 광명은 이 지상 어디에서나 늘 빛납니다. 여기 투명한 유리그릇이 있습니다. 여기에 보물을 넣었는데 그 보물은 안에서나 바깥에서나 똑같이 보입니다. 부처님의 광명도 이와 같습니다.

또한 성철 스님은 참선을 하지 않는 수행자는 대역죄인이라고 강조했습니다. 심지어 살부살모(殺父殺母)한 사람은 참회할 길이 있지만 수행자들이 수행을 하지 않는 것은 참회할 길이 없다는 엄청난 말씀을 하시기도 했습니다. 그러므로 수행자는 확철대오를 하기 위해서는 열심히 수행을 해야 한다고 말했던 겁니다. 그런데 이러한 큰 스님의 오매일여나 몽중일여에 대해 갑론을박이 나오기 시작 한 것입니다. 성철 스님이 오매일여를 강조한 큰 뜻은 그저 제자의 수행을 강조하기 위한 것으로써 선수행의 참된 지침이 되기 위해서였습니다. 즉 의문을 가지지 말고 화두에 대한 신뢰를 가지고 큰 스님이 말한 것을 완전히 그대로 믿어 버려야만 합니다. 그래야만 통할 수가 있습니다.

믿음에 대한 이야기를 하나 할까 합니다. 이 이야기는 구산선문가운데 하나인 성주산문의 개창자인 신라 말의 무염 선사와 구정 조사에 얽힌 이야기입니다. 무염 선사의 제자인 구정 조사는 당시 배우지를 못해 전혀 글자를 모르는 까막눈이었습니다. 그래서 그는 다른 행자들처럼 경전을 읽거나 염송을 전혀 할 수가 없었습니다. 이를 가엾게 여겼던 어떤 도반 행자가 큰 스님을 친견하기를 권하였습니다. 구정은 도반 행자가 시키는 대로 이렇게 물었습니다.

"어떤 것이 부처입니까?"

그 때 무염 선사가 말씀하셨습니다.

"즉심(卽心)이 불(佛)이니라"

'즉심시불(卽心是佛) 즉, 마음이 곧 부처'라고 말했던 겁니다. 하지만 워낙 무식한 구정인지라 '즉심이 불'이라는 큰 스님의 말을 '짚신이 불'이라는 말로 알아듣고 말았습니다.

구정 조사는 '짚신이 불'이라고 처음에는 짚신이 어떻게 부처일까? 라는 의문이 들었지만 큰 스님이 워낙 지극하게 말씀하시는 것을 그대로 믿고 말았습니다. 말하자면 '우리 스님이 부처인데 허튼말을 하실 리가 없다'는 것을 굳게 믿은 구정 조사는 그날부터 짚신을 안고 다니기도 하고 머리에 이고 다니기도 하고 선반에 올려놓기도 하고 오나가나 앉으나 서나 오직 짚신을 가지고 삼매(三昧)에 들어가게 되었던 겁니다. 그리하여 구정 조사는 "짚신이 어떻게 해서 부처인가"이란 화두를 가지고 불철주야 삼매에 들어갔습니다.

몇 달이 지난 어느 날 구정 조사는 산에 나무를 하러 갔습니다. 그리고 또다시 '짚신이 왜 부처일까'를 고민하기 시작했습니다. 구정 조사는 시간이 가는 줄도 모르고 오직 '짚신이 어째서 부처인가'를 생각하다가 이때 홀연히 불어오는 바람에 짚신의 끈이 끊어져 버렸습니다. 순간 구정조사는 홀연히 확철대오를 하게 되었던 겁니다. 그 순간 자리에서 일어나 춤을 추었다는 이야기입니다. 이 이야기의 본뜻은 짚신이 부처라는 생각만으로도 깨칠 수 있다는 겁니다. 화두수행에 있어 중요한 것은 바로 신심입니다.

여기에서 화두에 대해 말씀 드리겠습니다. 화두에 대해 많은 스님들이 이야기를 한 바 있습니다. 사실, 여러분들도 화두에는 천 칠백 공안이 있다는 말씀을 들은 바 있을 겁니다. 예를 들면 천 칠백공안 중에 '어떤 것이 부처님 입니까?'가 있습니다. 부처님은 이에 대해 '삼승(三乘)'이라고 했습니다. 즉 '삼승이 왜 부처일까'라는 의심을 하는 게 화두 수행의 길입니다. 그런데 우리가 여기에서 알아야 할 것은 화두에는 좋고 나쁜 것이 없다는 말씀입니다. 조금 전에 구정 조사가 '짚신이 불'이라는 것을 두고도 확철대오를 했듯이 모든 수행은 견성을 하기 위한 하나의 과정이라는 겁니다.

따라서 화두 수행에 있어서는 중요한 건 끊임없는 수행 정진입니다. 오매일여, 몽중일여가 맞고 틀린 것이 중요한 게 아니라는 말씀입니다. 무조건 큰 스님이 하시는 말씀을 믿고 수행하는 게 중요합니다.

구정 조사가 나중 위대한 큰 스님이 되었던 것은 이러한 믿음 때문입니다. 무염 선사가 구정 조사에게 솥이 잘못 걸려 있으니 다시 걸라는 말을 아홉 번이나 듣고도 일언반구도 없이 솥을 걸었던 것도 모두 이러한 큰 스님에 대한 믿음 때문입니다. 아마 여러분들이라면 두세 번 만에 화가 나 솥을 내 팽개쳤을 겁니다. 구정 조사가 스승에 대한 믿음이 없었다면 어떻게 이러한 과정을 견뎌냈을까요? 또한 이 때문에 무염 선사가 인가(認可)를 해 준 것이 아니고 무엇이겠습니까?

이와 같이 우리는 어떤 일들을 하기에 앞서 회의적인 생각을 가지는 것은 좋지 않습니다. 성철 스님이 말씀하신 오매일여에 대한 경지는 참으로 열심히 수행을 하라는 것입니다. 사실, 저희 스님들도 열심히 수행을 하다 보면 꿈에서도 화두가 들릴 때가 있습니다. 또한 화두가 일상에서도 왔다 갔다 어른거립니다. 그런데 이러한 오매일여를 두고 그저 학문으로 따지는 것은 참으로 잘못된 견해입니다. 오늘 제가 이야기하는 요지는 바로 여기에 있습니다. 더욱이 그러한 경지에 도달해보지도 않고 옳고 그름을 따지는 건 잘못되었다는 말씀입니다.

우리가 수행에 있어 가장 걸림돌이 되는 것이 있습니다. 바로 '탐진치(貪瞋癡)' 삼독(三毒)입니다. 이 중에서도 가장 경계해야 할 것은 진심(瞋心)인데 바로 '성냄'입니다. 이걸 내지 않아야 하는데 사람들은 조금한 잘못에도 불구하고 자신을 이기지 못하고 본인도 모르게 화를 내는 경우가 많습니다. 사람이 화를 내는 건 마음속에서 나오는 게 아니라 일종의 습관입니다.

금강산 외금강 신계사 부근에 돈도암이라는 조그만 암자가 있었는데 커다란 구렁이 한 마리가 모래 위에 온 몸뚱이로 글을 쓰고 있었습니다. 그 글은 홍도(弘道) 스님이 쓴 시였습니다. 그 글의 내용은 진심을 내지 말라는 경구였는데, "나는 진심을 한 번 낸 죄의 대가로 지금 뱀의 몸을 받았으니 내 글을 적어다가 계잠(戒箴)을 삼아서 화를 내지 말라"는 경책(警策)이었습니다.

행봉불법득인신(幸逢佛法得人身)

다겁수행근성불(多劫修行近成佛)

송풍취탑안중시(松風吹楊眼中柴)

일기진심수사보(一起嗔心受蛇報)

다행히 사람몸 받아 불법의 행운 만나서
다겁에 수행하여 성불에 가까웠어라
솔바람이 불어와 눈에 티가 들어가서
한 번 성을 냈더니 뱀의 몸을 받았네

녕쇄아신작미진(寧碎我身作微塵)
서불평생일기진(誓不平生一起嗔)
원사환향염부제(願師還鄕閻浮提)
설아형용계후인(說我形容戒後人)

차라리 내 몸을 가루로 만들지라도
맹세코 평생에 진심 한 번 내지 않으리니
원컨대 스님께서 염부제 돌아가시거든
나의 몰골을 말해서 뒷사람을 경계케 해주오.

　　홍도 스님의 일화가 어느 연대의 일인지 분명하지 않지만, 이러한 회화
적 걸작으로 후세를 경각시킨 일은 참으로 놀라운 일이 아닐 수 없습니
다. 여기서 그치지 않았습니다.

함정구불능언어(含情口不能言語)

이미성서로진정(以尾成書露眞情)

원사서사태벽상(願師書寫態壁上)

욕기진심거안간(欲起嗔心擧眼看)

뜻은 품었으나 말로 능히 못하노니

꼬리로나마 글을 써 진정을 말합니다.

원컨대 스님께서 이 글을 벽에 걸어

화가 날 때마다 쳐다보소서.

어느 날 홍도 스님은 성불에 가까울 정도로 다급 수행을 했다고 합니다. 그래서 어느 날 자리를 깔고 정진을 하고 있는데 갑자기 돌풍이 불어왔습니다. 그 순간 자리가 돌풍에 일어나 흙이 그만 튀어 눈에 들어왔던 겁니다. 홍도 스님은 화가 나 성질을 내고 말았는데 그 순간 다급수행을 해왔던 모든 일이 수포로 돌아가 버리고 그만 뱀이 되고 말았던 것입니다. 물론 지금은 하나의 설화로 내려오고 있습니다. 이렇듯 사람이 화를 누르는 것은 매우 중요합니다.

부처님 당시 때는 설법제일인 부루나 존자가 있었습니다. 어느 날 부루나 존자가 부처님 앞에 가서 서쪽 지방의 포교에 나가겠다고 간청하였습니다. 그곳에는 인성이 거친 사람들이 많이 살고 있었음으로 부처님이 염려스러워 이렇게 물었습니다.

"서쪽 사람들은 매우 사납다. 만약 그들이 욕을 하면 어떻게 하겠느냐?"

"때리지 않는 것을 다행으로 여기겠습니다."

부처님이 다시 질문을 던졌습니다.

"만일에 때린다면 너는 어떻게 하겠느냐."

"몽둥이나 돌로 때리지 않는 것을 다행으로 여기겠습니다."

다시 부처님이 물었습니다,

"그럼 몽둥이와 돌로 너를 친다면 너는 어떻게 하겠느냐."

"죽이지 않는 것을 다행으로 여기겠습니다."

다시 부처님이 물었습니다.

"만일 그들이 너를 죽인다면 너는 어떻게 하겠느냐."

"열반에 들게 해주는 것으로 고맙게 생각하겠습니다."

드디어 부처님은 부루나의 결심을 듣고 서쪽지방의 포교를 허락하였다. 부루나는 그곳에서 뜨겁게 포교를 하다가 목숨을 바쳤다고 합니다.

부루나는 그 사나운 서쪽 지방에 가서 살면서도 끝내 그들 속의 '무리'가 되지 않았습니다. 비록 연꽃이 진흙 속에서 살면서도 진흙의 더러움에 섞이지 않았듯이 부루나 역시 사나운 서쪽 사람들과 살면서도 그들에게 물들지 않고 오직 자기 자신만의 '참나'를 지켰던 것이기 때문입니다. 만일, 부루나 존자가 그들에게 화를 내고 그들이 폭력과 화를 쓰는 것을 용서하지 않았다면 결코 그는 포교를 하지 못했을 것입니다. 부루나 존자는 이와 같이 포교에 대해 엄청난 마음의 준비를 하고 있었던 겁니다.

요즘, 우리는 남을 용서하기보다 비난이 더 많은 혼탁한 세상 속에 살고 있습니다. 그런 때 일수록 진실을 잊지 않는 마음을 가지는 게 중요합니다.

여러분들도 남을 용서하는 마음을 가져야 합니다. 하루에 한 번씩 남을 용서 하는 게 아니라 근본적으로 남을 용서하는 자비의 마음을 늘 가지고 있어야 합니다. 남을 용서하지 못하는 사람은 칭찬에도 인색합니다. 부루나 존자는 이미 마음속에 남에 대한 그 어떤 비난의 마음을 애초부터 가지지 않았기 때문입니다. 이런 성품을 가진 사람은 항상 밝고 건강하며 매사에 자신감이 차 있습니다. 남편은 아내와 자식을 사랑하고 항상 용서로써 가정을 지켜야 합니다. 아내도 마찬가지입니다. 이런 가정은 늘 화목합니다. 제가 용서에 대해 항상 잘 쓰는 글귀가 있습니다.

심여벽해무용물(心如碧海無容物)
인사청연불염진(人似淸蓮不染塵)
마음을 푸른 바다와 같이 넓게 하고 모든 만물을 용서하라.
사람은 맑은 연과 같아 이 세상사는 오탁악세(五濁惡世)에 물들지 않는다.

우리는 이와 같이 항상 마음을 푸른 바다와 같이 넓게 하여야 합니다. 또한 본시 사람은 맑은 연꽃과 같아 오탁악세에 물들지 않는 본성을 가지고 있지만 이 세상에 살면서 오탁악세에 물들어 가는 겁니다. 사람은 '식욕, 성욕, 재물욕, 명예욕, 수면욕'이라는 '오욕락(五慾樂)'을 가지고 있습니다. 부처님도 이 다섯 가지를 참기가 힘들다고 했습니다. 오늘날의 사람들도 마찬가지입니다.

부처님은 그 중에서 진심이 가장 중요하다고 이야기 했으며 다음에 중요한 게 바로 탐욕 그리고 성욕이라고 했습니다. 식욕은 열흘, 일주일, 독한 사람은 열흘이라 참을 수가 있다고 합니다. 수면욕은 피곤하면 자연스럽게 잘 수밖에 없습니다. 명예욕도 참으면 참을 수가 있습니다. 그런데 사람들은 성욕은 참기가 쉽지 않다고 합니다. 우리 스님들은 우스개로 이런 문제는 그냥 한순간 생각을 돌려놓아 버립니다. 말하자면 성욕이란 그 자체를 전혀 의식하지를 않습니다. 성욕이란 단적으로 말하면 부유(浮游)입니다. 붕 떠있는 겁니다. 여자나 남자나 가장 괴롭히는 형상이 성욕이라고 합니다.

부처님은 성욕에 대해 "성욕이란 부유하는 뜬 구름과 같다"고 말씀하셨습니다. 그래서 금욕 생활을 하는 사람이나 계를 지키는 사람들은 오히려 지혜가 더 뛰어나다고 합니다. 때문에 성욕이란 계를 지키는 사람에겐 견성을 위해 건너뛰어야 할 하나의 사닥다리에 불과할 뿐입니다.

중국의 조주 스님은 평생, 계율을 지키며 살았기 때문에 일백 사십 세까지 살았다고 합니다. 다음이 재물욕입니다. 사람의 욕심은 한도 끝도 없습니다. 하나 가지면 둘을 가지고 싶고 셋을 가지면 넷을 가지고 싶은 게 사람의 마음입니다. 그런데 어떻게 하면 재물욕을 버릴 수 있을까요? 항상 남에게 베풀겠다는 마음을 가지는 게 중요합니다. 이런 마음을 가지고 있는 사람은 욕심이 없습니다.

사람은 죽을 때 가지고 갈 수 있는 것은 수의 한 벌 뿐입니다. 자식도 아내도 집도 자동차도 가지고 갈 수 없습니다. 실제로 보면 내 것은 아무 것도 없습니다. 이 육신도 언젠가는 보내 주어야만 하기 때문에 어찌 보면 자신의 것이 아닐 수도 있습니다. 사람이 욕심이 많으면 어떻게 될까요? 바로 재물의 노예가 되어 버립니다. 이 모든 게 집착으로 인해 생기는 욕망입니다.

제가 재미있는 이야기를 하나 할까요? 어느 날 어떤 선비가 길을 가다가 우연히 돈뭉치를 주웠습니다. 그래서 그 선비는 너무 기분이 좋아 그 자리에서 돈을 세었습니다. 그 순간 잃어버린 사람이 나타나 그만 그 돈을 빼앗기고 말았습니다. 선비는 마침 자신의 돈을 잃어버린 것처럼 안절부절 못하다가 병이 나 버렸습니다. 그런데 가만히 생각해보면 애초부터 그 돈은 선비의 것이 아니었습니다. 선비가 그 자리에서 돈을 세지 말고 그대로 내뺐으면 될 것인데 집착이 강해 일어난 일입니다. 차라리 선비가 그 돈은 어차피 자기의 것이 아니라고 생각을 했다면 병도 나지 않았을 겁니다. 마찬가지로 인간의 재물욕은 마음에서 비롯되는 겁니다. 재물은 우리가 살아 있는 동안 관리 감독하는 것에 지나지 않습니다. 내 것이라고 집착을 하게 되면 괴로움만 쌓이게 됩니다.

오늘날 우리나라가 이만큼 성장을 한 것도 70-80대의 어른들의 노력 때문입니다. 당시만 해도 한국의 경제는 참으로 가난했습니다. 그러므로 우리 젊은이들은 그런 노인들을 공경해야 합니다. 그런데 지금은 노령화 시대라고 해서 노인들을 박대하고 있습니다. 정말 이건 말이 되지를 않습니다. 여러분들도 집안의 어른들을 공경해야 합니다.

끝으로 건강에 대해 말씀 드리겠습니다. 부처님은 인간의 가장 큰 행복은 건강이라고 했습니다. 요즘 '웰빙시대'라고 해서 다들 건강에 관심이 많습니다. 건강을 잃으면 아무리 재물이 많다고 해도 소용이 없습니다. 그런데 건강관리는 누가 대신 해주는 게 아닙니다. 그 다음이 항상 자신의 일에 만족해야 합니다. 그리고 중요한 게 사람간의 신뢰입니다. 사람이 신뢰를 잃어버리면 죽은 거나 마찬가지입니다. 신뢰는 거짓말과 밀접한 관계에 있습니다. 사람이 한 번 거짓말을 하게 되면 두 번 하게 되고 나중에는 더 한 거짓말을 하게 됩니다. 그러므로 이 사회나 가정에서 중요한 건 바로 신뢰입니다. 여러분들은 아내와 자식 남편에게 그러한 신뢰를 주어야 합니다.

마지막으로 부처님께서 당부하신 말씀은 열반락입니다. 사람은 열반을 해야 최상의 낙을 누릴 수 있다고 했습니다. 이를 두고 '열반락(涅槃樂)'이라고 합니다. 지금 여러분들은 이를 깨닫지 못할 겁니다. '열반락'은 일시적인 즐거움이 아닙니다. 즐거운 일이 있다고 해서 매일 노래를 부르고 춤추다 보면 그것도 하나의 고통이 됩니다. 열반락은 이것과는 전혀 차원이 다릅니다. 열반락은 고통이 없고 즐거움이 없는 최상의 '독거유희락(獨居遊戲樂)'입니다. 말하자면 항상 마음의 안식을 추구하는 것입니다.

부처님은 이 네 가지를 인간이 추구해야 할 최상의 도(道)라고 말씀하셨습니다. 여러분들도 이 부처님의 뜻을 깊이 새겨야 하겠습니다. 오늘 법문은 이것으로 마치겠습니다.

성불하십시오. 나무아미타불.

월서 스님

1956년 | 전남 구례군 화엄사에서 금오스님을 계사로 사미계 수지.

1959년 | 부산시 범어사에서 하동산스님을 계사로 비구계 수지.

1959년 | 대구 동화사에서 팔하수선안거성취.

1960년 | 해인선원, 봉암선원, 감인선원, 제주영주선원 등 수선.

1960년 | 법주사 강원에서 대교과 졸업.

1968년 | 법주사 재무국장 역임.

1971년 | 불국사 재무국장 역임.

1974년 | 대한불교 조계종 제4대, 5대, 6대, 8대, 10대, 12대 중앙 종회의원 역임.

1975년 | 대한불교 조계종 총무원 재무 부장 겸 조계사 주지 역임.

1977년 | 세계불교도 우위회 한국지회 운영위원 역임.

1977년 | 대한불교 조계종 총무부장 역임.

1981년 | 대한불교 조계종 불국사 주지 역임.

1984년 | 대한불교 조계종 제8대 중앙종회의장 피선.

1995년 | 대한불교 조계종 초심호계원장 선출.

1999년 | 대한불교 조계종 호계원장 선출.

1999년 | 대한불교 조계종 봉국사 주지.

2006년 | 금오문도회 운영위원장 선출.

2007년 | 대한불교 조계종 원로회의 원로의원 선출.

2008년 | (재)금오선수행 연구원 설립 초대이사장.

2008년 | 대한불교 조계종 해인사에서 대종사 품계 품서.

계戒를 지키는 불자가 되자

계戒를 지키는 불자가 되자

불교TV 무상사 초청법회에 참석하신 불자님들을 이렇게 만나게 되어 대단히 반갑습니다. 오늘은 한 달 십재일(十齋日) 중 다섯 번째 되는 지장 재일입니다. 재일이란 생업에 종사하면서 가족을 부양하는 재가불자들이 정신적으로나 육체적으로나 출가자들과 같은 삼보(三寶)에 귀의하는 삶을 살도록 하기위해 부처님이 정하신 날을 말합니다.

재(齋)라는 것은 일반적으로 범어 '우포사타(uposadha)'를 한역한 것인데, '삼가다, 부정을 피하다'는 뜻을 내포하고 있습니다. 부처님은 처음에 육재일을 제정하셨는데 이것은 재가 불자들이 부처님을 믿는 것으로 끝나는 게 아니라 한 달 동안 최소 6일은 반드시 계를 지키고 청정한 생활을 하며 수행자들과 같은 수행의 삶을 살게 하기 위한 방편입니다.

육재일은 매월 음력 3일, 14일, 15일, 23일, 29일, 30일 인데, 이 재일에는 하루 24시간 동안 재가불자들이 여덟가지 계(戒)를 반드시 지켜야 합니다. 이것을 두고 팔관재(八關齋)라고 하는데, 재가 오계(五戒)에다 '높고 넓은 침상을 쓰지 않고 노래하고 춤추지 않고, 일부러 구경하지도 않으며 향수 등을 바르지 않고, 정오가 지나서 음식을 먹지 않는 것'의 3계(戒)를 더한 것을 말합니다.

이를 토대로 볼 때 석가모니 부처님 당시, 재가불자들의 신행(信行)이 얼마나 철저하였는가를 짐작 할 수 있는데 비록, 세속의 일에 바쁜 불자들일지라도 어김없이 한 달 중 6일 간은 철저히 계를 지키며 수행했음을 알 수 있습니다. 《율장》에서도 '팔관재를 실천하지 않으면 우바새가 될 수 없고, 우바이도 될 수 없다'고 적혀 있는 데 이것만 보더라도 부처님이 얼마나 계율을 중요시 했는가를 알 수 있습니다. 또한 부처님은 재일에 동참하지 않는 사람은 재가불자가 될 수 없음을 지적하기도 하셨습니다.

이 육재일에다가 1일, 18일, 24일, 28일을 더한 것이 바로 십재일인데 1일은 정광여래불, 8일은 약사여래불, 14일은 현겁천불, 15일은 아미타불, 18일은 지장보살, 23일은 대세지보살, 24일은 관세음보살, 28일은 노사나불, 29일은 약왕보살, 30일은 석가모니불 재일로 각 재일에 특정한 불보살을 배대(配對)하여 의미를 부여한 것입니다. 이것을 십재일불(十齋日佛)이라고 부릅니다.

이 십재일 중 우리나라에서 특히 많이 지켜지고 있는 재일은 18일 지장재일과 24일 관음재일입니다. 관음재일이나 지장재일의 의식은 《천수경》

을 독송하고 각각 「관음예문」과 「지장예문」 그리고 정근(精勤)과 발원(發願)의 순으로 행해집니다.

관음재일에는 자신의 죄를 참회하고 관세음보살의 자비를 구하는 예문과 정근을 하며 지장재일에는 돌아가신 분을 위한 정근과 발원을 합니다. 즉, 영가의 왕생극락을 기원하는 것입니다. 불교의 재일은 단순히 기도나 공양을 올리는 것이 아니라 직접 출가의 삶을 본받아 정진하는 것을 가리킵니다. 이 같은 재일의 본래적 의미와 가르침을 오늘에 실천하기 위해서는 재가불자들은 반드시 매주 1회만이라도 법회에 참석하거나, 보름 간격으로 철야정진이나 일일출가를 하는 것이 좋습니다. 이것이 진정한 불자의 삶입니다.

오늘은 십재일 중에서도 한 가운데인 지장재일입니다. 그럼, 우리가 그토록 예배를 올리고 공양을 올리는 지장보살님은 어떤 분일까요? 보살이란 일반적으로 성불을 이루기 위해 수행하는 사람을 보살이라 하는데 미륵불이 오기까지 중생을 구제하는 보살을 두고 지장보살이라고 합니다. 부처님만 하더라도 과거, 현재, 미래를 관하는 삼세삼천제불이 있으며 보살님도 팔만사천보살님에 이릅니다.

이 중에서도 지장보살님은 지옥에서 고통 받는 중생이 없어질 때까지 성불을 하지 않겠다고 서원(誓願)을 세운 보살님입니다. 원래, 석가모니 부처님이 열반에 드시고 난 뒤 세 번의 천년이 옵니다. 그것은 정법천년과 상법천년, 다음에 오는 것이 말법인 계법인데 이때는 거의 매일 경쟁심이 불타 투쟁과 싸움이 많아집니다. 그런 말법시대에 하근중생들을 부촉하시고 간 보살이 바로 지장보살입니다. 미래에 오실 미륵부처님은 미륵보살로 도솔천 내원궁에 삼천년을 머물다가 인간세상 숫자로 56억 7천만년 후에 이 세상에 내려와 용화수 밑에서 견성성불을 하신 이후에 세 차례에 걸쳐가지고 설법을 하여 어리석은 세상 중생들을 다 남김없이 모두 제도할 부처님입니다.

부처님은 《화엄경》을 칠처구회(七處九會), 즉 일곱 곳에서 아홉 번을 설법하였습니다. 경(經)을 설한 장소는 적멸도량, 보광법당, 사다원림 등 세 곳의 지상이며 도리천궁, 야만천궁, 도솔천궁, 타화자재천궁 등 천상이 네 곳이며 이 중에서 보광법당에서 세 번 설한 것을 말합니다. 또한 부처님은 평생 동안 수없이 설법을 하여 팔만사천법문을 남겼으며 삼백여 회에 걸쳐 도탈(度脫)중생하였습니다.

이와 같이 부처님은 욕계(欲界), 색계(色界), 무색계(無色界)인 삼계의 대도사이며 사생(四生)의 자부입니다. 사생이란 태생, 난생, 습생, 화생으로 각각 나뉘는데 태생(胎生, jarayu-ja)은 인간과 같이 모태에서 태어난 것을 말하며 난생(卵生, anda-ja)은 새와 같이 알에서 태어난 것, 습생(濕生, samsveda-ja)은 벌레·곤충과 같이 습한 곳에서 생긴 것, 화생(化生, upapadu-ja)은 천계나 지옥의 중생과 같이 무엇에도 의지하지 않고 과거의 자신의 업력(業力)에 의하여 나타나는 것을 말합니다. 즉, 인간이 복을 많이 지어 놓으면 목숨이 떨어진 이후에도 삼계이십팔천 천상에서 나고 인간이 업(業)을 많이 지으면 지옥에 가는 것을 말합니다. 또한 화생에서도 일생동안 모양을 바꾸어 가면서 살아가는 곤충들도 있습니다.

이러한 사생은 언제나 육도(六途) 즉 하늘(天), 인간(人間), 아수라(阿修羅), 축생(畜生), 아귀(餓鬼), 지옥(地獄)을 차례로 윤회하는 것으로 되어 있습니다.

우리가 사는 이 지구상에는 셀 수 없는 많은 생명들이 살고 있습니다. 이를 기준으로 세분화하면 삼백육십억 만종에서 육백억 만종의 생명체가 살고 있습니다. 이 모든 태란습화의 사생의 생명체를 사랑하고 불쌍하게 여기셨던 분이 바로 부처님입니다. 그래서 부처님을 두고 삼계(三界)의 대도사이며 사생의 자부라고 하는 겁니다. 그런데도 불구하고 부처님조차 능히 마음대로 하지 못하는 일이 세 가지가 있습니다.

첫째, '무연중생(無緣衆生)은 부(不)제도(濟度)'입니다. 즉 인연이 없는 중생은 제도 할 수 없다는 겁니다.

두 번째, '정업(定業)은 난면(難免)'입니다. 이미 지은 업은 반드시 어느 생이라도 돌려받게 되어 있는 업을 정업이라고 하는데 이는 부처님조차 면해 줄 수 없다는 겁니다. 즉 '빚이란 갚아야 없어지듯이 업도 받아야만 소멸 한다'는 뜻입니다.

이러한 업을 안 받고 소멸시키기 위해서는 어떻게 해야 하느냐? 힘들게 열심히 수행을 하고 부단하게 정진을 해야만 그 업이 다 녹아 사라질 수 있다는 겁니다. 그러니까 자신이 지은 업은 자신이 노력해서 없애야만 하는데 부처님이 이를 대신 면해주기가 힘들다는 말씀입니다.

셋째, 부처님도 세상의 모든 중생들을 다 제도 할 수 없다는 겁니다. 하지만 이런 어려운 세 가지 문제를 모두 다 제도해 주실 분이 계시는데 그

분이 바로 미륵부처님입니다. 그런데 그 미륵부처님이 오시는 데는 앞에서도 말한 것과 같이 56억 7천만년이 걸립니다. 그 때까지는 현신불(現身佛)이 없는 무불시대(無佛時代)입니다. 이런 시대에는 우리 같은 하근중생들은 지장보살님이 아니고서는 구제를 받을 수가 없으며 또한 제도를 받을 수도 없습니다. 그럼 지장보살님은 누구일까요? 바로 부처님으로부터 부촉 받은 보살님입니다.

여기에서 우리가 알아야 할 한 가지의 사실이 있는데 이 세상에 오신 모든 불보살님들 중에서 원(願)없이 성불하신 부처님은 결코 없다는 데에 있습니다. 그래서 우리는 지장보살님을 크게 세 가지로 나누어 부르는데 그 첫째가 대원본존지장보살님입니다. 우리가 일반적으로 가장 가까이 접할 수 있으며 알고 있는 부처님들 가운데 아미타불 부처님이 계십니다. 아미타불 부처님은 과거 세자 제왕부처님이 이 세상에 출현을 하셨을 때 법장이라는 한 사람의 비구로서 부처님께 귀의를 하여 마흔 여덟 가지의 원(願)을 세우고 그것을 남김없이 성취하신 분이 바로 아미타불 부처님입니다. 아미타불 부처님은 이미 부처가 된지도 십겁(十劫)이 지난 분으로서 서방정토(西方淨土) 극락세계를 장엄하고 계시면서 법(法)을 설하시는 분이 아미타불 부처님이십니다.

겁은 겁파(劫波)라고도 하는데 세계가 성립되어 존속하고 파괴되어 공무(空無)가 되는 하나하나의 시기를 말하며, 측정할 수 없는 시간, 즉 몇억 만년이나 되는 장대한 시간의 한계를 가리키는 것으로써 겁에는 반석겁과 겨자겁으로 나누어집니다. 반석겁은 사방이 16km나 되는 크기의 큰 반석(盤石)위에 하늘나라 천인들이 고름이 여섯 개나 달린 육수가사를 입고 삼천년 만에 한 번씩 내려와 나비춤을 추다가 올라가는데 그 여섯 고름에 바위가 다 닳아 없어지는 것을 두고 일 겁이라 합니다. 즉, 삼천년마다 한 번씩 흰 천으로 닦아 그 돌이 다 마멸되어도 끝나지 않는 시간을 두고 말합니다. 겨자겁은 16km이나 되는 철성(鐵城) 안에 겨자씨를 가득 채우고 삼천년마다 겨자씨 한 알씩을 모두 다 꺼내어도 끝나지 않는 시간을 말합니다.

아미타불 부처님은 성불을 하고도 그런 겁이 십겁이란 세월을 흘러간 부처님입니다. 그래서 불가에서는 무량수, 한량이 없는 긴 수명을 가진 부처님을 두고 아미타부처님이라고 합니다. 공간적으로는 무량광과 한량없는 빛을 구석구석 비추어주고 무량수, 무량광을 지닌 부처님이 아미타부처님입니다.

설령, 우리가 열심히 수행을 하고도 금생에 깨닫지 못해 자성을 이루지 못하더라도 아미타불 부처님과 인연을 맺고 있으면 극락세계에서 다시 태어날 수 있습니다.이러한 한량없는 많은 겁을 두고 우리가 수행하여 자성을 이루게 되면 생사윤회를 벗어날 수 있고 또한 그렇게 되지 못하더라도 아미타불 부처님의 공덕으로 서방정토 극락세계에도 갈 수 있습니다.

오늘 내가 아미타불 부처님과 겁에 대한 이야기를 장황하게 법문하는 건 바로 서원에 관한 것 때문입니다. 왜냐하면 아미타불 부처님은 마흔여덟 가지의 원을 세우고 그 원을 모두 성취하셨는데 그 중에서 대표적인 원이 있었습니다. 그것은 열여덟 번째의 원(願)인 십념왕생원(十念往生

願)입니다.

십념왕생원이란 일생동안 업에 끄달려 제멋대로 업만 짓고 살다가 임종직전에 선우(善友) 만나 겨우 십념(숨 열 번 쉴 동안)만 간절하게 염불하여도 아미타부처님이 그 원을 알아듣고 관음, 세지 양대 보살을 거느리고 접인 중생하는 걸 말합니다.

이와 달리 동쪽으로는 만월세계가 있습니다. 그곳에서는 약사여래 부처님이 교화중생을 하고 계십니다. 약사여래 부처님은 열두 가지의 큰 원을 세우고 그 원을 남김없이 성취하신 분입니다. 또한 석가모니 부처님도 오백 가지의 원을 세우고 남김없이 성취하신 분입니다.

그런데, 석가모니 부처님의 그 많은 원(願) 중에서도 대표적인 열 가지 원(願)은 《천수경》에 있는 여래 십대발원문입니다. 이와 같이 이 세상에 출현한 많은 불보살들이 한량없는 원(願)을 세우셨지만, 그 가운데 가장 대표적인 원(願)이 바로 지장보살님이 세우신 원입니다. 지장보살님은 많은 원을 세우시지 아니하고 두 가지의 원(願)을 세우셨는데 두 가지 원이란 '첫째 지옥에 있는 중생들을 남김없이 제도하여 지옥이 다 비어 없어지는 그날까지 성불하지 아니하고, 지옥에 있는 중생들을 다 제도하여 지옥이 비어 없어지는 그날까지 성불하지 아니하겠노라고 원을 세우셨고, 또 두 번째 원은 이 세상 중생들을 다 제도한 후에 마지막 최후 일인자로 성불하겠다.'라는 원을 세우시고 그 원을 성취 하실 때까지 십지보살에 머물고 계시는 분이 지장보살님입니다.

여기에서 중생이란 인간을 위시하여 생명을 가진 모든 생물을 가리킵니다. 육체와 영혼이 있는 생명체를 말합니다. 육체가 있으나 영혼이 없는 건 송장이며 육체는 없고 영혼만 있는 것은 귀신입니다.

물질적인 육체와 정신적인 영체를 동시에 가지고 있는 모든 동물, 심지어 개미조차도 중생계에 속합니다. 이 많은 일체 중생들을 남김없이 다 성불을 시키고 난 뒤 당신이 성불하겠다고 원을 세운 보살이 바로 지장보살입니다. 그러므로 대원의 본존이 지장보살이며 그 대원의 상징 또한 지장보살입니다. 이 말을 줄여 '대원본존 지장보살'이라고 하는 겁니다.

그 다음에는 남방화주 지장보살이 있습니다. 우리가 살고 있는 이 우주는 중생들의 육안에 보이지 않는 허공중천에 수미산이라는 산이 우뚝 솟아 있습니다. 이 수미산 정상으로부터 아래로 내려오면 이 세상에서 가장 값진 황금으로 이루어진 일곱 개의 산이 있는데 이 세계를 칠금산이라 하고 그 아래에는 가장 값진 향으로 이루어진 일곱 개의 산인 칠향산이 있습니다. 그 다음에는 이 세상에서 가장 값진 향수로 이루어진 바다가 있는데 이를 향수해(香水海)라고 합니다.

이 향수해 바다는 누가 들여다보더라도 우주에 존재하는 모든 만물이 생성하는 이치가 환하게 보인다고 합니다. 우리 불교 용어에 보면 해인(海印)이라는 말이 있는데 이의 유래가 바로 향수해에서 나온 말입니다.

우리나라 삼보사찰 중에 법보종찰이 합천 해인사입니다. 해인이라는 말은 바다 해(海)와 도장 인(印)자입니다. 향수해 바다는 누가 들여다보더라도 이 세상에 존재하는 모든 만물에 대한 생성의 원리가 도장 찍어 놓은 것과 같이 일시에 환하게 비춰 보이므로 이것을 두고 해인이라고 합니다. 이와 같이 사찰이름도 함부로 짓는 것이 아님을 불자들은 알아야 합니다. 그 다음에 내려오면 사대해라는 곳이 있는데, 사대해 가운데는 사대주가 있습니다. 동쪽으로는 동승신주가 있고 서쪽으로는 서구단주, 북쪽에는 북구로주라고 합니다. 이들 가운데 가장 훌륭한 곳은 북구로주로서 승처(勝處)라고도 불립니다. 또한 남쪽으로는 남염부주가 있는데 이곳이 바로 우리가 살고 있는 이 우주라는 태양계입니다. 그런데 이 태양계를 중심으로 얼마나 많은 세계가 형성되어 있는지 인간의 능력으로서는 측량을 다 할수가 없습니다. 실로 이곳은 먼지의 수와 같은 엄청난 세계가 있습니다.

그런데, 이 지구상을 교화하기 위해서 화신불인 석가모니부처님이 오셔서 열반에 드신 후 앞으로 56억 7천년이 지나면 미래불이신 미륵부처님이 오시고 용화세계가 펼쳐진다고 하는데 그 이전에는 이 지구에는 부처님이 없게 되므로 이 시기를 무불시대(無佛時代)라고 합니다.

《지장보살 본원경》에 보면 석가세존께서 당신을 낳으신 후 일주일 만에 돌아가신 어머니 마야부인을 위해서 도리천에서 연 법회의 마지막 부분에서 자신이 열반에 든 후 미륵불이 오실 때까지 무불시대 일체중생들을 제도하라고 지장보살님께 부촉하였으며 지장보살님은 세 번이나 말세의 악업중생들에 대해서는 염려하지 마시라고 다짐하면서 그 부촉을 기꺼이 받아들입니다.

그러니, 지장보살은 앞으로 미륵불이 오실 때까지의 중생제도를 부처님으로부터 부촉 받은 십지(十地)보살입니다. 이는 지장보살의 원력과 위신력, 공덕이 한량없기에 가능한 것입니다. 그래서, 석가세존께서 열반에 드신 후 미래불인 미륵불이 오실 때까지의 무불시대에 수미산의 남방에 있는 이 지구의 남염부주의 중생들을 교화하는 주체라고 하여 남방화주(南方化主)라고 하는 것입니다. 또한 지장보살님을 유명교주(幽冥教主)라고도 하는데 유명을 달리한다는 말이 있듯이, 유명세계는 유명자체의 말뜻처럼 죽은 자의 어두운 세계이고 원래 지장보살께서는 산 자와 죽은 자 모두에게 한량없는 이익을 베풀어주시는 분이시지만 특히 죽음세계의 중생들을 잘 보살펴 정법의 길로 인도합니다. 특히 영가천도의 위신력(威神力)이 대단한 분으로 죽음의 세계에서 가장 큰 어른이기 때문에 유명교주라고도 하는 것입니다.

우리는 밤에 태양을 중심으로 하늘에 떠 있는 수많은 별들이 모여 있는 은하계를 볼 수 있습니다. 그 가운데에 생명이 존재 할 수 있는 세계가 세 곳이 있는데 그것을 두고 욕계(欲界), 색계(色界), 무색계(無色界)라고 합니다. 그리고 욕계에는 여섯 개의 하늘 세계인 육천(六天)이 있으며 색계에는 네 개의 하늘이 있는데 초선천, 이선천, 삼선천, 사선천이 있습니다. 그런데 이 초선천과 이선천, 삼선천에도 삼천식 있으며 사선천에는 구천이 있습니다. 즉 색계에만 해도 초선, 이선, 삼선에 각각 세 개의 하늘세계가 있으니 도합 아홉 개가 있으며, 사선천에도 구천이 있으니까 도합 십 팔개천이 존재하는 것입니다.

무색계에도 사천이 있습니다. 이렇게 보면 욕계에 육천, 색계에 십팔천, 무색계에 사천하면 이 삼계에는 무려 이십팔천이 존재함을 알 수 있습니다. 여기에다가 우리가 살고 있는 지구를 합하면 이 세상은 무려 이

십 아홉 개의 소세계에서 생명이 살고 있음을 짐작 할 수 있습니다. 하지만 오늘날 과학문명이 무한 발전을 하였다고 해도 아직까지 우리는 지구 이외에는 생명이 사는 세계를 단 한곳도 발견하지 못했습니다.

이 삼계 이십팔천과 지구까지 포함하여 이십 구천에 존재하는 모든 생명들을 다 구제하여 깨달음의 세계로 인도하시는 보살님이 바로 지장보살님입니다. 특히 지장보살님은 이러한 남방화주, 남염부주 태양계의 일체의 모든 중생들을 다 구제하여 깨달음의 세계로 인도하시는 분입니다. 그러니 얼마나 위대한 보살입니까! 그래서 남방화주 지장보살, 유명교주 지장보살이라고 부르고 있는 것입니다.

유명교주 지장보살이란 어둠이 깊고 태양빛이 비치지 않는 곳에 계시는 지장보살님을 말합니다. 이곳에 사는 일체의 모든 중생들을 다 구제하고 제도하는 교주가 바로 지장보살님입니다. 즉, 태양빛이 비치지 아니하는 팔만 사천 지옥세계의 교주가 되어 지옥 중생들을 다 남김없이 구제하고 제도하는 보살님이 바로 유명교주 지장보살이라는 말입니다.

이 대원본존, 유명교주, 남방화주 지장보살님을 부촉한 분이 바로 석가모니 부처님이라는 사실을 알아야 합니다. 지장보살님은 부처님에게 과거생에서 처음 불법과 인연을 맺을 때 세웠던 서원인 일체중생을 구제할 것을 약속 하였던 겁니다. 이같은 사실은《지장보살 본원경》에도 나와 있습니다.

이때 부처님은 현재, 미래, 천인 중 즉, 현재에 있는 일체 모든 중생들과 미래 이 세상에 올 일체 중생들, 저 삼계 이십팔천에 있는 모든 중생들을 구제하여 제도 할 것을 지장보살님께 부촉하였던 것입니다.

석가모니 부처님은 "지장보살 당신께서는 당신이 증득하고 깨달은 십지보살의 신통하고 오묘한 힘으로써 모든 중생들을 지옥에 떨어지지 않게 다 구제하고 제도하며, 현재에 있는 모든 중생들뿐만이 아니라 앞으로 이 세상에 올 미래의 모든 중생들과 또한 저 삼계 이십팔천에 있는 모든 중생들을 구제하고 제도하여야 하느니라"고 지장보살에게 이렇게 부촉하였던 것입니다.

따라서 팔만 사천 보살님들 가운데 한 달에 한 번씩만이라도 불자들은 불보살님들에게 예배를 올리고 공양하는 날로 지정된 날이 한 달 삼십일 가운데 십재일입니다. 그 십재일 가운데 다섯 번째가 바로 지장재일입니다.

그러므로 여러분은 이 지장보살님의 그 한량없는 공덕을 알고 원불로 마음 가운데 모시고 열심히 기도를 하고 정진을 하면 여러분들의 업장은 빨리 소멸될 것입니다. 만약, 이 업장이 소멸된다면 복은 오지 말라고 하더라도 틀림없이 찾아 올 겁니다. 아니 삽짝이 미어져 나가도록 서로 복이 찾아 올 것입니다.

내가 재미있는 이야기를 하나 들려주겠습니다. 옛날 중국 당나라 시절에 조그마한 벼슬을 하던 건갈이라는 재가불자가 있었습니다. 그런데 이 사람은 발심을 하고 나서 불교를 좋아하지만 어떻게 수행을 하고 정진을 해야 하는지에 대해 매우 궁금해 하였습니다. 그는 어떻게 수행해야만 한량없는 복을 받고 무거운 중죄의 업을 소멸 시킬 수 있겠는가를 걱정하고 있었던 겁니다.

그래서 그는 만나는 스님들마다 "어떻게 해야만 이 전생에 지은 업을 녹이고 자신이 바라는 원을 다 이룰 수 있겠느냐"고 물었습니다. 하지만 건갈은 자신이 원하는 신통한 답을 얻지 못하다가 어느 날 한 큰스님을 만나게 되었습니다. 건갈은 그 스님에게도 물었습니다.

"큰스님, 어떻게 불교를 믿고 수행을 해야 하며 또 어떤 불보살님을 내 원불로 마음 가운데 모시고 수행정진을 해야 합니까?"

그 스님은 이렇게 대답을 하였습니다.

"부처님이 이 세상을 다녀가신지 오랜 세월이 흘러 지금은 부처님이 계시지 않는 말법시대 입니다. 그러나 석가모니 부처님이 열반하신 이후부터 미륵부처님이 출현하실 때까지 이 세상 모든 중생을 남김없이 다 구제하고 제도하라고 부처님이 부촉 한 지장보살님이 있습니다. 이 지장보살님을 거사님의 마음가운데 원불로 모셔놓고 부처님이 어머니를 위한 설한 경전인 '지장보살 본원경'을 읽으면 됩니다. 왜냐하면 현재 지장보살님은 말법시대에 우리가 관(觀)하고 따라야 할 최고의 보살이기 때문입니다.

석가모니 부처님께서는 견성성불을 하신 후에 고국인 카필라성으로 돌아가 부왕이자 자신의 아버지인 정반왕을 위시하여 모든 '석가족(釋迦族)'을 남김없이 다 구제하고 제도하셨습니다. 그러나 당신을 낳아주시고 일주일 만에 돌아가신 어머니는 세상에 계시지 아니하여 구제하고 제도를 하지 못했습니다. 그래서 어머님인 마야부인마저 제도하기 위해 어머님이 태어나신 곳을 미리 삼매(三昧)중에 관해서 보니 욕계, 색계, 무색계

삼계중에 색계 육천 가운데 제 이천인 도리천이었습니다. 이 도리천은 동서남북 사방 각각 여덟 나라, 즉 서른 두 개의 국가가 있고 그 중앙에 제석궁이 있는데 그 곳을 두고 일명 삼십삼천이라고도 합니다.

그래서 그 도리천의 삼십삼천 중앙에 위치한 제석궁에 어머님이 태어나 계시는 것을 관해보시고 어머님을 제도하시기 위해서 청정노사나신을 나투어 기원정사 뒤뜰에서 천상으로 올라가려고 할 때 갑자기 허공중(虛空中)에 천불이 출현하여 '부처님을 환영하였습니다. 오늘날 인도에 가면 기원정사 뒤뜰에 부처님이 어머님을 제도하기 위해 천상으로 올라갈 때 천불이 화현하여 환영하신 것을 기념하기 위해 부처님 열반 후 사오 백년 후에 탄생하신 아소카 왕께서 기념으로 모아 놓은 승천탑이 있습니다. 이것을 두고 일명 '천불화현탑'이라고 합니다. 부처님은 그곳에서 천상으로 올라가 어머님 곁에서 석 달을 머무르면서 《지장보살 본원경》을 설하셨던 것입니다.

《지장보살 본원경》은 어머님을 위해서 천상에 올라가서 설하신 효경(孝經)입니다. 이 경은 상, 하 13품으로 나뉘어져 있으며 서품격인 제 일품이 바로「도리천궁 신통품」입니다. 이 서품은 석가모니 부처님이 신통을 나투어 도리천으로 올라가 어머님 곁에서 지장보살님을 설명해 놓은 내용입니다."

그 스님은 건갈이라는 거사에게 《지장보살 본원경》을 많이 독송 하면서 지장보살님을 염하면 과거의 업장이 소멸되고 한량없는 복락을 누릴 것이라고 말을 했다고 합니다.

그 거사는 큰스님의 말씀을 듣고 그 이후부터 항상 시간이 나면 《지장보살 본원경》을 독송하거나 시간이 없을 때는 '지장보살' 존호를 계속 염불을 하기시작 했습니다. 그런데 그것도 모자라서 자신의 머리위에 전단향나무로 지장보살님을 조성하여 모시고 다녔다고 합니다.

관세음보살님도 보면 아미타불을 모시고 계시는 줄 아는데 사실은 관세음보살님 머리 위에 모셔져 있는 부처님은 '청광왕정주여래' 부처님입니다. 이것은 관세음보살님이 과거 인행시에 제일 처음 만난 부처님이 '청광왕정주여래'이기 때문입니다. 그 부처님께서 귀의하고 발원하여 보살도를 성취하였던 분이 바로 관세음보살님입니다.

그렇듯이 우리나라에도 고려 때까지 남자들이 상투를 틀고 다니는 것도 이 때문입니다. 항상 부처님을 친견해야 하는데 밖에 출입할 때에는 하지 못하니까 부처님을 항상 머리에 받들어 정대하기 위해서였습니다. 그런데 자꾸 넘어지고 하니까 그것을 세워 보호하기 위해 머리를 조아 만든 게 바로 상투의 유래입니다.

그런데 조선시대에 와서 그것을 못하게 하려고 끈 같은 것이나 옷 같은 것을 가지고 신분에 따라 상투를 조아 고정시켰는데 이것을 '동곳'이라고 합니다. 그러므로 고려 때 부처님을 머리에 고정시키기 위해 머리를 올려 감은 것이 이후 상투가 된 것입니다.

다시 본론으로 들어가겠습니다. 그래서 이 건갈이라는 거사는 전단향나무를 가지고 지장보살님을 조성하여 머리위에다가 정상불로 모셔 상투로 꽂고 다녔습니다. 그야말로 지극정성으로 지장보살님을 모셨던 것입니다. 시간이 날 때는 집에서 《지장보살 본원경》을 시도 때도 없이 열심히 독송을 하며 열심히 '지장보살' 존호를 부르면서 염불하였습니다.

그러던 어느 날 당나라 변방에 큰 난(亂)이 일어나 건갈이 사는 지방의 많은 사람들은 처형을 당하고 지방 관장이었던 자신도 적군에 잡혀 죽기만을 기다렸습니다. 그는 죽음을 앞두고 열심히 지장보살 염불이나 하고 가야겠다고 생각하여 염불을 하기 시작했습니다. 그 때 어찌된 영문인지 적장이 말을 타고 오다가 갑자기 그의 앞에서 주춤하다가 놀라 도리어 달아나기 시작 했습니다. 적군의 대장이 도망을 가니까 병사들도 동시에 도망을 가기 시작했습니다. 그리하여 그는 그 전쟁에서 살아남게 되었습니다.

그 후 건갈은 세월이 지나 정국이 안정이 되고 그 때 자신을 죽이려던 적장을 만나게 되었는데 그에게 이렇게 물었습니다.

"당신은 그 때 전쟁에서 파죽지세로 승리를 하고 있었는데 어찌하여 갑자기 도망을 갔는가?"

적장의 대답은 너무나 뜻밖이었습니다.

"관아를 점령하기 위해 쳐들어갔는데 그 때 한 거룩한 스님이 계셨습니다. 그런데 그 옆에 한량없는 신장들이 칼을 들고 지키고 있었는데 어찌나 무서웠던지 그 신장들의 억압에 눌려 도망을 치게 되었네."라고 말하였습니다.

건갈은 그 적장의 이야기를 듣고 매우 놀랐습니다.

그리고 그 일이 있은 얼마 후 건갈은 또 다시 승진이 되어 다른 관직을 하사 받고 임지로 부임을 하기 위해 말을 타고 가고 있었습니다. 그 때 그의 앞에 큰 냇가가 하나 나타났는데 이상하게도 그는 갑자기 살기를 느꼈습니다. 온몸이 으슬으슬 떨리기 시작했다가 마침내 오싹 겁이 났습니다. 그는 그때 "어려운 일이 앞에 닥치거나 힘들 때 지장보살님을 염불하라"고 했던 스님의 말씀이 생각나 염불을 하기 시작했습니다. 그 순간 자신을 짓누르고 있었던 무서움이 이내 사라졌습니다.

냇가를 건너 한참 지나 말을 타고 가는데 그 때 뒤에서 누군가가 큰 소리로 자신을 부르면서 말을 타고 달려 왔습니다. 그 순간 뒤를 돌아보았는데 그 사람은 오래전에 자기한테 원한이 있었던 사람이었습니다. 그는 말에서 내려 이렇게 말을 하였습니다.

"나는 당신에게 원한을 품고 당신이 이 냇가를 지나기 만을 기다렸다. 그런데 어찌 된 일인지 말을 타고 오는 당신이 거룩한 스님의 모습으로 보였다. 그 순간 나는 원수를 갚으려고 왔지 스님을 죽이러 온 것이 아니라는 생각이 들었다. 그런데 다시 보니까 바로 당신이었다. 그 순간 당신은 내가 죽일 사람이 아니라는 생각이 들어 이제 원한을 풀어야겠다는 생각을 했다. 이제 우리는 옛날 일을 모두 잊어버리고 사이좋게 지내는 것이 좋겠다."

이리하여 결국 건갈은 또 다시 죽음에서 벗어 날 수 있었습니다. 이 이야기는 《지장보살 영험록》에 나오는 이야기입니다.

여러분들도 이 건갈과 같이 어렵고 힘든 일이 있을 때마다 아무런 조건 없이 간절한 마음으로 지장보살님을 원불로 모시고 열심히 귀의하면 어떠한 어려운 일도 다 소멸되고 바라는 일도 다 성취할 수 있을 겁니다. 제가 오늘 건갈의 이야기를 하는 것도 이 때문입니다.

그런데 우리불자들은 건갈과 같이 불교를 믿고자하는 강한 신심이 없어 문제입니다. 불교를 믿는 것인지 아닌지 건들건들하니 도통 감을 잡을 수가 없습니다. 불교에서는 이런 사람을 두고 건달바왕 월천자라고 합니다. 이렇게 건들건들 하면서 믿는 것은 옳지 못합니다.

오늘이 지장재일이니까 절에 가야지. 일요법회가 있으니 법문을 들어야지. 하는 건들거리는 마음으로 해서는 옳은 신심이 되지를 못합니다. 이런 정신으로 법문을 듣게 되면 무상사 문밖으로 나서는 순간 다 흘려버리고 말 것입니다. 그러므로 법문을 들을 때는 절대적인 믿음을 가지고 내 것으로 만들어 신행생활을 해야만 큰 도움이 된다는 것을 명심해야 합니다.

신행생활에서 가장 중요한 것은 믿음입니다. 그래서 부처님께서도 《화엄경》에서 '신위도원공덕모 장양일체제선법(信爲道元功德母 長養一切諸善法) 단제의망출애류 개시열반무상도 (斷除疑網出愛流 開示涅槃無上道)'라고 했던 것입니다. 이것은 바로 믿음을 강조한 말입니다. 즉, 믿음은 도의 으뜸이고, 공덕의 어머니이며, 일체의 선법을 자라게 하고, 의심의 그물을 끊고, 삼독의 흐름에서 빠져 나오게 하며, 열반과 무상도를 열어 보이는 것입니다.

오늘날 여러분들은 불교를 믿고 신행생활을 하면서도 절대적인 신심이 없기 때문에 부처님과 지장보살님의 가피를 입지 못하고 있음을 깨달아야 합니다. 그러므로 신행생활을 하는 데는 절대적으로 부처님을 믿고 열심히 공부를 해야 합니다.

《화엄경》에 '인생난득 불법난봉(人生難得 佛法難逢)'이라는 말이 있습니다. 이것은 '사람의 몸 받아 태어나기 어렵고 또한 부처님의 법 만나기 어렵다'는 뜻입니다. 그러나 우리는 사람의 몸을 받아 태어났으며 또한 불법을 만났습니다. 그러므로 부처님의 가르침을 절대적인 믿음으로써 수행정진 해야 합니다. 만약, 그렇게 한다면 여러분들의 업장은 소멸이 되고 복은 오지 말라고 해도 자연스럽게 올 것입니다.

오늘은 지장재일이기 때문에 지장보살에 대해 많은 말씀을 하게 되었습니다. 우리는 지금이라도 우리가 귀의하고 예배를 드려야 할 부처님을 모셔야 합니다. 초하루 날은 정광여래 부처님 재일이고, 초여드렛 날은 약사여래 부처님, 열나흘 날은 현겁천불 부처님, 또 십오일 날은 아미타 부처님 재일이고, 십팔일 날은 지장보살님의 재일이며, 이십삼일 날은 대세지보살, 이십사일 날은 관세음보살, 이십팔일 날은 노사나불, 이십구일 날은 약왕보살, 삼십일은 석가모니부처님 재일입니다. 또 어떤 부처님, 어떤 보살, 어떤 불보살님이더라도 여러분의 마음 한가운데 원불로 모시고 그 부처님의 가르침을 믿고 따르고 실천함으로써 여러분들은 수행하는 만큼 자신이 가진 업장이 소멸 된다는 사실을 명심하지 않으면 안 됩니다.

마루도 닦으면 닦을수록 빛이 나고 놋그릇도 닦으면 닦을수록 빛이 납니다. 다만 시간의 차이일 뿐입니다. 슬슬 닦으면 그만큼 시간이 오래 걸리지만 부지런히 열심히 닦으면 빛이 더 많이 나고 시간이 짧아지듯이 여러분이 열심히 수행을 한다면 그 업장도 빨리 소멸이 되고 복도 더 빨리 온다는 사실을 명심해야 합니다.

수행의 근본은 마음을 닦는데 있습니다. 열심히 닦으면 어지러운 심기(心氣)도 막아지고 빛이 나기 마련입니다. 그럼에도 불구하고 이를 게을리 하고 정진도 하지 않으면서 공덕만 바라는 것은 크게 잘못된 것입니다. 또한 부처님이 복을 주려고 해도 신기(身器)에 업이 가득 차 있기 때문에 복을 담을 데가 없다는 것을 알아야 합니다. 그러므로 자신의 업장을 닦아 비우지 않으면 안 됩니다.

그럼, 복이 들어오기 위해서는 어떻게 하면 될까요? 바로 마음을 닦아서 비워야만 합니다. 또한 그저 비우기만 해도 안 됩니다. 깨진 뚝배기 그릇이나 개밥 그릇이 되어서도 안 됩니다. 개밥 그릇에는 개밥만 놓이고 깨끗한 유리그릇에 맛 좋은 수정과가 담기듯이 마음도 깨끗이 비워야만 복이 담기는 것임을 알아야 한다는 겁니다. 열심히 닦아서 신기(身器)가 맑고 깨끗해지면 한량없는 만복이 여러분의 마음 그릇에 담기게 되는 것입니다.

또한 여러분들의 몸뚱아리도 마찬가지입니다. 내가 나라고 믿고 있는 이 몸뚱아리는 사실, 나의 가장 큰 적(敵)입니다. 나의 큰 적이 이 몸뚱아리인줄도 모르고 그저 강도나 도둑놈이 적이라고 우리는 착각을 하고 있습니다. 사실, 나의 주인은 몸뚱아리가 아니라 마음이기 때문에 무엇보다도 나의 적은 이 몸뚱아리라는 놈입니다.

이놈이 자꾸 업을 짓도록 유혹하는 것입니다. 이놈을 즐겁게 하기 위해 업을 자신도 모르게 짓는 것임을 깨달아야 합니다. 그런데 이놈을 도(道)를 닦는 도구로 활용하게 되면 내 마음은 그지없는 행복을 누리게 된다는 것도 알아야 합니다.

또한 이놈을 잘 다스려 내가 나를 위한 도 닦는 기구로 활용할 수 있는 장부가 되어야 합니다. 그러기 위해서 제일 먼저 해야 할 일은 바로 부처님에 대한 신심을 가져야 한다는 것입니다.

그런데 여러분은 말로는 불교를 믿는다고 하면서도 항상 부처님을 마음 제일 앞자리에 놓지 아니하고 업만 짓고 사는 어리석은 중생들입니다. 그러다 보니 지어 놓은 업으로 인해 수많은 과보를 받고 있습니다. 때문에 제 3의 육체를 끝없이 돌려받는 게 바로 우리 중생들인 것입니다.

우리는 지금 받기 어려운 사람의 몸을 받고 태어났으며 만나기 어려운 불법을 만났습니다. 이런 때에 우리의 주인공인 마음의 가장 큰 적인 이 몸뚱아리를 잘 다스려 업장을 소멸하고 도를 닦는 도구로 활용해야 하겠습니다. 그리하여 나의 참모습인 마음의 그릇을 깨끗하게 닦을 수 있는 그런 불자가 되기를 부탁드립니다. 이쯤에서 오늘 법문을 마치겠습니다.

나무아미타불.

묘허 스님

1957년 | 상주 남장사에서 화엄스님을 은사로 득도.
1963년 | 불교전문강원 대교과 졸업.
1965년 | 통도사에서 비구계 수지.
　　　　군위 법주사, 단양 방곡사, 신탄진 신홍사, 김해 원명사 주지 역임.
현재 | 신탄진 신홍사, 김해 원명사, 단양 방곡사 회주.

정무 스님

성불합시다

성불합시다

안녕하세요. 여러분을 만나 반갑습니다. 인도에서는 인사할 때 '나마쓰데'라고 합니다. 이 말은 '당신 마음 안에 있는 영성을 존중합니다.'라는 뜻으로 참으로 듣기가 매우 좋습니다. 여러분이 만일 인도에 가게 되면 꼭 '나마쓰데'라고 인사를 하시는 게 좋습니다.

지금 세계인류는 60억 명에 이릅니다. 인도의 10억 인구가 인사말로 '나마쓰데'를 쓰고 중국의 12억 인구가 '니하오마'를 씁니다. 이중에서 10억 명의 인구가 불교신자로써 모두 선남자 선여인들이며 선재 선재들입니다. 부처님 경전을 읽어보면 선남 선녀라는 말이 많이 나옵니다. 오늘 무상사 법당에 법문을 듣기 위해 오신 바로 여러분들이 선남 선녀, 선재 선재들입니다. 즉 착한 사람들입니다.

그런데 살아생전에 부모님에게 효도를 했든지 안했던지 간에 천도재를 지내면 모두 효를 행한 행효자(行孝子)라고 합니다. 돌아가신 부모님에게 드리는 최고의 효도가 바로 천도재인데 이를 행하는 사람을 두고 우리는 절대 불효자라고 하지 않습니다. 부모님이 다음 세상에 좋은 곳에 다시 태어나도록 천도하는 재를 지내는 것보다 사실, 더 좋은 효도는 없기 때문입니다.

오늘 이 무상사에 스님의 법문을 듣기 위해 오신 분들은 모두 착한 사람들입니다. 그런데 우리가 여기에 모인 이유는 무엇이며 하고자 하는 일은 어떤 일일까요? 바로 좋은 일 하자는 게 목적입니다. 그러나 오욕락(五慾樂)에 빠진 사람들은 절대로 이 자리에 못나옵니다. 그들은 세상사의 재미인 오욕락인 재(財), 색(色), 식(食), 명(名), 수(壽)인 재물욕, 색욕, 먹는욕, 명예욕, 수면욕에 빠져 있어 이곳에 올 엄두를 내지 못합니다. 여기에 오려면 아침 일찍 일어나 자신의 일을 다 처리하고 와야 하는데 말하자면 근면 성실한 사람만이 이 무상사에 와서 법문을 들을 수가 있기 때문에 게으른 사람은 여기에 절대 오지 못합니다.

사람은 이와 같이 부지런해야만 합니다. 사람이 백년을 산다고 해도 이를 날짜로 환산해 보면 삼만 육천 오백일 밖에 안 됩니다. 어쩌면 이 시간들은 절에 와서 한나절 노는 것만도 못합니다. 왜 그럴까요? 사람은 삼만 육천 오백일 동안 다섯 가지의 오욕락(五慾樂)만을 생각하기 때문입니다. 정말 이건 잘못 산 인생이며 잘못 가는 길입니다. 차라리 이 오욕락을 버리고 절에 와서 한나절 노는 것이 더 좋습니다. 잘못 간 길은 오히려 안

간 것만 못하며 차라리 원점보다 못 합니다.

　그러므로 사람에게 있어 일백년, 삼만 육천 오백일은 오욕을 버리고 산 하루치만도 못하다는 말입니다. 이 얼마나 중요한 말입니까? 불자들은 이를 깨달아야만 합니다.

　　백년 삼만 육천일(百年三萬六千日)이
　　불급승가 반일한(不及僧伽 半日閑) 이니라.

　　나무아미타불.

　그렇습니다. 사람이 오욕락에만 빠져 사는 건 오히려 안 산 것만 못합니다. 이는 참으로 사람으로서 잘못 살아 온 것입니다. 그럼, 오늘날 이 세상에 오욕락만 넘치는 탓은 무슨 이유 때문일까요? 서구문화가 동양에 침범한 탓도 있지만 산업사회의 발전이 바로 인간의 타락을 조장하기 때문입니다. 정말 잘못된 문화라고 하지 않을 수 없습니다.

　'직업에 귀천이 없다.'라는 말이 있습니다. 하지만 사람은 좋은 직업을 가져야만 합니다. 그래야만 사람은 인성(人性)이 좋아지고 착하게 살 수 있습니다. 나쁜 직업, 거친 직업을 가지게 되면 인성이 쉽게 파괴되기 싶습니다. 오늘날 우리는 이런 세상에 살고 있는 것입니다.

　요즘 우리 사회는 노인교육이니 사회교육이니 하면서 평생 교육이란 말을 입에 달고 삽니다. 그런데 내가 가만히 생각해보니까 교육이란 게 과연 평생 할 만한 가치가 있는 건가 하는 기분이 들었습니다. 어쩌면 교육이란 그저 일회용에 지나지 않는다는 생각이 들었기 때문입니다. 즉, 한 번 쓰고 내버리는 것에 지나지 않는다는 말입니다.

오늘날의 교육은 좋은 대학에 진학하면 그만이고, 좋은 직장에 가면 그 순간 모든 교육도 다 허탕이 되고 맙니다. 즉, 그 때부터는 오직 오욕락에만 빠져 인성교육은 아예 되지도 않습니다. 그러니 평생교육이 무슨 소용이 있습니까? 교육이란 세세생생(世世生生)해야 하는데 그저 자신의 오욕락만을 취하기 위한 일회용 방편에 지나지 않습니다. 방편(方便)이란 바로 수단을 말하는 겁니다. 즉 오늘날 교육이란 늙어 잘 살기 위해서 받는 방편에 지나지 않으며 수단에 지나지 않습니다. 하지만 우리가 다 늙어서 잘 살면 뭐합니까?

사람은 제대로 살아야 합니다. 이렇게 하려면 무엇을 어떻게 해야 합니까? 자식들 고민, 건강 고민, 사업 고민 등, 평생 고민만 하다가 떠나는 게 바로 우리 인간의 삶입니다. 그럼, 그런 고민을 하지 않기 위해서는 정작 우리에게 필요한 것이 무엇이며 어떻게 살아야 할까요? 이게 지금 우리가 처한 과제입니다.

사람이 사람답게 제대로 살려면 마음공부를 열심히 해야 합니다. 말하자면 마음 농사를 잘 지어야 하는데 이건 수단이아니라 우리가 세상을 살아가는 목적이기도 합니다. 이와 같이 평생 교육은 수단이 아니라 목적이 되어야 합니다.

여러분들은 원래부터 선재 선재입니다. 이렇게 착하고 착하다는 말씀입니다. 이런 우리가 세상에서 해야 할 일은 단 세 가지 뿐입니다. 그렇게 많지를 않습니다. 그럼 이 세 가지는 무엇일까요? 우리가 자신을 위해, 타인을 위해, 내 가족과 국가를 위해 반드시 해야 할 일은 무엇일까요? 이것은 겨우 10%에 지나지 않습니다. 반대로 자기와 남을 해치고 가족과 나라를 해치는 일도 겨우 10% 밖에 되지를 않습니다. 그럼, 우리가 이 세상을 살면서 좋은 일, 나쁜 일 20%를 지우고 나면 나머지 80%은 어떻게 보내고 있을까요. 우리는 그 80%를 그저 하는 둥 마는 둥 할 일없이 보내고 있다는 것을 깨달아야 합니다.

우리는 세상을 살면서 청첩장을 자주 받습니다. 그런데 그 청첩장을 받았다고 해서 우리는 모두 가지는 않습니다. 아니 갈 수도 없습니다. 제가 이야기를 하고자 하는 요지는 여기에 있지 않습니다. 청첩장을 받았다고 해서 가고, 받지 못했다고 해서 가지 않는 것은 좋지 않다는 겁니다. 사람은 능동적인 삶을 살아야 합니다. 청첩장을 받던 안 받던, 가야 할 곳은 가야만 한다는 말입니다. 청첩장이 자신 앞으로 일백 장이 온다고 해도 가치 없는 일이면 안가도 됩니다. 이와 같이 쓸데없는 일에 우리는 인생의 80%를 허송세월로 보내고 있다는 걸 불자들은 명심해야 합니다. 이런 어리석은 삶을 살아야 하겠습니까?

오늘 이 법문을 듣고 집으로 가는 즉시 장롱을 열어 옷을 다 꺼내 보세요. 아마 20년 동안은 옷 안사 입어도 괜찮을 정도로 무지하게 많을 겁니다. 이게 낭비가 아니고 무엇이겠습니까? 사람은 가난하던 부자이던 검소하게 살아야만 합니다. 신 한 켤레를 사면 다 떨어질 때까지 신어야 합니다. 그런데 요즘은 조금 신다가 싫증나면 새 신발을 삽니다. 굽만 약간 닳아도 마찬가지입니다. 이게 정말 낭비가 아니고 무엇입니까? 재미있는 건, 옛날에는 신발을 사면 한 달도 신기 전에 금방 떨어지는데 요새는 신발을 사면 닳지도 않습니다. 한 번 생각을 해보세요. 옛날, 신발은 잘못 만들어서 일찍 닳고 요즘 신발은 잘 만들어서 그렇다고 생각하지만 사실은 그게 아닙니다.

움직이지를 않으니까 신발이 닳지를 않는 겁니다. 배가 남산만큼 나오고 다리에 힘이 없는 건 다 운동부족 때문입니다. 먹기만 하고 움직이지를 않으니까 당연히 몸이 비만덩어리가 되는 겁니다. 한 달에 신 한 켤레가 다 떨어질 정도로 걸어야합니다. 만약 이렇게 한다면 따로 운동할 필요조차 없습니다. 건강도 다 자연스러운 일상의 움직임 속에 들어있기 때문입니다. 사람은 이와 같이 일상의 자연스러움을 거슬리면 안 되며, 이를 역행하면 벌을 받기 쉽습니다.

사람이 이 세상을 살면서 반드시 해야 할 세 가지 공부 방법이 있습니다. 건강 공부, 인생 공부, 마음공부입니다. 그런데 건강 공부에는 뾰족한 비결이 없지만 인생 공부는 인생관을 잘 선택해야 합니다. 한마디로 잘 골라 잡아야 합니다. 인생에는 임자가 따로 없습니다. 그러므로 최고 최선의 인생관을 설정하여 잘 골라잡아야 합니다. 그럼, 우리가 말하는 최고 최선의 인생관이란 무엇을 말하는 것일까요? 우리는 이를 딱 잘 골라서 잡아야 합니다.

여러분들은 사람 사는 거 옆에서 늘 지켜보며 살 것입니다. 세상에는 별의 별 잡된 인간들이 많습니다. 예를 들면, 귀신이 못되어 안달하거나 귀신을 만나기 위해 접신 하거나, 그것도 모자라서 점치러가고 합니다. 한마디로 모두 다 미친 사람들 뿐입니다. 그래서 부처님께서는 이 세상에 오실 때, 오시자마자 동서남북 일곱 발을 걷고서 이렇게 말했다고 합니다. 이게 무엇인가 하면 바로 동서남북이라는 공간 세계입니다.

과거세나 현재세나 미래세는 물론, 앞으로 영원토록 인간과 같이 우수하고 성숙한 생명체는 더 이상 탄생하지 않을 거라고 부처님은 말씀하셨습니다.

이를 과학자들과 천문학자들이 오늘날 증명하고 있습니다. 그러나 이들의 견해는 부처님과 전혀 다른 관점에서 해석하고 있습니다. 더욱이 천문학자들은 인간 같이 성숙한 생명체는 앞으로 아무리 많은 우주를 탐사한다고 해도 발견 되지 않을 것이라고 주장하고 있습니다. 왜 그럴까요? 우리가 지금 살고 있는 이 지구는 생명이 살기위한 최적의 조건을 다 갖추고 있기 때문입니다. 생명체는 온도가 조금만 높고 낮아도 살아가기가 어렵다고 합니다. 바로 생명체가 살아가는 데에 있어 최적의 조건을 갖춘 은하계가 바로 지구이기 때문입니다.

그런데 이 지구상에서도 인간이 가장 살기 좋은 데가 바로 적도 중간인 추운 것도 아니고 더운 곳도 아닌 오늘 우리가 살고 있는 이 대한민국이라는 것입니다(동경 127° 30″, 북위 37° 00″). 나는 그동안 세계 40개국을 다 돌아보았습니다. 그런데 우리나라의 금수강산 같은 기후조건을 가진 데는 한 곳도 없었습니다. 정말 나는 우리나라가 천혜의 환경조건을 모두

다 갖춘 곳이라는 것을 진실로 깨달았습니다. 나는 이다음에도 세세생생(世世生生) 한국에서 태어날 것을 간절히 원합니다. 이와 같이 우리나라는 정말 좋은 환경을 가지고 있습니다. 이런 환경에서 살다보니 옛날 우리 선비들의 정치이념도 매우 건전하고 합리적이었습니다.

첫째, 옛 우리나라 선비들의 이념은 보살도, 홍익인간, 널리 중생을 이롭게 하는 이화사상을 기반으로 했으며 이는 모두 우리조상님인 단군왕검에서 나왔다는 사실입니다. 이는 바로 깨달음의 세계화를 말합니다. 옛말에 남을 도울 때는 제물을 주지 말라고 했습니다. 즉, 구호물자를 주지 말라는 뜻입니다. 속된 말로 말하자면 '고기를 주지 말고 고기 잡는 방법을 가르쳐 주라'는 것입니다. 이것이 바로 우리 옛 조상들이 가졌던 상속이념이었습니다. 이렇듯이 우리 조상들이 예로부터 지켰던 정치이념의 대부분은 한마디로 진리였다는 것을 알아야 합니다. 그런데 오늘날 이러한 우리 조상들의 높은 정치이념은 이젠 사라지고 없습니다. 참으로 안타깝기 그지없습니다. 돌이켜 보면 우리 조상들이 가졌던 생각과 이념들은 누가 들어도 진리였던 것입니다.

둘째, 우리나라는 금수강산이라는 천혜의 자연 환경을 가지고 있습니다. 돌아보세요. 산이 없나, 강이 없나, 바다가 없나, 들이 없나 정말 좋은 나라입니다. 내가 한번은 몽고에 가봤는데 그곳은 정말 사람 살기가 무척이나 힘든 곳이라는 생각이 들었습니다.

또 한번은 티벳에 가봤더니 그곳에는 식물이라고는 골짜기에만 풀이나 있었습니다. 나무는 하나도 없었는데 염소들만 그 풀들을 뜯어 먹고 있었습니다. 티벳에 사는 사람들은 그 풀조차 제대로 먹지를 못합니다. 그런데 우리나라는 함경도나 제주도나 처음부터 끝까지 천혜의 환경조건을 모두 가지고 있습니다. 산에 가면 인간이 먹을 과일과 풀, 채소들이 많이 있습니다. 이렇듯 우리나라는 자연의 혜택을 받고 잘 살고 있다는 것을 뼈저리게 느꼈습니다.

셋째, 우리말과 우리글이 있다는 것에 정말 큰 자부심을 가져야 합니다. 이 지구상에 사는 나라들 중, 자기들의 글과 자기들만의 언어를 가지고 있는 나라는 사실 얼마 되지 않습니다. 우리나라 말과 글은 정말 과학적으로도 빼어납니다.

넷째, 우리나라는 세계 4대 종교가 모두 공존하고 있는 나라입니다. 그런데 다른 나라에 가보면 하루가 멀다 하고 종교 문제 때문에 서로 죽이고 살리고 합니다. 그야말로 매일 종교전쟁이 벌어지고 있는 형편입니다. 이것도 엄밀히 말하면 사람들이 삭막해서입니다. 매우 인성이 거칠기 때문에 종교전쟁이 일어나고 있다는 말입니다.

다섯째, 우리나라는 사철 오곡이 풍부하게 생산되어 우리가 돈만 있으면 무엇이든지 먹을 수 있습니다. 쌀은 주식으로 최고입니다. 그런데 북쪽은 대개 밀가루가 주식입니다. 영양으로 따지면 밀가루는 쌀에 비교가 되지 않습니다. 이 지구상에서 쌀을 주식으로 하는 나라는 반절도 안 됩니다. 그런데 우리나라는 오곡을 마음대로 먹을 수 있으며 사철동안 나는 생채와 오곡, 오과, 오채를 다 먹을 수 있습니다. 우리 몸에는 오장이 있습니다. 쓴맛은 심장, 단 맛은 위장, 매운맛은 폐장, 신 맛은 간장, 짠맛은 신장이 느낍니다. 우리의 몸은 이렇게 느끼는 곳이 각각 다릅니다. 5곡과 5장은 화학적으로 친화력이 다릅니다. 한 가지만 먹으면 한곳으로 치우쳐 버려 우리의 몸은 쉽게 망가지기 쉽기 때문에 골고루 섭취해야 합니다. 우리 몸을 건강하게 잘 다스리기 위해서는 우리가 먹는 음식에 달려 있습니다. 이렇듯 우리나라는 다른 나라사람들이 갖고 있지 못한 천혜의 환경을 많이 가지고 있다는 것을 알아야 합니다.

옛날 공자가 우리나라를 두고 '동방예의지국'이라고 했던 것이나 선비, 군자, 보살의 문화라고 했던 것도 모두 이 같은 이유 때문입니다. 전혀 빈말이 아닙니다. 그런데 요즘에는, 옛날 양반을 두고 좋지 않은 시각으로 해석하고 있는 것 같습니다. 양반자격이 없는 사람이 양반을 돈으로 사서 그랬다지만, 사실 알고 보면 양반이란 선비군자를 두고 한 말입니다. 양반이 어떻게 나라를 망하게 합니까? 요즘 양반이라고 하면 아주 그냥 못된 놈으로만 알고 있습니다만 이러한 습관들은 빨리 고쳐야 합니다. 본래 양반은 그런 게 아닙니다.

또한, 오늘날 역사학자들은 불교 때문에 고려가 망했다고 하는데 사실, 이것은 잘못된 견해입니다. 불교가 좋아 왕자들이 모두 스님이 되었다고 하지만 사실은, 정치를 잘못했기 때문이며 일부 승려가 수행은 딴전이고 권력과 재물을 탐내서 고려가 망한 것입니다. 찬란한 불교문화가 이를 증명하고 있지 않습니까?

여러분은 인생이 뭐라고 생각하고 있습니까? 또한 '나'라는 '나'는 누구라고 생각 하고 있습니까? 한마디로 압축해 보세요. 대답을 하지 못할 것이며 아마 생각조차 하지 않았을 것입니다. 바로 부처님입니다. '천상천하 유아독존(天上天下 唯我獨尊)' 즉, 바로 나입니다. 예로부터 부처님은 인간의 존엄성이 최고라는 말씀을 하셨습니다. 여러분들은 "여보게 부처님이 어떻게 낳자마자 눈도 안 뜨고 그런 말을 할 수 있었는가." 라고 의문이 들겠지만 사실 그 말도 맞긴 맞습니다.

부처님 당시에는 경전이 없었습니다. 경전은 부처님이 열반하신 뒤, 제자들이 결집하여 '여시아문, 이렇게 들었습니다.'하고 펴낸 것입니다. 기록이란, 많은 의미를 가지고 있습니다. 부처님의 사상이 옳지 않다고 생각 되었다면 경전은 오늘날 존재조차 하고 있지 않을 수도 있습니다. 부처님의 사상이 위대하기 때문에 경전이 존재하고 있으며 팔만사천 경에 달하는 대장경전체가 바로 부처님의 위대한 사상입니다. 즉 팔만대장경이 품고 있는 모든 사상은 부처님 사상 하나로 통일되어 있다는 것을 알아야 합니다. 말하자면 경전은 부처님 사상을 요약한 것이라 볼 수 있습니다. 그럼, 위대한 부처님 사상이란 무엇을 말하는 것일까요? 그것은 이 한마디로 요약할 수 있습니다. 여기에 있는 '나도, 너도, 여러분들도 부처님'이라는 말입니다. 그럼, 부처님인 우리는 어떻게 살아야 될까요? 우리는 어떻게 살아야 부처님답게 인생을 보낼 수 있을까요?

나는 가끔 인생에 대해 이렇게 4가지로 요약합니다. 하지만 그 삶은 특별한 것이 아닙니다. 우리가 매일 실천하고 있는 일입니다. 공경, 예배, 공양, 찬탄입니다. 이것은 우리불자들이 반드시 해야 할 4대 의무이기도 합니다.

우선 공경에 대해 말씀 드리겠습니다. 남을 깔보지 않고 공경해야 한다는 것입니다. 남을 깔보게 되면 자신도 공경을 받을 수 없습니다. 남을 공경해야 자신도 공경을 받을 수가 있다는 말입니다. 우리가 취하는 음식 또한 남에게 베풀어야 합니다.

두 번째는 공양입니다. 우리가 매일 먹는 음식도 그냥 오는 것이 아닙니다. 바로 누군가로부터 공양을 받는 것임을 알아야 한다는 겁니다.

세 번째는 항상 부처님께 예배를 드려야 합니다. 그 부처님이 바로 누군가 하면 바로 자기 자신입니다. 또한 내 앞에 서 있는 사람입니다. 무슨 예배라 하면 거창한 줄 알지만 사실은 남을 존경하는 마음이며 남에게 인사를 하는 습관입니다. 그냥 남을 사랑하는 그 마음이 바로 예입니다. 예배는 절을 잘하라는 것이 아닙니다. 그냥 남하고 눈한 번 30초 동안 맞추라는 말이기도 합니다. 오래 눈을 안 맞추어도 됩니다.

근데 아들, 딸과 눈을 한 번 맞추어 보세요. 이게 사실 힘든 게 아닙니다. 거짓말 하는 놈은 절대 부모와 눈을 맞추지 않습니다. 오늘 실험해 보세요. 이와 같이 진실한 사람들끼리만 눈을 맞춥니다. 여러분은 부부끼리 평생 눈을 맞추는 시간이 얼마나 되는지 알고 계십니까? 연구에 따르면 겨우 19분 40초라고 합니다. 그냥 출근하고 퇴근해서 밥 먹고, 자고 눈 한 번 맞출 사이도 없이 그렇게 하루를 허무하게 흘려보내고 마는 것이 바로 부부입니다. 여기에서 '눈 맞추고 살라'는 말은 '친구처럼 살라'는 말입니다. 부부란 애기 낳고 살지만 친구입니다. 친구는 허물없이 살아야 합니다. 그런데 오늘날 부부는 친구사이보다 못하게 살아가고 있는 것이 우리의 현실입니다. 그럼 매일 눈 맞추지 않고 살아가면 어떻게 되겠습니까. 결국 이혼하는 겁니다.

요즘 늙은이들이 황혼이혼을 하는 것도 젊어서 눈 맞추고 살아오지 않아서 그렇습니다. 늙어서까지 부부가 함께 살아가는 게 얼마나 행복한 것인지 모르고 사는 사람이 많습니다. 통계로 보면 남자들은 대개 다시 결혼하면 현재의 부인과 다시 결혼 하고 싶다는 사람이 80%라고 합니다. 그런데 여자들에게 물어보면 80%가 "내가 미쳤나 그런 남자하고 살게" 한답니다. 부인이 그런 소리 하는 건 다 남자 잘못이라는 것을 반드시 알아야 합니다. 그러니까 이 모든 것이 친구처럼 눈 맞추고 살지 못한 까닭입니다. 이건 여담이지만, 한 번은 불자가 내게 "자동차 한 대 사줄까요?" 했습니다.

나는 그 소리를 듣고 그 불자에게 "미쳤어" 하고 혀를 끌끌 찼습니다. 이와 같이 사람은 근본을 알아야 합니다. 부처님께서 강조 하신 것은 '무소유 정신'입니다. 부처님은 꽃다발이나 보물을 못가지게 하셨는데, 부처님의 사상으로 볼 때는 자동차는 말할 것도 없습니다. 그런 스님에게 자동차를 선물하겠다니 내가 버럭 화를 내는 건 당연한 일이지 않습니까? 사실 스님들은 휴대폰을 가지고 있어도 안 됩니다.

스님들이 법회를 갈 때 신도들이 좋은 자동차로 모시려고 하는데 이 또한 잘못 된 일입니다. 난 사실 자동차를 좋아 하지 않습니다. 자동차가 없으면 부르면 됩니다. 렌터카 불러서 갔다 오면 되는데 한 달 동안 드는 돈이 자가용의 10분의 1도 되지 않습니다. 사실, 나같은 사람이 자동차 한

대 더 가지고 있으면 공해입니다. 안 그래도 거리에 자동차가 너무 많아 공해가 이만 저만이 아닌데, 나 같은 스님조차 자동차를 가지고 있으면 공해가 더 심해 질 것이 아닙니까? 그러니 내가 자동차를 좋아 하지 않는 것은 당연합니다. 이런 것도 다 우리가 살아서해야 할 공경, 공양, 예배, 찬탄 속에 들어간다는 것을 알아야 합니다. 내가 자동차를 가지지 않는 건 바로 남을 공경하고 아끼기 위해서입니다. 이 세상 모든 사람들이 그러한 마음을 가진다면 훨씬 더 아름다운 세상이 될 것입니다.

사람은 태어나서 죽기 전에 꼭 보고 싶은 사람이 있다고들 합니다. 그런데 왜 우리는 마지막 가는 길에 사람이 그리워지는 것일까요? 그것은 살아생전 눈을 제대로 못 마주쳐서 그렇습니다. 우리는 살면서 늘 이고 사는 하늘도 쳐다보지 않고 삽니다. 정말입니다. 정성들여서 저 하늘을 한 번 바라보세요. 얼마나 맑고 푸른가를 말입니다.

오늘 내가 여러분에게 어떻게 세상을 살아가야 하는지에 대해 다 말씀 드렸습니다. 그리고 마지막으로 내가 드리고 싶은 말은 남을 찬탄하며 살라는 겁니다. 그래야만 남에게 욕을 먹고 살지 않습니다. 사람이 살면서 남에게 욕을 먹게 되면 오래 살지도 못합니다. 또한 남에게 칭찬받고 살지 못하면 나중에 죽어서도 좋은 데를 가지 못합니다. 죽어서 극락에 가려면 남에게 칭찬을 많이 해야 하고 많이 받아야 합니다. 못 받으면 좋은 데 갈 수 없습니다. 그런데 남에게서 칭찬을 많이 받으려면 어떻게 살아야 합니까? 남을 욕하지 말고 싫으나 좋으나 항상 남을 찬탄하고 살면 됩니다.

우리는 부처님 같이 공부할 수 없습니다. 부처님이 6년 동안 공부를 하는데 얼마나 힘들었겠습니까? 부처님께서 공부하시면서 깨닫게 된 것은 바로 '일체중심이 동시성불(同時成佛)'이라는 것이었습니다. 우리는 이 소식을 반드시 알아야 합니다. 그런데 우리 몸은 이미 부처이지 않습니까? 이 말은 우리가 부처님같이 공부할 필요가 없다는 말입니다.

그저 우리는 부처님 같이 살면 됩니다. 부처님같이 사는 게 바로 공부이며 부처님이 하신 말씀을 따라 그렇게 살아가면 됩니다. 그렇게 되면 우리는 부처님처럼 성불할 수 있습니다.

얼마 전, 신경과학 미소전자분야 과학자들이 참선만 하는 선승들을 초청해서 신경분석을 했다고 합니다. 그런데 이런 선승들이 부처님처럼 해탈하는데 걸리는 시간은 적어도 20년이 걸린다고 합니다. 불교에서는 오식, 육식, 칠식, 팔식이라는 게 있습니다. 오식은 다섯 감각으로 하는 걸 말하는데 이것은 때론 번쩍 번쩍합니다. 인간은 정신이 가장 생생할 때가 베타파, 그리고 고요하고 평화롭고 행복할 때 알파파가 나온다고 합니다. 그리고 가수면 상태나 환상에 빠질 때는 세타파가 나오고 잠에 푹 빠질 때는 델타파가 나온다고 합니다. 과학자가 뇌파를 측정하여 나온 이 네 가지를 분석하여 얻은 결론이라고 합니다.

불교에서도 오식, 육식, 칠식, 팔식 네 가지가 있습니다. 이것은 상상으로 하는 겁니다. 칠식은 꿈으로나 경험하는 것이며 팔식은 전혀 우리가 의식을 못하는 걸 말하는데 잠재의식과도 같습니다. 뇌파가 그렇게 깊이 들어가는데 20년 이상이 걸린다고 합니다. 우리의 뇌파가 팔식까지 들어

가게 되면 그것은 바로 죽음상태로 가는 겁니다. 따라서 철학도 선(禪)도 어찌 보면 죽음연습을 하는 것이라고 볼 수 있습니다. 이게 들어갔다 나왔다하는 것이 바로 참선입니다.

그래서 부처님께서는 생사(生死)를 경험하시고 생사를 해탈하셨다고 했던 겁니다. 사실, 생사 해탈을 경험한 사람은 오직 부처님뿐입니다. 요즘 텔레비전에서 죽음체험이라고 하는 게 과학적으로 나오긴 하지만 그건 그냥 다들 하는 소리에 지나지 않습니다. 부처님께서는 완전 죽음으로 가셨던 적도 있었습니다. 그런 부처님께서는 무엇을 드시고 이렇게 일어났을까요? 하지만 그게 아닙니다. 부처님은 그냥 생사를 해탈하셨던 겁니다.

그럼 우리가 부처님처럼 생사로부터 해탈하기 위해서는 어떻게 해야 할까요? 바로 20년은 열심히 참선해야 합니다. 오늘날 정신과학은 그야말로 눈부시게 발전했습니다. 얼마나 발달했느냐 하면 미소전자과학에 따르면 생생한 사람이 완전히 죽음의 잠속으로 빠질 때까지 걸리는 시간은 단, 28분이면 된다고 합니다. 이젠 28분이면 그 미륵불의 세계를 경험한다고 합니다. 한방에 성불해 버리는 세계가 곧 온 것입니다.

어째든 오늘날의 과학에 대해 그저 놀랄 뿐입니다. 여러분들이 출가를 하면 성불을 할 지 모르겠지만, 이러한 세속에 젖어 살면서 부처님같이 6년을 공부해도 아니 60년을 해도 성불은 안 될 것입니다. 그러면 우리는 성불을 하기 위해 어떻게 해야 할까요? 답은 매우 쉽습니다. 바로 부처님처럼 살면 됩니다. 그게 보살도입니다.

그러니까 이왕 여러분은 한평생 살려고 왔으니까, 부처님처럼 최고 최상의 인생관으로 사는 게 좋다는 말입니다. 그런데 어찌 여러분은 잡동사니처럼 그저 한평생을 헛되게 살다가 가려고 합니까? 도대체 무엇 때문에 자신의 몸과 정신을 함부로 헛 곳에 놓고 사느냐 말입니다. 도대체 무엇 때문에 자신 멋대로 자신의 몸을 굴리며 살아가느냐 말입니다. 요즘 산에 가면 다 공부하러 가는 줄 아는데 그러면 무조건 공부가 되는 줄로 압니다. 귀신들라고 말입니다. 사실 귀신이 보였다 안 보였다 하는 사람은 건강한 정신을 가진 사람이 아닙니다. 정신이 건강한 사람은 귀신도 보이지도 않습니다. 오행도 육갑도 사주도 어찌 보면 다 그런 종류입니다. 그러니 쓸데 없는 짓을 하지 말고 모두 청정광명(淸淨光明)으로 돌아가야 합니다.

우리가 제사를 지낼 때 감을 꼭 놓습니다. 감을 놓는 이유가 무엇입니까? 그건 바로 교육을 의미하는 겁니다. 교육 말입니다. 감 씨를 심어 놓는다고 해서 감나무에 그냥 감이 열리지 않습니다. 그러면 어떻게 해야 합니까? 접을 붙여야 합니다. 감나무 줄기를 끊어다가 접붙여야 비로소 감이 열립니다. 아마 이걸 모르는 사람은 없을 겁니다. 그럼, 큰감나무를 접붙이면 큰감이 날까요? 정성껏 가꾸어야 합니다.

사람도 이와 같습니다. 사람의 근본이 아무리 훌륭해도 훌륭한 교육을 받아야만 훌륭한 사람이 될 수가 있습니다. 이 때문에 제사상에 감을 놓는 것입니다. 제사 때 감을 놓는 건 최고의 인생 공부를 하고 훌륭한 교육을 받아야 한다는 의미가 담겨져 있는 것임을 여러분은 알고 있어야 합니다. 무당들은 자기 집에 절 만(卍)자를 그려 놓고 부처님을 팔지만 그 얼굴들을 보면 부처님은 없습니다. 무당의 얼굴을 보면 사람얼굴이 아니라 꼭 찡그린 얼굴이 무섭기까지 합니다. 이건 바로 잘못 살아 왔다는 증거입니다. 사람의 얼굴에는 생사의 모든 것과 인생의 모든 것이 확연히 드러납니다. 이렇듯이 우리 인생은 아주 작은 습관으로 잘살고 못산다는 것을 알아야 합니다. 이런 작은 습관들이 날이 갈수록 벌어져 나중에는 인생에 있어 엄청나게 차이가 나게 되는 것입니다.

원래 부처님은 청정합니다. 그런데 우리는 과연 누구입니까? 바로 우리가 부처입니다. 이렇게 본래 모습이 청정한데 여러분은 어찌하여 날마다 사박하게 살아가고 있습니까? 우리의 얼굴은 찡그리다 못해 아주 화로 가득 찬 얼굴입니다. 이 또한 잘못된 인성 탓입니다.

이 세상에서 가장 거룩한 사람은 누구입니까? 사실, 거룩한 사람은 없습니다. 부처님도 아닙니다. 다만 거룩한 삶만이 있을 따름입니다. 거룩하게 사는 행동만 있을 뿐입니다. 우리는 이를 철저하게 깨달아야 합니다. 이 세상에서 제일 행복한 사람은 누구입니까? 자기 자신이 행복하다고 생각하는 사람입니까? 절대 아닙니다. 바로 남을 행복하게 만들어 주는 사람이 제일 행복한 사람입니다.

오늘 여러분은 이 세상을 어떻게 살아야 하는가를 배우고 있습니다. 부처님같이 고행의 긴 세월을 공부만 하며 보낼 필요도 없습니다. 아니 그렇게 할 수도 없습니다. 하지만 우리는 배우고 익혀야 합니다. 자기 자신을 최고최상의 부처님 인생으로 바꾸어야 합니다. 오늘부터 우리 불자들은 반드시 이를 명심해야 합니다.

또한 우리자녀들이 반드시 명심하고 선택해야 할 것이 있습니다. 그것은 직업관입니다. 직업에 귀천이 없다고 하지만 사실, 직업보다 더 중요한 건 이 세상에 없습니다. 그건 옛날 어리석은 사람들이 하는 말입니다. 떨어져 죽을 위험한 일은 하지 않는 게 좋습니다. 또한 자신의 인성이 타락할 정도의 일도 하지 않는 게 좋습니다. 자신의 인성이 타락할 정도로 나쁜 직업을 가지는 건 차라리 안사는 것만 못 합니다.

그 다음에 중요한 게 있다면 배우자 선택입니다. 배우자를 잘못만나면 정말 인생 절단 납니다. 그야말로 쫑 납니다. 천당 아니면 지옥입니다. 사람은 배우자를 선택할 때 신중해야 합니다. 그 스님 참 우스운 말한다고 하겠지만 인생 편안하고 멋지게 한평생 살려면 배우자를 잘 만나야 합니다. 총대를 메고 전쟁 갈 때는 세 번만 생각해도 되지만, 약혼 할 때는 적어도 삼백 번은 신중하게 생각해야 합니다. 요즘 젊은이들은 부모가 골라주는 사람은 마다하고, 자기 좋은 사람만 만나려고 합니다. 이 때문에 나중에 쪽박 차는 것을 많이 봅니다. 그러니 자기가 낳은 새끼조차 버리고 이혼하는 것이 다반사입니다. 부모가 권하는 사람을 거부하는 건 아들 자식들이 부모님의 마음을 너무 몰라서 그러는 겁니다. 또한 부모가 자신들의 은인이며 스승임을 모르기 때문입니다.

이와 같이 요즘 아들 딸 자식들은 부모의 마음을 몰라도 너무 모르는 것 같습니다. 부모는 하늘같은 은혜를 가진 스승이라는 것을 아직 깨닫지 못하기 때문입니다. 그런 자식들을 올바로 깨치게 하는 것도 부모의 의무입니다. 부모는 세상의 그 어떤 자식들보다 경험이 많은 사람임을 자식들에게 인식시켜 주어야 합니다. 또한 자기들보다 더 지혜로운 사람이 바로 부모라는 것을 알게 해야 합니다. 그런데 요즘 젊은이들은 취직이나 결혼할 때 막연하게 좋은 것만 선택하려고 합니다. 사실, 부모가 보는 눈이 정답입니다. 그리고 부모가 세상을 바라보는 눈은 아주 객관적이고 지성적입니다. 그러나 요즘 젊은이들은 지성을 보지 못합니다. 그냥 감정만으로 세상을 바라보기 때문에 적지 않은 실수를 하기 쉽습니다. 이 또한 그냥 감정에만 매여 있기 때문입니다. 그래서 함부로 배우자와 직업을 선택하는 것입니다.

결혼생활이란 살다보니까 처음과는 달리 나중에는 못 볼 것만 보게 됩니다. 그러니까 애까지 낳고 이혼하는 것 아니겠습니까? 요즘 이혼율이 50%라는데 정말 문제입니다. 이렇게 세상을 살아가는데 꼭 필요한 것이 바로 인생관, 직업, 배우자 선택이라는 것을 아들자식들은 알아야 합니다. 이를 가르쳐야 할 것도 바로 부모의 몫입니다. 그러나 외람스럽게도 오늘 여기 오신 여러분들은 이미 늦었습니다. 하지만 아들, 딸은 잘 가르쳐야 합니다. 이 순간부터 여러분은 내 곁에 있는 아내와 남편을 믿고 의지하며 정말 친구처럼 살아야 합니다.

만약 후회를 한다면 이혼은 하지 말고 재수생이 되세요. 또 한 번 살게 말 입니다.인생 졸업하지 말고 재수생처럼 마음을 잘 관리하면서 살면 됩니다. 그렇게 하려면 마음관리와 마음공부를 잘하고 마음농사를 잘 지어야만 합니다. 지금 우리에게 가장 필요한 건 마음농사이기 때문입니다.

이게 최고 최상의 농사입니다.

불교는 한마디로 말하면 무엇입니까? 바로 마음입니다. 마음 하나 농사 짓는 종교가 바로 불교입니다. 말하자면 마음관리를 잘하는 종교입니다. 항상 마음을 청정광명하게 유지해야 나날이 즐거워지는 법입니다. 그래야만 인생의 모든 일이 나의 궁극적 목표를 향해 나아갈 수가 있게 됩니다. 나는 사랑받는 사람이며 '나는 보살입니다' 라는 생각을 항상 가지고 있어야 합니다. 이제 복을 구경해 봅시다.

마음은 모든 것의 근본이 된다.
마음속에 착한 일을 생각하면
그 말과 행동도 또한 그러하리라.
그 때문에 즐거움은 그를 따르리.
마치 수레를 따르는 수레바퀴처럼,

이것은 마음에 관한 《법구경》의 첫 구절입니다. 마음공부는 사람이 사람 되자는 겁니다. 마음공부는 마음 건강하자는 겁니다. 마음공부는 잃었던 내 주인공을 찾자는 겁니다. 마음공부는 본래 청정한 나의 본성을 회복하자는 데 있습니다. 부처님이 되자는 것입니다. 그러므로 마음공부는 수단이 아니라 목적입니다. 세상 공부처럼 수단이 아니라 목적입니다. 이것은 우리가 세세생생 해야 할 공부입니다.

건강공부에도 비결이 없습니다. 과학에서 병을 정의한 게 있습니다. 질

병이 무엇일까요? 바로 생활습관을 두고 말하는 겁니다. 구체적으로 말하면 성격병, 습관병인데 요즘 젊은이들은 정말 고집불통입니다. 남에게 양보를 하는 걸 거의 보지 못합니다.

이런 사람은 늙으면 틀림없이 치매에 걸리고 맙니다. 허허,

남을 이해하는 마음을 가지지 못하는 사람은 혼자서 고민하다가 그야말로 정신이 돌아버리기 쉬운데 이게 쌓이면 화가 되고 또한 치매가 됩니다. 사람이 망하는 것은 망할 때가 되어서가 아닙니다. 인생을 잘못 살거나, 부자일 때 잘하지 못해서 망하는 겁니다. 몸이 건강할 때 너무 무리해서 나빠지는 것과 같은 이치라고 할 수 있습니다. 그러므로 사람은 건강할 때 몸을 잘 다스려야 합니다. 공부란 건강할 때 해야 하고 마음공부도 편안할 때 해야 합니다. 이렇듯 공부도 부자일 때 해야 합니다. 때가 지나서 하는 공부는 헛공부에 지나지 않습니다.

우리가 하는 마음공부는 우리의 몸을 건강하게 하고 정신을 맑게 합니다. 여러분, 이렇게 좋은 공부를 왜 하지 않습니까? 인연이 없어서 못합니까? 인연, 여러분은 세상을 살아가면서 자꾸 이러한 인연을 만들어야 합니다. '복이 없어서 못한다, 게을러 못한다.'고 하지만 사실은 거만하고 자만해서 못하는 것에 지나지 않습니다. 또한 어리석어서 못하는 것입니다. 바로 이 때문에 이 좋은 불교공부를 안하는 것입니다.

그러니까 여러분은 항상 공부를 열심히 하여 마음을 부지런히 닦아야 합니다. 그렇게 되면 겸손해집니다. 복이 있어서 한다. 인연이 있어서 한다. 슬기로워서 한다. 선남 선녀들처럼 착한 사람이어서 한다는 말은 접

어두고 스스로 마음공부를 해야만 합니다. 끝으로 내가 노래 한마디 부르고 이것으로 오늘 법문을 마치겠습니다.

'즐거운 곳에서 날 오라 하지만 즐거운 것은 평생 마음공부랍니다.'

정무 스님

1931년 6월 15일 출생.

1958년 2월 21일 | 전북 대학교 수의과 졸업.

1958년 1월 15일 | 군산 은적사에서 전강 선사를 은사로 사미계수지.

1960년 4월 15일 | 김천 직지사에서 관응 선사를 법사로 사교과수료.

1962년 10월 15일 | 삼척 영은사에서 탄허 선사를 법사로 대교과수료.

1963년 4월 15일 | 김제 흥복사에서 전강 선사를 조실로 안거 3하.

1965년 3월 15일 | 부산 범어사에서 동산 선사를 계사로 구족계수지.

1966년 7월 15일 | 대구 동화사에서 효봉 선사를 조실로 안거 후 3하.

1968년 10월 15일 | 영주 포교당 주지.

1970년 8월 10일 | 제2교구 중앙종회 의원.

1971년 10월 22일 | 제2교구 본사 용주사 주지.

1977년 2월 17일 | 종 정 표창장.

1981년 3월 7일 | 조계종 중앙종회 선관위원.

1982년 4월 8일 | 세불회, 경불회 지도법사.

1982년 4월 25일 | 대불련 경기도 총재 역임.

1982년 8월 31일 | 수원교도소 독지방문위원.

1982년 10월 5일 │ 독립기념관 건립 추진위원.

1982년 12월 31일 │ 법무부 장관 감사장.

1983년 4월 1일 │ 세계불교 대법회 지도위원.

1983년 6월 3일 │ 여주 신륵사 주지.

1986년 5월 30일 │ 여주 경찰서 경승법사.

1986년 12월 12일 │ 범민족 올림픽 추진위원.

1987년 5월 11일 │ 경찰대학 경승법사.

1993년 4월 1일 │ 대구 법왕사 회주(현).

1993년 4월 7일 │ 용인 경찰서 경승법사 역임.

1997년 4월 3일 │ 이천 영월암 주지.

1999년 7월 1일 │ 조계종 총본산 성력화 추진위원(현).

2000년 11월 10일 │ 안성 석남사 주지 취임.

2008년 10월 31일 │ 대종사 법계품서 수지.

2008년 11월 │ 석남사 회주(현).

2008년 11월 │ 대한불교 조계종 원로의원(현).

'정토淨土와 중생衆生'

'정토淨土와 중생衆生'

묘보리좌승장엄(妙菩提座勝莊嚴)

제불좌이성정각(諸佛坐而成正覺)

아금헌좌역여시(我今獻座亦如是)

자타일시성불도(自他一時成佛道)

묘한 깨침의 자리 수성하게 장엄하니

모든 부처님이 정각을 이룬 자리이네.

내가 지금 자리를 올림도 이와 같아서

너와 내가 불도를 이룰 지이다.

방금 우리들이 같이 외운 시구(詩句)는 절에서 부처님께 공양을 올릴 때 부처님께 '편안히 앉으세요.' 하는 자리를 올리는 헌작(獻爵)인 '묘보리좌승장엄 제불좌이성정각'을 우리말로 쉽게 번역한 겁니다.

불교TV 내에 있는 이 무상사(無相寺)는 '부처님의 위없는 법, 위없는 가르침, 위없는 깨침과 위없는 진리'가 있는 곳입니다. 말하자면 우리들이 부처님께 헌작한 자리입니다.

그러나 아쉽게도 저는 '위없는 깨침'도 얻지 못했으며 또한 '위없는 법도(法道)'도 잘 지키지 못하는 사람입니다. 하지만 이런 사람도 떠들 수 있는 곳이 바로 무상사입니다. 부처님은 이를 용서하기 때문입니다. 그래서 지난 이년 전, 한 번 와서 떠들고 또 이렇게 여러분 앞에서 떠들게 되었습니다.

나란 사람은 워낙 깨침이 없고, 또한 깨치지 못한 사람인데 다시 여기에 오게 된 건, '위없는 법도'를 지키기 위한 법문을 하기 위해서가 아니라 '위없는 사람'도 법문을 할 수 있기 때문에 무상사에서 다시 저를 부른 것 같습니다.

지난 번 법문 내용은 '이 세상은 높고 낮음이 많고, 또한 많이 가진 사람과 가지지 못한 사람이 많아 불평등 때문에 고통의 바다'라고 하였습니다. 이런 세상에서는 부처님과 보살조차 비천하고 가치가 없는데 우리가 함께 어떻게 해야만 영원하게 안락과 평화를 누릴 수 있느냐에 대해 말씀 드렸던 것 같습니다.

오늘은 부처님이 사시는 괴로움이 없는 땅인 '정토(淨土)와 중생(衆

生)'에 관해 말씀드리고자 합니다.

　　산하대지안전화(山河大地眼前花)
　　심라만상역부연(森羅萬象亦復然)
　　자성방지원청정(自性方知元淸淨)
　　진진찰찰법왕신(塵塵刹刹法王身)

　　산과 강, 대지가 눈앞의 헛된 꽃이요
　　삼라만상도 또한 그러하네.
　　자성이 원래 깨끗함을 알면
　　티끌마다 국토마다 법왕신이네.

　이 게송은 산하대지가 눈앞에 드러난 한갓 헛된 꽃에 지나지 않듯이 삼라만상도 헛것인데 내가 가지고 있는 자성의 깨끗함을 알게 되면, 내 눈앞에 벌어지는 티끌마다 국토마다 모두 그대로 법왕이며, 내 눈앞에 보이는 모든 삼라만상과 내 곁에 있는 부모형제가 다 법왕이라는 말씀입니다. 어쩌면 우리가 사는 세상은 눈앞의 헛것에 지나지 않는 그림자와 같기 때문에 이를 깨닫게 된다면 여러분 스스로가 가진 자성의 깨끗함을 알게 될 것이라 믿습니다.

　여러분들이 이러한 뜻을 깨달았다면, 오늘 무상사에서의 법문은 이미 끝났습니다. 이제 그만할까요? 더 할 말이 없는데 허허.

그렇습니다. 실재 부처란 내 속에 있고 내 눈앞에 있는 부모형제가 바로 부처님입니다. 또한 이 삼라만상 그대로가 부처님의 얼굴입니다. 그럼에도 불구하고 우리는 내 눈 앞에서 저 사람은 남자고 여자고, 저 사람은 부자고 가난하고, 저 사람은 귀하고 천하고, 저 사람은 잘생겼고 못생겼고 하는 차별심이 가득 차 있습니다. 그러다 보니, 본래 이곳은 부처님의 세상이지만 항상 우리는 괴로움과 갈등 속에서 헤매다가 결국 벗어나지 못하는 게 현실입니다.

세상만사는 이와 같이 항상 찰나의 순간에도 끊임없이 변하고 있으며, 그대로 있는 건 하나도 없습니다. 말하자면 천변만화(千變萬化)하고 있는 겁니다. 이 세상은 혼자만의 것이 아닌 서로 얽히고설킨 연관된 인연의 세계입니다. 즉, 서로의 인연에 의해서 이루어져 있기 때문에 이를 알지 못하면, 우리 눈에 보이는 삼라만상은 한갓 헛것에 지나지 않습니다.

하지만 우리가 이러한 세상의 이치를 바로 내다보고 꿰뚫어 볼 수 있다면 이 세상은 있는 그대로 깨끗한 불국토(佛國土)가 될 겁니다. 때문에 부처님은 《법화경》에서 '시법주법위 세간상상주(是法住法位 世間湘常住)'라고 하셨습니다. 즉, '이법이 법의 자리에 머물러서 세간의 모습이 그대로 항상 머물러 있다'고 하셨던 겁니다. 말하자면 우주의 모든 것은 있는 그대로가 법으로써, 변치 않고 있으며 이는 '우주의 모든 것이 사실 그대로 있는 것이다.'라는 뜻입니다. 어찌 보면 참으로 앞뒤가 말이 되지 않는 것 같기도 한 묘한 말씀입니다.

여기에서 말한 시법, 주법이란 소리는 우리의 참된 성품을 일컫는 말이며 부처님의 가르침입니다. 부처님의 자리와 모습이 바로 주법이라는 말씀인데, 여기서 말하는 법은 우리가 살고 있는 땅덩어리 전체를 말합니다. 그러므로 부처님의 가르침과 성품은 이 땅에서 멀리 있는 게 아니라 우리가 사는 이 세상에 항상 머무르고 있다는 겁니다. 이것이 바로 진리가 아니고 무엇이겠습니까? 그래서 세상의 모습은 항상 천변만화하고 있지만 항상 머무르고 있는 겁니다.

불교에서는 항상 불법(佛法)에 관한 이야기를 많이 합니다. 어떤 때는 어느 것이 진짜 불법인지 모를 정도로 다방면으로 다양하게 법에 대해 이야기를 하고 있습니다. 부처님의 경전에서 보면 법(法)은 인도의 산스크리트어로 다르마[dharma], 팔리어로는 담마[dhamma]라고 하는데 이것을 중국어로 음역하면 법(法)이라고 쓰고 우리나라에서도 법으로 읽습니다. 하지만 불교경전에서는 여러 가지 뜻으로 설(設)하고 있기도 합니다.

그중에서도 법에 대해 가장 많이 사용하는 건 첫째, 부처님의 가르침을 법이라고 하였던 겁니다. 두 번째는 부처님의 깨침의 내용을 법이라고 합니다. 세 번째로는 불교에서 말하는 '진리(眞理), 진여(眞如), 자성(自性)'을 법이라고 표기하고 있습니다. 그래서 여기 '시법이 주법'이란 부처님이 깨우치신 내용을 말하는 겁니다. 뒤에서 법의 자리에 머문다는 건 자연의 현상을 말합니다.

이와 같이 부처님의 말씀이나 깨침이 우리가 사는 이 땅과 멀리 떨어져 있는 게 아닙니다. 한 생각을 돌이켜 보면, 내 부모형제가 바로 부처라는 것을 알게 됩니다. 하지만 이와 달리 부모형제라고 할지라도 '너는 너고 나는 나'라는 욕심에 사로잡히게 되면 '부처가 아니라 원수'가 되어 버립니다. 뿐만 아니라 내가 살고 있는 이 땅이 바로 지옥으로 변해버립니다. 내 마음이 부처를 만들고 지옥을 만든다는 이야기입니다.

그러므로 이법이 법의 자리에 머물러서, 세간의 모습으로 항상 머무는 부처님은 이법이 주법이라고 하셨던 겁니다. 인도의 산스크리트어로 적힌 대승경전인《법화경》에 보면 이렇게 적혀 있습니다.

'부처님이 깨치신 법의 도리는 언제라도 지속되어 삼라만상의 본성으로 빛나고 있으며 법의 영원함과 불변함이 언제나 존재하기 때문에 이 세간 속에서도 전혀 흔들림이 없다'

중국의 유명한 육조 혜명 대사는 어느 날 길을 가다가 보니 사람들이 모여 앉아서 "한사람은 깃발이 흔들리는 것을 보고 깃발이 흔들린다고 하고 다른 한사람은 깃발이 흔들리는 게 아니라 바람이 흔들린다." 라며 서로 말씨름을 하고 있는 것을 보았습니다. 그 때 육조 혜명 대사가 말씀하시기를 "깃발이 흔들리는 것도 아니요, 바람이 흔들리는 것도 아니며 바로 마음이 흔들리는 것이다." 라고 했다고 합니다. 그래서 오늘 법문의 주제가 바로 우리 중생들의 깨우침과 불법에 대해 말씀드렸던 겁니다.

《유마경》「불국토품」에 보면 이렇게 나와 있습니다.

'부처가 만약 보살이 정토를 얻고자 한다면 마땅히 그 마음을 깨끗하게 할지니 그 마음의 깨끗함에 따라 바로 불국토로 깨끗하게 되느니라. 그러므로《대 반야경》에 이르되 중생에게 법의 그릇이 없으면 세계가 잡되고, 더러워지게 되고, 만약에 부처님이 세상에서 흥하게 되면 모든 것

이 신기한 보배가 되느니라.'

오늘 날 이 세상에 살고 있는 모든 사람들은 다 고통 없이 오래 살고 싶어 하며, 또한 부자가 되기를 원하고 다투지 않고 평화롭게 살기를 원합니다. 이것이 우리 모두의 공통된 마음이기도 합니다. 이와 같이 모든 사람들은 한결 같이 평안을 구합니다. 그런데도 불구하고 사람들은 일시적인 자신의 욕망 때문에 스스로 죄업을 만들기도 하고 때때로는 남과 지지고 볶고 싸우다가 질질 짜기도 합니다.

그런데 평화롭게 잘사는 전제조건은 무엇일까요? 사람들이 고통스러운 건 아까 《유마경》「불국토품」에서 이야기 한 바와 같이 마음이 청정하지 못하기 때문에 오염되고 물든 그릇 때문입니다. 오염된 그릇에 흐린물을 담아 놓고 그곳에서 하늘에 비친 달을 보려고 하기 때문입니다. 하지만 아무리 노력해도 흐린 물에는 밝은 달이 비추지 않는 다는 걸 우리 불자들은 깨달아야합니다.

《유마경》의 말씀에는 '그릇에 밝은 달이 비치지 않는 것은 물이 흐리고 깨끗하지 못하기 때문'이라고 적혀 있습니다. 이와 같이 사람도 오염된 그릇, 즉 물든 마음을 가지고서는 참된 자성(自性)을 볼 수가 없습니다.

또한 오염된 그릇처럼 마음이 오염된 사람은 이 세상을 사는 것이 참으로 고통스러울 수밖에 없습니다. 아니 세상은 평안한데 자기 스스로 고통을 만드는 겁니다. 그래서 부처님은 다시 《유마경》「불국토품」에서 이렇게 말씀하고 있습니다.

'부처님께서 보적에게 말씀하시길 중생의 무리가 이 보살의 불국토이다. 또한 교화해야할 중생을 따라 정토를 취하라. 교화라는 것은 곧 더러움을 변화시켜 깨끗하게 하는 것이며, 더러움을 변화시켜 깨끗하게 한즉, 더러움을 떠나서는 깨끗함도 없는 것임을 알아야 한다. 그러므로 정토이행, 즉 깨끗한 행동이 중생을 교화함 인줄 알 것이니 중생의 깨끗함이 바로 이 정토니 중생을 떠나 달리 정토가 있는 것이 아니다. 만약 중생을 떠나서 정토를 찾는다면 이는 땅을 파서 하늘을 찾는 것이며, 얼음을 두들겨서 불을 찾는 것과 같다.'

부처님이 《유마경》에서 하신 말씀의 요지는 무엇일까요? 우리는 더러워질 대로 더러워지고 오염될 대로 오염된 이 사바에 살면서도 본성을 찾기는커녕, 오히려 탐욕으로 인해 자신이 가진 자성마저 잊어버리고 스스로 고통의 바다를 헤매고 있다는 말입니다. 하지만 부처님은 오염으로 물든 더러운 땅에서 고통을 받고 있는 중생들을 결코 떠나지 않았습니다. 아니 중생을 떠난 부처란 있을 수가 없습니다.

오염되고 더럽혀진 땅위에서 스스로 죄업을 쌓고 괴로움에 빠진 중생들을 교화하는 게 바로 부처님의 몫입니다. 여기에 부처님의 존재 가치가 있는 겁니다.

그러므로 중생들이 살기 좋은 불국정토를 이룩하는 데는 자신의 마음을 먼저 깨끗하게 해야 합니다. 중생들의 마음을 깨끗하게 정화하고자 하는 게 부처님의 목적이라 할 수 있습니다. 중생들의 마음이 더럽혀져 있고 나쁜 것으로 가득 차 있으면 결코 살기 좋은 불국토를 이룰 수가 없습니다.

하지만 부처님은 본래부터 사람은 자기가 부처이기 때문에 충분히 불국토를 만들 수가 있다고 하셨습니다. 그런데도 불구하고 불국토를 만들지 못하는 건 세속에 살다보니 자연스럽게 마음이 오염되어 어리석은 중생이 된 탓입니다. 이와 같이 자신이 부처면 무엇 합니까? 욕심과 어리석음, 성냄으로 인해 매일 지지고 볶고, 미워하고 싸우는 사이 부처는 중생이 되어 버렸으며, 그저 세상은 고통의 땅이 되어 버리고 만 것입니다.

그러므로 자기를 바꾸지 아니하고 남을 바꾸지 아니하고서는 살기 좋은 나라, 평화롭고 안락한 나라를 만들 수가 없습니다. 이것이 바로 《유마경》의 핵심 주제입니다. 하지만 부처님은 더러운 땅, 더러운 중생이 사는 곳이라 하더라도 이를 내 던져 버릴 수가 없다고 하셨습니다. 더럽고 고통스러운 곳이기 때문에 부처님께서 이 세상에 존재하는 것입니다. 부처님의 말씀은 결국 이 더러운 세상을 버리고 따로 정토나 불국토를 구해봐야 구할 수가 없다는 말씀입니다. 때문에 부처님은 《인왕반야경》에서 이렇게 말씀하셨습니다.

'부처와 중생은 하나이며 둘이 아니다. 보살이 제일의(第一義) 가운데서 항상 이제(二諦)를 비추어 중생을 교화하니 부처와 중생이 하나며 둘이 아니니라. 왜냐하면 중생이 공(空)한 까닭에 보리(菩提)를 공한 데 둘 수 있고, 보리가 공한 까닭에 중생을 공한 데 둘 수 있으며, 일체법(一切法)이 공한 까닭에 공공(空空)이니라. 왜냐하면 반야는 모습이 없고 이제(二諦)는 허공이니 반야가 공하여 무명으로부터 살바야해(薩婆惹海)에 이르기까지 자신의 모습이 없고 다른 것의 모습이 없기 때문이다.

다섯 가지 눈〔五眼〕을 성취할 때는 보아도 보는 것이 없으며 내지 일체 법도 또한 감수하지 않느니라.'

우리가 지지고 볶고 괴로워하는 그 마음상태 즉, 괴로워하는 그놈이 바로 부처의 종자라는 것입니다. 바꾸어 말하면 우리가 본래부터 부처인데 지지고, 볶고, 싸우고 괴로워하다보니까 중생이 되었다는 말입니다. 때문에 괴로워하는 그 중생의 종자 그것 또한 부처의 씨앗이라는 겁니다.

참으로 묘한 말인데 어떻게 보면 불교의 교리는 모순이 있다고 느낄 수도 있습니다. 왜냐하면 금방 부처가 되었다가 중생이 되었다가 하기 때문입니다. 또한 부처님은 이것을 떠나서 따로 부처자리가 없다고 하셨으니 참으로 묘하지 않습니까?

중생들은 서로 미워하고 욕심내고 고뇌하는 그것이 참된 자성인줄 알고 착각하고 있습니다. 또한 그 것이 '나(我)'인줄 알고 있습니다. 비유하자면 '우리 시어머니 빨리 죽어야 저 재산 내 것이 될 텐데' 하는 것과 다르지 않습니다. 하지만 그것은 실제 내가 아니라는 사실을 빨리 깨달아야 합니다.

부처의 목적은 중생을 고뇌로 부터 벗어나게 하여 참된 평화를 구해주기 위함입니다. 거꾸로 중생들은 불행하기 때문에 참된 평화와 행복을 찾기 위해 부처를 찾는 겁니다. 만약 고통이 없고 괴로울 것이 없다면 더 이상 부처는 존재하지 않을 겁니다. 그래서 부처와 중생은 둘이 아닌 하나인 겁니다. 의상 대사는 법성게에서 이런 말을 하였습니다.

진성심심극미묘(眞性甚深極微妙)

불수자성수연성(不守自性隨緣成)

일중일체다중일(一中一切多中一)

일즉일체다즉일(一卽一切多卽一)

참된 성품 깊고 깊어 가장 미묘하네.

제 성품을 안 지키고 인연 따라 나투나니

하나 속에 여럿 있고 여럿 속에 하나이며

하나가 곧 전체이며 전체가 곧 하나이다.

우리 불자들이 그저 한문으로만 항상 외우기 때문에 뜻을 모르고 있을 뿐입니다. 그런데 자세히 살펴보면 참 미묘하고 재미있는 소리입니다. 만약, 미운 시어머니가 바로 나 자신인줄 안다면 아무도 미워할 사람이 없을 것입니다. 예부터 '비도 오지 않고 아침에 날씨가 흐리면 아침 굶은 시어머니 같다'고 하였으며 '며느리는 아침 못 먹은 시어머니가 심술 낸다'고 하였습니다.

이런 소리를 제가 가끔 하면 노 보살님들은 "천만의 말씀을요, 요새는 며느리에게 밥 얻어먹으려면 아침 일찍 일어나서 아침도 해서 며느리 보고 아가야 밥 해놓았다 밥 먹어라해야 하고, 설거지도 잘 해놔야 한다."고 합니다. 그래서 요즘은 '아침 굶은 시어머니가 아니라 밥 못 얻어먹은 며느리'라고 한답니다. 때문에 '아들이 많으면 어머니가 길거리에서 죽는다.'고 하고 '딸이 많으면 부엌에서 죽는다.'고 합니다.

아들이 많으면 큰 아들은 작은 아들 네로 쫓아내버리고, 작은 아들에게 가면 큰 아들 네로 쫓아내버리고 그렇게 쫓기다 보면 길거리에서 죽어버린다고 합니다. 그렇다면 딸이 많으면 왜 부엌에서 죽느냐? 사위도 눈치 봐야하고 딸도 눈치 봐야하고 일찍 일어나서 음식도 해주고 청소도 해줘야 한다고 합니다. 급기야 매일 부엌에서 일하다가 부엌에서 죽는다고 합니다. 그래서 제가 그 소리 듣고 "길거리에서 죽는 것보다 부엌에서 죽는 것이 낫네" 했습니다. 아들 많은 것보다 딸 많은 것이 낫다고 했습니다. 그렇지만 이것이 우리의 현실입니다.

그러나 만약에 쫓아내는 그 시어머니가 바로 내 자신이라고 생각한다면 나도 내 아들한테 쫓겨날 것을 생각하면, 시어머니 쫓아낼 사람은 아무도 없을 겁니다. 그리고 우리 친정어머니가 부엌에서 매일 서있는 것이 나의 미래의 모습이라고 생각한다면 친정 어머니를 버릴 사람은 아무도 없을 것입니다.

바로 부처님은 그래서 인과를 가르쳤던 겁니다. 내가 내 어른을 핍박하고 내 어른을 존경하지 못하고 내 어른을 제대로 모시지 못한다면 그 결과는 바로 나에게 올 것입니다. 그게 부처님의 가르침입니다.

우리 불교가 자꾸 부처님의 가르침을 멀리서만 찾으려고 하니까 안 되는 겁니다. 아주 간단하고 명확한 진리입니다. 바로 자신이 하는 행동, 자신이 심은 씨앗은 자신이 거두는 법이라는 말씀입니다.

이와 같이 탐욕에 물들어 고통 속에서 헤매는 게 중생이지만 이 더러운 고통 속에서 올바로 중생을 제도시키는 분이 바로 부처님이며 그 원력을 성취시키게 하는 바탕이 되는 것도 바로 부처님 말씀입니다. 만약, 부처님이 욕심을 내고 물든, 더러운 중생이었다면 우리는 부처님의 가르침을 믿지도 않았을 것이고 또한 부처님도 부처가 되지 않았을 겁니다. 또한 부처님께서 이 더럽고 고통 받는 중생이 없었다면 자신도 부처가 되지 않았으며 또한 원력도 가질 필요가 없었다는 말씀입니다. 비유하자면, 교육을 받고자하는 학생이 있기 때문에 학원도 필요하고, 대학도 필요하고 대학교수도 필요한 겁니다.

요즘 우리나라에서는 지금 기현상이 일어나고 있습니다. 제가 초등학교에 들어간 것은 해방되기 3년 전입니다. 그 때는 초등학교도 시험을 쳐서 들어갔습니다. 당시 조선 사람은 학교에 들어가기도 어려웠지만 일본 사람들은 시험도 안보고 바로 들어갔습니다.

그래서 저는 초등학교 때부터 시험을 봤습니다. 중학교도 시험을 보고 들어 갔고요. 저는 시골학교 출신입니다. 지금은 울산이 시가 되어서 굉장합니다. 우리나라 국민소득이 가장 높은 곳이 어디인지 아십니까? 바로 울산입니다. 울산은 그만큼 돈이 많다고 합니다.

그러나 그 당시에는 울산이 시골이었습니다. 그런데도 초등학교 들어가는데 경쟁률이 3:1이였습니다. 우리 이웃에 제 또래가 저를 포함해서 5명이었는데 정식으로 초등학교에 합격한 사람은 저 뿐이었습니다. 그 때만 해도 초등학교 시험에 합격이 되어도 돈을 주어야만 입학이 되었습니다. 돈을 못 내게 되면 바로 그 밑에 있는 아이가 돈을 내고 들어갔습니다.

우리 앞집 애가 정미소를 하는 집안이었는데 누가 돈을 못 내니까 그 애가 돈을 내고 입학했습니다.

말하자면 다섯 사람 가운데서, 두 사람 밖에 입학하지를 못했던 겁니다. 그런데 중학교에 입학원서를 낸 아이는 학급 62명 중 겨우 스물 일곱 명 뿐이었습니다. 그 당시만 해도 생활이 매우 어려우니까 중학교에 돈을 내고 들어갈 엄두가 나지 않았던 겁니다. 그런데 제 자랑 같지만 스물 일곱 명 중에서도 저만 간신히 합격하였습니다. 그만큼 중학교에 가는 것도 매우 힘들었습니다.

그 후 저는 1954년 대학에 입학을 했습니다. 절에 들어와서 스님 노릇을 하다가 대학을 가야겠다는 생각이 간절해서 입학시험을 보고 대학에 들어갔던 겁니다. 그러니 시험을 도대체 몇 번이나 쳤겠습니까? 말하자면 지금 내 나이 또래에서는 대학 졸업생이 극히 드뭅니다. 그런데 요새는 어떤지 아십니까? 고등학교 졸업생이 100% 대학에 들어가도 대학 정원 70%밖에 못 채웁니다. 그만큼 대학정원이 더 많다는 이야기입니다. 우리나라 정치인들이 여기저기 대학을 마구잡이로 만들다 보니까 고등학교 숫자보다 대학 정원이 더 많아진 겁니다.

그래서 그런지 좋은 대학 들어가기 위해서는 피나게 공부하지 않으면 안 된다고 합니다. 요새는 서울에 있는 대학에 들어가기만 해도 다 서울 대학이라고 한다고 합니다. 지방에 있는 대학들은 텅텅 비었습니다. 지방 대학은 학생정원의 30%밖에 차지 않습니다. 그러니 앞으로 지방대학은 다 망하게 되어있습니다.

어찌 되었든 간에 좋은 대학에 들어가기 위해서는 학원이 필요합니다. 다시 말하면 수요가 있기 때문에 공급이 있는 겁니다. 학생이 있기 때문에 교수가 있는 겁니다. 이는 하나의 예를 들은 것입니다.

이처럼 고통 받는 중생이 있기 때문에 부처가 있는 겁니다. 그래서 원효 선사께서는 '부처는, 부처의 세상에서는 필요가 없다. 부처라는 것은 고통 받는 중생 속에서 필요한 것이다.'라고 하셨습니다. 불국토에서는 부처가 필요 없습니다. 그래서 부처를 두고 사바세계에서는 석가모니불이요, 미륵세계에서는 미륵용화불이라고 합니다. 바로 중생의 세간에 부처가 필요한 것입니다. 참으로 묘한 소리이지 않습니까?

우리가 지금 고통 받고 있고 갈등을 겪고 있기 때문에 부처가 필요하며 또, 부처가 이 세상에 출현한 것입니다. 명예나 권력, 물질도 좋지만 결코 그것이 인간의 고통을 근본적으로 해결해 주지 않습니다. 하지만 반대로 명예와 권력과 돈은 매우 중요합니다. 때문에 정치인이 대통령이 되기 위해서 별짓을 다하고 별 거짓말을 다합니다. 그런데 대통령이 되면 어떻습니까? 그냥 자신이 한 말은 제쳐두고 아예 시치미를 뗍니다.

부처님이 세상에서 권력이 제일 좋기 때문에, 임금이 제일 좋기 때문에, 이를 간파하셨기 때문에, 왕자로 태어나신 겁니다. 하지만 그것이 근본적으로 인간의 본성을 해결해 줄 수 없다는 것을 아시고 중생들에게 본(本)을 보여주기 위해서 스스로 머리를 깎고 출가를 하신 겁니다. 참으로 부처님은 위대하신 분입니다.

이후 부처님은 6년 동안 설산에서 고행을 하셨습니다. 하지만 고행이 중생의 고통을 근본적으로 해결해 주지 못한다는 것을 알고 7일 동안 용맹 정진하여 깨우침을 얻고 마침내 설법을 하셨던 겁니다. 어떻게 하면 인간이 가진 생로병사의 근본고뇌와 고통을 해결할 수 있느냐를 부처님은 평생 동안 고민하셨던 겁니다.

여러분 자신이 부처라고 생각하면 저 굴러다니는 돌멩이도 부처입니다. 내가 부처라고 생각하면 나를 낳아주신 부모님도 부처입니다. 내 이웃도 부처입니다. 하지만 내 마음속에서 욕심이 가득 찬 사람은 이 세상의 모든 사람들이 적이 될 수밖에 없습니다. 왜냐하면 경쟁의 시대이기 때문입니다.

자기 자신이 살아남기 위해서는 수단과 방법을 가리지 않고 상대를 넘어뜨려야 하는 것이 이 사바세계입니다. 어떤 분은 아버지를 살리기 위해서 자기 신장을 떼어주기도 합니다. 제가 대학의 이사장으로 있을 때 우리학교 한 학생이 아버지를 살리기 위해서 신장을 떼어주었습니다. 그 당시 미국 LA에 대만의 불광사에서 운영하는 western university라는 대학이 있었습니다. 불광사 이사장님이신 큰스님 성운대사와 제가 친분이 두터워서 매년 10명 씩 동국대학교 학생을 western university에 보내면 학비를 한 푼도 받지 않았습니다. 그렇게 10년간 어학연수 보내는 일을 계속 했는데 지금은 인연이 끊어져 없어졌다고 합니다. 제가 학생들을 선발할 때 불교신도들을 위주로 뽑아 유학을 보냈습니다. 그래서 아버지에게 자신의 신장을 떼어 준 그 학생이 너무나 기특해서 4년 동안 장학금을 주고 무료 어학연수를 보낸 일이 있습니다. 그 학생의 마음은 바로 부처의 마음입니다. 그러나 반대로 '우리 아버지가 빨리 죽어야 저 재산 내 것일 텐데.' 하면 그것이 바로 지옥입니다.

지옥과 천당의 판단은 바로 한 생각, 즉 찰나에 일어납니다. 이 세상이 아주 메마른 것 같지만 그런 부처와 보살이 더러 있습니다. 부처님은 생로병사가 있고 무명이 있고 무명참회가 있는 곳에 출현하십니다.

아무리 괴로운 세상도 부처님은 극락정토로 바꿀 힘을 가지고 있습니다. 이렇게 되기 위해서는 부처님을 믿는 사람이 원력과 신심을 가져야만 합니다. 그래야 고통의 바다를 극락정토로 바꿀 수가 있는 겁니다.

하지만 우리가 알아야 할 게 있습니다. 부처님이 우리를 구원해 주는 것이 아니라는 말씀입니다. 부처님이 나를 극락으로 보내는 게 아닙니다. 그럼 누가 나를 구원해 줄까요? 바로 자기 자신입니다. 내가 부처님을 믿고 내가 부처님의 가르침을 실천함으로써 정토로 이룰 수도 있고 나를 고통의 바다에서 구원해 줄 수 있다는 겁니다. 이것이 부처님의 가르침이고 불교입니다.

부처님은 그래서 《대집경》에서 이렇게 말씀하고 계십니다.

'보살아 부처님께서 아뢰어 말씀하시되 세존이시여 생로병사가 세상에 나타나면 바로 부처님께서 세상에 출현하시며 무명과 애욕이 나타나면 바로 부처님께서 출현하시며 탐욕과 성냄과 어리석음이 나타나면 곧 부처님이 출현하십니다. 왜냐하면 이 같은 고통이 없다면 부처님이 무엇으로 인하여 이 세상에 나타났겠습니까?'

그렇습니다. 부처님은 우리가 괴로워하기 때문에 이를 해결해 주기 위해 이 세상에 나타나신 겁니다. 이를 믿고 우리가 실천하면 우리는 고통과 고뇌에서 벗어 날 수가 있습니다. 이와 같이 우리의 마음이 고통스러울 때 불평불만이 많을 때, 바로 이때가 발심수행 할 수 있는 기회라는 걸 불자여러분들은 알아야 합니다.

세속에서는 흔히 말하기를 '위기는 기회'라고 합니다. 그렇습니다. 매우 간단합니다. 세속 사람들도 자신도 모르는 사이에 부처님말씀을 하고 있으며 듣고 있는 겁니다. 이와 같이 우리가 귀를 기울이면 어린아이의 머릿속에서도 부처님의 말씀을 들을 수 있습니다.

하물며 내 부모형제가 부처님이 아니고 부처님의 말씀이 아닐 수 있겠습니까?

찰찰진진 개묘체(刹刹塵塵 皆妙体)
두두물물 총가옹(頭頭物物 惚家翁)이니라

나무 아미타불.

약득인언 달근본(若得因言 達根本)인데
육진원아 일영광(六塵元我 一靈光)이네

나무아미타불.

'국토마다 티끌마다 모두가 묘한 부처님의 몸이요 나타나는 사물마다 모두가 내 집의 어른들이니 만약에 이 말에 인연을 하여 근본을 요달한다면 보고 듣고 느끼는 내 몸 뚱아리가 본래 나의 신령스러운 빛이다.'

그러므로 부처님이 어디 있겠습니까? 극락과 불국토가 어디 있고 부처님이 어디에 있겠습니까? 오직 믿음으로 출발하여 불법을 믿고 실행할 때 이 땅이 부처님의 불국토요 바로 내 부모 내형제가 부처님인 겁니다. 우리가 사는 오염된 땅, 복잡한 사회, 천차만별의 사물 그대로가 부처님의 몸이요 나의 본성이라는 걸 깨우쳐 안다면 고통스러운 인간세상 삼라만상 근본 그대로가 나의 근본 자성이요 불성인 것입니다.

현실세계에서 나타나는 것은 삼세(三世)의 인과(因果)일 뿐입니다. 본래 내가 부처고 내형제 자매가 부처이지만 얽히고설킨 이 세상이 고통스러운 것은 인과의 결과임을 우리 불자들은 자각해야 하며 부디 불자들은 정법을 깨쳐 이 땅 그대로가 부처님의 불국토인 것을 명심해야 합니다. 원래, 보석은 어디에서나 보석이지만 진흙 속에 빠져 있으면 본래 보석을 찾기가 매우 힘듭니다. 아니 그냥 진흙투성이가 되어버려 찾기도 매우 힘듭니다.

그렇다고 해서 그것을 내버리고 다른 곳에 가서 보석을 찾아봐야 아무런 소용이 없습니다. 그 진흙 속에 숨은 보석을 깨끗이 씻어버려야만 비로소 보석은 제 빛깔을 찾을 수가 있습니다. 이와 같이 비록 진흙 때문에 보석이 더러워 졌지만 본래 그 자체가 보석이요 참된 불성인 것을 우리는 명심해야 된다는 말씀입니다.

오늘 우리 불자들은 이 잃어버린 참된 불성을 찾기 위해서 무상사에 오신 겁니다. 45년 동안 부처님께서 법을 설하시고, 이 땅에 불교가 들어 온 지 1,600여년이 흘렀습니다. 그 동안 수많은 이 땅의 도인(道人)들이 법을 설하였습니다. 저 또한 이 때문에 오늘 법회를 연 것입니다.

여러분들도 부지런히 수행하여 내가 사는 이 가정과 이 나라가 불국토로 화할 수 있기를 간절히 기도하겠습니다. 성불하십시오.

현해 스님

1935년 | 울산에서 출생.
1958년 | 월정사에서 만화 스님을 은사로 득도(得度).
1968년 | 동국대학교 불교학과 졸업 종비 1기생.
　　　　조계종 제 4교구 본사 월정사 재무국장.
1969년 | 조계종 제 4교구 본사 월정사 교무국장.
1970년 | 조계종 제 3대 중앙 종회의원 피선.
1973년 | 동국대학교 대학원 석사 학위취득(문학석사).
　　　　동국대학교 박사과정 입학.
1979년 | 제 7대 중앙종회의원 피선.
1980년 | 일본 고마자와 대학 대학원 박사과정 이수.
1981년 | 일본 와세다 대학 대학원에서 천태학 연구.
1982년 | 중앙승가대학 교수 부학장.
1983년 | 일본 다이쇼대학 대학원에서 천태학 연구.

1984년 | 제천 한산사 주지.

1988년 | 동국대학교 경주캠퍼스 불교학과 강사.

1992년 | 조계종 월정사 주지 제 10대 종회의원 피선.

1999년 | 월정사 연꽃 유치원및 어린이집 설립자, 월정사 성보박물관 관장.

2002년 | (재)불교문화진흥 조계종 성찬회 이사장, 월정사 및 범종사 회주.

2003년 | 강릉장애인 종합복지관 관장.

2004년 | 학교법인 동국학원재단 이사장 선출/미국LA 웨스턴 대학에서 명예교육
학 박사취득.

2005년 | 일본다이쇼 대학에서 명예문학박사 취득.

2006년 | 학교법인 동국학원재단 이사 퇴임.

2007년 | 대한불교조계종 원로의원 대종사 추대.

이고득락離苦得樂의 길

이고득락離苦得樂의 길

원이차공덕 보급어일체 아등여중생(願以此功德 普及於一切 我等與衆生)

당생극락국 동견무량수 개공성불도(當生極樂國 同見無量壽 皆共成佛道)

저희들이 지은 바 이 공덕이

일체 중생들의 공덕이 되어

모든 중생 빠짐없이 성불하옵고

위없는 불국토 이루게 하소서.

부처님의 가르침으로 삶의 지혜를 얻고자 이 자리에 모이신 불자님들께 불은(佛恩)이 함께 하시길 바랍니다.

여러분이 오늘 법회에 오신 것은 고달픈 인생길에 지친 심신을 조금이나마 추스릴 수 있는 감로수를 마시기 위함이며 또한 부처님의 가르침으로 지혜를 얻어 사는 일에 어려움이 없고, 다른 이들에게도 도움을 주기 위함입니다.

사람은 누구나가 다 건강, 행복, 자유, 뭐 이런 것에 대한 갈망이 매우 큽니다. 더구나 인생의 행복은 건강에서 비롯됩니다. 나의 심신이 건강해야 내 가정과 내 이웃에게 행복을 던져 줄 수 있으며 나아가 행복을 오래 지킬 수가 있습니다. 그래야만 행복이 꽃향기처럼 널리 퍼져 나가 마침내 부처님이 원하시는 불국토를 건설할 수가 있기 때문입니다. 이게 바로 상생(相生)의 원리입니다.

만약, 우리가 부처님의 지혜로써 잠시 동안만이라도 고통 속에서 벗어날 수 있게 되었다면 그러한 행복을 다른 사람과 함께 나눌 수 있도록 많은 공덕을 지어야만 합니다. 말하자면 누군가로부터 뜻하지 않게 행복을 받게 되었다면 그 은혜를 다시 다른 사람에게 베푸는 공덕으로 이어가야 한다는 것입니다. 이것이 원만히 이루어질 때만이 행복한 세상을 두루 두루 만들 수가 있습니다. 이것이 바로 상생이 아니고 무엇이겠습니까?

자, 그렇다면 오늘 무상사에 오신 우리 불자님들부터 먼저 부처님의 지혜를 얻어 우리가 살고 있는 이 사바속의 고통 속에서 벗어나, 행복을 얻는 방법을 이야기 하고자 합니다. 그럼, 고통 속에서 벗어 날 수 있는 지혜는 무엇이며 그 지혜로부터 얻는 행복은 어떤 것이 있는지 생각해 보도록 하겠습니다.

불가에서는 '이고득락(離苦得樂)'이라는 말이 있습니다. '괴로움을 떠나 즐거움(행복)을 얻는 것'을 말합니다. 여기서 말하는 즐거움이나 행복은 물질적 풍요와 쾌락을 의미하는 것이 아니라 진정한 해탈을 의미합니다. 수행자들의 목표는 오로지 진정한 자유의 세계에 오를 수 있는 해탈에 두고 있습니다. 그러므로 수행자는 모든 세속적 욕심을 끊고 수행을 하지 않으면 안 되는데 먼저 괴로움의 원인을 파악하고 그 근본 원인을 끊어야만 괴로움의 고통 속에서 벗어날 수가 있기 때문입니다.

그렇다고 현실에 충실하게 살아가고 있는 여러분이 현재의 삶을 버리고 수행자의 길을 가라는 말은 더 더구나 아닙니다. 그래서도 안 됩니다. 다만 적어도 자신이 누구인가를 알고 살아야 한다는 말입니다.

그럼, 괴로움이 들끓는 이 사바세계에 살면서 우리는 어떻게 순간순간마다 덮쳐오는 괴로움을 이겨낼 수가 있을까요? 오늘 제가 하고 싶은 말씀은 바로 여기에 있습니다. 말하자면 사람이 현실적으로 작은 행복을 얻기 위해선 괴로움을 떠나야 하는데 그러한 괴로움을 벗어버리기 위해 우리는 무엇부터 해야 하는가를 잠시 생각해 보자입니다.

물론, 이 문제에 관해서는 그동안 법회에 참석하신 훌륭하신 법사님들이 많이 말씀하셨기 때문에 아마 여러분들도 많이 생각하고, 또한 스스로 답을 얻었을 겁니다. 그러므로 오늘 이 자리를 통해 다시 한 번 생각해 보고자 하는 것은 머리로만 하는 '이고득락'이 아니라 실천하는 '이고득락'입니다.

사람이 스스로 만든 괴로움에서 벗어나려면 먼저 '욕심'이라는 '집착'을 버려야만 합니다. 이게 선행(先行) 되어야만 수행도 할 수가 있는 것입니다. 남들이 20평짜리 집에 살면 나는 30평, 남이 50평짜리에 살면 나는 60평에 살아야 한다는 마음을 가지고 있다면 괴로움은 언제나 내 곁을 떠날 수가 없습니다. 남이 천 원을 쓰면 난 2천원을 써야 하고, 남의 남편이 과장이면 내 남편은 부장, 상무여야 하고, 남의 자식이 공부 잘하면 내 자식은 일등을 놓치지 않아야 한다는 등, 줄곧 이런 마음이 끊이질 않는다면 괴로움만 더욱 깊어질 뿐입니다.

물론 인생에 있어 한 단계 한 단계 더 나은 삶을 위해 목표를 설정하고 노력하는 건 반드시 나쁘다고 할 수 없습니다. 하지만 보이는 형태와 물질적 풍요에 대한 어떤 목표가 설정되고 나서 이를 이루지 못하게 되면 만족감보다 상실감이 더 커져 괴로움만 깊어지기 때문입니다. 이런 경우엔 행복이 자신에게 찾아 들어오려 해도, 또한 행복이 주변에 널려있어도 우리는 행복의 문을 두드릴 수가 없습니다.

비록 우리가 10평짜리 원룸에서 살아도, 지하 사글세방에서 살아도 내가 지금 가족과 함께 하고 있음이 다행이고, 남이 2천원 쓸 때 백 원밖에 쓰지 못해도, 그나마 백 원이라도 쓸 수 있음이 다행이라 생각하고, 내 남편이 승진을 못해도 직장이 있음이 고맙다고 생각하고, 자식이 공부를 못해도 서로 건강하게 함께 지내고 있다면 이를 다행이라 여겨야 한다는 겁니다. 이런 사람의 마음속에는 늘 행복함이 가득 차 있어 괴로움이 비집고 들어가려고 해도 들어갈 수가 없습니다.

하지만 우리가 이런 마음으로 살기란 결코 쉽지 않습니다. 월세 방에 살면, 전세로 옮기고 싶고, 전세로 살면 내 집을 마련하고 싶고, 자식이 건강하면 이왕이면 공부도 잘했으면 좋겠고, 공부를 잘 하면 출세해서 부모에게 효도하는 자식이었으면 좋겠다고 생각하는 게 대부분의 바램입니다. 물론 이런 것을 두고 혹자는 욕심이나 희망 하나 없이 사는 삶이 무슨 재미가 있겠는가? 하고 반문하는 분들도 있습니다. 또한 재산도 조금씩 늘려가면서 자식이 훌륭하게 커가는 모습을 보는 것도 인생의 즐거움인데 그런 욕심하나 가지는 게 무슨 잘못이냐고 하시는 분들도 있습니다. 그런데도 불구하고 '자꾸 힘들다, 고통스럽다' 하는 소리만 자꾸 들리니 이 또한 아이러니가 아닐 수 없습니다. 이는 바로 부족함 없이 평범하게 누리고 사는 게 행복이라고 여기면서도, 마음속에는 보이지 않는 욕심으로 덮여 있기 때문입니다. 사람은 자연스럽게 그런 삶을 추구하고자 하는 마음이 있습니다. 하지만 이런 어리석음을 스스로 깨닫지 못하고 있으니 그저 안타깝기만 할 뿐입니다.

오늘 여러분들은 이런 어리석음과 괴로움 속에서 벗어나기 위해 무상사 법회에 오신 겁니다. 지금 여러분들은 부처님의 가르침을 받고 스스로 행복을 찾기 위해 스님의 법문을 듣고 있습니다. 그렇다면 여러분들은 먼저 왜 자신이 무엇 때문에 괴로움의 고통을 받고 있는가를 먼저 생각해 보십시오. 아마 여러분들의 대부분은 '적은 것에 만족하지 못하는 욕심' 때문이라는 것을 스스로 느껴 알 게 될 것입니다.

만약, 자식에 대한 욕심 때문에 마음이 괴롭다면 지금 자식을 바라보던

위치에서 세 발짝 뒤로 물러나 살펴보고, 돈 때문이라면 세끼 밥 이외의 욕심이 없었던가를 생각해 보고, 남보다 더 나은 집에서 멋있게 살고 싶다는 욕심 때문에 괴롭다면 남과 비교해서도 안 되지만 나보다 더 못한 사람의 모습을 살펴보시기를 바랍니다. 그리고 법회가 끝나면 법당을 나가시면서 바로 나보다 불행한 사람의 모습을 찾아 자신의 행복을 조금이라도 나눠 줘 보십시오. 아마 그 순간, 평소 자신이 보잘 것 없는 사람이라고 생각했던 것이 얼마나 잘못된 생각이며 자신의 가치를 스스로 느껴 알게 될 것입니다.

비록 내가 나누어 준 것은 작은 것이지만 그것을 나누어 준 순간부터 그것이 남에게 얼마나 큰 것인지 알게 될 것입니다. 또한 내가 던져준 작은 마음이 남에게 얼마나 큰마음으로 보탬이 되고 얼마나 많은 행복을 가져다주었는지를 느끼게 될 것입니다. 그래서 옛 조사(祖師)님들이 늘 '소욕지족(少慾知足)'하라고 하셨던 겁니다. 욕심을 버리고 분수를 지켜 만족할 줄 아는 그 순간부터 '이고득락'할 수 있기 때문입니다.

분수를 지켜 만족할 줄 아는 사람은 자신의 욕심을 버리고 작은 것도 남과 나눌 줄 알며, 나누는 삶속에서 스스로 행복을 느끼며 살아갑니다. 이와 달리 작은 것에 만족하지 않고 더구나 작은 것조차 남과 선뜻 나누지 못하는 마음을 가진 사람은 아무리 큰 걸 얻어도 만족할 줄 몰라 마음이 괴롭습니다. 여러분, 주변에서 작은 것도 만족하지 못하고 더구나 나누는 마음도 가지지 못하는 사람들의 모습을 바라보십시오. 오늘날 그들은 어떤 모습으로 살아가고 있습니까? 대부분 추하고 외롭게 늙어갑니다.

사람은 마음에 선(善)함이 부족하면 얼굴이 먼저 찌들게 되고 일그러집니다. 이런 사람은 쉽게 불행해 집니다.

그래서 부처님께서는 오늘의 내 모습은 전생에 지은 내 업의 결과요, 내생의 내 모습은 오늘 짓는 업에 있음을 강조하셨던 겁니다. 그러므로 '선(善)'함을 가져야 악업을 소멸하는 공덕을 짓고, 공덕의 업이 깊어야 고통에서 해탈해 훗날 더 훌륭한 모습을 갖출 수 있다고 하셨습니다. 또한 부처님께서는 고통에서 벗어나지 못하는 중생을 사랑하시고 가엾게 여기시어 고통에서 벗어나는 지혜의 법을 알려 주셨듯이 여러분들도 마음속에 남을 사랑하는 마음과 가엾게 여기는 마음을 갖고 선한 공덕을 많이 지어야만 합니다.

이와 같이 자신이 부족하다는 생각만 가지고 항상 무언가를 더 얻고 싶다는 욕심을 가진 사람은 더 이상 선함이 자라지 않기 때문에 공덕의 부재(不在)로 인해 이고득락을 할 수 없습니다. 이와 달리 무엇이 참삶을 위한 선한 공덕인가를 깨닫고, 이 공덕으로 이고득락하리라고 마음을 먹고 작은 것을 나누어 살아간다면 그 순간부터 행복의 세계에 살게 되는 것입니다. 그러므로 눈에 보이는 삶에 만족을 추구하려 애쓰지 마시고, 마음의 허영심부터 버려 보십시오. 그 순간부터 마음이 편안해 질 것입니다.

옛날 부처님 당시 복이 없고 못 사는 거지가 있었습니다. 자기가 생각해보아도 자신은 지지리도 복이 없다는 걸 알고 있었습니다. 그래서 그는 매일 자기 신세를 한탄했습니다. 하는 일마다 제대로 되는 것이 하나도 없었기 때문입니다.

그러던 어느 날 거지가 길을 가다가 어떤 소문하나를 들었습니다. 왕에게 아주 귀한 공주가 있었는데 수행자에게 자신의 딸을 주려고 한다는 소문이었습니다. 왕은 어떻게 하면 자신의 딸을 수행자와 결혼시킬 것인가를 고민하다가 마을에 신하들을 보내어 수행자를 찾으라고 했습니다. 거지는 이 소문을 듣고 자신도 부귀영화를 위해, 수행자처럼 머리를 깎고, 낡은 옷을 입고 많은 수행자들 틈에 앉아 있었습니다. 그 때 왕의 신하가 한 수행자에게 물었습니다.

"당신은 왕의 사위가 되겠습니까?"

"저는 사위가 되지 않겠습니다."

다시 신하가 다른 수행자에게 물었습니다. 역시 대답은 같았습니다. 여러 명의 수행자들이 모두 거부를 하고 마침내 거지 앞에 신하가 왔습니다. 거지는 갑자기 가슴이 두근두근 거렸습니다. 거지는 속으로 '이제 저 신하가 나에게도 왕의 딸과 결혼하겠는가? 하고 묻겠지. 그럼 나는 하겠다고 대답을 해야지.'하는 생각에 마음이 들떴습니다.

그때 신하가 그에게도 물었습니다.

그런데 그 순간 거지는 이상한 생각이 들었습니다.

'왜 저 많은 수행자들이 공주와의 결혼을 거부했을까? 일확천금을 얻을 수 있고, 평생 부귀영화를 누릴 수 있는데 왜 거부했을까? 왕은 자식이 딸 한 명뿐이어서 어쩌면 왕이 될 수도 있는데 왜 수행자들이 한결같이 거부했을까? 권력과 재산, 예쁜 부인도 얻을 수 있는 절호의 길을 왜 모두들 마다했을까?

거지는 여기까지 생각이 미치자, 자신의 입에서 갑자기 엉뚱한 대답이 나와 버렸습니다.

"노(No)입니다."

거지는 그때 무엇인가를 깨달았습니다. 수행자들은 이미 권력과 재물이 자신들의 수행에 도움이 되지 않는다는 걸 알았던 것이고, 거지는 자신이 스스로 지은 선업으로 얻은 공덕이 어쩌다 얻은 행운보다 더 중요하다는 것과 물질적 부귀영화보다 마음의 행복이 더 중요하다는 것이 무슨 의미인가를 깨달았던 것입니다.

어느 노 보살님이 그러시더군요. "물질적으로 풍요로워야 시주도 할 수 있고, 자식들 걱정 시키지 않아 가정도 화목해 질 수 있고, 남도 도울 수 있는 거라구요. 그러니 물질적 부귀영화를 원하는 중생의 마음이 꼭 나쁜 건 아니지 않겠냐"고 제게 물었던 적이 있습니다. 물론 부귀영화를 누리시는 분이 공덕을 지어간다면 그 이상의 복된 일은 없습니다. 그 복이 후대에까지 계속 전해질 테니 부귀영화의 공덕이 세세(世世)공덕이 되어 쌓인다면 정말 큰 가피가 아닐 수 없습니다.

그러나 물질적 부귀영화를 갖고자, 누리고자 하는 욕심이 선한 공덕을 쌓는 마음을 앞서면 안 됩니다. 욕심을 채우고자 하는 마음은 마른 장작에 불을 붙이고 산불을 놓는 것과 다를 바 없습니다. 온 산을 다 태우고, 집을 다 태우고 사람을 다 태워도 그 불길은 좀처럼 꺼지지 않으니까요. 그러나 선한 마음을 채워 쌓는 공덕은 아무리 작은 모래알이라도 태산을 이루고, 그 태산은 푸른 숲을 이루고, 그 푸른 숲은 깊은 계곡을 만들어

천하를 기름지게 기르고 가꿉니다.

그러므로 아주 작은 마음을 내더라도 물질을 얻으려는 욕심이라면 버리십시오. 그리고 아주 작은 마음이라도 남과 더불어 행복해지고자 하는 것이라면 주저하지 마시고 마음을 내십시오. 이고득락의 길은 멀고 험한 길이 아니라 작은 마음이라도 선한 공덕에 쏟을 때 열립니다.

옛날, 태조 이성계가 장군 시절, 절 앞을 지나다 어느 스님이 화두를 가지고 참선하는 걸 보았습니다. 이성계는 말에서 내려 그 스님에게 길을 물었습니다. 그 때 스님은 이성계의 인물됨을 한 눈에 알아보고 운명에 대한 점을 치게 되었습니다. 이성계는 스님 앞에 무릎을 꿇고 절을 하였습니다. 스님은 책을 한 권 던져 주시며 그 많은 글자 중에 한 자만 짚으로라고 하였습니다. 이성계가 짚은 글자는 '물을 문(問)'자였습니다. 순간 스님은 이성계의 얼굴을 보고는 앞으로 임금이 되겠다고 했습니다. "우군좌군(右君左君) 군왕지상(君王之像)"이라, 즉 이리 보나 저리 보나 군왕의 상(相)이라는 것이었습니다. 이 스님이 바로 무학 대사였습니다.

이성계는 이 말에 매우 기뻤습니다. 당시 이성계는 어떻게 하면 정권을 잡고, 백성들을 풍요롭게 할 수 있는 정치를 할 수 있을 것인가 고민하고 있던 중이었는데 무학 대사를 만나자 자신의 운명에 대해 알고 싶었던 것입니다.

얼마 지난 어느 날, 이성계가 무학 스님을 다시 만나기 위해 말을 타고 가다가 도중에 한 거지를 만났습니다. 그는 자신의 옷과 말을 거지에게 주고 자신은 거지차림을 했습니다. 그리고 나서 무학 스님을 만나 다시 자신의 운명에 대해 물었습니다. 스님은 예전처럼 많은 한자 중에 하나를 짚으라고 했습니다. 이성계는 또 '물을 문(問)'자를 짚었습니다. 그러자 무학 스님은 이성계의 얼굴을 보고는 "당신은 영락없는 거지입니다."라고 했습니다. 무학 스님이 왜 같은 사람을 보고 한 번은 임금이 될 것이라 하고, 한 번은 거지가 될 것이라고 했을까요?

《전등록》에 보면 '한로축괴 사자교인(韓盧逐塊 獅子咬人)'이라는 말이 있습니다. 사자와 개를 나란히 앉혀놓고 흙덩이를 던지면 어리석은 개는 흙덩이를 물기 위해 달려가지만 사자는 흙덩이가 아닌 흙덩이를 던진 사람을 물어버린다는 뜻입니다. 사자에게는 있지만 개에게는 없는 것, 흙덩이와 그것을 던진 사람, 달과 손가락을 가려 볼 줄 아는 지혜가 바로 정견(正見)입니다. 무학 대사는 이성계에게 정견을 가르쳐 주고자 했던 겁니다.

정작 무학 대사는 이성계의 운명을 점 친 것이 아니라 심상(心像)을 꿰뚫어 본 것입니다. 이성계가 가진 음색(音色)과 음상(音相), 그리고 심성(心性)을 들여다보니 그의 심상이 보인 것입니다. 처음 이성계가 무학 대사를 찾아 왔을 때는 왕이 되겠다는 원(願)을 세운 것을 무학 대사가 알았던 것이고, 거지꼴로 왔을 때는 이미 그 얼굴에 밥이나 얻어먹어야겠다는 심성이 드러났던 겁니다.

이성계가 장군의 칼을 지니고 말을 타고 위풍당당하게 무학 대사에게 자신의 운명을 물어 봤을 때는 사자의 형색이었으며, 그가 거지 차림으로 무학 대사에게 물었을 때는 강아지의 형상에 지나지 않았다는 이야기입니다.

평소 몸과 마음가짐이 어떠냐에 따라 여러분들이 생각하는 '운명'에 변화가 생깁니다. 관상이라는 것, 사주니 팔자니 하는 것은 심상(心像)에 따라 다르게 나타납니다. 자신의 품격을 스스로 만들어 닦아 가면 군왕의 상이 되지만 물질의 노예가 되어 허덕이다 보면 밥 한 끼도 빌어먹어야 하는 거지상이 되는 것입니다.

괴로움의 삶은 거지가 되었을 때 최악일 겁니다. 그 누구도 거지가 되고 싶어 하지 않습니다. 그런데도 맘속에서 불타는 욕심을 버리지 못해 거지상으로 살면서 괴롭다, 괴롭다 하니 어리석은 것이지요. 자신의 품격을 닦으십시오. 그리하여 군왕의 상을 만들어 가십시오. 거기에 이고득락의 길이 있습니다.

무학 대사가 이성계의 점을 봐 준다면서 심성을 보는 일화를 얘기했는데 여러분들 중에도 해마다 점집을 찾아가는 분들이 계실 것이기에 이야기 하나를 해 드리겠습니다.

중국에 백운악이라는 아주 점을 잘 치는 분이 있었습니다. 이 사람이 족집게처럼 점을 잘 치는 건 주역을 많이 공부했기 때문입니다. 서울에서 주역을 연구하는 사람들 중에 백운악이라는 이름으로 철학관 간판을 걸고 사주를 봐 주는 이들이 많을 겁니다. 모두 중국의 백운악이라는 점쟁이의 명성 때문이라 할 수 있습니다.

이 백운악이라는 사람은 돈을 많이 벌었습니다. 그러던 어느 날, 농사만 짓던 한 노총각이 백운악을 찾아왔습니다. 앞으로 자신의 인생이 어떻게 될 것인가 점을 치기 위해 농사지은 쌀 몇 가마니를 팔아 그 돈으로 백운악을 찾아 간 것입니다.

　백운악이 그 총각의 생년월일을 넣고 사주팔자를 보니 일확천금을 얻는 사주였습니다. 백운악은 혼자 고민을 하다가 이 사람을 자신이 데리고 있어야겠다는 생각을 했습니다. 자신이 데리고 있어야 언젠가 총각이 일확천금을 얻으면 자신도 조금 얻어먹을 수 있을 것이란 생각이었습니다. 백운악은 이미 점치는 일로 굉장한 재산을 모은 사람이면서도 그 총각이 얻을 일확천금에 눈이 멀었던 겁니다. 그래서 총각에게 자신이 본 사주를 그대로 말해주지 않고 일주일 후에 다시 오라고 했습니다.

　총각은 시골로 돌아갔다가 다시 쌀가마니 판돈으로 백운악을 찾아왔습니다. 그러나 그때도 백운악은 사주를 말해 주지 않고 일주일 뒤에 다시 오라고 했고, 총각이 일주일 뒤에 다시 찾아오면 다시 일주일 뒤에 오라고만 했습니다. 한 달 째 되던 날은 총각이 애걸복걸 했습니다. "다른 사람들 사주는 즉시 봐 주면서 왜 자기만 사주를 봐주지 않는가"라며 화를 냈습니다. 그런데도 백운악은 "너는 아직 멀었으니 기다려라."는 말뿐이었습니다. 총각의 애는 타다 못해 말라갈 지경이었습니다. 그러던 며칠 후 백운악은 총각에게 "우리 집에 작은 방이 하나 있는데 여기서 청소도 해 주고, 심부름도 해 주며 지내는 것이 좋겠다."고 했습니다. 자신의 사주를 알고 싶었던 총각은 백운악의 권유대로 그 집에서 지내게 되었고, 일확천금을 거머쥘 사주를 갖고 있었지만 총각은 그대로 나이가 들어 노총각이 되고 말았습니다.

　그 당시 백운악에게는 느지막한 나이에 얻은 딸이 하나 있었습니다. 그런데 그 딸이 그만 그 노총각과 눈이 맞아 버렸습니다. 결국 재산을 물려 줄 아들이 없었던 백운악은 사주를 봐 주고 모은 그 많은 재산을 자신의 딸과 결혼한 농촌 총각에게 주게 되었습니다. 총각이 일확천금을 얻는 팔자는 팔자였던 것이지요. 총각이 일확천금을 얻을 사주라는 걸 백운악이 잘 맞혔지만 그 일확천금이 바로 백운악의 재산이었던 겁니다. 결국 백운악은 남의 사주는 잘 보았어도 정작 자신의 미래에 대해서는 몰랐던 겁니다.

백운악이 자신의 사주를 볼 수 없었던 것은 마음이 맑지 않았기 때문이었다고 할 수 있습니다. 업의 결과는 자신이 지은대로 받습니다. 백운악자신이 남의 사주를 봐주듯 자신의 운명을 읽을 줄 알았다면 얘기는 달라졌을 겁니다. 백운악이 총각의 일확천금 중 일부를 자기 것으로 하고 싶다는 욕심을 가지지 않았다면 아마 맘에도 없는 사람에게 딸을 주고, 자신의 재산도 다 넘겨주는 결과는 없었을 것입니다.

이처럼 '마음'이라는 것은 어떻게 갖고, 어떻게 사용하고, 어떻게 드러내느냐에 따라 그 사람의 인생을 바꾸어 놓습니다. 물이 한 잔 있다고 합시다. 이 물에 독약을 타서 사람이 마시면 죽고, 물을 소가 마시면 우유를 만들어 내고, 뱀이 마시면 독을 만들어 냅니다. 이처럼 내가 어떻게 마음먹고, 내가 어떻게 행동하느냐에 따라, 즉 심성(心性)이 지은 업대로 결과가 나오게 되는 것입니다.

사실 불자님들이 이 인과의 이치를 모를 리 없습니다. 부처님의 가르침을 하나의 핵심으로 표현하면 '연기법(緣起法)'인데 이 이치를 모르시진 않을 것입니다. 그런데도 아직도 사는 게 힘겹다는 생각을 하게 되는 건

인과의 이치를 머리로만 생각하고 있고, 연기법을 불교의 사상으로만 생각하여 일상생활에 접목하지 않기 때문일 것입니다.

머리로만 생각하는 불교의 이치는 소용없습니다. 머리속에 경전을 통째로 넣어 갖고 있어도, 무상사 법당에서 부처님의 가르침을 매일 귀에 꽂아 두어도 몸으로 경전의 가르침, 부처님의 지혜를 표현하는 것만 못합니다. 입으로 《천수경》, 《금강경》, 《관음경》을 줄줄 외우고, 자나 깨나 다라니를 외운다 하더라도 그 하나만이라도 몸으로 실천해서 선업의 공덕을 쌓는다면 그것이 더 훌륭한 수행입니다.

여러분 중에 주리 반타카 얘기에 대해 아실 분들이 있을 것입니다. 그는 어찌나 머리가 우둔하고 미련한 지 오백 나한들이 날마다 글을 가르쳐 주었으나 몇 년 동안 글귀 하나를 제대로 외우지 못했습니다. 한 번은 부처님께서 자바카라는 의사와 함께 제자들을 만나고 죽림정사에 돌아왔는데 주리 반타카가 훌쩍 훌쩍 울고 있었습니다. 부처님께서 왜 우냐고 그에게 물으니 사람들이 자신을 바보라고 놀리기 때문이라 했습니다,

부처님은 그 아둔하여 딱한 처지가 된 제자를 가엾이 여기시어 반타카에게 빗자루로 법당이나 마당을 쓰는 소임을 맡겼습니다. 그리고 부처님께서는 "청정한 자성(自性)을 깨닫자면 무명과 업장을 닦아야 한다." 며 '티끌을 털고 때를 닦아 낸다'는 글귀만 외우게 했습니다. 그러나 반타카가 어찌나 아둔한지 빗자루를 가져오면 마당 쓰는 걸 잊어버리고, 마당을 쓸고 나면 빗자루 정돈하는 걸 잊어버릴 정도였으니 그 글귀를 외울 수가 없었습니다. 그리하여 부처님은 반타카에게 비구들의 신발을 닦는 일을

시키고 비구들에겐 반타카가 신발을 닦을 때마다 그 글귀를 가르쳐 주게 했습니다. 반타카는 마치 자신의 업보를 쓸어내고 마음의 때를 닦을 양으로 매일 청소와 신발 닦는 일을 하며 비구들이 일러주는 글귀 하나만 외웠습니다.

삼년이 지난 어느 날, 그는 "티끌과 때는 두 가지 의미가 있구나, 하나는 눈에 보이지 않는 마음속의 어둠이며, 또 하나는 눈에 보이는 더러움이구나. 밖의 티끌과 때라는 것은 재와 흙과 와석 등 눈에 보이는 먼지이며, 이를 없앤다는 것은 깨끗하게 한다는 것이다. 안의 티끌과 때가 청정한 마음을 결박하고 있는 것이니 이를 지혜로 풀어 없애고 마음을 청정하게 하면 되는구나!"를 깨달았습니다. 그는 그 순간 벅차오르는 희열감에 부처님을 찾아가 자신의 깨달음을 아뢰었습니다. 그리하여 부처님은 바보 반타카가 깨달음을 얻은 것을 칭찬하시며 비구들에게 말씀하셨습니다.

"많은 경을 읽어도 그 참된 뜻을 알지 못하면 무익한 것이다. 하나의 법구라도 참으로 알고 실행하면 도를 얻을 수 있다. 지식은 학문으로 얻을 수 있지만 지혜란 지식으로 얻을 수 없다. 훌륭한 지혜는 지식에서 얻어지는 게 아니라 진실되게 사는 데서만 얻어질 수 있다. 깨달음의 길이란 참다운 지혜로 눈뜨는 일이다. 깨달음은 지식도 아니고 많은 것을 기억하는 것으로 이뤄지지 않느니라."

그 후 반타카가 기원정사에서 유명한 사문(沙門)이 되어 비구들로부터 존경을 받게 됨은 물론 그 비구들에게 설법을 하는 이가 되었습니다. 그러나 그가 티끌을 털고 때를 없애는 수행만큼은 조금도 게을리 하지 않았으니 곧 아는 것이 중요한 것이 아니라 아는 것 이상으로 진실 되게 행동하며 사는 것이 더 중요하다는 걸 증명함이라 하겠습니다.

　인간의 세상이 괴로움 덩어리가 된 것은 인간이 저지른 어리석음 때문입니다. 자신의 욕심만 채우려 이런 저런 어리석은 일을 자꾸 만들고 있으면서 괴롭다, 괴롭다 하는 것이 중생의 세계입니다. 어리석음에서 벗어나지 못하면 괴로움에서 벗어나지 못해 윤회의 수레바퀴 속에서 계속 허덕이게 됩니다. 그리하여 부처님께서는 일찍이 '자신의 어리석음을 아는 자야말로 진실로 지혜로운 자'라 하셨으며, '아는 것을 실천으로 옮겨 선업의 공덕을 지어야 윤회의 틀에서 벗어날 수 있는 길이 열린다'고 하셨습니다.

　진정한 '이고득락'의 길이 바로 이것입니다. 내 운명이 무엇인가, 내 팔자가 어떤가 궁금해 이곳저곳을 기웃대고, 어디 영험한 기도처 없는가, 어느 영험한 스님 없는가 찾아다니기만 하고 정작 마음 닦는 일을 제쳐두다보면 이고득락은커녕 진흙탕에서 뒹굴다 인생이 끝납니다. 그러나 부처님의 말씀 하나를 듣고도 그 하나를 실천하느라 선업 짓는 일에 부지런히 움직이다보면 그 공덕으로 괴로움을 털어내고 즐거움을 얻을 수 있게 되는 겁니다. 그러니 불자님들도 지금 내 모습이 어떤가. 작은 것에도 만족하고 있는가. 혹시 내 괴로움이 내 욕심에서 생긴 것이 아닌가도 돌아보고 살펴서 어리석은 모든 것을 떨어버리고 맑은 심성 닦는 수행에 전념하시기 바랍니다. 그러는 동안 맑은 마음에 부처님의 광명을 안게 되면서 저절로 괴로움을 여의고 즐거움을 얻게 될 것입니다.

또한 불자님들 한 분 한 분이 오늘부터 지혜로 괴로움을 벗어나시어 선업의 공덕을 지으시고 그 공덕이 다시 이 세상을 맑고 밝게 하는 회향으로 이어져 모든 중생이 상생(相生)하여 불국토를 이룰 수 있기를 희망합니다. 부디 '이고득락'하시길 바랍니다.

일면 스님

대한불교 조계종 군종교구 교구장.

1959년 ┃ 경남 합천 해인사에서 명허 화상을 은사로 입산.

1967년 ┃ 경남 합천 해인사에서 자운율사를 계사로 비구계 수지.

1968년 ┃ 경남 합천 해인사 승가대학 대교과 졸업.

1979년 ┃ 동국대학교 불교대학 승가학과 졸업.

1988년 ┃ 대한불교 조계종 제 9, 10, 11, 12, 13대 중앙종회의원 피선.

1993년~현재 ┃ 학교법인 광동학원 이사장.

1999년 ┃ 대한불교 조계종 제 3대 교육원장.

2001년 ┃ 대한불교 조계종 제 25교구 본사 봉선사 주지.

2005년~현재 ┃ 대한불교 조계종 군종교구 초대교구장, 사단법인 생명나눔 실천본부 이사장.

도영
스님

계행戒行을 청정하게 하라

계행戒行을 청정하게 하라

수호청정계(守護淸淨戒)요,
수행광대인(修行廣大人)하라
정진불퇴전(精進不退轉)이면
광명조세간(光明照世間)이니라.

청정하게 계를 지키고 수호하여
수행을 넓고 크게 하는 사람이 되라
정진을 하되 결코 물러서지 않으면
온 세상을 빛나게 하리라.

수행자나 불자들은 세속에 물들지 않게 항상 계행(戒行)을 청정하게 해야만 청정무념(淸淨無念)상태에 이를 수 있습니다. 계행을 잘 지켜, 사람으로서 도리(道理)를 다하고, 자식으로서 부모에게 도리를 다하고, 또 부모로서 자식에게 도리를 다하고 일가친척, 이웃들에게 도리를 다하는 한 점 부끄러움 없는 삶을 실천해야 합니다.

또한 부처님 앞에 서서 떳떳하게 부처님을 바라보고 합장할 수 있는 삶이 되기 위해서는 수행자와 불자들은 적어도 보살로서 세 가지 속이지 않는 삶을 살아야 합니다. 이것이 바로 계행을 청정하게 지키는 삶입니다. 그럼, 불보살을 속이지 않는 세 가지 삶이란 어떤 것일까요?

첫째, 부처님의 가르침대로 보살의 원력대로 살아가는 걸 말하는데 대체적으로 불자들은 법문을 듣고 경전을 읽으면서도 생활 따로, 불교 따로 삽니다. 그러다가 어떤 생활의 경계에 부딪히게 되면 초심(初心)은 그만 잊고 중생심(衆生心)으로 돌아가고 맙니다. 우리는 이렇게 어리석은 삶을 살고 있는 겁니다.

둘째, 불보살의 삶은 일체중생을 속이지 않는 삶을 말합니다. 말하자면 나와함께 인연하고 있는 모든 사람뿐만 아니라 다른 중생들에게도 속이지 않는 삶을 살아야 합니다. 자신도 모르게 속고 속이며 사는 게 바로 중생들의 삶이기 때문입니다.

셋째, 자기 자신을 속이지 않는 삶인데, 이것은 불보살의 삶 중에서 가장 중요합니다. 사람은 누구보다도 자기 자신을 제일 잘 알기 때문에 스스로 양심의 가책을 받지 않게 계행을 청정하게 지켜야 합니다.

그럼, 불교에서 수행은 어떻게 해야 하는 것이 옳을까요? 수행광대인처럼 해야 합니다. 말하자면 '넓고 크게 하라' 입니다. 한국불교는 대승불교입니다. 우리는 공부를 하거나 마음을 닦을 때도 넓고 크게 해야 합니다. 불교란 사람이 믿는 종교일 뿐만 아니라 믿음을 통해 마음을 수행하는 종교입니다.

요즘, 우리종단에서는 많은 수행프로그램을 내 놓았는데 대표적인 게 참선, 염불, 절, 또한 다라니 수행법 등이 있습니다. 불자들은 이러한 수행법들 중에 자신에게 맞는 방법을 찾아 끊임없이 실천해야만 자기 자신을 진실로 밝힐 수가 있는 겁니다.

오늘 여러분들은 수행에 대한 도움을 얻기 위해 무상사를 찾아와서 간절하게 부처님께 서원을 세우고 기도를 했을 겁니다. 이런 것도 수행의한 방법이라 할 수 있습니다.

한국불교는 '선(禪)의 원리'를 공부하는 선불교입니다. 인도에서 처음 달마대사가 중국으로 선법을 전하러 왔는데 중국에서는 이미 불교가 전해져 있는 상태였지만 선에 대해서는 전혀 알려지지 않았습니다. 처음에는 달마대사가 참선법을 중시하고 대중에게 아무리 가르쳐도 먹혀 들어가지 않았습니다. 달마대사는 중생들이 염불과 기도를 하지 않고 일만 계속하고 살면, 나중에 육도윤회 중 지옥고를 면치 못한다는 걸 강조했던 겁니다. 하지만 이 이야기를 들은 사람들은 달마대사를 죽여야 한다고 외쳤는데 그 대표적인 사람이 양무제였습니다. 그는 스스로 천하제일임을 달마대사에게 자랑하다가 자신의 칼을 부러뜨렸습니다.

어느 날 양무제가 달마대사를 찾아왔습니다. 이 때 양무제의 시종관인 지공(誌公)이 먼저 입을 열었습니다.

"저의 양무제께서는 수많은 불사(佛事)을 하고 또한 수많은 학승(學僧)들을 길러 내어 그동안 쌓아 오신 공덕은 태산에 못지않을 것입니다."

지공은 침이 마를 새 없이 자신의 주인인 양무제를 자랑했습니다. 하지만 달마대사는 양무제로부터 새로운 말을 듣고 싶었지만 어리석은 지공은 달마대사의 마음을 헤아리지 못하고 계속 양무제의 공덕만을 이야기했습니다. 이 때 참지 못한 달마대사가 지공의 말을 끊었습니다.

"절을 중축하고 학승을 기르고 불서(佛書)를 편찬한 일은 무공덕(無功德)올시다."

지공과 양무제의 안색이 시퍼렇게 질렸습니다. 공덕이 지대하다는 말을 기대하고 있었던 양무제는 무공덕이라는 말이 떨어지자마자 단칼에 달마대사의 의기를 짓누르기 위해 자진제일의를 달마에게 물었습니다. 하지만 달마대사에게 뜻밖의 대답을 들은 양무제는 칼날을 높이 쳐들었습니다. 이 때 달마대사는 거대한 방패를 들어 단 한 번에 양무제의 칼을 부러뜨렸습니다. 이후 양무제는 달마대사를 죽이기 위해 무려 다섯 번의 사약을 내렸지만 모두 물로 변하고 말았습니다. 결국 여섯 번 째 사약을 내리자 달마대사는 '여기는 아직 인연이 성숙하지 않았으니 내가 여기를 떠나야겠다.'고 생각하고 양무제를 찾아가 "제가 스스로 죽겠습니다. 그런데 한 가지 소원이 있습니다. 저를 화장하지 말고 저 숭산에다가 저를 묻어 주십시오."하고 청했던 겁니다.

결국 달마대사는 여섯 번째 사약을 받고 죽었습니다. 양무제는 달마대사의 소원을 들어주기 위해 관을 만들어 짚신 한 켤레와 주장자를 넣어주고 숭산에 묻었습니다. 그리고 3년이 지난 어느 날, 중국의 사신이 인도에 갔다가 돌아오면서 숭산 송림사에서 짚신 한 짝을 지팡이에 매달고 가는 달마대사를 보았던 겁니다. 그 때 사신은 깜짝 놀라 "어디를 가시는가." 물었더니 달마는 "여기는 인연이 아니라서 더 남쪽으로 가겠다."고 하였다고 합니다.

그 때 사신은 이상하게 생각한 나머지 양무제에 달려가 이를 알렸습니다. 이 때 양무제는 "달마는 3년 전에 이미 죽어서 숭산에 묻혔는데 무슨 쓸데없는 얘기인가? 달마가 아니다"라고 하였다고 합니다. 사신은 헛것을 보았는가 싶어 달마대사가 묻힌 숭산으로 달려가 관을 열어 보았는데 그 관속에는 시신이 없고 짚신 한 짝만 남아 있었습니다. 이 소식을 듣고 놀란 양무제는 그제야 달마대사의 위대함을 깨치게 되었던 겁니다.

그 후 달마대사는 소림사로 가서 9년 동안 면벽을 하고 때를 기다리고 있다가 혜가 스님에게 법을 전해 주었습니다. 혜가 스님은 혼자 수행을 하다가 도를 깨치지 못해 어느 날 달마대사를 찾아 갔습니다. 마침 소림 굴에는 눈이 내리고 있었는데 달마대사는 혜가 스님의 인기척에 전혀 미동도 하지 않고 오직 면벽수행만을 하고 있었습니다. 혜가 스님은 달마대사의 수행이 끝나기만을 기다렸습니다. 눈이 쌓여 어느새 자기의 허리춤까지 차올랐으며 강추위는 그의 몸을 얼어붙게 했는데 다음 날 아침, 마침내 달마대사가 혜가 스님을 향해 고개를 돌렸습니다.

"자네는 누구이며, 어떻게 왔는가."

"도를 구하러 왔습니다."

"도를 구하러 왔다고?"

"네. 달마 스님에게 제가 원하는 바는 없습니다. 다만 지금 내 마음이 대단히 불안합니다. 저도 수행을 한다고 하지만 수행의 바른 길을 알지 못하며 또한 가는 길을 모릅니다."

"언제부터 있었느냐."

"하루가 지났습니다. 그래서 눈이 제 온몸을 덮었습니다."

달마 대사는 깊은 생각에 잠시 잠기다가 이내 이렇게 말을 했습니다.

"네가 지금 가지고 있는 불안한 마음, 초조한 마음을 가져오너라."

"그것은 형상이 없어 지금 드릴 수가 없습니다."

"지금부터 너에게 있었던 그 초조하고 불안한 마음들은 이 순간 사라졌다. 내가 지금 그것들을 없앴노라."

이 때 부터 혜가 스님은 자기 자신을 옭아매던 초조한 마음과 불안한 마음이 사라졌음을 스스로 느꼈습니다. 결국 혜가 스님의 불안하고 초조한 마음은 자신의 마음에 달려 있었던 것입니다. 그는 그 때부터 달마대사의 제 1제자가 되었습니다. 그가 이렇게 큰 고승의 제자가 되었던 것은 폭설이 내리는 추위에도 아랑곳하지 않고 오직 달마대사를 만나겠다는 신심이 있었기 때문에 가능했으며 또한 하루아침에 큰 깨침을 이루게 되었던 이유입니다.

만약 혜가 스님에게 이러한 신심이 없었다면 그 짧은 만남 동안 달마

스님을 통해 결코 대오(大悟)를 할 수 없었을 것입니다. 그의 이러한 신심은 사실, 달마대사를 만났기 때문에 생긴 게 아니라 그가 깨달음을 얻기 위해 오래 동안 스스로 신심을 다져 왔기 때문입니다. 어느 날 달마대사라는 큰 고승을 만남으로써 자기 마음속에 잠재해 있었던 신심이 빛을 발해 대오를 했던 것입니다. 그 후 30년이라는 긴 세월이 흘러 어느 날 한 젊은 거사가 혜가 스님을 찾아 왔습니다. 그는 다름 아닌 문둥병을 앓고 있었습니다.

"큰 스님 저는 전생에 무슨 죄를 많이 지었기에 이렇게 지독한 병을 앓고 있습니까?"

우리말에도 인간이 문둥병에 걸리는 것은 과거에 죄를 많이 지어서 걸린다는 속담이 있었습니다. 하여튼 중국에서도 문둥병은 전생의 죄와 깊은 관계가 있었던 것으로 보여 집니다.

"그대 왜 나를 찾아왔는가."

혜가 스님이 문둥병 거사에게 물었습니다.

"혜가 스님께서 이조사에서 수행을 하고 있다는 소리를 듣고 이렇게 찾아 왔습니다. 만약, 제가 과거에 큰 죄가 있다면 이 죄업들을 소멸해 주실 것이라고 믿고 이렇게 찾아 왔습니다."

혜가 스님이 다시 문둥병거사에게 말을 했습니다.

"네가 큰 죄를 지어 문둥병에 걸렸다고 하니 그 죄지은 마음을 가져 오너라. 내가 너의 참회를 받아 주겠다."

이것은 옛날 혜가 스님이 불안한 마음과 초조한 마음을 가지고 달마대사에게 찾아가 그 도를 물었던 것과 일치합니다. 다만 불안한 마음이 죄지은 마음으로 바뀐 것뿐이라는 것을 짐작할 수 있습니다.

여기에서 우리가 알아야 할 것은 바로 '그 죄지은 마음'입니다. 즉 형상이 없는 이 마음을 어떻게 문둥병 거사는 혜가 스님에게 가져다주었을까. 그 죄지은 마음은 사실, 찾을 수는 없습니다. 그러나 혜가 스님은 다시 문둥병 거사에게 이렇게 말을 했습니다.

"이미 너는 나를 찾아 온 순간부터 너의 마음속에 든 그 죄지은 마음이 모두 사라졌느니라. 왜냐하면 너는 너 스스로 깊은 참회를 하였기 때문이다."

당시, 문둥병 거사에게 가장 중요한 것은 신심을 가지고 있느냐 없느냐에 따라 병이 고쳐 질 것임을 혜가 스님은 먼저 알고 있었던 것입니다. 신심이란 이토록 중하고 귀중한 것임을 알아야 합니다. 이후 문둥병 거사는 큰 깨달음을 얻어 삼조승찬(三祖僧璨)스님이 되었는데 그 후 그는 유명한《신심명(信心名)》를 저술 하였습니다. 《신심명》은 우리의 마음속에 든 비밀을 풀어 법문한 책으로 오늘날 우리 불자들에게 깊은 깨달음 던져 주고 있습니다.

이것은 마치 신라시대 의상스님이 화엄사상을 바탕으로 법성게를 지었듯이 삼조승찬 스님은 혜가 스님을 통해 얻은 그 마음을 통해 큰 깨침을 얻었던 겁니다. 결국 마음이란 불안한 것도 아니요. 초조한 것도 아니며, 또한 죄가 있는 것도 아니라는 사실입니다. 그럼, 마음이란 무엇인가. 마음이란 분별하지 않는 깨끗함입니다. 이후 삼조승찬 스님은 이 마음의 비밀을 밝혀낸 400여 자(字)의 글을 통해 마침내《신심명》을 노래했던 겁니다.

오늘 날 이《신심명》은 수행자들의 대표적인 법문이 되고 있습니다.

내가 오늘 여러분에게 들려주는 신심에 대한 법문의 핵심이 이《신심명》속에 다 들어 있다고 해도 과언이 아닐 겁니다.《신심명》은 146구로 되어 있고 4구로 이루어져 있는 총 584자로 있는데 첫 번째가 가장 중요합니다.

지도무난(至道無難)

유혐간택(唯嫌揀擇)

'지극한 도는 어렵지 않으니

다만 가리고 선택하지만 말라'

큰 도라는 건 그렇게 어려운 것이 아닙니다. 옛날에 큰 스님께서 도를 깨치는 건 '세수하다 코 만지기 보다 더 쉽다'고 했습니다. 여러분들 아침에 세수하고 오면서 다 코 만지고 세수를 했을 겁니다. 그것과 마찬가지로 그렇게 쉬운 것이 도를 통하는 겁니다. 그럼 왜 도를 깨치는 것이 쉬울까요? 바로 간택심 때문입니다. 좋은 것은 취하려고 하고 나쁜 것은 버리려고 하는 두 가지 마음 때문에 그렇습니다.

'지극한 도를 지극한 도라고 말하지 않으면, 지금 이대로 지극한 도일 뿐'입니다. '지극하다'는 것도, '도'라는 것도, '어렵다'는 것도 '않다'는 것도 다만 말일 뿐입니다. 말은 어떤 소리를 듣고 어떤 모양을 의식 속에서 생각하는 걸 말하는데 그러므로 말을 듣고 연상하는 모양은 실질이 없는 허망한 물거품 같은 것입니다. 그러나 아무리 물거품이 일어나도 그것 역시 물일 뿐이듯이, 아무리 말을 하더라도 말에 속지 않으면 모두가 진실한 도일 뿐이라는 말입니다.

'다만 가리고 선택하지만 말라.' 지금 가리고 선택하는 것은 무엇인가? 색깔을 따르고 소리를 따르고 냄새를 따르고 맛을 따르고 의식을 따라서 이것과 저것을 분별한다면, 물거품을 모양 따라 구별하면서 바로 물의 본성을 깨달을 수 있듯이 가리고 선택하는 행위의 흐름 가운데에서 마음의 본성을 깨달을 수가 있다는 말입니다. 단지 행위하기만 하고, 그 행위를 의식 위에 그림으로 그리지는 말라는 뜻입니다.

단막증애(但莫憎愛)
통연명백(洞然明白)

'다만 사랑하고 증오하지
아니하면 환하게 명백하리라.'

이와 같이 세상을 사는 동안 우리는 미워하는 마음과 사랑하는 마음만 버리면 됩니다. 그래서 《법구경》에서도 '사랑하는 사람 갖지 말라, 미워하는 사람도 갖지 말라. 사랑하는 사람 못 만나 괴롭고 미워하는 사람 자주 만나 괴롭다.'라고 했습니다. 이렇듯이 우리는 두 가지 마음을 하나로 모아야만 합니다. 바로 부처님께서 말씀하신 중도(中道)의 마음입니다. 사람은 사랑도 해야 합니다. 하지만 너무 강하게 사랑에 집착하고 애착하게 되면 몸에 병이 됩니다, 그러므로 사람은 이 두 가지 마음을 딱 버리고 살아야 합니다. 우리가 가진 탐심(貪心) 때문인데 물론, 사람이 이러한 마음을 버리기는 정말 힘들지만, 이를 버릴 수 있어야만 훌륭한 사람이 될 수 있습니다. 이것이 제가 오늘 여러분들에게 부탁하고자 하는 법문입니다.

미운 생각이 들면, 미운 마음을 버리기가 참으로 힘듭니다. 괜히 미워하겠습니까? 미운 짓을 하니까 미워질 수밖에 없습니다. 사람이 미운 짓을 하는 이유는 바로 불교를 제대로 모르고 또한 인과법과 인연의 소중함을 모르고 있기 때문입니다. 이런 사람에게는 불교의 진리를 알려주어야만 합니다. 불교의 인과법과 인연의 소중함을 가르쳐 주어야만 어리석음에서 벗어나 미운 짓을 하지 않습니다. 불교의 진리를 모르는 사람은 깨침을 얻을 수 없습니다. 그런 사람에게는 불교를 바로 이해시켜야만 하는데 이것이 불자들의 몫이라는 말입니다. 그럼 불교의 진리는 무엇일까요? 무상입니다.

우리는 사랑의 마음을 가지고 평생 세상을 살아가지만 영원한 게 아무 것도 없기 때문에 결국 무상합니다. 결혼하고 아이를 놓고 살면서 처음 결혼 할 때의 마음과 지금의 마음이 다른 것도 바로 무상 때문입니다. 사람이 이런 허무를 깨닫지 않으려면 사랑과 애착도 적당히 가져야만 된다는 말입니다. 사람의 관계도 이와 같습니다. 항상 적당하게 사랑하고 적당하게 인연의 끈을 맺고 살아야 합니다. 집착하지 말라는 말입니다. 그래야만 부부도 서로 존경하게 됩니다. 몸에 병이 나도록 집착하고 애착하고 사는 건 잘못되었다는 말입니다.

사람이 만일 '사랑과 증오'을 버리게 되면 모든 것이 '통연명백' 즉, 환하게 명백하게 됩니다. 마음이 서로 통해 항상 밝고 깨달음의 삶을 살아갈 수 있게 된다는 말씀입니다. 이렇게 해야만 세상을 올바르게 바라볼 수가 있는 겁니다.

그럼, 우리가 승찬 스님의 《신심명》처럼 '지도무난(至道無難) 유혐간택(唯嫌揀擇)하며 단막증애(但莫憎愛) 통연명백(洞然明白)'하려면 어떻게 해야 할까요?

사람에게는 사랑하는 마음, 미워하는 마음 즉, 증애(憎愛)의 두 가지 마음이 항상 교착하고 있습니다. 이런 마음을 지우기 위해서는 항상 화두를 들고 참선하며 마음을 닦아야 합니다. 또 염불수행을 하는 것도 매우 중요합니다. 염불이란 무엇일까요? 염불이란 생각 염(念)자 부처 불(佛)자입니다. 항상 부처님을 생각하며 살아가는 것을 말합니다. 그래서 염불을 열심히 해도 성불을 이룰 수 있으며 보살의 삶을 살아갈 수 있다고 합니다.

하지만 아무리 관세음보살 부처님하면서도 마음속에 든 번뇌 망상을 지우지 않으면 아무 것도 되지 않습니다. 염불을 하면서도 반드시 부처님을 생각하는 마음을 가지는 게 더 중요하다는 겁니다.

요즘, 불교TV 뿐만이 아니라 사찰에서도 절 수행법에 대해 많이 나오고 있습니다. 절 수행은 건강에도 매우 좋습니다. 특히 오체투지(五體鬪志)를 하면 건강에도 매우 좋고 여러 가지 마음으로부터 나오는 병을 다 고칠 수 있습니다. 또 다른 수행법이 있는데 여기저기 다라니를 수행하는 사람들도 많이 있습니다.

부처님은 평생 설법을 하셨습니다. 오늘날 이러한 부처님의 설법이 《화엄경》, 《방등경》, 《반야경》, 《열반경》, 《법화경》 등으로 나누어 진 것은 부처님께서 그렇게 하신 것이 아니라 후에 제자들이 이렇게 나누신 것인데 사실, 이보다 더 중요한 건 부처님께서 '어떤 테두리 안에서 법을 설파했는가' 입니다.

부처님께서 우리에게 설하신 법은 모두 삼법인(三法印)안에 들어있습니다. 예로부터 부처님은 "세상의 변하지 않는 진리는 세상의 모든 것이 변한다는 데에 있다"고 말씀 하셨습니다. 이를 삼법인(三法印)이라고 합니다. 일체개고, 제행무상, 제법무아인데 여기에서 열반적정을 추가하면 사법인이 됩니다.

일체개고(一切皆苦)는 '모든 것이 괴로움이다'라는 뜻입니다. 제행무상(諸行無常)은 '모든 사물은 한순간도 변하지 않는 것이 없다'는 뜻입니다. 물질적, 정신적 모든 현상은 생기고 소멸하는 변화를 가지고 움직입니다. 사람들은 순간의 현상만을 보고 그것이 변하지 않고 존재한다는 잘못된 생각을 가지고 있습니다. 제법무아(諸法無我)는 그렇기 때문에 나 자신도 영원하지 않다는 겁니다. 세상의 모든 존재는 여러 가지 인연으로 생겨난 겁니다. 때문에 실제로는 자아의 실체도 홀로 존재하는 게 아닙니다. 그러나 사람들은 아집에 집착하여 자신이 영원히 존재하는 양 살고 있습니다. 열반적정인(涅槃寂靜印)은 윤회의 고통에서 벗어나는 부처님이 될 수 있는 이상의 경지를 말합니다. 제행무상, 제법무아를 알면 열반적정에 들 수 있다고 합니다. 이 세 가지 진리를 가슴에 담으면 인생의 새로움을 느끼게 될 것입니다.

사람이 즐거움에 빠져 있을 때는 고통의 한 순간을 느끼지 못하듯이 고통 속에 있을 때는 즐거운 때를 느끼지 못합니다. 이렇듯 인간의 삶은 고통과 즐거움이 항상 반복된다는 걸 알아야 합니다. 지금 자신이 돈을 많이 가져 행복하다고 자만을 하여서도 안 되며 반대로 자신이 가난하다고 해서 절망해서도 안 됩니다.

부처님은 바로 설법을 이 테두리 안에서 하셨던 겁니다.

그래서 수행은 항상 광대인처럼 해야 합니다. 나만 깨달을 것이 아니라 너도 깨닫고, 나만 행복할 게 아니라 너도 행복하라는 뜻입니다. 사람은 자기 자신만 깨닫고 행복해서는 진정한 깨달음을 얻을 수가 없습니다. 모두가 다 편안해야 나도 행복해질 수가 있기 때문입니다.

이와 마찬가지로 수행도 대승보살도 정신을 가지고 해야 하며 그런 삶을 살아야만 합니다. 또한 부처님처럼 정진도 물러남이 없이 해야 합니다. 힘없이 떨어지는 한 방울의 물이라 할지라도 단단한 돌을 뚫듯이 수행에 정진해야 합니다.

정진하면 생각나는 게 하나 있습니다.

옛날에 어떤 수좌가 스님이 되고 싶어 절에 가서 열심히 공부를 하려고 했지만 제대로 되지 않았습니다. 그래서 큰 스님께서 하시는 말씀이 "너희들이 이렇게 신심(信心)도 없고 공부를 하지 않으면 '양가득죄(兩家得罪)' 한다."고 말씀 하셨습니다. 양가득죄란 세상에 자신을 태어나게 한 부모님을 모시지 않는 큰 불효를 뜻합니다.

출가를 하는 것도 부모님에게는 불효인데 절에 와서 공부를 안 하는 것도 큰 죄가 된다는 말입니다. 또 절에 온 목적이 정진에 있는데 그 마저도 안 하면 어떻게 되겠습니까? 물건만 축내게 되고 또한 시주의 은혜를 저버리는 일밖에 되지 않습니다. 그래서 '양가득죄' 한다는 말이 항상 공부를 하면서도 수좌의 머리에 늘 남아 있었던 겁니다. 수좌가 하루는 턱 하니 앉아서 생각하기를 이럴 바에는 집에 가서 부모님이나 모셔야겠다고 걸망을 지고 절에서 나왔습니다.

그리고 얼마 쯤 걸었을까? 개울가에 머리가 허연 노인이 큰 바위 위에 앉아서 돌멩이 하나를 갈고 있었습니다. 수좌는 그 노인이 무엇을 하고 있는지 아무리 봐도 몰랐던 겁니다. 그래서 수좌는 바위 위에 다가가 그 노인에게 물었습니다.

"지금 바위에 앉아 무슨 일을 하고 계십니까?"

"보면 몰라. 지금 돌을 바위에 갈고 있네."

"왜, 돌을 바위에서 갈고 있습니까."

"돌을 갈아서 바늘 하나 만들려고 하네."

수좌는 노인의 말에 기가 찼습니다. 도대체 주먹만 한 돌을 어느 세월에 갈아 바늘을 만들겠다는 말인가?

"하하 그게 될 법한 일입니까? 어찌 그 돌로 바늘을 만들겠다고 하십니까?"

"그런 소리하지 마시게. 끊임없이 갈고 갈면 어느 날 틀림없이 가늘어 져서 바늘같이 사용할 수 있을 것이네."

수좌는 그 순간 깨달음을 얻어 다시 절로 올라가 끊임없이 정진을 하여 선지식이 되었다고 합니다.

이 이야기와 마찬가지로 우리는 노력하지 않고 그 무엇도 얻을 수 없다 는 걸 알아야 합니다. 끊임없이 노력하고 물러남이 없는 정진을 하여야만 성불을 이룰 수 있습니다. 부처님께서도 6년 동안 설산(雪山)에서 고행하 셨습니다. 우리들도 부처님의 그런 고행을 보면서 항상 자신을 살펴 수행 하는 그런 불자가 되어야만 합니다. 그래야만 '광명조세간(光明照世間)' 을 이룰 수 있습니다. 말하자면 세간에 큰 빛을 줄 수가 있다는 겁니다. 나 의 이러한 수행이 다른 사람에게 기쁨을 주고 나로 하여금 다른 사람에게 즐거움을 주는 그런 공덕을 짓는 사람이 되어야 합니다. 이와 달리 나로 하여금 남에게 상처를 주거나 피해를 준다면 인생에 뜻한 바를 이룰 수 없습니다. 이런 삶은 결국 엄청난 손해를 볼 수밖에 없습니다. 우리는 항 상 열심히 노력하고 공부하여 광명조세간의 삶을 살아야 합니다.

일찍이 마조 스님은 '평상심(平常心)을 도(道)'라고 하셨습니다. 평상 심이라는 건 치우치지 않는 마음, 즉 중도의 마음을 말합니다. 이것도 저 것도 아닌 치우치지 않는 그런 삶을 살아야 합니다.

불가에서는 '무심(無心)도 도'라고 했습니다. 무심이란 번뇌망상이 일어나지 않는 그런 마음을 말합니다.

집즉분명 천지야(執卽分明 天地也)
방내진찰 무비아(放乃塵刹 無非我)

'하늘과 땅이 분명하다고 집착하지만
놓아 버리면 티끌 하나까지도 나 아닌 바가 없다.'

'명백하게 하늘과 땅은 분명하지만 이 조차 놓아버리면 티끌조차도 나 아닌 것이 없다'는 말씀입니다. 즉, 방하착(放下着)하라는 겁니다. '놓아 버리게 되면 그냥 하늘은 하늘이고 땅은 땅에 지나지 않는다'는 말씀입니다. 즉 있는 그대로 본다는 뜻입니다. 이것이 불교의 핵심사상이라고 할 수 있습니다. 이것이 바로 불교가 말하는 동체대비사상(同體對比思想)인데 '너와 내가 둘이 아닌 불이(不二) 사상'을 말합니다.

바로 이러한 마음을 가지고 세상을 바라보게 된다면 이 세상 티끌하나라도 나 아닌 게 없음을 깨닫게 됩니다. 바꾸어 말하면 진실로 세상의 모든 것은 나이기 때문에 소중함을 느끼게 된다는 말입니다. 결국 나도 너도 저기도 모두 나에게 소중한 사람들인데 어찌 행복하지 않을 수 있겠습니까? 이것이 바로 너와 내가 둘이 아닌 동체대비사상입니다.

그런데 지금 우리가 사는 세상 사람들은 어떠한가요? 오늘날 사람들은 더불어 잘살기 위한 운동을 펼치고 있습니다. 이는 옛날 부처님께서 강조하신 '상구보리 하화중생(上求菩提 下化衆生) 위로는 깨달음을 구하고 아래로는 중생을 교화한다.'는 부처님의 가르침을 나타내는 말입니다. 이 것을 요즘으로 바꾸어 말하면 능력이 있는 자가 능력을 필요로 하는 사람에게 나누어 주는 걸 말합니다. 즉, 오늘날 자원봉사를 실천하는 것도 이와 상통하는 겁니다.

이와 같이 깨달음이란 크고 작은 게 있지만 우리가 가지고 있는 이러한 봉사 정신도 하나의 깨달음이라고 볼 수 있습니다. 개인이 가진 재산이나 능력 등을 없는 사람에게 나누어 주어야 합니다. 그래야만 갈등을 해소하고 서로가 화합할 수가 있는 겁니다. 이러한 삶이 바로 부처님께서 말씀하신 삶입니다.

하지만 부처님이 말씀하신 이와 같은 화합애경(化合愛敬)정신은 오늘날 많이 퇴색되고 있습니다. 지역과 세대간, 노사간, 종교간 심한 갈등이 일어나고 있으며 우리는 이에 대처하지 못하고 살아가고 있는 실정입니다. 하루도 편할 날 없는 노사(勞使)갈등과 지역감정 등도 우리가 극복해야 할 하나의 과제입니다. 심지어 부모 자식간, 고부간의 갈등조차 심심찮게 나옵니다. 이것도 다 화합애경 정신이 부족하기 때문에 일어나는 갈등입니다. 우리는 이를 두고 세대차가 나서 서로를 이해하지 못해서 빚어지는 일이라고 하지만 좁게 보면 서로의 공경심이 부족해서 생기는 일입니다.

또한 종교 간의 갈등도 매우 심합니다. 한국사회는 다종교로 이루어진 사회입니다. 그런데 타종교에서는 불교를 욕하기까지 합니다. 종교란 믿음을 근거로 하는 마음 다스리기인데 이를 오도하고 있는 겁니다.

이렇게 우리는 공존을 하면서도 서로를 이해하지 못하고 또한 인정을 하지 못해 서로의 좋은 점은 받아주면서 공생 공존하는 그런 삶을 살아야 하는데 우리는 결코 이런 세상 속에 살고 있지 않다는 점은 그저 안타까울 따름입니다. 때문에 우리 불교인들은 이렇게 살아서는 안 됩니다. 이런 안타까운 현실을 직시하여 많은 사람들에게 보다 더 불교를 가르쳐 주야 합니다.

앞으로 미래의 종교는 미래학자가 말했듯이 불교 밖에 대안이 없다고 하였습니다. 저 또한 그렇게 믿고 있습니다. 하지만 타종교는 흑백논리에만 치워져 있기 때문에 더불어 사는 삶을 모르고 있습니다.

저는 대한불교 조계종 포교원장을 오년 동안 하였습니다. 그 때 불자들에게 느낀 점은 불교를 믿으라는 얘기 보다는 불교를 제대로 알고 살았으면 좋겠다는 생각이 들었습니다. 또한 군포교의 중요성을 인식해 군부대를 방문하여 법문을 하기도 했으며 직장 다니는 불자들을 위해 법문을 테이프로 만들어 보급하며 불교를 제대로 알리기 위해 혼신을 다하였습니다.

사람들이 불교를 제대로 안다면 인연의 소중함을 알게 될 것이며 인과를 알게 된다면 죄업을 쌓지 않을 것이라는 생각이 들었던 겁니다. 우리는 동업중생(同業衆生)입니다. 때문에 함께 즐거움과 괴로움을 느끼면서 살아가는 그런 삶이 되어야만 합니다. 요즘, 이런 불교정신을 모르고 타종교를 많이 믿고 있는 현실이 그저 안타까울 따름입니다.

오늘날 사람들은 인간성을 상실하여 배타적입니다. 나는 이런 현상을 보고 참으로 많은 안타까움을 느낍니다. 우리가 만약, 한 생각을 바꾸게 된다면 더불어 사는 삶의 사회를 만들 수 있고, 우리의 행복은 바로 보일 것인데 이를 제대로 깨닫지 못하고 있는 겁니다. 이를 어찌하면 좋겠습니까? 사람은 항상 긍정적인 생각과 낙관적인 삶을 가지고 살아가야 합니다. 부정적으로 세상을 살아가는 사람은 항상 자신의 고통을 '너 때문'이라는 원망만을 갖게 되고 쓸데없는 곳에 화를 품게 됩니다. 이것이 바로 죄를 짓는 원인이 됩니다.

그래서 사람은 '방내진찰 무비아'해야 합니다. 즉 '놓아버리니 저 티끌에서부터 온 사방에 이르기까지 내 아닌 바 없도다.'가 되는 겁니다.

집방거래 무간섭(執放去來 無干涉)
풍운자재 일광화(風雲自在 日光華)

'잡고 놓고 가고 옴에 간섭함이 없으니
바람결에 구름 마냥 자재로운데, 햇빛은 빛나도다.'

그러나 사람들은 놓아버리지 못하고 자기 일도 제대로 못하면서 남의 일에 관심들을 너무 많이 가집니다. 심지어 어떤 때는 그런 모습들을 보면서 이맛살이 찌푸려질 때도 있습니다. 하지만 그럴 때마다 '집방거래 무간섭'이 최고입니다. 만일 우리가 이를 깨닫게 되면 '풍운자재 일광화'

가 되는 겁니다.

하늘에 떠 있는 흰 구름이 바람에 의해 이리 저리 왔다가듯이 우리마음도 자유자재 하면 햇빛처럼 빛나게 된다는 말씀입니다. 마치 촛불이 자신의 몸을 태워 밝은 빛을 내듯이 낙엽이 지면서 아름다운 적멸을 자아내듯이 말입니다. 우리는 지는 낙엽을 보면 그저 아름답다고 생각합니다. 그러나 단풍이 왜 저렇게 붉고 아름다울까요? 그것은 자신의 생애를 다해 아름다움을 빚어내기 때문이 아닐까요?

오늘 무상사의 신도님들은 지금도 아름다우시지만 정말 자신의 생애를 더욱 알차게 보내신다면 나이가 들어서도 아름다운 모습으로 계실 겁니다. 이와 같이 부처님을 믿고 따르는 불자들은 아름답습니다. 왜냐하면 부처님의 말씀을 따라 거기에 맞게 실천하는 삶을 살아오기 때문입니다. 만약, 부처님의 전언(前言)도 남들에게 전하신다면 지금 보다 더 많은 빛을 발할 겁니다.

한번은 김용사(金龍寺)에서 관응 스님께서 유식 강의를 할 때였습니다. 그 때 강의를 들으러 오신 분들은 대개 스님들이었는데 머리가 하얀 노 거사님 두 분이 계셨습니다. 당시 강의를 듣고 계신 스님들은 손주뻘이었는데 재가불자인 탓으로 두 분은 뒤에 앉아서 열심히 듣고 계셨습니다. 나는 그 모습이 매우 보기가 좋았습니다. 강의가 끝나자 그분들은 발자국 소리도 나지 않을 정도로 사뿐 사뿐 나가셨는데 정말 그 자태가 수행자다웠습니다.

이와 같이 깨달음이란 건 승속을 떠나서 누구나 다 이룰 수 있는 겁니다. 깨달음이란 거창한 것이 아니라 자기 생활속에서 뭔가를 하나씩 느끼는 것입니다. 분별력을 가지고 깨달음의 길로 한발 한발 앞으로 나아간다면 불자님들도 큰 깨침을 얻을 수 있다는 말씀입니다. 그러기 위해서는 아까 말씀드린 대로 두 가지 마음이 아닌 오직 한 가지 마음으로 돌아가야 합니다.

중국의 육조 혜능 스님은《금강경》의 '응무소주 이생기심'이라는 구절 때문에 의심을 품어서 출가하셨습니다.

응무소주 이생기심 (應無所住而生其心)
'마땅히 머무는 바 없이 마음을 낼지어다.'

응여시주 여시항복기심(應如是住 如是降伏其心)
'마땅히 이와 같이 주하며 그 마음을 항복받을지니라.'

이는 '어디에도 머물지 않고 마음을 지어내'는 말입니다. '어떤 마음에 머물러 있어야 하고 또한 어떤 마음에 머무르지 말라'는 뜻입니다. 또한 '어떤 마음에 머무르고 어떤 것에 항복 받아야 되느냐' 하는 내용입니다.
우리가 이를 실천하기 위해서는 네 가지의 마음을 가져야 합니다.
첫째, 광대심(廣大心)을 가져야 합니다. 넓고 큰마음으로 모두를 수용하는 마음을 가지고 있어야 한다는 말입니다. '나'만이 아니라 '우리 모두 함께' 그런 큰마음을 가져야 한다는 겁니다.

둘째, 제일심(第一心), 으뜸가는 마음을 말합니다. 그럼, 어떤 마음이 으뜸가는 마음일까요? 부처님 가르침대로 실천하고 행동에 옮기고 부처님 마음으로 돌아가는 게 으뜸가는 마음입니다.

셋째, 상심(常心)입니다. 광대심과 제일심을 가졌다고 하더라도 이러한 마음이 지속적으로 이어져야 한다는 말입니다.

넷째, 불전도심(佛顚倒心)입니다. 즉 이러한 마음이 어떠한 일에도 변하지 않아야 한다는 말입니다.

비록 오늘 좋은 법문을 듣고 좋은 마음과 보살심을 가지고 있다고 하더라도 어떤 경계에 부딪히게 되면 그냥 중생의 마음은 그 순간 싹 바뀌기 마련입니다. 그러나 한 번 먹었던 마음을 언제나 변치 않고 그대로 가는 마음이 필요합니다. 이를 두고 '초발심신변정각(初發心信變正覺)'이라고 합니다. 말하자면 처음 먹었던 마음이 그대로 변치 않았을 때에 정각을 이룬다는 말입니다. 그러므로 우리의 마음이 항상 머무르려면 광대심, 제일심, 상심, 불전도심이 있어야 합니다.

그럼, 우리 마음은 어떤 것에 항복 받아야 할까요? 바로 《금강경》에 나오듯이 '아상(我相), 인상(人相), 중생상(衆生相), 수자상(壽者相)'입니다. 이것이 아뇩다라삼먁삼보리의 깨달음을 얻지 못하게 하는 최대의 장애물이라고 이야기하고 있습니다. 육조 혜능은 이 사상(四相)이 있으면 중생이요, 사상이 없으면 부처라고 하였습니다. 아무리 무량한 중생을 제도하였다 하더라도 사상이라는 그릇된 마음을 항복 받지 못하면 부처를 이룰 수 없다는 겁니다.

즉, 나라고 하는 생각을 가지고 있으면 우리는 진정 아무 것도 볼 수 없다는 말입니다. 아상(我相)은 '나'라는 실체가 있다는 집착에서 벌어지는 모든 번뇌입니다. 이른바 '나'라는 고집이며 '내가 누구인데'하는 우월의식이라 하겠습니다. 우리가 '나'라고 생각하고, '내 것'이라고 여기는 이 몸은 지수화풍 네 가지 물질이 인연 따라 만들어 진 것에 지나지 않습니다. 사람들은 언젠가는 사라지고 말, 이 육신에 집착하여 영원히 지속시키려고 몸부림치고 욕심을 부립니다. '나'가 있다는 생각하나로 만 가지 번뇌가 일어나게 된다는 겁니다.

'인상(人相)'이란 나와 남이 갈라져 있는 마음에서 나오는 '행동과 생각'입니다.사람과 짐승, 성인과 범부를 차별하는 것으로 배타 의식이나 차별 의식을 말합니다. 내 것만 좋고 나만 옳다 하여 남의 의견이나 생각을 경멸하거나 물리칩니다.

'중생상(衆生相)'이란 '나는 고작 중생에 지나지 않는 못난 존재'라는 열등의식을 말합니다. 자기가 중생이라고 생각하면 중생이고 부처라고 생각하면 부처입니다. 자기를 비하하는 중생심을 가지고 살아간다면 위대한 성불의 길을 결코 걷지 못할 것입니다.

'수자상(壽者相)'은 '한세상 살면 그만인데'하는 한계 의식을 말합니다.

사람이 죄를 저지르게 되는 이유는 한 세상만 살면 그만이라는 의식을 가지고 있기 때문입니다. 사람은 육칠십 년 살면 그만인 존재가 아닙니다. 이 육신은 한동안 쓰다가 던져 놓고 가야 되는 도구에 지나지 않지만,

우리는 내생을 또 살아야 하는 존재입니다.

그래서 우리는 이러한 인연업과를 초월해야 하는데 그걸 못하는 게 우리들의 마음입니다. 따라서 우리에게는 끊임없이 항복 받아야 할 네 가지 마음이 있습니다. 그래서 '응무소주 이생기심'처럼 머문바 없이 마음을 내라는 겁니다.

불교가 이래서 매우 어렵습니다. 이 마음공부라는 글자는 매우 쉬울지 모르지만 마음공부는 그냥 되는 게 아니며, 하루아침에 되는 게 아니라 끊임없이 자기 내면을 들여다보면서 하여야 합니다. 또한 우리는 자기가 하고 있는 일, 그런 것들이 어떤 일인지를 잘 살펴야 합니다.

물물봉시각득향(物物逢時各得香)
화풍도처진춘양(和風到處盡春陽)

'서로서로 만날 때 향기를 얻고
온화한 바람 속에 봄볕도 따사롭네 '

우리가 사는 세상은 마음의 느낌에 따라서 아름답고 좋게 보이기도 하고 나쁘고 추하게 보이기도 합니다. 때문에 좋은 느낌을 가지고 세상을 살면 인생은 아름답고 즐겁기 마련입니다. 인연 따라 이루어지는 너와 나의 만남에 있어서 꽃의 향기처럼 서로서로 마음의 향기를 풍기고 온화한 봄바람이 양지의 언덕을 스치듯 기분 좋게 세상을 살아갈 때 원망하고 증오할 일이 어디 있겠습니까? 다만 마음의 눈이 열려 지혜로운 처신을 할 수 있는 역량이 내게 갖추어졌느냐?가 문제라는 말입니다.

사람은 사람마다의 독특한 향기가 있듯이 물건도 물건마다 향기가 있고, 꽃도 향기가 각각 다르듯이. 사람마다 각각 자기가 가지고 있는 장점과 향기가 있습니다. 오늘 이 무상사에도 사람의 향기가 이렇게 모여 있습니다.

말하자면 향기는 매일 품고 있기 때문에 이 향기들은 '화풍도처진춘양'하여 즉, 바람이 부니까 사방팔방 시방세계로 다 번지는 겁니다. 여러분들도 향기를 모아 이 향기가 사방팔방 시방세계로 퍼지게 해야 합니다.

사람도 살고 보면 '인생고락 종심기(人生苦樂從心起)'입니다. 인생의 고통과 즐거움은 모두 마음에서 일어나는 겁니다. 말하자면 행복이란 조건이 있어서 생기는 게 아니라는 말입니다. 내 마음이 이만하면 됐다고 생각을 했을 때 비로소 사람은 행복해진다는 겁니다.

부족하다는 생각을 하고 있으면 채우면 됩니다. 하지만 행복이란 채우려고 하면 채워지지 않습니다. 그럼, 사람이 행복이 채워지지 않으면 어떤 마음을 품게 될까요? 사람은 이러한 행복이 채워지지 않는 이유에 대해 자신 때문이 아니라 바로 누구 때문이라는 원망하는 마음을 가지게 됩니다. 이와 같이 모두 우리의 마음에 달려 있는 겁니다. 세상을 살아가면서 저 사람은 행복한 것 같은 데, 나는 아니라고 생각합니다. 바로 내가 아니면 안 된다는 생각을 가지는 게 인간의 마음입니다.

사람이 행복을 누리려면 다섯 가지 복이 갖춰져야 합니다. 하지만 채워도, 채워도 채워지지 않는 게 바로 물질이고 권력이며 명예입니다. 하지만 마음을 바꿔 버리면 행복은 보입니다. 이렇듯이 마음을 바꾸는 게 '행복의 조건'이라는 말입니다. 물질 만능주의 사회에서 살다보니까 경제가 어렵다, 어렵다 하는데 나는 칠십 평생을 살면서 보릿고개도 겪고 해서 때로는 과분하다는 생각을 합니다. 물론 여러분은 그렇지 않을 겁니다. '이만 하면 됐다'라는 생각을 가졌을 때 행복해지는 게 바로 지족상락(知足常樂)입니다.

사람이 건강해지려면 항상 즐겁게 사는 게 중요합니다. 부족하다고 생각되면 불평불만을 가지기 마련입니다. 그래서 '능인자안(能忍自安)' 즉 참았을 때 마음이 편안해지는 겁니다. 그러므로 우리는 힘들 때마다 오히려 '이만 하면 됐어' 하는 생각을 가지고 살아가는 게 중요합니다.

정안조래만사강(正眼照來萬事康)
'바른 안목으로 세상을 보면 만사가 모두 편안하리라.'

우리는 조금 부족하고 조금 모자랄지 모르겠지만 항상 감사하게 생각하며 세상을 살아야 합니다. 능동적이고 바른 안목으로 세상을 바라보고 편안한 마음으로 살아야만 마음이 편안해집니다. 또한 비록, 아주 조그마한 것일지라도 감사한 마음을 가지고 세상을 살아가는 게 중요합니다.

말하자면, 오늘 내게 맛있는 과일하나가 나한테 주어졌다면 "아이구 이런 맛있는 과일이 나한테 왔어!" 하는 감사한 마음을 갖는 것이 더 중요하다는 말입니다. 우리는 이렇게 스스로 자꾸 최면을 걸어야만 합니다.

요즘 목숨을 끊는 사람이 많습니다. 이 많은 살생 중에 가장 큰 살생은 자기 목숨을 끊는 겁니다. 비록 오늘 내가 힘들다 하더라도 우리가 받고 있는 업이라고 생각하고 고통도 그냥 참고 이겨내는 게 중요하다는 말입니다. 사실, 이 세상에 견디지 못할 고통은 없습니다. 그런데 이러한 것을 이기지 못하고 그냥 쉽게 세상을 버리고 마니 그저 안타까울 지경입니다. 더욱이 우리나라가 OPEC 국가 중에 자살률 1위라고 합니다. 이 모든 게 생명을 경시하는 풍토 때문입니다.

불교에서는 자살을 하는 사람은 지옥도 가지 못합니다. 전생에 죄를 많이 지어서 이생에 큰 고통을 당하고 산다고 생각하기 싶지만 사실, 이러한 생각도 잘못 된 겁니다. 그냥 힘들더라도 참고 견디면 행복은 반드시 찾아오기 마련입니다. 그러지 못하고 자기 목숨 자기가 버리게 되면 염라대왕 명부에도 없기 때문에 허공에 떠돌아다니는 귀신이 되어 중음신이 되어 버리는 겁니다. 그마저 지옥이나 들어가면 다행입니다. 그러니까 우리는 힘들더라도 참고 인내하지 않으면 안 됩니다.

사람은 바른 안목을 가지고 세상을 바라볼 줄 알아야만 합니다. 그래야 만사가 편안해집니다. 오늘 무상사에서 이렇게 법문을 듣는 여러분들은 정말 행복한 사람들이며 또한 복 받은 분들입니다. 여러분들은 그냥 뭐 여기 서울에 사는 인연, 그리고 불교를 만났다는 인연으로 이렇게 왔다는 단순한 생각을 가질 수 있지만 자신이 얼마나 복이 많은 사람인가를 알아야 합니다.

《열반경》에는 네 가지 얻기 어려운 것이 있다고 했습니다.

첫째가 사람 몸 받기가 어렵고, 청정한 육근(六根)을 가지고 태어나기 어렵다고 했습니다. 육근이란 눈, 귀, 코, 혀, 몸, 뜻의 여섯 가지 근원입니다. 둘째 문명국에 태어나기 어렵다는 것입니다. 우리 대한민국은 선진국 대열에 있고 사계절이 뚜렷한 문명국입니다. 셋째, 바른 법을 가진 스승을 만나기가 어렵다 입니다. 즉 불법을 만나기 어렵다는 말입니다. 넷째, 부처가 되기 어렵다 입니다. 그런데 부처가 되려면 어떻게 해야 된다고 말했습니까? 부처가 되려면 부처님의 몫도 아니고 스님의 몫도 아니라 오직 여러분들의 몫입니다.

그럼, 부처가 되기 위해서는 어떻게 해야 할까요? 도분심(道憤心)과 복분심(福墳心)을 가져야 합니다. 스님들이 도를 이루기 위해서는 열심히 정진을 해야 하지만 재가불자들은 복을 열심히 지어야 합니다. 스님들도 공부를 하다가 안 되면 복을 안지어서 그렇다 생각을 하고 복지기관으로 가서 소임을 맡기도 하는데 모두 이 때문입니다.

이와 마찬가지로 여러분들도 '복혜쌍수(福慧雙手)'를 해야만 합니다. 그냥 기도만 하고 공부만 해서 되는 게 아니라 복 짓는 일도 게을리 해서는 안 되며 자기 자신의 마음을 닦는 일도 게을리 하지 않아야 합니다. 이러기 위해서는 오늘 하루 내가 어떤 일을 하고 있는가를 잘 살펴야 합니다. 이것은 자기수양에도 매우 중요합니다. 하루하루 가치 있는 삶을 사는 게 중요하다는 말입니다.

불교에서는 화두란 게 있습니다. 공안이라고도 하는데 무려 1,700개나 된다고 합니다. 여러분들도 알고 있을 겁니다.

중국의 조주 스님께서 하신 대표적인 화두가 있는데 "부처님께서는 일찍이 모든 생명체는 불성(佛性)을 가지고 있다"고 하셨습니다. 그런데 조주 스님은 수행자가 "개에게도 불성이 있습니까?" 하고 묻자 "없다" 즉 '무(無)'라고 했던 겁니다. 수행자는 조주 스님이 왜 "무"라고 했을까? 하는 그것을 의심하고 의심해서 화두를 타파하여 마침내 성불을 하였다고 합니다. 물론 제 생각에는 이런 화두도 중요하지만 지금 우리에게 가장 중요한 것은 '시간적인 개념에서 딱 떠나 있어라' 는 겁니다. 바로 과거 미래보다 오늘 현재 지금이라는 겁니다. 여기에서 지금이란 공간적인 개념을 떠나 버린 상태를 말합니다.

오늘 여기가 무상사 법당이지만 조금 있다가 일어나면 집입니다. 하지만 지금 여기 내가 하고 있는 일이 어떤 일인지를 잘 살펴야 합니다. 즉, 지금 내가 하고 있는 일이 정말 도분심에 가까운 일이고 복 짓는 일이고 업을 짓는 일인가를 잘 살펴보라는 말씀입니다.

우리는 자신이 하고 있는 일에 최선을 다하는 것이 가장 아름다운 삶입니다. 이와 마찬가지로 마음속에 일어나는 번뇌망상인 신구의(身口意) 삼업(三業)이 청정치 못하면 우리의 몸을 이루는 육근도 청정하지 못합니다.

이 모든 것은 마음으로부터 오기 때문입니다. 부처님이 팔만사천경이나 되는 방대한 경전을 설하신 것도 오직 마음 심(心)자 하나를 밝히기 위한 방법론을 제시한 것에 지나지 않습니다. 이 마음으로부터 오는 게 욕심과 성냄, 어리석음 즉, 탐진치(貪嗔癡) 삼독(三毒)입니다.

우리는 탐심을 버리고 보살의 마음으로 돌아가 중생의 삶을 살 것인가? 보살의 마음으로 살 것인가? 이를 생각하는 게 가장 중요합니다. 중생은 평생 업보를 안고 살아가야 합니다. 보살의 마음은 바로 원력(願力)의 마음을 가지고 사는 겁니다. 따라서 우리가 어떤 원을 세우고 어떻게 사는가는 매우 중요합니다. 탐심을 바꿔서 이를 원력심으로 바꾸는 게 중요하다는 말씀입니다.

만일 탐심이 일어나면 원력을 세워야 하고, 진심이 일어나면 자비심으로 바꾸고 어리석은 마음이 일어나면 지혜심으로 바꾸어 참다운 불자가 되어야 합니다. 만약, 이렇게 할 수만 있다면 여러분들은 날마다 좋은 날이 될 것이고 더 건강하고 많은 복을 받게 될 겁니다. 이것으로 오늘 법문을 마치겠습니다.

도영 스님

1961년 | 월주 스님 은사로 득도(得度).
　　　　금오 스님을 계사로 사미계수지.
1970년 | 금산사 승가 대학 졸업.
1973년 | 동국대학교 석사 과정 수료.
대한불교 조계종 교무 부장과 조계종 호계 재심위원역임.
제5대 대한불교 조계종 포교원장 역임.
완주 송광사 주지.

지원
스님

신구의 身口意를 잘 다스려라

신구의身口意를 잘 다스려라

불자 여러분 이렇게 만나 뵙게 되어 대단히 반갑습니다. 오늘 법문의 주제는 '우리도 부처님 같이'라는 찬불가의 내용 속에 담긴 부처님 말씀입니다. 법문에 앞서 '우리도 부처님 같이'라는 찬불가를 〈삼보 중창단〉으로 부터 듣고 가사에 담긴 뜻을 말씀드릴까 합니다.

어둠은 한순간 그대로가 빛이라네.
바른 생각 바른말 바른 행동이
무명을 거두고 우주를 밝히는
이제는 가슴 깊이 깨달을 수 있다네
정진하세 정진하세 물러남이 없는 정진

우리도 부처님 같이 우리도 부처님 같이

원망은 한순간 모든 것이 은혜라네

지족하는 마음 감사하는 마음이

나누는 기쁨을 맛볼 수 있는

이제는 여실히 깨달을 수 있다네

정진하세 정진하세 물러남이 없는 정진

우리도 부처님 같이 우리도 부처님 같이

— 우리도 부처님같이〈삼보중창단〉

스님들의 법문시간에 이렇게 찬불가를 듣는 것도 아마 처음일 겁니다. 나는 노래를 잘 부를 줄 모르지만 출가(出家) 전이나 출가 후에도 노래 듣는 것은 참 좋아 했습니다.

1970년대 초반, 세계를 주름 잡았던 엘비스 프레슬리가 불렀던 'Love me tender'라는 노래를 참 좋아했던 기억이 납니다. 그 덕분인지 틈틈이 글을 써서 조선일보 신춘문예를 통해 문단에도 등단 했습니다 아마 어릴 적 부터 내겐 음악에 대한 조예나 글 쓰는 재주가 있었던 가 봅니다.

나는 평소에 어떻게 하면 부처님의 말씀을 불자들에게 쉽게 전달할 수 있을까? 하고 많은 고민을 했습니다. 그것은 바로 찬불가를 불자들에게 들려주는 것이었습니다.

부처님 말씀이 들어 있는 경전은 어려워 이해하기 쉽지 않지만, 찬불가는 바로 암기할 수 있고 이해하기도 쉬워 불자들에게 포교용으로 매우 적합하다는 생각이 들었기 때문입니다.

그래서 1980년도에 나는 조그마한 법당을 마련하고 나서 제일 먼저 조직한 게 〈삼보합창단〉이었습니다. 이후 규모가 큰 법당으로 이전하면서 단원이 무려 일백 명으로 늘어났습니다. 그 후 〈삼보합창단〉은 3년 동안 '한라에서 백두까지'라는 타이틀을 가지고 전국방방곡곡을 다니며 수많은 연주회를 열었는데 이 때문에 불교계에서 많은 찬사를 받았습니다. 이처럼 찬불가는 비록, 삼분 간에 지나지 않는 짧은 시간이지만 사람들에게 많은 감동을 던져 줍니다.

이후부터 나는 법문을 할 때마다 전국 어디든지 합창단을 대동해서 찬불가를 먼저 하기로 생각했습니다. 가사 속에는 부처님의 전언(傳言)이 들어 있기 때문에 그 의미는 남다를 것이며, 또한 딱딱한 부처님의 말씀을 전하기도 전에 우선, 마음을 울리는 찬불가 한곡을 들려주면 불자님들의 마음도 훈훈해지기 때문입니다. 따라서 오늘 무상사 일요초청 법문이 그 시발점이 되리라 봅니다.

오늘 부른 찬불가의 내용에 보면 '어둠은 한순간 그대로가 빛이라네.'라는 구절이 있습니다. 어둠이란 건 힘들고, 어렵고, 괴로운 모든 상징적인 존재를 말하는데 어둠도 한순간 딱 바꿔 생각하면, 오히려 그대로 빛이 된다는 뜻입니다.

이 가사의 내용 중에서 가장 중요한 건 일념(一念)입니다. 사람에게 있어서 일념(한 생각)은 매우 중요합니다. 한자로 보면 념(念)은 이제 금(今)

에 마음 심(心)자로 이루어진 단어로서 '지금 이 마음'을 뜻하는 겁니다. 사람에게 있어 이 생각하나가 일생일대(一生一代)를 좌지우지하기 때문에 일념을 가진 이는 자신의 미래를 바꿀 힘을 가지고 있습니다.

비록, 지금 이 순간 괴로움과 어려움에 처해 있더라도 한 생각을 바꾸어 자신의 마음을 잘 다스린다면 쉽게 극복할 수 있다는 말씀입니다. 또한 그런 고난과 아픔조차 한 생각 돌이켜 놓아버린다면 우리는 보다 더 나은 미래로 향할 수 있을 겁니다. 그럼, 우리에게 있어 어둠이란 무엇을 뜻하는 것일까요? 그리고 우리의 정신을 힘들게 하는 이유는 무엇일까요?

이는 탐(貪)진(嗔)치(癡) 삼독(三毒) 때문입니다. 부처님은 "삼독을 여의게 되면, 인간의 마음은 그지없이 편안해지고 마침내 깨달음에 이르게 된다."고 말씀하셨습니다. 사실 부처가 되는 길은 힘들지 않습니다. 삼독을 버리는 한 순간부터 우리는 성불을 할 수가 있기 때문입니다. 이와 같이 깨달음이란 서서히 오는 게 아니라 한순간에 옵니다. 불자들은 이 자리에서 이것을 인식하기보다는 바로 체득(體得)해야 합니다. 즉 몸으로 느껴 깨달아야 한다는 말씀입니다. 만약, 이 삼독을 여의게 되면 여러분들은 그길로 부처가 될 수 있습니다.

사실, 불교에서 부처가 되는 길은 어려운 일이 아닙니다. 깨달음은 서서히 오는 게 아니라 한순간 오는 겁니다. 이러한 삼독을 버리는 한 순간부터 우리는 곧 깨달음을 체득하게 되기 때문에 이것을 한순간 놓아 버리게 되면 당신은 부처가 될 수 있다는 말입니다.

그러면 불가에서 그토록 '놓아버려라'는 탐 · 진 · 치는 무엇을 일컫는 것일까요?

첫째 탐(貪)은 바로 인간의 욕심을 말하는 겁니다. 내 마음이 욕심에게 점령당해 버리게 되면 그 순간부터 악(惡)의 세계로 들어서게 됩니다. 여기에서 악의 세계란 곧 어둠을 말합니다. 때론 우리는 이러한 악의 세계에 하루에도 수십 번 씩 왔다 갔다 합니다. 이것이 인간의 마음이기도 합니다. 하지만 한순간 욕심을 버리게 되면 그지없이 마음이 편안해 집니다.

본래부터 인간은 본능적으로 한 가지를 가지게 되면 또 한 가지를 더 가지려는 어리석은 중생심(衆生心)을 가지고 있습니다. 말하자면 누구나가 다 둘을 취하면 셋을 취하고 싶고, 나아가 더 많은 것을 취하려는 어리석은 욕망들을 가지고 있습니다.

우리 속담에 '천석 군이 되면 만석 군이 되고 싶고, 또 아흔 아홉 개를 가지면 일백 개를 채우기 위해 다른 한 개를 빼앗는다'고 했습니다.

이와 같이 사람의 마음은 본래부터 욕심으로 가득 차 있어 남이 잘해주면 더 잘 안 해주나 하는 나쁜 습관을 가지고 있습니다. 인간의 마음은 이렇게 교활하고 사악하기도 합니다. 심지어 상대방이 아무리 친절하게 해주어도 스스로 만족할 줄 모릅니다. 이렇게 인간의 욕심은 채워도 채워지지 않는 밑 빠진 독과 같습니다.

이런 사람은 어떤 일을 해도 스스로에게 만족하지 못해 결국에는 불행으로 치닫게 됩니다. 또한 만족을 모르는 사람은 항상 화로 가득 차 있기 때문에 건강이 좋지 않을 수도 있습니다. 또한 항상 마음이 불쾌감으로 가득 차 있기 때문에 몸이 평온을 유지 하지 못하고 편안하지 못합니다. 가난하다고 해서 반드시 불행한 건 아닙니다. 모든 건 마음에 달려있는 문제입니다.

고대부터 인간은 자신들의 욕망을 채우기 위해 수많은 전쟁을 치루면서 피를 흘려 왔습니다. 과거 우리나라가 치른 전쟁만 해도 천 여 차례나 된다고 하니 인간의 역사는 과히 '피의 역사 전쟁의 역사'라고 할 수 있습니다. 이 모든 게 욕심으로 인해 빚어진 겁니다. 이와 같이 인간을 악의 세계로 이끄는 원인이 되는 게 바로 탐욕입니다.

요즘 세상은 그야말로 요지경입니다. 우리나라의 장, 차관이 직불금을 잘못 수령해 겨우 60여 만 원 때문에 장관에서 쫓겨나지를 않나, 심지어 중국에서는 돈 몇 푼 더 벌기 위해 아기들이 먹는 우유에다 멜라닌을 집어넣지를 않나 인간으로서는 참으로 용서할 수 없는 짓입니다.

얼마 전까지만 해도 소의 몸무게를 더 늘리기 위해 살아 있는 소에게 물을 잔뜩 먹이는 일도 있었습니다. 이 모든 게 인간의 욕심이 빚어내는 촌극이며 죄악(罪惡)입니다. 거기다가 우리가 먹는 생선을 좀 더 신선하게 보이게 하기 위해 고기껍질에다가 화학약품을 바르지를 않나 좌우지간 요지경 속에 우리는 살고 있는 겁니다. 이 뿐만이 아닙니다. 심지어 한 나라의 수장인 대통령이 자신이 믿는 종교세를 과시하기 위해 종교 편향을 보이지 않나 참으로 게걸스러울 정도로 인간의 탐욕은 끝도 없습니다.

그러면 우리는 이러한 탐욕과 악의 마음을 어떻게 다스려야 할까요? 부처님께서는 악의 마음을 멀리하고, 남에게 베풀고 보시하는 마음으로 바꿔보라고 하셨습니다. 만약, 이 마음을 가지고 있으면 자연스럽게 내안의 어둠과 악도 사라지게 될 겁니다.

우리는 부처님이 말씀하신 베풀고 사랑하는 법을 단 한 번도 배우지를 못했습니다. 오늘 여기 무상사에 오신 분들은 제외하고 말입니다 하하.

우리나라 교육체계도 마찬가지입니다. 아이들은 '너'와 '나'라는 이분법적인 사고만을 지니고 있어 '나는 너를 이겨야한다'는 게 전부입니다. 부모들은 아이들의 인성교육에는 관심이 없고 오직 1등만을 요구하고 있으며, 아이들을 공부잘하는 투사로만 무장시켜 갑니다. 이런 아이들이 커서 장래에 어떤 사람이 되겠습니까? 이젠 생각을 바꾸지 않으면 안 됩니다.

오늘날 어른들이 아이들에게 가르치는 것은 겨우 몇 가지 뿐입니다. 예를 들면 인사를 잘하거나, 심부름을 잘하거나, 공부를 잘하거나 하면 칭찬을 하는 이런 조건적인 사랑만을 심어왔던 겁니다. 남에게 인정을 받기 위한 행위만을 잘한다는 뜻입니다. 이런 아이들은 진정한 사랑의 실체를 알지 못하기 때문에 그저 부모나 선생님들에게 인정받기 위해 공부만 하는 인간으로 성장하기 쉽습니다. 이런 아이들은 자율성을 이미 상실한 아이입니다.

오늘 날 사회는 정보화시대입니다. 그런데 의식구조는 그저 일차 방정식 속에서만 머물러 있고 인간적인 사고는 이미 굳어져 있습니다. 오늘날의 사회는 다변적이고 상호의존 시대입니다. 혼자만 잘해서는 결코 살 수 없는 시대라는 말입니다.

사람은 원래부터 서로 의지하며 살아야 합니다. 그래서 사람을 두고 관계 속에 사는 뜻인 인간(人間)이라 부르는 겁니다. 그런데 남을 존중하고 위하는 마음은 온데간데 없고 오직 자신만이 잘 살아야 한다는 욕심만을 가지고 있기 때문에 지금 이 세상은 인간성 부재 현상으로 바뀌어 지고 있는 실정입니다. 예사로 남을 죽이고, 짓밟고 하는 것도 인성교육의 부재 탓이라 할 수 있습니다. 사람으로서 살아가는 인성교육을 어릴 적부터 제대로 배우지 못했기 때문이라 할 수 있습니다.

그러면 진정한 교육은 무엇일까요? 또한 남에게 진정으로 인정받는 사랑은 또한 무엇일까요? 바로 조건 없이 남에게 베푸는 사랑입니다. 이것이 부처님께서 말씀하신 조건 없는 사랑입니다. 《금강경》에 '무주상보시(無住相布施)'라는 말이 나옵니다. 이는 자신의 공덕을 바라고 남에게 주는 것이 아닌, 아무 이유도 없이 남에게 베푸는 걸 말합니다. 부처님은 보시 중에서도 '무주상보시'가 최상의 공덕을 얻는다고 하셨습니다. 하지만 요즘 사람들은 조그만 한 것에도 그저 생색내고 줍니다. 그러다보니 주는 자신도 괴롭고 받는 사람도 괴롭습니다.

우리 불자들은 조건 없는 사랑을 베풀어야 합니다. 어머니가 아이에게 젖을 먹이듯이 조건 없는 사랑의 실천이 불교의 이념이라 할 수 있습니다. 하지만 오늘날 우리들은 너무 조건에 매인 사랑을 하고 있습니다. '네가 주면 나도 준다'는 식의 삶은 참으로 피곤한 삶일 수밖에 없습니다. 보시란 그런 게 아닙니다.

불교에서 조건 없는 사랑을 가르치는 대표적인 부처님이 지장보살님과 관세음 보살님입니다. 이 분들이 가르치는 말이 무엇이냐 하면 'I can't stop loving you 나는 너희들에게 사랑을 멈추지 않겠다.'입니다. 이와 같이 사랑하는 법을 불자들은 부처님 말씀 가운데에서 배워야 합니다. 그렇게 된다면 자신이 가지고 있던 모든 어둠은 한순간 그대로 빛이 될 것입니다.

두 번째 진(瞋)은 '성냄'입니다. 이 또한 중생들이 가지고 있는 어둠입니다. 이 성내는 마음이 자신을 점령했을 때 바로 지옥세계가 나타납니다. 이것은 따로 있는 게 아닙니다.

성냄이란 성질내고, 미워하고, 시기하고, 질투하는 모든 걸 가리키는데 인간의 마음속에는 늘 활활 불타고 있습니다. 그래서 불교에서는 성냄을 두고 화탕지옥(化湯地獄)이라고 합니다만 불자들은 이런 화탕지옥 속으로 절대 빠져서는 안 됩니다. 화탕지옥은 멀리 있는 게 아니라 우리 가까이에 늘 있습니다. 성질내고, 미워하고 시기하고 질투하는 그런 원망 속에 쌓였을 때, 바로 나 자신이 화탕지옥 속에 빠져들게 되는 겁니다.

부처님은 일찍이 인간의 번뇌 중에서 가장 무서운 건 진에(瞋恚)라고 하셨습니다. 불교에서는 말하는 십악(十惡)중의 하나로써 자기 뜻이 어그러지면 화내는 것을 말합니다. 세상에서 이 보다 더 무서운 건 사실 없습니다. 진에는 인생을 파괴하고 세상의 온갖 것을 파괴하는 근본이 됩니다.

사실, 경제가 어렵다, 어렵다 하지만 우리들에게 더 무서운 건 이 진에입니다. 누구나가 마음속에는 조금씩의 불쾌감은 다 가지고 있습니다. 하지만 이러한 것이 조금씩 쌓이게 되면 결국 성냄으로 가게 됩니다. 사람이 화를 내게 되면 자제력을 잃게 되고, 급기야 분별력을 잃게 되어 자신도 모르게 범죄를 저지르게 되어 어둠의 세계로 빠지게 되는 겁니다. 이 것이 바로 지옥세계입니다. 결국 지옥세계란 어디에 있는 게 아니라 바로 자기 자신이 이 지옥세계를 만든 거라고 볼 수 있습니다.

부처님을 믿지 않기 때문에 지옥에 가고 타종교에서 말하는 신을 믿지 않기 때문에 지옥으로 간다는 것 등은 어불성설에 지나지 않습니다. 바로 내 마음이 지옥세계를 만듭니다. 이것이 바로 중생심을 가진 우리들의 생활 현상입니다.

세 번째 어둠을 만든 건 치(痴)인데 바로 어리석음입니다. 불가에서는 이를 두고 축생세계(畜生世界)라고 합니다. 짐승들은 눈앞의 먹을 것만 찾아 헤매는 존재입니다. 즉, 앞뒤를 생각하지 않는 어리석은 사람을 두고 곧잘 우리는 '소, 돼지'에 비유를 합니다.

우리 인간의 지혜는 수행을 하게 되면 4~5차원 세계까지 볼 수 있지만 보통 사람들은 3차원의 세계까지만 볼 수 있습니다. 하지만 요즘 사람들의 수행수준이 겨우 1차원 정도밖에 되지 않을 정도로 어리석다는 생각이 듭니다. 얼마나 어리석은 정도인가 하면 나방이 화려한 불빛을 쫓아 자신이 타 죽을 줄을 모르고 덤벼드는 것과 같을 정도로 요즘 사람들은 어리석음의 극치를 달립니다.

사람에게는 오욕락(五慾樂)이 있습니다. 오욕락이라고 해서 다 나쁜 건 아닙니다. 인간의 오욕락은 재욕(財欲), 성욕(性欲), 음식욕(飮食欲), 명예욕(名譽欲), 수면욕(睡眠欲)의 즐거움을 말하는데 이를 적절하게 사용해야 하는데 여기에 너무 집착을 하여 자기 죽을 줄도 모르고 탐하기 때문에 문제라는 겁니다. 그래서 인간은 어둠속에 갇혀 캄캄하게 살고 있는 겁니다.

우리는 세상을 살면서 참으로 많은 후회를 반복하며 삽니다. 돌아서면, 후회하는 생을 우리는 또 얼마나 살아야 합니까? 이러한 삶속에서 우리는 빨리 벗어나지 않으면 안 됩니다.

부처님께서는 이를 벗어나기 위해서는 어리석음을 지혜로 바꾸어야 한다고 하셨습니다. 그래야만 '염염보리심 처처안락국 (念念普堤心 處處安樂國)'이 됩니다. 즉 생각이 지혜로우면 어느 곳이든지 안락한 극락국토가 된다는 뜻입니다. 즉 어리석음을 지혜로 한 순간 바꾸게 되면 어둠이 바로 빛이 된다는 말씀입니다.

찬불가의 두 번째 구절에 대해 말씀 드리겠습니다.

'바른 생각 바른말 바른 행동이
무명을 거두고 우주를 밝히는'

여기에서 '바른 생각, 바른 말, 바른 행동'은 신구의(身口意) 삼업(三業)을 뜻하는데 이를 청정하게 하라는 뜻입니다. 사람이 몸과 입, 생각을 잘 다스리게 되면 너와 나 모두가 부처님이 될 수 있다는 말씀입니다.

우리의 몸은 어떻습니까? 그저 눈만 뜨면 살생을 합니다. 생명을 죽이는 것만 살생이 아니라 또한 남을 속이고 기만하고 마음의 상처를 주는 것도 살생이라 할 수 있습니다. 또한 몸으로 도둑질을 일삼는 것도 살생인데 남의 물건을 훔치는 건만 도둑질이 아닙니다. 어떻게 하면 땀 흘려 일하지 않고 편안하게 살까? 하는 생각을 가지는 것도 도둑질입니다. 부지런하고 근면한 사람은 남의 물건을 탐하지 않습니다.

오늘날 세계경제와 우리나라의 경제가 어려워 진 근본적인 이유도, 바로 땀 흘려 일해 돈을 벌려고 한 게 아니라 그저 숫자 놀음에 불과한 금융의 붕괴 때문에 오는 현상입니다. 말하자면 일을 해서 돈을 번 게 아니라 돈이 돈을 버는 구조 때문에 일어난 겁니다.

옛날 우리 조상들은 '땀 흘려 노력하지 않고 얻으려는 사람은 불한당'이라고 하셨습니다. 우리 조상들은 욕을 해도 아주 문자를 써가면서 욕을 했습니다. '저 불한당 같은 놈, 환장 할 놈, 땀 흘리지 않는 놈'이라고 말입니다. 환장한다는 말은 '간이 홀라당 뒤집어졌다'는 말입니다.

그래서 옛사람들은 근면성실을 가장 귀중하게 여겼던 겁니다. 노력은 쥐꼬리만큼 하고 얻으려는 건 엄청 큰 것은 바로 '도둑놈 심보'가 아니고 무엇이겠습니까? 우리에게 주어진 인생이라는 시간은 결코 길지 않습니다. 그런데 노력하지 않고 쓸데없이 시간을 낭비하는 건 어리석은 짓입니다.

그러므로 우리의 마음을 살생에서 방생으로 바꾸고, 도둑질을 근면 성실한 마음으로 바꾸어야만 합니다. 이런 마음은 어디서 빌려오거나 가지고 오는 게 아니라. 바로 내 내면(內面)의 세계에서 모든 게 이루어진다는 걸 알아야 합니다. 그것도 찰나에 말입니다.

오늘 이 자리에서 여러분들은 이러한 법을 몸소 체득해야 합니다. 아까도 말씀드렸지만 체득이란 몸으로 느껴 깨닫는 걸 말합니다. 깨달음이란 이와 같이 서서히 오는 게 아니라 찰나에 오는 겁니다. 천년, 만년 깊은 동굴도 순간에 밝아지는 것이지 서서히 밝아 오는 게 아니라는 말씀입니다. 어떻습니까? 여러분들은 저의 말에 공감하세요. 박수를 치세요.

두 번째 바른 말은 삼업 중 구업(口業)를 가리킵니다. 입을 조심하라는 말인데 팔정도(八正道)의 하나이기도 합니다. 팔정도란 중생이 고통의 원인인 탐(貪)·진(瞋)·치(癡)를 없애고 해탈(解脫)하여 깨달음의 경지인 열반의 세계로 나아가기 위해서 실천 수행해야 하는 여덟 가지 길 또는 방법을 가리키는데 그 속의 정은 바른 말을 뜻합니다. 거짓말을 하지 아니하고, 남을 속이지 아니하고, 이간질 하지 아니하고, 악담(惡談)을 하지 아니하는 걸 말합니다. 이것을 두고 정(正)이라고 하는 겁니다. 거짓말 대신에 바른 진실을 이야기 하고, 남을 속이는 말 대신에 참된 말만하고 이간질하는 말 대신 화합의 말을 해야 합니다. 또 악담 대신에 희망과 긍정의 말을 해야 합니다.

그런데 우리들은 어떻습니까? 입만 열면 남을 속이려 하고 이간질하고 악담을 해댑니다. 과연 그런 사람이 복을 받을 수가 있겠습니까? 우리 조상님들은 말을 두고 말씨라고 했습니다. 즉 '말이 씨가 된다.'는 뜻인데 말에 대한 중요성을 의미하는 것이기도 합니다. 그래서 불가에서는 말을 진언(眞言)이라 했던 겁니다. 말은 나를 바꾸고 생활환경을 바꾸게 합니다.

《금강경》에 보면 '선재 선재'라는 말이 있는데 이건 '착하다 착하다'라는 말인 동시에 '참 잘했다'라는 칭찬의 뜻입니다. 이 낱말은 부처님 경전 중 가장 많이 나오는 낱말입니다.

그런데 오늘날 우리들은 어떻습니까? 남을 칭찬하는데 인색합니다. 칭찬은 남의 기를 살려주고 또한 도와주는 행위입니다. 그런데 사람들은 칭찬은커녕 남의 기를 팍팍 꺾는 말들을 대놓고 예사로 하고 있습니다. 그러니 어떻게 생활이 달라질 수가 있겠습니까?

사람이 말하는 품새를 보면 대충 그 사람이 어떤 사람인가 하는 기준이 서기 마련입니다. 심지어 그 사람의 미래를 예측할 수도 있습니다. 이와 같이 말이란 무섭습니다. 때문에 부처님은 항상 '선재 선재 착하다, 착하다'고 했던 겁니다. 오죽하면《천수경》에 보면 입, 몸, 마음을 깨끗이 하는 '정삼업진언(正三業眞言)'을 이야기 했겠습니까? 그리고 입을 조심하라는 뜻에서 '정구업진언(正口業眞言)'이 있습니다. 이는 '죄를 지은 입을 깨끗이하여 경전을 읽어라'입니다. 또 수리수리 마하수리 수수리 사바하'라는 말속에는 '깨끗이 한다.'라는 뜻이 포함되어 있습니다. 오늘부터 여러분들도 아침, 저녁 하루 두 번 만이라도 가장 가까이에 있는 사람부터 칭찬하는 습관을 가져야 합니다. 그렇게 되면 하루 하루가 즐겁게 될 겁니다.

부처님께서도 항상 제자들에게 '어의운아오(語意韻我吾)'라고 하셨습니다. 즉, '너의 뜻은 어떠한가.' 혹은 '너의 생각은 어떠한가.'라는 말입니다. 항상 어떤 일을 할 때도 '상대방을 존중하여 정중하게 물어라'는 뜻입니다. 가뭄에 대지를 적시는 단비와 같은 말씀입니다.

사람은 모두 남에게 인정받기를 원합니다. 부처님이 '어의운아오'를 강조했던 것도 이 때문입니다. 우리는 세상을 살아가면서 먼저 상대방을 존중하는 마음을 지녀야 합니다.

부처님은 경전에서 제자들에게 "너의 뜻과 생각은 어떠한가."라고 물으면 제자들인 아(我)는 "네 그렇습니다."라고 대답하는 구절이 많이 나옵니다. 참으로 유순하고 정직한 마음입니다. 여러분들이 만약, 이런 마음을 가지고 자식들을 가르치게 된다면 자식들은 틀림없이 미래에 훌륭한 사람이 될 것입니다.

부처님은 항상 "고맙습니다. 감사합니다."라는 말을 강조하셨습니다. 사람이 이런 마음을 가지고 세상을 산다면 자연히 몸도 건강하게 됩니다. 고맙고 감사하다는 사람에게 어떻게 화를 내고 성질을 부릴 수 있겠습니까? 화를 참으면 자연히 몸도 마음도 건강해지는 법입니다.

또한 자신으로 인해 어떤 일이 발생하면 항상 "내가 잘못했어요."라는 사과를 할 줄 알아야 합니다. 그런데 요즘 사람들은 자신이 잘못을 저지르고도 잘못했다는 반성을 하지 않습니다. 오히려 빡빡 우깁니다. 자신이 "잘못했으면 잘못했다"는 말을 하고 앞으로 "잘 하겠습니다"라는 이 한마디 말만 하면 되는데 오히려 거짓말을 하고 남을 속입니다. 이것이 불화의 원인이 되고 급기야 사람과 사람을 이어주는 화합과 평화를 끊게 합니다. 우리들은 부처님 경전에 담긴 뜻을 이해하고 실천을 해야만 참 깨달음을 얻을 수가 있는 겁니다.

이러한 어휘는 상대방에게 친근감을 주기도 하지만 신뢰감을 던져 줌니다. 또한 제자들은 항상 부처님께 "제가 하겠습니다."하고 말합니다. 이 또한 부처님에 대한 존경의 표시이며 스승과 제자가 서로 신뢰한다는 표시입니다. 부처님은 '사랑이란 봉사하는 마음에서 온다.'고 말씀하셨습니다.

이와 같이 사랑이란 그저 오는 게 아닙니다. 부처님을 믿고 따른다고 해서 오는 것도 아닙니다. 바로 "제가 하겠습니다."라는 봉사의 정신, 사랑의 마음에서 나옵니다. 바른 언어 습관을 가지게 되면 사람의 생활환경도 많이 달라집니다. 가난한 사람은 부자가 되고, 불행한 이는 행복의 세계로 가게 되는 겁니다. 근데 요즘 사람들은 끝없이 재물만 쌓으려고 욕심만 앞서니 자연히 입은 어떻게 되겠습니까? 몸은 부자인데 입은 가난한 말만 쓰고 있으니 자연히 몸은 나빠지고, 복조차 받을 수 없습니다. 때문에 좋은 생각은 좋은 행동을 부르고 악한 생각은 악한 행동을 불러오는 겁니다.

세 번째는 정업(正業)인데 바른 행동을 가리킵니다. 여기서 더 고차원적인 얘기를 전할 수 있지만 실생활에 응용된 부처님 말씀을 들려주어야만 우리 불자들이 쉽게 이해할 수 있다는 생각이 들기 때문에 보편적으로 이야기를 전달하겠습니다.

이 사회에서 사람이 성공을 하려면 '매너와 에티켓'이 있어야 합니다. 오늘날 현대인들의 가장 큰 경쟁력은 바로 멋있는 '매너와 에티켓'입니다. 이것을 가져야만 사람은 성공할 수 있고 부자가 될 수 있습니다.

한번은 미국의 유명한 콜롬비아 대학에서 세계 100대 CEO들을 모아 놓고 "당신이 이 자리에 오기까지 가장 큰 덕은 무엇입니까?" 라고 물었던 적이 있었습니다. 그 중 95%가 바로 '매너와 에티켓' 이었다고 합니다.

이 세상의 모든 사람들은 자신에게 집중되기를 원하며 남으로부터 존중받기를 원합니다. 그러기 위해서는 '매너와 에티켓'을 가지고 있어야 하는데 이런 쉬운 이치를 알고서도 쉽게 행하지를 못합니다. 오늘 부터라도 우리 불자들은 이를 체득하고 깨달아야 합니다.

그럼, '매너와 에티켓' 이란 무엇일까요? 바로 감사하는 마음, 인사하는 마음입니다. 사람에게 다가갈때는 우선 자신의 마음의 문을 열어야 합니다. 그러면 분명 그 사람의 마음을 붙잡게 될 겁니다. 이것이 성공한 사람들의 습관입니다.

그래야만 상대방과 더불어 공감대가 형성될 수가 있습니다. 이런 공감대가 없다면 우리는 아무것도 이룰 수 없습니다. 그러므로 우리 불자들도 항상 남에게 감사하는 마음을 기본적으로 가지고 있어야 합니다. 인사를 잘하면 그 사람의 마음을 곧 얻을 수 있다는 말입니다. 이렇게 쉬운 것을 실천하지 못한다면 여러분들은 결코 성공하지 못합니다. 이제 우리 불교인들도 달라져야 하고 잘살아야 하며 무엇보다 행복하고 건강하게 살아야 합니다.

오늘 부터라도 주변 사람들에게 손을 잡고 절에 가자고 해 보세요. 이런 게 바로 부처가 되는 지름길입니다. 부처가 되는 길은 아주 쉽습니다. 성불이 어렵다고 하지만 신구의만 실천해도 바로 부처가 되고 보살이 될 수 있다는 것을 알아야 합니다.

다시 노래 가사 속으로 들어 가보겠습니다.

이제는 가슴 깊이 깨달을 수 있다네
정진하세. 정진하세. 물러남이 없는 정진
우리도 부처님 같이 우리도 부처님 같이
원망은 한순간 모든 것이 은혜라네.

에디슨은 '성공의 어머니는 99%의 노력이요, 1%가 영감'이라고 하였습니다. 에디슨은 전등 필라멘트를 발명하기까지 무려 9,999번이나 실패를 거듭했다고 합니다. 우리 같으면 어떻겠습니까? 아마 '작심삼일(作心三日)' 세 번, 네 번 시도하다가 그냥 포기할 겁니다. 하지만 에디슨은 끊임없는 좌절과 절망 앞에서도 결코 실망하지 않고 불굴의 투지로 필라멘트를 발견했던 겁니다.

그는 이렇게 인내와 노력으로 오늘날 우리에게 찬란한 빛을 주었습니다. 이와 같이 노력하는 사람에게는 부처님은 불보살의 가피를 주신다는 것을 알아야 합니다.

우리에게는 사람이 갖춰야 할 덕목이 있습니다. 그것은 바로 '조그마한 것일지라도 스스로 만족할 줄 아는 소욕지족(小慾知足)'입니다. 사람은 감사하는 마음, 나누는 기쁨을 알아야만 진리를 깨달을 수 있습니다. 이것이 오늘 여러분들이 들었던 찬불가가 지니고 있는 속뜻입니다.

1980년대에는 찬불가가 기껏 몇 곡(曲) 밖에 되지 않았지만 현재는 무려 1,500곡 정도가 됩니다. 대개 이 찬불가들의 가사들은 주옥같은 부처님 말씀들입니다. 여기에 곡을 붙인 겁니다. 그러므로 찬불가를 자주 듣는 게 바로 부처님의 말씀을 듣는 것과 같습니다.

오늘 법문의 주제를 요약하면 신구의 삼업입니다. 즉, 바른 생각, 바른 말, 바른 행동을 끊임없이 정진해가면 자신도 부처가 될 수 있다는 말씀입니다.

여러분 이 세상에서 가장 중요한 시간은 언제 일까요? 바로 지금 이 시간입니다. 그러므로 지금 이 시간에 이를 체득해야 합니다. 인식만 해서도 안 됩니다. 체득해야 곧 깨달을 수가 있기 때문입니다.

이 세상에서 가장 귀중한 사람은 바로 옆에 있는 가장 가까운 사람입니다. 아내와 남편 아이들이 곧 부처임을 자각해야 합니다. 그리고 부처는 바로 내 자신입니다. 나를 사랑해야 합니다. 자기 자신을 사랑할 줄 모르는 사람은 남을 사랑할 줄도 모릅니다.

오늘 이 무상사에서 가장 중요한 사람은 바로 옆에 있는 보살입니다. 손이라도 한 번 잡아 주세요. 이 세상을 살아가는데 스킨십은 참으로 중요합니다. 덧붙여 말씀드릴 것은 이 세상에서 가장 중요한 일은 무엇인가? 그것은 바로 '자비심과 보살심'입니다.

법성게에 보면 '중생수기득이익(衆生隨器得利益)'이라는 말이 있습니다. '중생은 자신의 그릇에 따라 이익을 받아 드린다'는 뜻인데 그릇이 작으면 아무리 많은 이익을 준다고 해도 그것을 받아 드릴 수 없습니다. 그러므로 우리 불자님들은 중생의 그릇을 버리고 더 큰 '자비심과 보살심'

을 갖추는 큰 그릇을 가져야만 합니다.

하늘에서 비가 내리면 어떤 사람은 종지만큼, 어떤 사람은 대접, 어떤 사람은 다라만큼 받습니다. 이와 같이 사람은 자신의 그릇의 크기만큼 빗물을 채웁니다. 여러분들은 부처님의 큰 그릇을 가지고 이 세상의 이익들을 듬뿍 담아 행복한 사람이 되어야 하겠습니다.

마지막으로 우리 〈삼보중창단〉의 맑고 향기로운 찬불가를 듣고 오늘의 법문을 끝내도록 하겠습니다.

맑은 마음, 깨끗한 마음 가진 성품은 마음이
마음이 연꽃 되어 청정하리라.
웃음꽃이 피고 피는 우리의 세상은
보름달처럼 예쁘고 아름다워라
마음 맑고 향기롭게 살아갑시다.
이웃을 소중하게 사랑하면은
정성스러운 인사에 즐거운 세상,
어두운 일 즐거운 일 같이 나누면
하늘의 푸르름 가슴에 벅차오르네.
세상 맑고 향기롭게 살아갑시다.

—찬불가 맑고 향기롭게 〈삼보중창단〉

1964년 | 범어사 석암화상 계사로 사미계수지.

1967년 | 범어사 불교전문 강원 대교과 수료.

1970년 | 통도사 월하화상 계사로 비구계 수지.

1976년 | 대한불교 조계종 감찰원 감찰과장, 대한불교 조계종 중앙포교사.

1979년 | 대한불교 신문사 상임 논설위원.

1980년 | 조선일보 신춘문예 시조 당선.

1982년 | 대한불교 조계종 총무원 교무국장 포교국장.

1983년 | 대한불교 조계종 중앙 상임포교사.

1991년 | 대한불교 조계종 중앙종회의원.

1991년 | 삼보사 창건.

2006년 | 육지장사 창건.

2008년 | 현재 삼보사, 육지장사 회주.

무영
스님

선禪이란 무엇인가?

선禪이란 무엇인가?

　요즘 불교인은 물론, 비불교인 사이에서도 선에 대한 관심이 높아지고 있다고 합니다. 제방의 선원이나 수행처에는 선수행(禪修行)하려는 사람들이 많이 찾아온다고 합니다. 우리 조계종에서는 전통선인 간화선 보급에 열의를 보이고 있습니다. 최근에는 웰 비잉(well being)이나 웰 다잉(well dying) 바람으로 더 고조되고 있다고 합니다.

　우리나라 뿐만 아니라 유럽이나 미주 등 선진국에서도 선에 대한 붐이 일어나고 있다고 합니다. 인도 출신의 유명한 수행자인 라즈니쉬는 '미래의 종교는 선불교가 될 것이다'고 예언한 적이 있습니다. 세계적으로 유명한 미래학자들이나 첨단을 걷는 분들의 상당수가 인류의 장래를 선불교에 기대하고 있다고 합니다.

불자든 불자가 아니든 선을 하려고 하고 선 수행에 관심을 갖는다니 본인을 위해서나 지역사회나 나아가서 인류의 장래를 위해서도 고무적인 현상이라 아니 할 수 없습니다.

선수행은 해도 되고 안 해도 되는 것이 아니라 지혜로운 사람이라면 반드시 해야 되는 것입니다.

그래서 오늘 법문은 '선이란 무엇인가?'라는 제목으로 말씀드리겠습니다.

이조 때 유명한 서산 휴정(西山休靜)대사의 말씀에 "선(禪)은 부처님의 마음이요, 교(敎)는 부처님의 가르침이다."고 하셨습니다.

선은 부처님의 마음입니다. 부처님의 마음이란 깨달은 마음을 일컫습니다. 밝고 신령(神靈)하고 무애자재(無碍自在)한 대해탈의 마음이 바로 부처님의 마음입니다. 해가 하나만 떠도 밝은데 어떤 도인은 천개의 해가 뜬 듯 하다고 했습니다. 신비하고 영묘하며, 걸림이 없이 자유자재한 대해탈의 마음이 부처님의 마음이라고 합니다. 이런 마음을 열반(涅槃)의 경지라 하고, 그 자리를 생사(生死)없는 도리라고 합니다. 생과 사, 나고 죽는 것을 마음대로 하고 자유자재하는 것을 견처라고 합니다. 흔히 선한다고 하는데, 사실은 깨치지 못하면 선이 아닙니다. 여기에 많은 참선자가 계시지만 여러분은 선을 준비하는 분이고, 선을 연습하는 사람들입니다.

교(敎)는 부처님의 가르침입니다. 부처님께서 35세에 깨달아서 80세에 돌아가실 때까지 45년간 설하신 8만 4천 법문을 말합니다. 8만 4천 법문이란 그 수를 지칭하는 것이 아니고, '무량한 법문' '방대한 법문'이라는 뜻입니다. 부처님의 법문은 한량없다고 할 정도로 방대하고 심오합니다.

부처님은 대중설법을 300여 회나 하셨다고 합니다. 기록에는 없지만 개인에게 한 소참법문까지 합치면 그 횟수가 한량이 없다고 할 수 있을 것입니다. 이 방대한 교설을 1,2,3,4차로 결집하여 그 성질과 형식을 구분하며 열둘로 나눈 것을 '12부 경전'이라 합니다.

이들 부처님의 말씀을 성언(聖言)이라 합니다. 아주 성스러운 말씀이라는 것입니다. 부처님의 말씀은 우리 인간들에게 주는 고구정령(苦口丁寧)하고 노파심절(老婆心絶)한 말씀이고, 금과옥조(金科玉條)같은 진리의 말씀입니다.

그리하여 경전은 아무리 읽어도 싫증이 나지 않습니다. 하루에도 몇 번씩 읽는 것이 경전입니다. 중국 송(宋)나라 때 영명 연수(永明延壽)스님은 《법화경》을 1만 3천 번이나 읽었다고 합니다. 어찌나 지극하게 읽었던지 지나가는 양떼들이 우두커니 서서 듣다가곤 했다는 일화가 있습니다.

석가모니 부처님께서는 그렇게 방대한 금과옥조 같은 진리의 말씀을 해놓으시고도 《열반경》에서 말씀하시길 "나는 일찍이 한 마디도 한 적이 없노라" 하셨습니다. 왜 그런 말씀을 하셨는가? 그렇게 수많은 법문을 하시고도 참으로 하고 싶은 말씀, 해야 할 말씀들을 다 못하셨다는 것입니다. 왜냐, 그것은 부처님 뿐만 아니라 그 어느 누구도 할 수 없기 때문입니다. 불교의 근본 진리는 말길이 끊어지고 생각마저도 표현 할 수 없고, 폭포수 같은 언변을 토하는 웅변가라도 할 수 없습니다.

그래서 부처님의 거룩한 가르침도 근본당처(根本當處)에서는 쓸데없는 이야기요 불필요한 잔소리일 뿐입니다.

그러니 그 자리는 입만 벙긋해도 그르치고 십만 팔 천리나 멀어진다고 합니다. 본래면목(本來面目)에서는 '부처가 오면 부처를 치고 조사가 오면 조사까지도 죽인다'고 합니다. 그 불교의 근본 진리, 근본당체라고 하는 그 자리를 바로 깨쳐서 바로 아는 방법이 선입니다.

그럼 선의 효시는 언제일까요? 선의 시작은 부처님께서 《법화경》을 설하신 영산회상(靈山會上)에서 대중에게 꽃을 들어 보이신 것입니다.

어느 날 부처님께서 영축산에서 수많은 대중을 위하여 법문을 하시고 나니 하늘에서 이를 찬탄하는 꽃비가 내렸습니다. 부처님께서는 아무 말씀도 하시지 않고 그 꽃 한 송이를 대중에게 들어 보였습니다. 그러나 대중은 아무도 그 뜻을 모르는데 상수제자(上首弟子)인 가섭(迦葉) 존자만은 빙그레 웃으셨습니다. 이에 세존께서 말씀하시기를 "나에게 정법안장(正法眼藏)과 열반묘심(涅槃妙心)이 있는데 이것을 가섭에게 부촉하노라"하셨습니다.

이것이 첫 번째 마음에서 마음을 전한 것입니다. 이것을 선의 효시라고 합니다. 이로써 가섭존자는 부처님의 법을 이은 1대 조사가 된 것입니다.

이 일화를 염화시중(拈華示衆), 염화미소(拈華微笑)라고 하며 화두로도 사용되고 있습니다. 참으로 진실한 것은 이렇게 법문하고 이렇게 전합니다.

두 번째로 마음을 전한 것은 다자탑(多子搭) 앞에서 자리의 반을 나누어 준 것입니다.

부처님께서 사위국(舍衛國) 급고독원정사(給孤獨園精舍)에 계실 때입니다. 어느 날 다자탑 앞에서 앉아서 설법을 하고 계셨습니다. 이때 가섭 존자가 두타행(頭陀行)을 하다가 돌아왔습니다. 머리는 덥수룩하게 헝클어지고, 의복은 헤지고 때가 묻어서 흡사 거지와 같았습니다. 그래서 대중은 아무도 몰라보는데 세존께서 알아보시고 앉았던 자리의 반쪽을 비켜주며 앉으라고 하셨습니다.

대중은 모두 이상하게 여겼습니다.

세존께서 말씀하시기를 "여기 나의 반자리에 앉은 비구는 마하가섭이니 그간 두타행을 하면서 도가 확충되었으므로 이와 같이 특대하노라" 하였습니다.

이것이 두 번째 법문다운 법문을 하신 것입니다.

세 번째 마음을 전한 것은 열반에 드신 사라쌍수(娑羅雙樹)에서 두 다리를 관 밖으로 내 보이신 것입니다.

이렇게 세 곳에서 부처님은 마음을 전하셨습니다. 가르침 밖에 문자를 쓰지 않고 별도로 전한 것입니다.

이것이 법문다운 법문입니다.

선(禪)이란 무엇인가?

선이란 말은 인도의 아어(雅語), 즉 성어(聖語)로써 산스크리트어의 드야나(dhyana)와 빨리어의 쟈나(jhana)에 해당됩니다. 드야나와 쟈나는 '정려(靜慮), 조용히 생각한다', '사유수(思惟修), 생각해서 닦는다'는 뜻입니다. 두 말을 합치면 '조용히 생각해서 마음을 닦는다'는 의미입니다.

그러나 선의 개념은 인도선과 중국선이 다릅니다.

중국의 선은 '조용히 생각한다', '생각해서 닦는다'는 범주를 벗어나 '직지인심(直指人心) 견성성불(見性成佛), 사람의 마음을 바로 가리켜 성품을 보아 단박에 깨쳐 부처가 된다.'는 뜻입니다.

인도의 선은 마음에서 일어나는 일체의 망상을 닦게 하고 정신을 한 곳에 집중하여 아주 고요하고 편안한 경지에 이르게 하는 걸 말합니다.

그것을 정(定)이라 합니다. 그것은 계(戒), 정(定), 혜(慧), 삼학(三學)에 있어서는 정(定)이 되고, 팔정도(八正道)에 있어서는 정정(正定)이 되며, 육바라밀(六波羅蜜)에서는 제5 선나바라밀(禪那波羅蜜)이 됩니다.

인도선은 부처님의 가르침을 받들어서 모든 행을 닦으면서 선도 닦으라고 했습니다. 삼학에서는 계행(戒行)을 닦아야 깊은 선정(禪定)에 들 수 있고, 선정에 들어야 지혜(智慧)를 밝힐 수 있다는 겁니다.

팔정도(八正道)에서는 먼저 정견(正見) 바른 견해를 갖추어야, 정사유(正思惟) 바른 생각을 할 수 있고, 정어(正語) 바른 말과, 정업(正業) 바른 행동, 정명(正命) 바른 생활을 할 수 있다는 것입니다. 그래야만 정정진(正精進) 바른 노력을 하고, 정념(正念) 바르게 전념해서, 드디어 정정(正定) 바른 정에 들 수 있다는 것입니다.

육바라밀에서도 바라밀이란 중생계인 이 언덕에서 부처의 세계인 저 언덕으로 건너가는 것을 바라밀이라 합니다.

여섯 가지 바라밀에서는 보시(布施), 지계(持戒), 인욕(忍辱), 정진(精進), 지혜(智慧)와 같이 선정(禪定)도 바라밀을 성취할 수 있는 중요한 덕목으로 삼았습니다.

그러므로 인도 불교에서는 부처님의 교의를 떠나 선이 있다고 할 수 없을 뿐만 아니라 이론을 무시하고 선만 닦으라고 하지 않았습니다.

그런데 중국에서 말하는 선(禪)은 다릅니다.

중국에서는 초기에는 오정심관(五停心觀, 다섯 가지 마음을 정지시키는, 마음을 쉬게 하는 관법) 가운데 수식관(숨을 세면서 정신을 집중시키는 방법)에 의해 주로 정신을 통일한 다음에 사념처법(四念處法-마음을 한 곳에 집중하여 잡념 망상을 막고 진리를 체득하는 네가지 수행법, 즉 신념처(身念處), 수념처(受念處), 심념처(心念處), 법념처(法念處) 등이고, 사제관(四諦觀), 사제(四諦)란 고집멸도(苦集滅道)를 말합니다. 고(苦)의 원인, 고를 멸해서 도에 이르는 길, 오온관(五蘊觀) 색수상행식(色受想行識)등 관법을 필수하며 인도선과 정의를 같이 하였습니다.

그러나 5세기 말 유명한 달마 대사가 인도에서 중국으로 건너 온 후 중국적인 새로운 선이 일어났습니다.

달마(達摩)대사는《능가경(楞伽經)》을 수행의 지침으로 삼고, 이입사행(二入四行)으로 가르쳤습니다. 이입사행설은 도에 들어가는 요문(要門)으로, 이입(理入)과 행입(行入)의 두 가지로 구성되는데, 이(理)는 진리가 진리인 원리이며, 행(行)이란 그러한 진리에 도달할 수 있는 구체적인 실천 방안을 말합니다. 그것은 보원행(報怨行), 수연행(隨緣行), 무소구행(無所求行) 등 불교의 여러 실천 행을 종합해서 체계화 시킨것입니다.

달마 대사는 마음을 제일의(第一義)로 삼았습니다. 대사의 수행사상은

'마음의 본성을 깨닫는 것이 선정의 수행이며, 불교의 근본 뜻이다' 하는 것입니다. 그리하여 '문자에 의지하지 말라.' '문자는 달을 가리키는 손가락과 같다.'는 등의 문구에서 차츰 교의 밖에 따로 마음을 보고 깨닫는 법을 지도하게 되었습니다.

그 뒤 제4조 도신(道信) 선사는 경전상의 본의를 벗어나 실행하기 쉽고 단순한 수행법인 마음을 일행(一行)으로 정해서 닦는 일행삼매(一行三昧)를 부르짖었습니다. 일행삼매를 일상삼매(一相三昧) 또는 진여삼매(眞如三昧)라고도 합니다. 도신 선사는 불성을 보는 자는 영원히 생사를 여읜 출세인(出世人)이라 주장하고 근원적인 마음을 깨닫는 쪽으로 발전된 좌선법을 제시하였습니다.

제5조 홍인(弘忍)대사는 쌍봉산(雙峰山) 동쪽 빙무산(憑茂山)에서 크게 홍법하였기에 동산법문(東山法門)이라 불리어졌습니다.

법문의 요지는 "대개 수도의 본체는 마땅히 신심이 본래 청정하며, 불생불멸(不生不滅)하며, 분별도 없는 자성 원만한 청정한 마음이라는 것을 알아야 한다. 이것이 바로 본사(本師)이며, 시방의 제불을 염하는 것보다 수승하다."고 했습니다.

그러면서 "불법의 요지를 알려면 수심(守心)이 제일이다. 마음을 지키는 것이 으뜸이며 이 수심이 바로 열반의 근본이자 입도(入道)의 요문이며, 12부 경전의 본질로서 삼세제불(三世諸佛)의 조(祖)가 된다."고 했습니다. 홍인 대사는 '자성청정심(自性淸淨心)'을 자각하고 일체의 망념과 사견이 일어나지 않도록 청정심을 근본에서부터 잘 지키는 수심의 수행법'을 강조하였습니다.

홍인 대사의 제자 신수(神秀) 화상은 《관심론(觀心論)》에서 "발심하여 불도(佛道)를 구하려 한다면 어떠한 법으로 수행해야 옳습니까?' 라는 질문에 "마음을 관하는 한 법이 모든 행문(行門)을 총섭한다." 고 대답하였습니다.

홍인 대사는 그의 사상인 수심으로, 신수 화상은 '오로지 마음을 쉬고 전력으로 성심'하는 것으로 인도적 선과 차츰 그 면모를 달리해 나갔던 것입니다.

그 뒤에 나온 《혈맥론(血脈論)》에서는 "앞의 부처와 뒤의 부처가 마음으로서 마음을 전할 뿐 문자를 세우지 않았다." 라 했는데, 이심전심(以心傳心) 불립문자(不立文字)라는 말이 여기서 비로소 나타났습니다.

또한 "성불을 하려면 모름지기 견성해야 한다. 견성을 못하면 인과등어(因果等語)가 모두 외도법이 되고 만다."고 하며, "만일 본성을 보면 12부경이 다 쓸데없는 문자일 뿐이다. 천경만론(千經萬論)이 다만 이 마음을 밝히는데 있다."고 선언함으로써 불립문자(不立文字) 견성성불(見性成佛)의 종지가 차츰 세상에 빛을 보게 되었습니다.

조사선(祖師禪)은 육조 혜능(六祖慧能)대사의 등장으로 본격적으로 발전하게 되었습니다.

혜능 대사의 선사상은 돈오견성설(頓悟見性說)과 반야바라밀(般若波羅蜜)이며, 그 구체적인 실천으로써 무념(無念), 무주(無住), 무상(無相)의 사상을 폈습니다.

육조 대사가 말한 돈오견성은 본래 완전무결한 자성청정심(自性淸淨心)인 자기의 불성을 단번에 자각하여 곧 바로 부처가 되는 것을 말합니다. 대사께서는 "자성의 심지를 지혜로써 관조하여 안 밖이 명철하면 자기의 본성을 알 수 있다. 만약 본성을 알면 이것이 해탈이다." 또 말씀하시기를 "진여의 본성은 지혜로써 관조하며 일체의 법을 취함도 버림도 없는 것이 곧 견성하여 불도를 이루는 것이다."라고 하며 돈오견성 사상을 찬양했습니다.

그러면서 "해탈을 얻으면 곧 이것이 반야삼매(般若三昧) 라는 것입니다. 또 반야삼매에 들고자 하는 자는 곧 반야바라밀을 닦아야 한다."고 강조하면서 "견성을 하는 것이 반야삼매에 드는 것이다."고 중심사상을 설하고 있습니다. 대사는 구체적인 실천으로써 무념(無念)을 종지로 삼고, 무상(無相)을 체로 삼으며, 무주(無住)를 근본으로 삼았습니다.

육조 대사의 제자 하택 신회(荷澤神會) 스님은 남돈북점(南頓北漸), 남쪽에는 돈오선, 북쪽에는 점수선의 사상적 변혁을 일으켜 중국 선종 각 파에 지대한 영향을 미쳤습니다.

그 후 천하의 마조도일(馬祖道一) 선사가 출현합니다.

선사는 현실긍정과 일상생활의 심지법문(心地法門)으로 조사선을 확립하였습니다. "평상심이 바로 도이고, 마음이 곧 바로 부처"라는 것입니다. 평상심(平常心)이란 조작도 없고, 시비(是非)나 취사(取捨)도 없고 단상(斷常)이나 범부나 성인이라는 분별하는 마음이 없는 인간의 근원적인 평범한 일상적인 마음입니다. 그것은 인간이라면 누구나 갖추고 있는 자성청정심(自性淸淨心)이며, 근원적인 마음입니다.

그러한 평상심이 곧 바로 부처라고 단적으로 설한 것이 마조 대사의 즉심시불(卽心是佛)입니다. 후에 즉심시불과 평상심시도(平常心是道)는 조사선 사상을 대변하는 문구로 정착되었습니다.

마조 선사 문하에서는 뛰어난 선승들이 많이 배출되었습니다. 입실제자가 139명, 친승제자가 88명으로 다양하고 조직적인 교단을 형성하여 조사선풍을 크게 진작시켰습니다.

이후 조사선은 당(唐), 송(宋) 양 대에 걸쳐 수백 년 동안 지속됩니다.

마조 선사와 석두(石頭) 선사로부터 몇 대를 지나 10세기 중반에 석두계에서 조동종(曹洞宗), 운문종(雲門宗), 법안종(法眼宗)이, 마조계에서 임제종(臨濟宗), 위앙종(潙仰宗)의 5가가 성립되고, 다시 11세기 중엽에 임제종에서 황룡파(黃龍波)와 양기파(楊岐波)가 분파되어 5가(家) 7종(宗)이 개화하여 조사선은 중국 불교 역사상 그 유래를 찾을 수 없는 선의 황금기를 구가합니다.

마침내 북종의 원부년간(元付年間)에 편찬한 《조정사원(祖庭事苑)》에서 '교외별전(敎外別傳) 불립문자(不立文字) 직지인심(直指人心) 견성성불(見性成佛)'이라는 사구를 표방함으로써 조사선의 뜻이 만천하에 공개되었습니다.

이후 5가7종은 점차 쇠퇴하고, 12세기 중반기에 임제종 계통의 대혜 종고 선사가 간화선을 주창하고, 조동종 계통의 굉지정각(宏智正覺) 선사가 묵조선(默照禪)을 선양하면서 선종은 수행상의 새로운 면모를 나타내게 됩니다.

이렇게 하여 달마 대사 이후 중국의 옷을 입은 조사선은 인도의 관심선(觀心禪), 마음을 관하는 선 또는 수정선(修定禪), 선정을 닦는 선과 성격을 달리하며 독특한 선문을 성립하여 나갔습니다.

그럼 사구게(四句偈)로 요약되는 조사선(祖師禪)의 본질은 무엇인가?

교외별전(教外別傳), 부처님의 가르침 밖에 별도로 전한 것을 말합니다. 불립문자(不立文字), '문자를 세우지 않는다.'는 것은, 문자를 떠나 집착을 않는다는 것입니다. 선은 문자나 말을 떠나 조금도 집착함이 없이 문자나 말로 표현할 수 없는 경지에 이르는 것을 말합니다.

직지인심(直指人心) 견성성불(見性成佛), '사람의 마음을 바로 보아서 부처가 된다.'는 것입니다. 어떤 방편이나 수단을 사용하지 않고 일체 언어나 문자를 여의고, 또한 일체 수행의 단계나 절차를 거치지 않고 본래 갖추어져 있는 불성을 단박 보아 깨쳐서 부처가 되어 여래지(如來地)에 이른다는 것입니다.

그리하여 선을 가장 간결한 수행법인 경절문(經截門)이라 합니다.

이런 돈오견성(頓悟見性)의 사상적 근거는 《화엄경》의 '일체 중생은 여래의 지혜와 덕상(德相)을 갖추었다.'는 주장과 《열반경》의 '일체중생개유불성(一切衆生皆有佛性)이라는 불성설입니다. 또한 《법화경》의 일체개성(一切皆成, 일체 중생이 불도를 이룸) 및 중생들로 하여금 불지견(佛知見)에 들게 하는 부처님의 일대사인연(一大事因緣) 개시오입(開示悟入) 등의 대승불교 사상입니다.

《화엄경(華嚴經)》에서 말씀하시기를, 부처님께서 깨치고 나서 제1성이 "아! 기특하구나, 일체 중생이 모두 여래의 지혜와 덕상을 갖추었네."라고 하셨습니다.

일체 중생이란, 사람은 물론이고 개나 소나 돼지 같은 동물로부터 땅속에 사는 개미와 지렁이 같은 미물까지도 부처님과 같은 지혜, 천재성을 다 갖추고 있다는 것입니다.

경전에 보면 부처님은 대단한 사람입니다. 이런 천재도 있을까 싶을 정도로 아주 뛰어나고 우수한 인물입니다. 부처님은 제자나 어떤 사람이 무슨 질문을 해도 기다렸다는 듯이 적당한 진리의 말씀을 설파하셨습니다. 그런 빼어난 지혜를 타고난 천재 중의 천재가 바로 부처님입니다.

그런 천재성을 누구나 타고났다는 것입니다.

또한 부처님께서 말씀하시기를, "일체 중생은 여래의 덕상을 갖추었네."하셨습니다. 덕상(德相)은 덕스러운 모양을 말합니다. 이를 서상(瑞相), 성스러운 모습 또는 호상(好相), 좋은 상 좋은 모습을 말합니다. 누구나 신체적인 특징인 대인상을 갖추었다는 겁니다. 즉, 누구나 여래의 지혜와 덕상, 부처가 될 수 있는 자질을 갖추고 있다는 것입니다.

《열반경(涅槃經)》에서는 "일체 중생은 모두에게 불성이 있다."고 하였으며, "꼬물거리는 미물까지도 다 불성이 있다."고 하셨습니다.

부처님의 이 말씀은 그 동안의 인간의 생각을 근본적으로 바꾼 획기적인 말씀입니다. 부처님께서는 일체 중생이 불성을 가지고 있고, 여래의 지혜와 덕상까지 갖추고 있고, 이미 불도를 이룬 본래는 부처라는 것입니다. 다시 말해 일체 중생의 본바탕은 부처님과 꼭 같아서 어떤 중생이든 부처가 될 수 있는 자질을 갖추고 있으며 알고 보면 이미 성불까지 한 본래는 부처라는 것입니다.

그리하여 신남신녀(信男信女) 여러분께서는, '나도 깨칠 수 있다. 나도 부처가 될 수 있다. 나도 본래는 부처다.'는 확신을 가지고 이 공부를 시작하시기 바랍니다. 이 공부는 이런 확고부동한 바탕 위에서 공부해야 성취가 빠르고 이해도 쉽습니다.

그리하여 《법화경 방편품(法華經 方便品)》에서는, 부처님께서 이 세상에 오신 뜻은 일대사인연(一大事因緣) 때문이며 하나의 커다란 목적과 의무 때문에 우리에게 오셨다는 것입니다. 그 목적과 의무란 다름 아닌 모든 중생에게 부처님의 깨달음[佛知見]을 얻도록 하는 것입니다.

이 세상에 있는 모든 중생들에게 불지견을 열어주고(開), 불지견을 보여주고(示), 불지견을 깨닫게 하고(悟), 그 길에 들어가도록 함이 목적이라는 것입니다.(入)

이것이 개시오입(開示悟入)이라는 유명한 말입니다.

부처님은 어느 특정한 생명이나 선택받은 생명에게만 여래의 지견이 있는 게 아니라, 살아있는 모든 생명에게 여래의 지견이 이미 갖춰있다는 것을 가르쳐주기 위하여 이 세상에 오셨다는 겁니다.

자비의 실현입니다. 부처님은 이런 대단한 자비를 베푸신 어른입니다.

얼마나 대단합니까?

이렇게 본래부터 갖추어진 자성청정심(自性清淨心)인 불성을 자각하여 불지견을 깨닫게 하는 것이 이 돈오선(頓悟禪)의 본질입니다.

이러한 돈오선의 특색은 이미 갖추어진 본성(本性)을 '바로 보고' '단박'에 그것도 '순간'에 깨달아 성불한다는 데에 있습니다.

그리하여 조사선에서 말하는 돈오는 수행의 준비를 필요로 하지 않고, 점수로 깨달음에 도달하지 않는다는 것입니다. 돈이란 일체의 점차적인 단계와 과정을 무시하고, 《증도가》에 나오는 일초직입여래지(一超直入如來地)라는 말처럼, 한 번 뛰어넘어 즉시 여래지에 들어간다는 뜻인데 '바로 보고' '단박'에 깨치고, '순간' '즉각' 깨달아 구경처인 부처의 세계에 들어감으로써 해탈을 이루는 것이 바로 '돈'입니다.

조사선의 핵심사상 가운데 다른 하나는 무수지수(無修之修) 즉 돈수(頓修)입니다. '닦음이 없이 닦는다.'는 것은 직하(直下)에 몰록 깨달아 수행을 필요로 하지 않는다는 겁니다. 이와 같이 조사선에서는 돈오(頓悟)와 돈수(頓修)는 하나로 합하여지고 수행과 깨달음이 동시에 이루어진다는 겁니다.

무수지수(無修之修)는 인위적(人爲的) 수행에 반대하며, 점수로 깨달음에 이르는 것이 아니라고 합니다. 즉 일체 중생은 본래 성불해 있기 때문에 몰록 깨치면 닦을 것도 없고, 증득할 것도 없다는 뜻이며 무수지수를 표방하는 조사선에 있어서 수행은 본성이 부처인줄 믿어서 더럽히지 않고 때묻지 않도록만 하는 것입니다.

선이 다른 방법보다 특히 수승하다는 이유는 진리를 밖에서 찾는 것이 아니라 자신의 내부에서 찾으려고 한다는 점입니다. 세상의 모든 것은 외부에서 구하고 얻습니다. 돈도 외부에서 벌고, 명예도 바깥에서 얻고, 권세도 외부에서 성취합니다. 심지어 여러분이 가장 중요하게 여기는 가정생활까지도 바깥세상에서 갖춥니다.

그런데 마음공부 만은 다릅니다. 이 공부는 태어날 때부터 이미 갖추고 태어난 근본 마음을 바로 보고 깨쳐서 불지견을 갖추면 됩니다.

이 세상에서 가장 중요한 것은 누구나 갖추고 있는 자기 주인공이라는 보물입니다. 그 어떤 것도 자기라는 보물보다 중요할 수는 없습니다. 진정한 자기를 떠난 그 어떤 것도 허망하며 진리가 아닙니다. '참 나'는 그대로가 소우주이며 본래는 부처라는 것입니다. 선은 자기 내면의 보물을 찾아서 자기 자신이 '이미 완전한 존재' 부처임을 깨닫는 방법입니다.

선이야 말로 진리로 향하고 도로 통하는 가장 뛰어난 길 중의 길입니다.

이러한 중요한 일이기에, 이 일은 해도 되고 안 해도 되는 일이 아니고 반드시 해야 될 일입니다. 또한 공부라고 하면 궁극적으로는 이 공부뿐입니다. 일 중의 일은 참된 자아를 밝히는 일이며, 공부 중의 최상의 공부는 자기를 발견하는 공부이기 때문입니다.

그런데 하기에 따라 쉽다면 아주 쉬운 공부가 바로 이 공부라고 합니다. 자기 내부에 있는 것을 보고 느끼면 되기 때문입니다. 그래서 옛 선사는 세상에 쉬운 일 중의 쉬운 일이 이 공부라고 했습니다.

옛날 어떤 도인은 '이 공부하기는 여반장(如反掌) 같고, 세수하면서 코 만지기보다도 쉽다.'고 했습니다. 세상에 쉬운 일이 손바닥 뒤집는 일이고 세수하면서 코 만지는 일인데 그것보다도 쉽다는 겁니다.

그래서 부처님께서는 "이 공부는 의식만 있으면 깨칠 수 있다."고 하였으며, 근대 고승인 만공 월면(滿空月面) 선사는 "장 맛만 알면 견성할 수 있다."고 하였습니다. 장 맛을 모르는 사람이 있을까, 의식만 있고 정신만 바르면 누구나 견성을 하고 깨칠 수 있다는 뜻입니다.

옛 어른 중에는 쉽게 깨친 사람이 있습니다.

육조 혜능(六祖慧能) 대사께서는 24세 때 더벅머리 노총각으로 땔감장수를 하면서 노모를 모시고 살았습니다. 어느 날 땔감을 한 짐 지고 신주(新州) 거리를 지나고 있었습니다. 어떤 가게 앞을 지나는데 누군가《금강경》을 읽고 있었습니다. '응무소주 이생기심(應無所住 而生其心), 응당 머무는 바 없이 마음을 내라, 즉 집착하는 바 없이 마음을 내라.'는 구절을 듣자마자 일자무식인 육조 스님께서 깨쳤다고 합니다.

부처님 당시에 어떤 제자는 부처님을 뵙자마자 부처님의 말씀 한 마디만 듣고 바로 아라한과(阿羅漢果)를 증득했다는 분도 있습니다. 어디 그뿐인가, 경전에는 8세 용녀(龍女)가 성불했고, 7세 묘안 사미는 깨쳐서 신통력(神通力)이 자재하여 주위를 놀라게 했다고 합니다.

이 공부는 유식(有識) 무식(無識)에도 관계없으며, 나이에도 관계없고, 남녀에도 관계없으며, 수행을 전혀 안 한 사람도 인연 따라 깨달음을 얻을 수 있습니다.

선, 선…… 말만 들어도 설레는 말입니다. 참선자는 이 세상에서 가장 좋은 길을 걷고 있습니다. 사실 이 이상의 길이 없습니다. 참선자는 항상 최상의 길을 걷고 있다는 자부심과 긍지를 가지고 수행하시기 바랍니다.

화두 일구(一句)에 목숨을 걸었더니

밝고 신령하도다 한 물건이여

사물마다 그대로가 비로자나 법신이요

곳곳마다 금색세계(金色世界) 아닌 곳 없네

무여 스님

1940년 | 경북 김천 출생.
1966년 | 오대산 상원사에서 희섭 스님을 은사로 출가 수계 후 송광사, 해인사, 관
음사, 칠불사, 만월사 등 제방선원에서 20여 년 동안 수선 안거.
1987년 | 축서사에 주석 및 칠불사와 망월사 선원 선원장 역임.
현재 | 조계종 기초선원 운영위원장.

간화선이란 무엇인가

간화선이란 무엇인가

제가 오늘 할 법문의 주제는 간화선의 정견입니다. 바를 정(正)자 볼 견(見)자, 즉 간화선의 바른 안목에 대해서 말씀드리고자 합니다.

부처님말씀 말이죠. 부처님의 가르침은 무엇인가? 우리는 이를 두고 이렇게 이야기 할 수 있습니다. 여기서 부처 불(佛)자라는 그 글에 담겨져 있는 의미는 마음 심(心)자와 같습니다. 그런데 마음은 마음인데, 깨어 있는 마음입니다. 다시 말씀드리면 열려있는 마음입니다. 이는 항상 밝고 자유롭고 자기를 사랑할 줄 아는 그런 마음을 두고 말합니다. 부처님은 그 마음 이야기를 하시기 위해 사바세계에 오셔서 49년 간이나 당신의 말씀을 전하셨던 것입니다.

그런데 이 마음이라는 것을 우리는 현재도 볼 수도 없고, 들을 수도 없고 형상을 알지도 못하고 있습니다. 이러한 마음을 우리의 의식으로써 그것에 어떻게 접근하고 이해하느냐는 것은 결코 쉬운 문제는 아닙니다. 아니 매우 힘듭니다. 그렇다고 불가능한 것만도 아닙니다. 우리는 여러 가지 수행법을 통해서 이러한 부처님의 말씀을 이해하고 깨달을 수 있습니다. 즉 마음의 실체를 여실히 볼 수 있습니다.

그 가운데 하나가 바로 간화선(看話禪) 수행법입니다. 선(禪)에서는 마음을 두고 두 가지 측면에서 이야기를 합니다. 만일 선을 하게 된다면 우리는 마음의 두 가지 측면을 모두 볼 수 있게 됩니다. 그 두 가지 측면 가운데 우선 하나를 말씀드리겠습니다.

마음이라는 그 자리는 우리가 보고 싶어도 볼 수가 없고 또 그것을 떠나고 싶어도 떠날 수가 없으며, 그 마음을 없애버리고 싶어도 없앨 수가 없습니다. 때문에 선가(禪家)에서는 마음자리에 대해 이렇게도 말합니다. 그 마음이라는 자리에는 부처님도 세울 수가 없고, 조사도 세울 수가 없고 열반이라는 문자도 세울 수 없으며 또한 해탈이다, 중생이다 하는 개념의 문자도 세울 수가 없다는 것입니다. 그래서 《육조단경》을 설하신 육조 혜능스님께서도 마음이란 것을 두고 "마음이라는 마음이여. 푸른 것도 아니고, 붉은 것도 아니고 긴 것도 아니고 짧은 것도 아니고 밝은 것도 아니고 어두운 것도 아니다."라고 하셨습니다. 이는 마음은 이렇다고 정해진 바가 없다는 것을 뜻합니다. 육조 혜능스님은 참마음에 대해 참으로 드러내기 어려운 일임을 이렇게 표현하셨던 것입니다. 이것이 마음의 한 측면입니다.

마음에 대한 또 다른 한 측면을 말씀드리겠습니다. 원래 마음이라는 것은 그것만큼 참 드러내기 쉽고, 또 보기 쉽고, 알기 쉬운 것도 없습니다.

그럼, 우리는 마음의 두 가지 측면을 두고 어떻게 해석해야 할까요? 한쪽은 그렇게 어렵다 하고 한쪽은 또 이렇게 쉽다고들 말합니다. 여기에서 쉽다고 하는 마음의 측면은 '마음이라는 것은 이 마음이오, 붉은 것을 보면 붉은 것이 이 마음이며, 푸른 것을 보면 푸른 것이 이 마음'이라는 겁니다. 이는 오늘 여러분들과 내가 이렇게 만나는 가운데서도 티끌만큼도 가리지 않으며 숨김이 없는 마음을 가리킵니다. 말하자면 여러분과 내 마음이 다 드러나 버렸다는 말씀입니다.

옛날 어떤 선사는 마음이라는 것을 두고 '보고자 하고, 알고자 하고, 드러내고자 한다면 이는 세수하다가 코만지는 것보다 더 쉽다'고 하셨습니다. 여기에서 세수할 때 코를 만지는 건 만지고 싶어서 만지는 게 아니라 자연스럽게 만져진다는 뜻입니다. 이걸 두고 무엇이라고 하는가 하면 묘유(妙有), 즉 '진공묘유'라고 합니다. 매우 어려운 말일 수 있습니다. 다시 구체적으로 설명하겠습니다. 마음은 마치 우리가 가진 손과 같습니다. 손과 같은데 한 측면은 손바닥 같은 측면이 있으며, 또한 손등같은 측면이 있습니다. 그래서 진공과 묘유 또한 둘이 아니라 하나라는 말입니다. 우리는 이 손을 두고 손바닥만 있다고 할 수 있겠습니까? 손등도 있으며 손바닥도 있는 겁니다.

마음작용은 항상 그치지 않고 끊임없이 우리 의식에서 움직이고 있습니다. 그런데 이 작용이 멈춰 있을 때는 열반이란 그 이름조차 붙일 수가 없을 정도로 우리 마음의 모든 것은 다 비어져 있게 됩니다. 왜냐하면, 비어져 있는 그 자리가 인연의 소생이며 연기법으로 해서 비어져 있기 때문에 그렇다는 겁니다. 이것이 바로 마음자리입니다.

우리가 《금강경》에서 말하는 아상(我相), 인상(人相), 중생상(衆生相), 수자상(壽者相), 또는 오온(五蘊)이라 부르는 색, 느낌, 상상, 행동하고 판단하는 알음알이, 이런 것들은 사실, 분별망상에 의해서, 집착에 의해서 그 순간순간 생겨난 거품 같은 것에 지나지 않습니다. 그러니까 이러한 것들을 모두 버리거나 연기법으로 보게 되면, 거기에 아주 평온함이 있다는 걸 알게 될 것입니다. 즉 버리게 되면 그 속에 열반의 세계가 있다는 말입니다.

부처님은 많은 사람들에게 열반을 성취하라고 하셨습니다. 부처님은 49년 동안 설법하셨는데 《아함경》을 12년, 《방등경》 8년, 《반야경》과 《금강경》을 21년, 그리고 《법화경》을 8년 동안 하셨습니다. 그중에서도 부처님께서 《아함경》을 설법하시면서 강조 하신 게 있었는데 바로 열반에 관한 것이었습니다. 그런데 부처님은 이후 《금강경》에 들어가서는 《아함경》에서 말씀하신 모든 걸 전부 다 해체시켜 버립니다. 부처님은 이렇게 말씀하셨습니다. "내가 열반에 대해 말을 했지만 이 열반 또한 너희들이 아름답고 평온한 것이며 또한 이를 붙들만한 가치가 있다고 그것에 집착을 하게 된다면 그 자체가 너희들에게 또한 고통과 괴로움의 윤회로 다가 올 것이다."라고 말씀하셨습니다. 이를 쉽게 설명을 하면, 금가루가 아무리 세상에서 좋은 대접을 받는다고 하더라도 그것이 눈에 들어가면 병이 되는 것과 같습니다. 진리나 개념도 집착을 하고 붙들게 되면 그것이 자신을 구속시켜 하나의 큰 괴로움으로 다가 온다는 걸 알아야 한다는 말씀입니다.

또 《금강경》에는 이런 말씀이 있습니다. "아상, 인상, 중생상, 수자상이면 즉비보살(則非菩薩)이니라." 이 말씀은 너희들이 머물러야 할 곳이 있고, 또 소유하고 싶고, 그것에 집착하고 싶은 무엇이 있다고 하면 그것은 보살이 아니라는 말입니다. 이는 내가 아까도 말씀 드렸듯이 본래 마음이라는 자리는 부처님도 머물 자리가 없고, 열반도 세울 자리가 없으며 이름자도 붙일 수 없는 비어있는 자리입니다. 이러한 측면을 《금강경》에서 말씀하셨습니다. 그리고 다시 부처님은 법화경에 들어가서는 《금강경》에 하셨던 말씀을 다 지워버리고 또한 해체시켜 버렸습니다.

부처님은 《법화경》에서 딱 한마디를 말씀하셨는데 "본래 중생이 없다." 입니다. 그럼 "본래 중생이 없다"라는 말은 무슨 뜻일까요? 이는 바로 '우리 모두가 다 부처'라는 뜻입니다. 또한 본래부터 우리 모두가 부처님이라는 말씀입니다. 그런데 우리 모두가 본래부터 부처님인데 어떤 형상이나 인연에 의해서 이루어진 것에 집착하고 붙들려고 하는 데서 괴로움이 생겨 중생이 되었다는 겁니다. 정말 부처님의 혜안은 능히 뛰어나다 못해 위대하다고 할 수 있습니다.

'본래 부처다……' 여기에서 우리는 본래라는 말에 대해 의미를 깊이 생각할 수 있는데 본래라는 단어는 근본이라는 뜻입니다. 즉 근본이 부처인데 우리가 무엇을 공부하고 닦아서 이룬다고 해도 본래의 그 자리로 돌아 갈 수밖에 없다는 뜻입니다. 본래 우리가 부처이기 때문에 집착을 가져서는 안 되다는 의미도 담고 있습니다. 여기에서 본래라는 말은 새로운 것과는 전혀 상관이 없으며 원래부터 그렇게 되어 있다는 뜻입니다.

부처님은 "본래 우리는 부처다"라는 그 한 말씀을 하기 위해 무려 49년 동안 이렇게, 저렇게 비유를 하며 말씀을 하셨던 겁니다.

그러면 원점으로 돌아가서 말씀드리겠습니다. 선이라는 것은 무엇입니까? 도대체 불교에서 말하는 선이란 무엇을 두고 말하는 것일까요?

선이란 우리에게 있는 이 마음이라는 것이 존재해 나가는 원리를 바로 알게 하는 것입니다. 즉 볼 수도 없고 알 수도 없는 마음을 궁극적으로 바로 알게 하는 게 바로 선의 원리입니다. 다른 말로 쉽게 이야기를 한다면 '본래 부처가 부처로서 부처의 삶을 살아라.'는 것이 바로 선입니다. 이것이 오늘의 법문주제에 대한 넓은 의미입니다.

이다음에 들어가는 단계는 좀 더 선에 대한 세부적인 깊이입니다. 지금까지는 마음이라는 것이 존재해 나가는 원리를 설명했다면 지금 부터는 그 마음이라는 것이 어떤 속성을 가졌는지에 대해 설명하겠습니다.

사실, 참마음이라는 것은 드러내기가 쉽지 않습니다. 예를 들어 비유하자면, 여기 바다가 있습니다. 바다라는 건 바람이 불든지 폭풍이 몰아치던지 어떤 경계가 찾아오지 않으면 고요하고 맑은 명경지수(明鏡止水)와 같습니다. 다시 우리의 마음을 바다에 비유하면 법성(法性)의 바다라고 할 수 있습니다. 그래서 우리는 마음을 바다라고 부르기도 합니다. 이 마음바다에는 언제든지 어떠한 경계가 찾아오게 되어 있습니다. 마치 명경지수와 같은 바다에 해일, 바람이 오듯이 말입니다. 우리는 항상 누군가를 만나면 이야기를 하고, 생각하고 항상 몸과 정신이 함께 움직입니다. 즉 이 색(色) 가운데서 움직인다는 말입니다. 이렇게 순간순간 찰나찰나마다 생멸(生滅)이 심한 게 우리의 삶이기도 합니다.

다시 돌아가서 바다를 봅시다. 바다에 파도가 일어납니다. 모난 것, 둥근 것, 큰 것, 작은 것 등 여러 가지의 파도가 일어납니다. 이와 같이 바다에 파도가 일어나듯이 우리의 마음바다에도 끊임없이 파도가 일어납니다. 그래서 천백 가지의 작용을 할 수 있는 게 우리 마음인 것입니다. 이렇듯이 우리의 마음작용은 아까 처음에 제가 말씀드렸듯이 보고자 하면 그대로 본다는 말입니다. 붉은 것을 보고 싶으면 붉은 것을 보게 됩니다. 어찌 보면 마음도 하나의 파도와 같이 일어나는 모양을 가진다는 걸 알 수 있는데 이것이 바로 상(相)입니다.

명경지수와 같은 마음바다에 바람이 불어와서, 즉 경계가 와서 파도가 일어나 하나의 형상으로 드러나게 되는 것입니다. 파도가 일어 거품으로 일어났는데 이 드러난 파도를 우리가 마음으로 깨치지 못할 때는 결국 마음바다가 따로 있고, 일어나는 파도가 따로 있어서, 일어나는 그 파도가 '나'라고 집착을 하게 됩니다. 그래서 저걸 붙들면 행복해 질 것 같고 편안해지고 즐거울 것 같다는 상에 사로 잡혀 헛된 나를 궁지로 몰아넣게 되는 것입니다.

그런데 사실 마음바다에 이는 파도와 거품은 바람이라는 인연에 의해 잠깐 작용한 것에 지나지 않습니다. 잠깐 인연의 작용으로 인해 일어난 것에 불과할 뿐, 그것이 존재하고 싶어서 존재하든지 그것이 따로 개체가 있어서 실체하고 있다고 말할 수는 없다는 것입니다. 왜일까요? 사실 바람에 일어나는 것도 바닷물이고, 멸한 것도 바닷물이기 때문입니다. 바로 제가 가진 본래의 모습이기 때문입니다. 이 모두가 우리 법성의 마음입니다.

이 법성의 마음을 두고 반야심경에서, '우리는 일어나는 것이 태어나는 것이라 생각하고 반대로 그것이 멸하면 죽는 것이라 생각하기 때문에 죽음이란 두렵고, 공포스럽고, 괴로운 것이라 여긴다'고 했습니다. 그런데 사실 일어난 것도 물이고 스러진 것도 법성의 바다입니다. 바다 그 자체에는 생멸이 없다는 말입니다. 이와 같이 우리 마음바다에도 생멸이란 없습니다. 그냥 잠깐 작용한 것에 지나지 않는다는 말입니다. 그래서 반야심경에서는 이를 두고 불생불멸(不生不滅)이라 했던 겁니다. 이는 법성의 바다에서 본 이야깁니다. 즉, 우리 본래의 마음을 깨달은 사람이 볼 때 그렇게 느낀 다는 뜻입니다.

또한 반야심경에는 '색즉시공 공즉시색'이라는 말이 있습니다. '색(色)이 공(空)이고, 공(空)이 즉 색(色)이다.'라는 말입니다. 색이 공이고 공이 색이라는 말의 의미는 바로 법성의 바다이며 본래 그냥 그 자리라는 뜻입니다. 아까 제가 공의 자리에서는 '부처님도 세울 수 없고 열반도 세울 수 없고 해탈도 세울 수 없다'고 말씀드렸습니다. 공이잖아요. 법성의 자리에 들어가서 이 우주법계를 말할 때는 우리는 법성이라고 합니다. 이 법성의 자리에는 장미꽃이다, 개나리다. 사람이다, 짐승이다. 등 구분을 하지 않습니다. 법성의 바다에는 거대한 생명체가 하나의 통일된 생명체로 돌아가는 작용만이 있을 뿐입니다.

이렇듯이 '불생불멸이다. 색이 공이고 공이 색이다.'라는건 단지 모든 우주는 멸하나 멸하지 않고 생하나 생하지 않은 있는 그대로의 모습만을 간직 할 뿐입니다. 바다를 예를 들면 바로 파도가 색인 것 같은데, 파도가 다시 공으로 돌아가니까 즉, 색이 바로 공으로 돌아가니까, 색이 공이고 공이 색인 것입니다.

또 반야심경에는 부증불감(不增不感)이라는 말이 있습니다. 이 말은 더 많아진 것도 아니요 줄어든 것도 아니라는 뜻입니다. 이는 법성의 바다에 파도가 일어난다고 해서 물이 늘어난 것이 아니며, 또한 파도가 멸한다고 해서 물이 줄어든 것도 아니라는 이치와 같습니다. 또 불구부정(不垢不淨)이란 말도 있습니다. 더러워지지도 아니하고 깨끗해지는 것도 아니라는 뜻입니다. 법성의 바다에 파도가 일어났을 때 일어난 것도 바닷물이며 멸한 것도 바닷물이라는 말이기도 합니다. 바닷물은 본래부터 깨끗합니다. 때문에 파도가 일어났다고 해서 더러워진 것도 아니며 또한 파도가 사라졌다고 해서 깨끗해진 것도 아니라는 말입니다. 《금강경》은 다 이러한 차원에서 설법을 하고 있는 겁니다. 우리의 마음도 이와 같습니다.

여러분이 가진 마음의 존재 원리가 이렇다는 것을 나름대로 믿고 생활을 하신다면 이 세상에 스트레스 받을 것은 하나도 없습니다. 모든 것으로부터 초연해 질 것입니다. 그저 무상(無常)한 것이로구나. 그저 공한 것이로구나 생각한다면 붙들어 맬 것도 없고 또한 집착할 것도 없어지기 때문입니다.

학문을 많이 하신 분들에게는 특히 고정관념이 많이 있습니다. 이 고정관념은 참으로 무서운 것입니다. 가끔 우리 스님들 중에서도 자신의 과거에 대해 어리석고 부족했던 것을 한탄하시는 분이 계십니다. 하지만 그또한 과거의 거품에 지나지 않습니다. 지금도 깨지 못하고 아직 손에 쥐고 있습니다. 나는 그런 스님을 만나거나, 수행자들을 만나면 "왜 과거의 거품을 아직도 쥐고 계시니까." 하고 되묻습니다. 작년에 내가 아는 어떤 분이 지인과 다툼을 한 적이 있었는데 그 순간에는 서로가 매우 불편했다고 합니다. 사람이 싸우면 어떤 분들은 몇 달을 지고 가시는 분이 있고 어떤 분은 1년이 아니라 십년을 지고 가시는 분이 있습니다. 심지어 어떤 분은 평생 살다가 그걸 놓지 못하고 세상을 뜨시는 분도 있습니다. 이 모든 게 자신의 고정관념을 버리지 못해 생기는 병입니다. 그런데 이 고정관념이라는 것은 실체가 없으며 한갓 파도의 거품에 지나지 않습니다. 이런 원리를 알면, 한 순간 모든 것을 털어 버릴 수가 있는데도 말입니다.

사람이 자신의 잘못이나 실수, 화를 손에 쥐고 있다는 건 자기 자신을 학대하는 일임을 알아야 합니다. 내가 나를 사랑하지 않는 것 만큼 괴로운 일은 없습니다. 그런데도 그것을 손에 꽉 쥐고 놓지못하는 분들이 많이 있습니다. 근데 이걸 알면 내가 나를 정말 사랑하고 , 자유롭고 모든 것으로부터 해방이 될 것입니다.

얼마 전 미국에서 일어난 버지니아 사건(이 자리에서 하기에는 힘든 이야기이지만) 같은 것도 사실은 자신의 마음을 잘 다스리지 못해 생긴 일입니다. 자기가 자기마음을 제대로 컨트롤 할 수 있었다면 그런 일은 결코 일어나지 않았을 겁니다. 이 모든 일은 자기 속에서 갇혀 벗어나지 못해 생긴 일입니다. 헛된 거품을 쥐고 오래 놓지 못하다가 한 생각이 그런 엄청난 일로 번진 것이라 할 수 있습니다. 사람이 자기마음을 잘 다스리고 한 생각만 제대로 갈무리 한다면 그런 엄청난 비극은 생기지 않았을 겁니다. 만일 이런 일을 겪은 가족에게, 혹은 이 일을 저지른 그 사람에게 마음공부를 하게 하였다면 얼마나 좋았을까요? 마음공부는 정말 가치가 있습니다. 아니 대단히 귀하고 빛나는 일입니다.

마음공부에 있어 가장 중요한 게 있습니다. 무엇일까요? 바로 믿음입니다. 아무리 공부를 많이 한다고 해도 믿음이 없다면 아무런 소용이 없습니다. 그냥 믿음도 없이 공부만 한다고 해서 되는 건 아무 것도 없습니다. 공부라는 것은 믿음이 있어야만 됩니다.

그래서 부처님은 《법화경》에서 이런 말을 하셨습니다. 옛날 사가라 용왕에게 용녀라는 딸이 하나 있었는데 용녀는 어느 날, 부처님께서 하신 '본래 성불'이라는 말씀을 듣고 그 자리에서 성불을 해버렸습니다. 그런데 인도초기 당시 시대상으로 볼 때 남존여비사상이 굉장히 강할 때였습니다. 여러분 용(龍)이 무엇입니까? 바로 축생이잖아요. 그것도 용녀는 암컷이었습니다.

그런데 부처님 말씀을 듣는 순간에 자기여의주를 남방무구(南方無垢) 세계에 던져 버렸습니다. 무구세계라 함은 때가 없는 청정세계를 말합니다. 그건 바로 부처님의 세계를 말하는 것입니다. 용녀는 그 부처님 세계에 여의주를 던져 버렸고 바로 부처가 되어버렸던 것입니다. 만일, 용녀가 성불을 할 수 있다는 믿음이 없었다면 그것이 가능했겠습니까? 절대 아닙니다. 믿음이 있었기에 가능했던 것입니다. 믿음이란 이렇게도 중요한 것입니다.

용에게 있어 여의주는 자신의 생명과도 같은 것입니다. 용에게 여의주가 없다면 한갓 뱀에 지나지 않습니다. 뱀이 용이 되려면 육지에서 천년, 물에서 천년, 구름 속에서 천년, 뭐 그런 이야기가 있지 않습니까? 무려 삼천 년을 보내야만 용이 되는데 그 여의주를 부처님에게 받쳤다는 얘기입니다. 용녀는 '자신이 원래부터 부처이다'라는 것을 철저히 믿고 깨달았기 때문에 그 여의주가 없어도 자신은 부처로서 자유롭다는 것을 알았던 것입니다. 이와같이 우리들도 본래 부처라는 것에 대해 확신과 믿음이 있다면 능히 성불하고도 남을 것입니다.

만일, 우리가 이런 믿음을 가지게 된다면 우리는 정말 이 세상을 행복하게 살 수 있을 겁니다. 내가 나를 사랑하고, 내가 나를 해방시키고, 내가 나를 자유롭게 한다면 남은 물론 자신도 기꺼이 사랑할 수 있을 것입니다. 자기를 사랑하는 것이 남을 사랑하는 것이고 남을 사랑하는 것이 바로 자기를 사랑하는 것이기 때문입니다. 나를 사랑할 줄 아는 사람이 바로 남도 사랑하는 법을 압니다. 그런 사람은 사랑이 뭔지를 아는 사람입니다.

내가 나 자신도 사랑할 줄 모르면서 어떻게 남을 위하고 사랑할 수가 있겠습니까? 본래 우리의 마음은 부처입니다. 때문에 우리는 부처인 나를 사랑하지 않으면 안 됩니다. 이렇듯 부처인 나를 이상과 아만에 젖게 하여서는 안 됩니다. 여기에 부처님의 가르침이 있습니다. "우리 마음이 곧 부처이다." 라는 믿음은 매우 중요합니다. 그래서 오늘 제가 간화선에 대한 정견을 말씀 드렸던 겁니다.

불교에는 공안(公案)이라고 하는 게 있습니다. 공안을 화두라고도 합니다. 공안이란 법성의 바다인 마음을 깨달은 분이 그 마음의 신묘한 이치를 법으로 드러낸 것을 말합니다. '부처가 무엇입니까?' '뜰 앞의 잣나무입니다.' 이런 말들이 모두 하나의 공안입니다.

마조 스님은 일찍이 '즉심시불(則心是佛)'이라 하셨습니다. '마음이 곧 부처이다'라는 뜻입니다. 그 때 마조 스님에게 한 학인이 물었습니다.

"스님 마음이 부처라는 뜻은 무엇입니까?"

그 때 마조 스님이 대답하셨습니다.

"내가 우는 아이 달래려고 마음이 부처라고 했다."

그런데 여기에서 우리가 공부를 해야 할 건 바로 "우는 아이 달래려고 했다"라는 말입니다. 제가 아까 마음의 측면에 대해 말씀드렸습니다. 그 측면에는 '부처다, 마음이다'라는 것이 있지만 사실 그곳에 붙을 자리가 아닙니다.

그러자 학인이 고개를 갸우뚱하고 다시 물었습니다.

"그럼, 우는 아이가 울음을 그쳤을 때는 스님은 뭐라고 하시겠습니까?"

마조 스님이 대답했습니다.

"비심, 비불, 비물 (非心, 非佛, 非物)이니라"

즉, '마음도 아니고 부처도 아니고 중생도 아니다'라고 마조 스님께서 말씀하셨던 것입니다. 마음도 아니고 부처도 아니고 중생도 아니다. 그럼 이게 무엇일까요? 이런 생각을 할 때 여러분은 궁금증이 생기고 의심이 생기기 시작 할 것입니다. 알고 싶잖아요? 간화선에서 말하는 이 의심이라는 건 생명과도 같은 공부의 한 과정입니다. 의심이 없으면 간화선 공부는 매우 어렵습니다.

간화선은 경절문(俓截門)이라고도 합니다. 질러 들어가는 문인데 즉, 질러가는 지름길입니다. 그런데 이것을 왜 지름길이라 할까요? 의심이라는 것을 통해서 깨달음으로 바로 질러가기 때문입니다. 그래서 간화선에서 이 의심이라는 것은 대단히 중요합니다.

그런데 이 의심이 아무한테나 생길 수 있을까요? 이 의심은 아무에게나 절대로 생기지 않습니다. 왜 그런가 하면, 이 의심은 마음공부가 정말 가치가 있고 믿을 만 한 일이라고 생각하는, 정말 대단한 확신을 가진 사람한테서만 생깁니다. 알고자 하는 강한 의지가 확고할 때만이 마음이 깊어지고, 그 강한 믿음을 바탕으로 의심이 생기기 때문입니다. 그러므로 이 의지는 강한 믿음이 가장 중요합니다.

요즘 스님들은 간화선 수행을 하기 위해 큰 스님에게 화두를 하나 타서 옵니다. 대개 무자 화두, 뜰 앞의 잣나무 화두, 또는 마른 똥 막대기 화두 등 무엇이든지 화두 하나를 탑니다.

'부처가 무엇입니까.' '마른 똥막대기입니다.' 이를 중국에서 '건시궐'이라고 합니다. 이와 같이 공안에는 1,700개가 있습니다. 하지만 이런 공안을 받았을 때 간화선 수행자가 그 공안에 대한 의심이 서지 않았을 때에는 아무런 소용이 없습니다. 그저 인식의 언저리에서만 놀기 때문에 마음 깊이 자리를 제대로 잡지 못합니다. '어째서 뜰앞의 잣나무라고 했는가? 그게 마음의 심중에 크게 울리지 않으면 그저 그 화두를 내가 알고 있었던 것으로써, 이미 생각하고 있는 것으로써 즉, 그 분별심과 알음알이로만 해석하려 들기 때문에 아무런 소용이 없다는 말입니다. 내가 아는 것과 지식으로만 화두를 들게 되면 절대 자신의 업성을 멈추게 할 수가 없습니다. 업성이 계속 급한 물살처럼 작용하기 때문입니다. 본래 마음자리이고 본래 부처마음이라는 것을 알려면 법성의 바닥을 알아야 하는데 만일, 지식과 알음알이로만 해석한다면 그 바닥은커녕 근처에도 가지 못하게 됩니다. 때문에 법성의 바다 그 본심을 먼저 알아야 한다는 것입니다. 그렇게 하려면 우선 내 마음속에 강한 믿음이 있어야만 합니다.

우리가 업의 색상 현상에 끌려 다니지 아니 하려면 그런 지혜가 있어야 합니다. 또한 내 마음속의 본심을 알아야만 합니다. 그런 지혜는 집착을 끊어 내지 않으면 결코 생기지 않습니다. 그러한 집착으로부터 끊어 주는 게 바로 의심하는 작용입니다. 그래서 화두는 의심이 매우 중요합니다. 아까도 말씀드렸다시피 부처님도 열반도 해탈도 붙을 자리가 없는 그런 진공의 자리, 마음의 바다, 진심의 자리를 구하기 위해서는 철저한 믿음과 공부가 동반되어야만 합니다.

우리가 부처마음으로 돌아와 평상심을 가지게 되면, 우리의 본래 마음은 자연스럽게 찾아지게 됩니다. 그럴 때 사람은 비로소 모든 인격이 비로소 드러나게 되는데 본래 법성의 바다를 본 사람은 모든 행동에 전혀 구속을 받지 않고 자유자재하게 됩니다. 그런데 법성의 바다를 보지 못한 사람은 어떤 것을 이야기 해도 언행의 일치가 되지를 않습니다. 이것은 사실 아주 중요한 문제입니다.

아무리 부처님이야기를 하고 아무리 1,700공안을 다 풀고 철학적으로나, 학문적으로 다 한다고 해도 그건 자신이 알고 있는 중생심 안에서 이루어진 지식이고 상식이며 한갓 풀이에 지나지 않습니다. 또한 정작 내업성의 바다, 내 본래의 마음바다를 보지 못했기 때문에 자신이 살아감에 있어 바람이 불어온다든지 인연이 다가온다든지, 또는 명예, 권력, 오욕락 등 경계가 와서 부딪치면 내안이 뒤집어지기 쉽습니다. 때문에 우리는 이를 반드시 깨달아야 합니다. 본래 우리가 부처라는 것을 말입니다. 이런 믿음이 생겼을 때 비로소 공안을 타파하게 되는 것입니다.

예를 들면, 누군가가 "부처님이 말씀하신 깊은 진리가 무엇입니까?" "뜰 앞의 잣나무입니다." 했을 때, 사실 화두는 수행자로 하여금 의심을 돈발시키기 위해 주어진 게 아니라 그 자체로 생명이고 깨달음의 본체입니다. 그러나 중생은 지금까지 자신이 오고가며 짊어졌던 생각이나 분별에 의해 딱 거기서 부딪히면서 멈춰버리게 됩니다. 그 순간 거기에서 진실로 의심이 일어납니다. 무언가를 의심하고 싶어서 하는 게 아니라 그냥 의심이 일어나는 겁니다. 그냥 알고 싶어서 말입니다.

이런 의심을 두고 화두에서는 '진의심(眞疑心)'이라고 합니다. 참 진(眞)자 참 의심이란 말입니다. 그렇지 아니하고 믿음이 약해서 그저 우리가 아는 알음알이나 지식을 가지고 화두, 즉 공안을 풀려고 하면 안 됩니다. 자꾸 인위적으로 만들어서 마치 원숭이가 공을 가지고 놀듯이 하는 것밖에는 되지 않습니다. 그렇게 해서는 결코 가치 있는 깨달음을 얻을 수가 없습니다.

　제가 오늘 법문을 이렇게 딱딱하게 마음자리만 가지고 말씀을 드려서 여러분들이 매우 어려워하실지 모르겠습니다. 하지만 여러분에게 한 법문의 요지는 간화선은 의심이 생명인데, 내가 정말 마음공부가 가치가 있음을 믿게 되면 자연히 의심이 생기게 되어 간화선 공부는 더욱 빠르게 된다는 사실입니다. 또한 간화선 공부는 우리 법성의 바다에서 일어나는 모든 생멸작용인 '좋다' '싫다' 하는 생각을 벗어나 우리를 자유롭게 만들어 주는 큰 역할을 한다는 것입니다.

　끝으로 마음공부를 위해 우리가 더불어 갖추어야 할 것에 대해 말씀드리겠습니다. 우리는 마음속에 크나큰 자비심과 보살의 원력을 가져야 합니다. 우리 모두가 본래 부처님이니까 부처의 삶을 살아갈 수 있도록 원을 세워야 합니다. 이 자비심과 보살의 원력에 대해서 표현한 좋은 시가 한 편 있습니다. 한용운 스님의 '나룻배와 행인'이라는 시입니다. 한용운 스님께서 어떻게 시로 표현했는가를 들려 주겠습니다. 모두 합장하세요.

　나룻배와 행인

　　　　　　　　　　　　　　　　　　　　한용운

　나는 나룻배
　당신은 행인.

당신은 흙발로 나를 짓밟습니다.

나는 당신을 안고 물을 건너갑니다.

나는 당신을 안으면 깊으나 얕으나 급한 여울이나 건너갑니다.

만일 당신이 아니 오시면 나는 바람을 쐬고 눈비를 맞으며 밤에서 낮까지 당신을 기다리고 있습니다.

당신은 물만 건너면 나를 돌아보지도 않고 가십니다 그려.

그러나 당신이 언제든지 오실 줄만은 알아요.

나는 당신을 기다리면서 날마다 날마다 낡아 갑니다.

나는 나룻배

당신은 행인.

여러분 시가 괜찮죠? 여기에서 빈 배라는 것은 마음을 비우는 걸 말합니다. 즉 불교공부는 마음비우기입니다. 마음을 비우면 마치 빈 배와 같습니다. 빈 배가 되면 소든, 말이든, 돼지든, 흙발로 타든, 무엇이든 태울 수 있게 됩니다. 그게 빈배가 가지고 있는 큰사랑입니다. 공부를 하는 사람은 본래 마음의 법성바다에는 이런 큰 사랑의 힘이 있다는 걸 알게 됩니다.

만약, 그래도 당신이 중생의 오욕락에 찌들어 오지 아니 한다면 나는 당신이 오기를 바람맞으며, 때로 눈비를 맞으면서 오실 때까지 기다린다고 했습니다. 이게 바로 보살의 원력이 아니고 또 무엇이겠습니까? 우리 본래 마음 안에는 이런 게 있습니다. 우리 안에 본래 있는 원력을 가지고 일상생활 속에서 꾸준히 마음공부를 실천하게 되면 결국 성불을 이룰 수 있습니다. 여러분들이 오늘 이 자리에서 법문을 듣고 있는 것도 이와 같은 실천이라 할 수 있습니다. 이를 꾸준하게 실천하게 되면 내 마음은 어느 한 순간부터 그냥 깨치게 되고 마음의 문도 자연스럽게 열리게 됩니다.

또한 언제나 내 마음은 열린 마음이 되는 겁니다. 그러나 이러한 내 마음을 그저 딱 닫아 놓고 관념적인 알음알이로만 중생을 알려고 하면 아무리 공부를 한다고 해도 이기심에서 벗어날 수 없다는 걸 여러분은 알아야 합니다. 이런 사람은 아무리 좋은 법문을 들려주어도 쉽게 흔들립니다. 왜냐하면 조금한 경계가 와도 쉽게 마음이 뒤집어지기 때문입니다. 중요한 것은 본래 우리가 가진 법성의 바다를 깨닫고 있어야 된다는 것입니다. 이를 위해서는 우리가 하는 이 공부가 정말 가치가 있는 일임을 스스로 믿고 있어야 합니다.

나룻배처럼 날이면 날마다 당신을 기다리면서 나는 낡아 가게 되는 것입니다. 그런데 여러분 낡아간다는 게 도대체 무엇일까요? 중생을 위해 부처와 같은 길을 가고자 하는 사람은 낡아가도 낡아 가는 바가 없다는 겁니다. 또한 공부를 해도 공부를 했다는 상이 없습니다. 사람이 공부를 많이 했다고 해서 그 법상(法相)이 붙게 되면 오히려 자신을 구속시키고 자신을 괴롭히는 원인이 되기 쉽습니다. 그럼 어떻게 해야 할까요? 공부란 알음알이로 접근을 해서는 안 됩니다. 지극한 마음으로 이 공부가 자신에게, 중생에게 진실로 가치가 있는 것임을 마음속으로 깨달아야 합니다.

불교공부는 제대로 알고 해야만 합니다. 바른 정견을 가지고 제대로 알게 되면 아무리 짧은 공부라도 큰 가르침을 배우게 되는 것입니다. 오늘 짧은 한 시간 동안 우리는 불교공부를 했습니다. 어쩌면 이 한 시간이 우리가 일생을 살아가는 데 엄청난 도움을 줄 수도 있으며, 또한 마음의 자유와 마음의 행복을 가져다 줄 것입니다.

오늘 제가 두서없는 얘기를 많이 했지만, 제가 여러분들에 말씀하고자 한 것을 달리 표현하자면 집착에서 벗어나야 한다는 게 요지입니다. 사람은 쓸데 없는 곳에 많은 집착을 합니다. 때문에 정견을 바로 알아야 합니다. 즉 허상에 집착을 해서는 안 된다는 말입니다. 내가 본래 부처라는 믿음을 가지고 마음공부를 부단히 하신다면 여러분은 정말 큰 공덕과 깨달음을 성취할 수 있습니다. 여러분은 본래 부처입니다. 성불하세요.

설우 스님

법인정사 선원장.
1971년 ｜ 원명스님을 은사로 원적사 입산출가.
1975년 ｜ 사미계 수계.
1978년 ｜ 비구계 수계.
해인사, 통도사, 동화사, 수도암, 도성암 등에서 25안거 성만.
조계종 간화선 수행지침서 편집위원 역임.
조계종 승가고시 위원.
조계종 기본선원 교선사.

설봉스님

군 포교의 길

구 포교의 길

석가의 제자였던 유마거사는 인도 바이샬리의 대재산가였습니다. 그는 석가모니의 제자들이 선정(禪定). 지계(持戒). 걸식(乞食). 불신(佛身) 등에서 갖고 있는 생각과 실천수행의 잘못을 지적하여 깨우쳐 주신 분입니다.

《유마경》은 유마거사가 병이 들어 누워 있을 때 석가의 제자들과 보살들이 문병을 하러 오기 전후의 과정을 대화 형식으로 기록한 경전입니다.

당시 병석(病席)에 있는 유마거사에게 문병을 가는 것에 대해 사리불, 목건련, 가섭, 수보리, 부루나, 가전연, 아나율, 우바리, 라홀라, 아난, 미륵보살, 광엄동자, 지세보살, 선덕보살은 유마거사에게 문병을 가지 않겠다고 했는데 문수보살만은 세존에게 가겠다고 했습니다.

"세존이시여, 저 유마는 깊이 법의 실상(實相)에 통달해 있으며, 가르침의 요지를 훌륭하게 설하며, 법을 설할 때 걸림이 없고, 지혜 또한 막힘이 없습니다. 제가 그의 문병을 가겠습니다."

그 후 문수보살의 병문안을 맞이한 유마 거사가 이렇게 말하였습니다.

"잘 오셨습니다, 문수여. 오지 않는 상(相)으로 오셨고, 보이지 않는 상으로 오셨습니다."

문수보살이 이렇게 대답을 하였습니다.

"거사여, 그대의 말씀대로입니다. 만약 와버렸다면 다시 올 수 없었을 것이고, 만약 가버렸다면 다시 갈 수 없습니다. 왜냐하면 오는 자에게 오는 곳이 없고, 가는 자에게는 갈 곳이 없기 때문입니다. 거사의 병은 어떠한 연유로 일어난 것입니까?"

다시 유마 거사가 답을 하였습니다.

"모든 중생들이 병들었으므로 나도 병이 생겼습니다. 보살의 병은 대자비에서 일어납니다."

문수보살이 말합니다.

"당신의 병은 마음이 병든 것입니까, 몸이 병든 것입니까?"

유마거사가 답을 하였습니다.

"나는 몸을 떠나 있으므로 몸이 아프지 않으며, 마음은 환상과 같은 것임을 앎으로 마음도 아프지 않습니다. 중생들이 병들어 가고 있기 때문에 나도 병드는 것입니다."

유마가 문수보살에게 물었습니다.

"당신은 여러 국토를 돌아서 왔는데 어떤 국토에 가장 묘한 사자좌가 있습니까?"

문수보살이 대답을 하였습니다.

"동방으로 한없는 국토를 지나면 수미상(須彌相)이라고 하는 세계가 있습니다. 그곳에 수미등 왕이라고 일컫는 부처가 있는데 높고 넓은 사자좌 위에 앉아 계십니다. 그 자리야말로 비길 데 없이 묘하고 장엄합니다."

유마 거사는 이 말을 듣자 신통력으로 3만 2천의 사자좌를 그 방에 옮겨 왔는데 방은 널찍하여 그러한 자리를 수용하는데 결코 장애가 없었습니다. 그러나 바이샬리의 거리나 이 세계가 좁아진 것도 아니었습니다. 이것이 바로 《유마경》의 요지입니다.

이와 같이 유마거사께서는 중생이 병이 드니 보살인 자신도 병이 들어 몸져누웠다고 하였던 것입니다. 유마 거사의 말씀은 힘들고 어려운 중생들의 아픔을 함께 할 수 있는 보살이 되어야 한다는 것을 강조하신 것입니다. 참 좋은 말씀입니다.

그러나 가만히 생각해보면 오늘날 우리불자들은 다른 중생들이 병들거나 고통 속에 있어도 이를 함께 나누고 도울 줄을 잘 모릅니다. 실로 안타까운 일입니다.

우리 불자들은 남이 병에 들어 있을 때 비록 병을 고치는 의사가 되지 못하더라도 적어도 간호사는 되어야 하며 때로는 간병인 정도는 되어야 합니다. 마치 마른 땅에 소리 없이 물이 젖어 들어가듯이 병든 중생들을 따뜻하게 포용할 수 있어야만 합니다. 마치 바람이 철조망을 소리 없이 빠져 나가듯이 걸림이 없는 마음으로 내 이웃과 병든 중생들을 도와야 한다는 것입니다. 원래 우리의 몸은 그지없이 따뜻한 체온을 가지고 있습니다. 이것으로 병든 중생들을 안아야 합니다. 이것이 진정한 불자의 바른 모습입니다. 이러한 유마거사의 마음과 정신을 가지지 않고서는 어려움에 처한 중생들을 도울 수도 없으며 또한 큰 공덕(功德)을 얻을 수도 없습니다.

돌이켜 보면 오늘날 한국불교의 미래(未來)는 참으로 암담하고 어둡습니다. 왜냐하면 진정한 불자가 차츰 사라지기 때문입니다. 이를 타파(打破)하기 위해서는 포교정신이 진실로 필요합니다.

우리는 무더운 여름 날, 느티나무가 만든 그늘 아래 앉아 휴식을 취하기도 합니다. 그런데 우리는 그 느티나무의 고마움을 제대로 인식하지 못합니다. 이 나무는 비가 오나, 눈이 오나 더우나 추우나 그 어떤 악천후에도 아랑곳없이 땅속에 깊이 뿌리를 내리고 오직 그 자리를 떠나지 않고 지킵니다.

그 나무가 만든 그늘은 그냥 만들어지는 게 아닙니다. 그 그늘은 여름날 무더운 땡볕에 자신의 가련한 몸인 잎사귀들을 아낌없이 희생하여 얻는 것임을 알아야 합니다. 그리하여 길을 가는 나그네에게 휴식을 제공해 줍니다. 느티나무에게는 그 어떠한 차별도 없습니다. 부자든, 가난한 사람이든, 학식이 높든 무식하든, 그 어떤 차별도 없이 모든 이에게 골고루 그늘을 나누어 줍니다. 우리 인간은 이를 망각하고 있습니다. 나는 길을 가다가 그런 느티나무를 만나면 "느티나무 보살님 안녕하세요." 하고 항상 즐거운 마음으로 합장합니다. 이와 같이 우리 주위에는 보살님이 많이 있다는 걸 알아야 합니다.

들길에는 잡초들이 많이 피어 있습니다. 이 잡초들은 사람들한테 밟히고 동물들에게 뜯어 먹히면서도 언제나 끈질긴 생명력으로 살아남았습니다. 때로는 들짐승, 날짐승들에게 기꺼이 먹이가 되기도 합니다. 제 몸을 희생하여 남을 도우니 잡초 또한 보살님이 아니고 무엇이겠습니까?

나는 언젠가 산길을 산책하다가 이름 모를 싱그러운 야생화 한송이를 발견한 적이 있었습니다. 고놈이 얼마나 이뻤는지 이리보고 저리보고 하다가 그만 마음을 빼앗기고 말았습니다. 그 순간 온갖 번뇌들이 다 달아났습니다. 그 싱그러운 야생화 한송이가 내 모든 시름을 다 들게 했던 겁니다. 이것 또한 보살이 아니고 무엇이겠습니까?

한그루의 느티나무가, 한묶음의 잡초가. 이 가여린 야생화가 바로 보살님이 아니고 무엇입니까? 부처님은 멀리 계시지 않습니다. 또한 보살님도 멀리 계시지 않습니다. 우리가 그토록 원하는 부처님, 보살님이 바로 지금 내 옆에 있다는 것을 자각(自覺)하고 열심히 마음을 닦아야 합니다. 이를 불자들은 지금 이 순간부터 깨달아야 합니다. 한 가지 더 말씀 드리겠습니다.

우리는 오래 동안 가뭄이 계속되는 데도 불구하고 산의 계곡에는 물이 넘쳐흐르고 있는 것을 종종 볼 수 있습니다. 그런데 우리 인간들은 이런 현상에 대해 조금도 의문을 가지지 않습니다. 그러나 여기에도 다 이유가 있다는 것을 알아야 합니다. 심한 가뭄에도 계곡물이 마르지 않고 흘러내리는 것도 바로 그 산에서 살고 있는 풀뿌리 하나, 나무뿌리 하나, 돌부리 하나 때문입니다. 비가 올 때는 이들이 한껏 물기를 머금었다가 가뭄이 오면 조금씩 자신의 몸속에 있는 물들을 내 보냅니다. 그것이 계곡에 물이 마르지 않는 까닭입니다. 우리 인간들은 이들에게 생명이 없다고 그냥 무심코 넘기지만 사실은 이들 속에는 대자대비(大慈大悲)한 대자비심(大慈悲心)이 있다는 걸 깨달아야 합니다. 이들은 항상 물이 마르면 죽을지도 모르는 온갖 생명들을 걱정하기 때문에 자신의 몸을 희생하면서 조금씩 물을 내 뱉는다는 것입니다. 그러므로 우리가 휴식을 위해 찾는 산전체가 보살님이 아니고 무엇이겠습니까? 이렇듯이 우리는 주변에 무심코 지나치는 작은 생물이나 풀뿌리 하나라도 보살 아닌 것이 없다는 것을 명심해야 합니다. 우리인간들은 어리석어서 이를 알면서도 모른 척 합니다.

저는 지난 1983년 가정 형편이 어려운 아이들 120여 명을 모아 어린이 공연단을 만들어 전국의 군부대와 고아원, 양로원을 다니면서 공연을 했던 적이 있습니다. 공연단이 들린 곳은 항상 웃음꽃이 만발하였습니다. 그 때 그 공연단을 만드는데 나는 그 어떤 지원도 받지를 않았습니다. 제가 군부대와 깊은 인연을 맺게 된 것도 바로 이 때문입니다.

그 때 젊은 군인들이 불교와 전혀 인연을 맺지 못하고 있다는 생각이 들었습니다. 이 같은 현실이 저로서는 매우 안타까웠습니다. 그 순간 "인생을 바칠 곳은 바로 이곳이다"라고 마음을 먹었습니다. 그래서 말 못하는 부처님 앞에서 부처님을 받들고 살기보다는 차라리 살아있는 젊은 부처들인 군 장병들의 포교에 앞장설 것을 다짐 했습니다.

그러다가 공연을 다니다가 우연히 강화도 해병대가 있는 곳을 가게 되었습니다. 그전까지는 이 부대에서 오라고 하면 가고, 저 부대에서 오라고 하면 거기로 가곤 했습니다. 그 때 우리 공연단의 아이들은 힘든 장병들을 기쁘게 하는 그야말로 보살들이었습니다. 그곳에서는 불교, 천주교, 기독교라는 분파(分派)가 존재하지 않았습니다.

장병들은 공연이 끝나고 나면 어린 공연단의 아이들을 무등 태우고 운동장을 돌면서 '고향의 봄', '뜸뿍새' 등 동요를 부르기도 하였습니다. 참으로 아름다운 광경이었습니다. 그 때 내가 데리고 다녔던 그 아이들은 그저 어린부처들이었습니다. 그들의 작은 힘은 장병들의 사기를 키우는데 많은 역할을 하였습니다. 뿐만 아니라 그 장병들도 참으로 머리가 좋고, 인내심이 많고 건장한 젊은이들이어서 나에게는 부처들이었습니다.

나는 강화도에 작은 절을 세우기로 마음을 먹었습니다. 강화도에는 유서 깊은 절은 많지만 공식적으로 마땅하게 법회를 열 장소가 없었기 때문이었습니다. 그런데 이 강화의 마을 사람들이나 장병들은 절에 다니는 것보다 기독교인이 더 많아 교회가 활성화되어 있었습니다. 심지어 장병들은 길에서 나를 만나도 합장은커녕 본체만체 하였습니다. 나는 이런 곳에서 어떻게 제대로 포교를 할 것 인지를 심각하게 고민하기 시작했습니다. 결국 내가 그들로부터 가까워져야겠다는 다짐을 하게 되었습니다. 그야말로 한 몸이 되어야겠다는 각오를 했던 겁니다.

이곳 강화도의 해병대는 주로 경계근무를 하는 곳이라 특정한 곳에 모여 있지 않고 해안선을 따라 중대단위, 소대단위, 분대단위로 분산되어 그야말로 구석구석에 작은 부대가 숨바꼭질 하듯이 숨어 있고, 해안도로를 따라 사 오백 미터씩 초소가 세워져 있었습니다. 또한 민통선 지역이라 일반 민간인들은 절대로 못 들어갑니다. 밤에 그 지역을 들어가게 되면 총까지 맞을 지도 모르는 매우 위험한 곳입니다.

나는 그들을 포교하기 위해 낮에는 시원한 음료수를 사서 초소를 찾았으며 때로는 웃통을 벗어 던지고 삽을 들고 참호도 함께 만들면서 부처님 말씀을 전하기도 했습니다. 이러기를 몇 개월간, 전초소를 돌면서 그들이 웃으면 나도 따라 웃고 그들이 슬프면 나도 함께 하면서 지냈습니다.

이런 과정을 거치다 보니 군부대 사령부에서조차 나의 존재를 알게 되었습니다. 처음에는 포교 차원인줄 생각을 했다가 내가 인성교육을 위해 앞장선다는 것을 알고는 기꺼이 군부대 방문을 허락하였습니다. 더욱이 내가 가는 곳마다 그곳의 부대장은 매우 좋아했습니다.

그러나 나는 이곳을 다니면서 장병들에게 불교를 믿거나 불교기 이면 종교임을 단 한 번도 말하지 않았습니다. 그저 사람은 어떻게 살아야 하며 앞으로 자신의 미래는 어떻게 펼쳐야하는가? 등의 인성교육만을 하였던 것입니다. 이런 과정을 겪고 삼 개월이 되자 장병들은 나를 보면 먼저 합장을 하기 시작했으며 친형처럼 따르기 시작했습니다.

그러던 어느 날, 추운 겨울에 해안에서 근무를 서고 있는 장병들을 위해 무슨 일을 할 것인가를 고민하다가 결심하게 된 게 바로 '커피 한잔과 초코파이'였습니다. 바닷가의 겨울바람은 실로 참기가 힘듭니다. 이때 가장 마음을 훈훈하게 할 수 있는 것이 바로 한 잔의 따뜻한 커피라는 생각이 들었습니다. 이때부터 나는 고행(苦行)을 하기로 결심을 했던 겁니다.

밤 9시가 되면, 어김없이 내가 있던 거처를 나와 커피 200잔과 초코파이 400개를 들고 근무하는 장병들을 위해 나섰던 것입니다. 강화도 해변은 꽤 멀게 펼쳐져 있어 초소를 모두 도는데 무려 여섯 시간이나 걸립니다. 더욱이 밤에는 민간인이 들어가지 못하는 민통선이기 때문에 이만 저만 힘든 고행이 아니었습니다. 그런 여건에도 불구하고 무조건 철책을 따라 초소에 들어갔습니다. 어쩌면 총에 맞아 죽을지도 모르는데도 불구하고 말입니다. 허허.

내게 근무자가 "손들어 움직이면 쏜다. 암호" 하면 나는 "스님이다."라고 합니다. 이 때 병사들은 박장대소를 하고 웃습니다. 따뜻한 커피를 손에 쥐어주면 그들은 어느새 눈물까지 글썽입니다.

처음 있는 초소를 지나가면 그 다음 부터는 장병들이 다음 초소로 "설봉 스님 떴다" 하고 전화를 미리 하기 때문에 별 어려움이 없습니다. 이런 일을 매일하자 장병들은 으레 아홉시만 되면 나를 은근하게 기다리기 시작했습니다.

비가 오나 눈이 오나 매일 이 같은 일을 나는 반복했습니다. 날씨가 매우 추운 날은 더욱 가야만 했습니다. 이런 날일 수록 장병들에게는 오히려 한 잔의 커피가 더 그리워지기 때문입니다.

나는 그들에게 "춥지. 힘들지" 하고 딱 한마디만 합니다. 그리고 등 한 번 두들겨 주고는 손에 커피 한잔과 초코파이 두개를 쥐어줍니다. 그런데 재미있는 건 군에 갓 들어 온 졸병일수록 내가 손을 잡으면 도무지 놓지 않으려고 한다는 겁니다. 내가 그놈들의 손을 꼭 잡고 있으면 내 마음속에도 이런 생각이 일어납니다.

"너희들은 대한민국에서도 제일 훌륭한 해병대 군인들이다. 자기 자신을 이기지 못하면 결코 이 세상을 이길 수가 없다. 또한 세상을 올바르게 살아 갈수가 없다.《법구경》에 보면 이런 말이 나와 있다. '혼자 백만 명의 적과 싸워 이기는 것보다 자기 자신과 싸워 이기는 사람이 더 훌륭한 사람이다.' 그러므로 먼저 자기 자신을 이기는 것이 중요하다."

나는 내 마음의 소리를 따뜻한 손을 통해 군인들에게 전해주곤 했습니다. 그런 내 마음을 알았는지 병사들은 손을 오랫 동안 잡고 놓아주지를 않았습니다. 그러나 초소를 모두 돌려면 무려 여섯 시간이 걸리기 때문에 한곳에 오래 머물 수가 없습니다. 어쩌다가 바쁜 일이 있어 못 돌때는 병사들은 나를 굉장히 기다렸습니다. 심지어 내가 몸이 아파 오지 않는 것은 아닌지 매우 걱정을 하곤 했답니다.

한 번은 눈이 많이 온 날이었습니다. 한 손에는 손전등을 들고 다른 손에는 초코파이와 커피 병을 들고 해안 절벽을 따라가다가 그만 눈에 미끄러져 넘어지고 말았는데 발목을 삐고 말았습니다. 이루 말할 수 없는 통증이 몰려 왔습니다. 그런 와중에도 첫 번째 초소에 들렀는데 연이어 그들은 다른 초소에 전화를 해 "설봉 스님 떴다. 설봉 스님 떴다"하는 바람에 할 수 없이 전초소를 다 돌고 말았습니다. 커피 한잔과 초코파이를 기다리는 병사들의 모습이 눈에 아른거려 차마 그냥 돌아올 수가 없었기 때문입니다.

그 날 밤 숙소에 돌아와서 보니 발목에 금이 갔는지 퉁퉁 부어올랐습니다. 어찌나 심했던지 그 다음날부터는 아예 걷지도 못하고 깁스를 하여 무려 한 달 동안 초소를 돌지 못했습니다. 병사들이 하나 둘씩 면회를 찾아 왔습니다. 나는 그때 그들에게 이런 말을 하였습니다.

"그래 그래 찾아와서 너무 고맙구나. 앞으로는 내가 발에 금이 가는 게 아니라 발목이 잘려나가더라도 너희 같은 젊은 부처가 있는 곳이면 밤잠을 자지 않고서라도 찾아가겠다."고 맹세를 했습니다.

병사들이 내게 인사를 하고 돌아갈 때는 나는 속으로 "부처님"하고 합장하곤 했습니다.

사실, 해안선 철책 초소를 돌다가 놀란 적도 한 두 번이 아니었습니다. 어떤 때는 바닷가에서 밀려온 큰 나무를 간첩으로 오인한 적도 있었고 숲에서 나타난 고라니를 보고 놀란 적도 많았습니다. 당시만 하더라도 무장 공비들이 더러 침투를 했기 때문에 늘 철책 해안선은 긴장의 연속이었습니다. 그런데도 그만 둘 수 없었던 건 젊은 부처들이 나를 기다리고 있다는 생각이 들었기 때문입니다.

그러던 중 법회를 하기 위해 조립식 건물을 세우고 무애원이라는 현판을 달았습니다. 물론, 병사들이 교회에 많이 갔기 때문에 별 기대도 하지 않았습니다.

첫 번째 법회에는 한 삼 십여 명이 왔습니다. 그리고 한 달이 지나니 칠팔십여 명이 왔고, 서너 달이 지나니 근처 교회보다 두 배가 더 되는 병사들이 법회를 듣기위해 무애원을 찾아왔습니다.

병사들은 무애원에 와서 하는 말이 "절 같지가 않고 꼭 고향에 온 느낌이다. 왠지 스님만 보면 마음에 있는 모든 고민들을 다 털어 놓아도 될 것 같고 불안한 마음도 초조한 마음도 다 사라진다."고 말했습니다.

그 후 1975년부터 해병대에서도 인성교육을 하기 시작했습니다. 사단장의 명령으로 병사들이 무애원에서 2박 3일 동안 인성교육을 받았는데 한 기수가 보통 160명 내외였습니다. 나는 그들에게 어려운 법문을 절대 하지 않았습니다.

내가 인성교육을 시작하자 다른 종교단체에서 말이 많았습니다. 왜 불교를 믿지 않는 아이들까지 절에 보내 인성교육을 시키느냐는 것이었습니다. 나는 고민 끝에 목사나 신부들에게 병사들의 인성교육을 위해 동참해 줄 것을 요청하였습니다. 근데 복이 많아서 인지 내가 인성교육을 하고 프로그램을 진행할 때는 병사들이 잘 듣고 있다가도 목사나 신부가 인성교육을 시작하면 이내 코를 골거나 딴 짓을 피우곤 했습니다.

이런 모습을 본 목사와 신부들은 나중에는 아예 참석하지 않아 그 후부터는 몇 년 간을 혼자서 병사들의 인성교육을 담당했습니다. 재미있는 건 병사들 중에서도 목사 아들이 몇 있었다는 사실입니다. 그 중의 한 목사아들은 설봉 스님의 법문을 듣고 나면 그야말로 많은 감동을 받는다고까지 말하곤 했습니다. 그는 자신이 믿지 않는 종교라고 해서 불교나 스님들을 무시한 적이 많았는데 불교에 대해 새로운 것을 많이 얻었다고 합니다.

한번은 내가 책을 내려고 인성교육을 받은 해병대 아이들에게 소감문을 받았는데 한 몇 년을 하고나니 천 여 장이나 되었습니다.

그러나 오늘날 무애원은 일반사찰이 되어 인성교육을 시킬 수가 없습니다. 그래서 다시 기룡사라는 조립식 법당을 짓고 거기에다가 당구장, 탁구장, 농구장, 족구장을 만들었습니다. 지금도 해병대의 체육대회 등을 전부 주관하고 있습니다.

사람이 살다가 보면 모든 일이 뜻대로 되지를 않습니다. 지금 무애원에는 병사들이 보통 150여 명, 많을 때는 400여 명이나 됩니다. 그중에서 불교를 믿는 인원이 절반 정도이니 엄청나다고 할 수 있습니다.

체육대회를 한번 씩 하고 나면 경비가 많이 들지만 나는 큰 보람을 느낍니다. 그들은 체육대회를 통해 그동안 만나지 못했던 동기들도 만나 허심탄회하게 군생활 이야기를 주고받으면서 즐거움을 만끽합니다.

요즘에는 젊은이들의 고민을 받아 줄 시설이 턱없이 부족합니다. 그들은 누군가를 붙들고 대화를 나누고 싶어 합니다. 그런 그들을 이끌어 줄 이 사회의 분위기가 조성되어 있지 않기 때문입니다. 어른들은 그들을 무조건 가르치려고만 해서도 안 됩니다. 대화의 장으로 이끌어 내어 그들이 무엇을 원하는지를 알고, 그들이 원하는 것을 스스로 해결하도록 놓아 주는 게 좋습니다. 항상 들어주는 입장을 취하고 조금씩 잘못된 점을 지적해주는 것이 바른 인성교육입니다. 병사들의 하소연을 들어주면서 "군생활이 힘들지. 잘 참고 지내고 있지 않느냐." 등 등 따뜻한 말들을 한마디라도 제대로 해주는 것이 좋습니다. 이것이 바로 진정한 법문이 아니고 무엇이겠습니까?

군 생활 중에 가장 힘든 것은 스트레스입니다. 그런 스트레스를 풀어주는 방법은 위로가 가장 중요합니다. 일요일 법회가 끝나면 법당에서 일대일 상담을 합니다. 대개 그들이 하는 상담은 집안일과 앞으로 진로(進路)에 관한 것들입니다. 7-8년 전만해도 병사들의 고민은 대개 이성 관계였는데 애인이 변심을 하여 탈영을 하고 싶다는 것이 가장 많았지만, 요즘 그런 상담은 거의 없고 군 생활에 있어 선후배 관계나 인간관계, 단체 생활에서의 적응문제 등이 대부분입니다.

상병이나 병장들은 이 때 마음껏 상담을 하고 자신의 스트레스를 푸는데 이등병이나 일병들은 선배들의 눈치를 많이 보기 때문에 제대로 상담할 시간이 없습니다. 그래서 내가 만든 것이 바로 불전함입니다. 시줏돈을 넣는 것이 아니라 자신의 고민을 털어 놓는 함입니다. 나에게는 이 불전함을 여는 시간이 제일 행복한 시간입니다. 그 속에는 보통 3통에서 10통까지의 편지가 들어 있는데 구구절절한 하소연들이 대부분입니다.

그 하소연 중에 이런 내용도 있었는데 아버지가 외국에 돈 벌러 나간 뒤부터 어머니가 가정에 충실하지 못하다는 것이었습니다. "어머니를 만나기 위해 탈영을 하고 싶을 정도로 잠을 자지 못한다. 그러니 설봉 스님께서 고향에 내려가 자신의 어머니를 설득하여 가정으로 되돌아오게 해주십시오"라는 기막힌 사연도 있었습니다.

나는 고민 끝에 그 이야기를 듣고 그 병사의 집이 있는 청주까지 내려가 사진을 들고 그의 어머니를 찾았지만 집에 있지 않았습니다. 그래서 수소문을 했더니 저녁에 술집에 나간다는 이야기를 들었습니다. 군생활을 하고 있는 아들이 자신의 어머니 행실까지 걱정을 하고 있으니 이것이 말이 됩니까? 참으로 심각한 사태였습니다. 어떡하든지 만나서 설득을 해야겠다는 생각에 그 근처에 있는 술집을 모두 돌아다니다가 결국 그 병사의 어머니를 만났습니다. 그녀는 거기에서 종업원으로 근무를 하고 있었습니다. 내가 보기에는 돈이 아쉬운 게 아니라 재미삼아 하는 일 같았습니다.

그런데 그녀는 나를 보자마자 말도 꺼내기도 전에 '맥주 세병에 마른 안주 하나가 기본'이라며 술을 시키라고 하였습니다. 승복을 입은 내게 술을 권하자 나는 돌아보지도 않고 그곳을 나왔습니다. 아무래도 그 자리에서 대화를 직접 나누기가 불편했기 때문입니다. 그곳에 있었던 사람들의 눈길이 모두 나에게로 쏠렸습니다.

그러나 어떡하든지 먼 길을 찾아 온 김에 만나야겠다는 생각이 들어 근처에 숙소를 잡고 삼일 동안 그 술집에 계속 나가 그 아이의 어머니가 오기를 기다렸습니다. 그 모습을 본 웨이터들도 그제야 내가 그녀를 만나야 할 이유를 알았습니다. 나는 그녀를 만나자 마자 펑펑 울면서 이렇게 말했습니다.

"자식을 군에 보낸 어머니가 자식을 걱정해야지 제 몸 하나 가두기 힘든 훈련을 받고 있는 자식이 오히려 어머니 때문에 잠을 이루지 못할 정도로 괴로워하고 있습니다. 심지어 자살을 할까? 탈영을 할까? 깊은 고민에 빠져 있을 정도입니다. 더구나 배 아파 낳은 자식이 그렇게 고생을 하고 있는데 어머니는 어떻게 방탕한 생활을 하고 있습니까? 아이를 군에 보낼 때 눈물을 흘렸던 그 심정으로 다시 돌아가 면회라도 다녀가는 것이 좋겠습니다."

그 병사의 어머니는 그 순간 고개를 끄덕이다가 내 손을 꼭 잡았습니다. 그리고 하염없이 눈물을 흘렸습니다.

그 일이 있은 지 6개월 후 그 병사는 전방에 배치되었다가 다시 강화도로 와서 나를 찾아 왔습니다. 그리고서는 내 손을 붙잡고 울면서 하는 말이 "설봉 스님 고맙습니다. 스님 덕분에 어머니는 방탕한 생활을 하지 않고 가정에 매우 충실합니다."하고 말했습니다. 참으로 마음이 매우 뿌듯했습니다.

특히 군대는 많은 인원들이 함께 지내다보니 더러 견원지간(犬猿之間)처럼 앙숙이 생기기 마련입니다. 이 때문에 항상 사고가 일어납니다. 그러던 어느 날 나는 불전함에서 좋지 않은 편지 한통을 받았습니다. 두 병사간의 알력이었습니다. 자칫하면 큰 사고로 이어질 수 있겠나 싶어 바로 부대장에게 달려갔습니다.

부대장은 편지를 보고 "이거 그대로 두면 큰일 나겠군. 아무래도 한 소대 안에 두면 사고가 생길지도 모르는데 소대를 바꾸어야겠어요." 그리하여 사전에 사고를 미연에 방지를 한 적도 있습니다. 이 때문에 전, 후방을 바꾸어 배치를 하기도 했습니다.

어느새 나는 해병대에서도 알아주는 스님이 되었습니다. 나는 소대장, 중대장, 대대장, 연대장 가릴 것 없이 병사들의 문제에 대해서는 항상 앞장을 서서 먼저 해결을 하려고 하였습니다. 그래서 그런지 내 별명이 어느 순간부터 해결사가 되고 말았습니다.

이렇게 까지 한 것은 내가 받들고 있는 저 젊은 생불들이 '군생활'을 하는 동안 다치지 않고 건강하게 보낼 수 있게 하기 위해서입니다. 또한 마음의 사소한 고통들을 들어 주어 그 병사들이 무탈하게 제대를 하여 자신의 미래를 펼쳐나갈 있도록 하는 게 나의 의무라는 생각이 들었기 때문입니다. 나는 비록, 내 몸이 좀 피곤하더라도 저 생불들의 고통을 덜어 줄 수 있다면 어디든지 갈 준비를 하고 있었습니다.

그래서 그런지 강화에 계시는 노스님들은 "우리 설봉이가 지금은 저리 힘들지만 얼마 있지 않으면 아마 마음의 큰부자가 될 거야."라고 칭찬을 하십니다. 왜냐하면 병사들 중에서도 제일 뛰어난 최고의 젊은 인재들인 해병대 병사들을 제 손으로 길러내고 있기 때문입니다.

오늘 내가 왜 이런 법문을 하는가? 하면 그만큼 포교가 중요하다는 것을 여러분에게 심어두기 위함입니다. 우리 절이 최고이며, 우리 스님이 법문을 제일 잘한다. 우리 부처님이 영험하다. 이런 소리를 하면서 서로 자신들이 다니는 절들을 자랑합니다. 그러나 이런 것은 좋지 않습니다. 포교는 마음에서 우러나오는 진심으로 해야 합니다.

우리주변에는 고통을 당하고 있는 많은 중생들이 있습니다. 아까도 말을 했듯이 포교란 마치 마른땅에 물이 젖어 들어가듯이 소리 없이 해야 합니다. 내 곁에 어려운 이가 있으면 비록 내가 줄 것이 없더라도 따뜻한 얼굴과 따뜻한 마음으로 대하여야 합니다. 보시는 꼭 물질로만 하는 게 아닙니다.

좋은 말, 바른 말을 하는 것도 하나의 보시입니다. 다정다감한 눈빛으로 부처님을 공경하는 것도 보시라는 말입니다. 또한 남의 마음을 편안하게 하고 남의 기분을 상하지 않게 하는 것도 보시입니다. 이것은 곧 마음의 보시이기도 합니다.

나는 언제나 모든 중생에게 양보를 하며 살아가려고 합니다. 인간뿐만이 아니라 개나, 고양이 소, 심지어 작은 풀꽃, 잡초 하나라도 그들에게 양보를 하며 살아가려고 합니다. 또한 내 곁에 힘들고 외로운 사람이 있으면 언제라도 내 발바닥이 있는 한 어디라도 달려가 그들을 위해 도울 것입니다. 마치 마른 땅에 물 젖어 흘러가듯이 말입니다.

포교는 말로 되는 게 아닙니다. 몸과 마음이 함께 움직여 실천을 해야 합니다. 그저 내가 다니는 절이 최고이며, 내가 알고 있는 스님이 최고의 법사라는 생각도 버려야 합니다. 마음속에 '이곳이 내가 머물고 싶은 곳이구나. 정겨운 사람들만이 있는 곳이구나'하고 느꼈을 때만이 비로소 절도 가게 되는 것입니다. 이런 마음이 없다면 두 세 번은 다녀갈지 몰라도 오래 다니기는 정말 힘듭니다. 엄마의 따뜻한 얼굴을 보면 항상 내 마음이 훈훈해지듯이 절에 있는 스님들도 그렇게 해야만 많은 사람이 옵니다. 또한 호수처럼 맑은 눈동자에 내 영혼을 씻고 싶을 정도로 그렇게 느껴야만 절도 가고 싶어지는 법입니다.

이런 간절한 마음을 가진 사람은 결코 발길을 돌리지 않습니다. 내가 병사들에게 그토록 진실하게 대하였던 것도 바로 이러한 마음때문입니다. 이런 진실하고 다정다감한 마음으로 따라온 사람은 신심이 생겨 결코 절을 외면하지 않는다는 걸 알아야 합니다.

내가 가고 싶은 곳에 다정한 얼굴이 있는 한, 나를 끌고 있는 그 어떠한 위대한 힘이 그 곳으로 나를 인도하기 때문입니다. 항상, 옳은 말, 고운 말, 좋은 말, 바른 말이 내 귀에 잔잔하게 흐르고 있는 그곳이 바로 부처님이 계신 곳입니다. 이런 것을 알고 있는 불자라면 이미 큰 공덕을 이룬 사람입니다. 결국 나로 인해 그 사람이 항상 행복하게 미소 지을 수 있다면 그곳이 바로 불국토요, 공덕의 자리이며 부처의 덕을 가진 사람입니다.

더욱이 부처님의 온화한 말씀이 내 귀에 생생하게 들리는 사람은 아무리 힘든 일을 당해도 절망 속으로 빠지지 않습니다. 왜냐하면 자기 몸속에는 이미 부처님이 내린 공덕을 가지고 있기 때문에 새로 일어날 용기가 생기기 때문입니다. 그런 내가 왜 불공덕을 바라고 기독교의 덕을 바라겠는가 말입니다. 이런 부처님의 공덕을 오래 실천하는 불자들의 모습에 감동을 받고 따라온 사람들은 동화가 되어 영원히 부처님의 제자가 될 수밖에 없습니다. 이와 달리 일시적으로 당하는 어려움 때문에 부처님을 외면하는 사람은 결코 올바른 불자가 될 수 없다는 걸 명심해야 합니다.

하나의 예를 들겠습니다. 부모님은 자신을 위해 절에 가서 열심히 기도를 합니다. 그런데 자식들은 절에 가서 부모가 무엇을 하는지도 잘 모릅니다. 심지어 불공이 무엇인지 조차 모르는 자식들이 허다합니다. 이런 것을 보면 참으로 답답하지 않을 수 없습니다.

그렇다고 자식에게 야단을 쳐서는 안 됩니다. 때론 내 아이가 늦게 귀가를 한다고 해서 혹은 잘못을 저질렀다고 해서 순간적으로 야단을 칩니다. 이게 일반적인 이야기입니다. 그러나 이것은 큰 잘못입니다. 우리가 부처님께 불공을 드리는 것은 마음의 자제력을 기르기 위함입니다. 또한 마음을 편안하게 가지고 항상 긍정적 사고를 가지기 위함입니다.

부처님 말씀에도 절대로 화를 내지 말라고 하셨습니다. 차라리 절에서 배운 부처님의 말씀으로 아이를 차근차근하게 교화를 시키는 게 더욱 좋다는 말입니다. 그러므로 이런 아이들에게 직접적으로 꾸짖는 것은 좋지 않습니다.

적어도 자식들을 야단칠 때는 이 아이가 어떤 색의 종이를 좋아하는지, 우리 아이가 어떤 모양을 좋아하는지 정도는 알고 야단을 쳐야 한다는 것입니다. 무조건 잘못했다고 야단을 치는 건 오히려 부작용만 생길 뿐입니다.

차라리 그 아이에게 "오늘 좀 늦었구나. 그래 늦은 것은 좋은데 밥은 먹고 다녀야지. 그래야 놀 수도 있다." 혹은 "애야 나는 너를 믿고 있다. 나는 절대로 너를 의심하지 않는다. 그러나 시간이 늦었으면 집으로 와야 한다는 것을 알아야 한다."든지 이렇게 아이의 마음을 포근하게 하면서 야단을 쳐야만 아이들이 부모의 마음과 동화가 된다는 것을 알아야 합니다.

부처님은 "모든 일은 마음이 근본이다"라고 하셨습니다. 모든 것은 마음에서 이루어지고 마음에서 실패의 원인이 됩니다. 좋은 마음을 먹으면 항상 좋은 일만 생기고 나쁜 마음을 먹으면 나쁜 일이 생기는 게 세상의 이치입니다. 적어도 이런 문구하나 쯤은 가슴에 담고 살아야 진정한 불자입니다.

엄마가 그저 절에 가서 법문하나 듣고 와서는 종일 아이들에게 왱왱거려 봐야 공부하기 바쁜 아이들의 귀에는 '쇠귀에 경 읽기'에 지나지 않습니다. 요즘 아이들은 엄마가 아무리 좋은 소리를 해도 알아듣지를 못합니다.

요즘 우리 아이들이 좋아하는 시가 있습니다. 모든 사람들이 다 좋아하는 것입니다. 정말 좋은 것들이 너무나 많습니다. 그런 것을 하나 옮겨 써서 아이들의 책상 앞에 부쳐보세요. 아이들의 마음이 금새 달라집니다.

또한 절에 가서 들은 법문의 한 구절만이라도 종이에 써서 아이들의 책상 위에 붙여 두면 아이들이 불교를 보는 눈이 순식간에 달라집니다. 얼마나 좋은 포교입니까?

때로는 절에 갈 때도 그냥 가지 말고 "오늘 내가 너를 위해서 부처님께 기도를 하러간다" 라고 말을 하라는 것입니다. 또한 "이 엄마가 너의 건강과 학업을 위해서 이렇게 간절한 마음으로 기도를 한다."는 것을 심어주어야 합니다. 그래야 "우리 어머니가 나를 위해 저토록 열심히 기도를 하구나" 스스로 느끼게 되는 것입니다.

이렇게 하면 아이들이 절에 관심을 갖지 않을 수 없고 또한 부처님을 공경하지 않을 수 없으며 부모님을 공경하지 않을 수 없습니다. 공경이란 그냥 오는 게 아닙니다. 포교도 이와 같이 해야 합니다.

사실, 내가 알고 있는 포항 해병대에는 기독교가 더 잘 활성화 되어 있습니다. 왜냐하면 그곳에서는 초코파이를 하나 더 준다고 합니다. 아이들은 초코파이 하나라도 더 주는 쪽으로 가게 되어 있습니다. 그 이야기를 들으면 안타까운 마음이 들기도 하지만 아이들이 불교를 조금만 더 알고 있다면 그렇게 되지 않았을 것이라는 생각이 들기 때문에 아쉽습니다.

부모들은 자식을 위해서 평생 일을 합니다. 그러나 아이들은 이러한 사실을 느끼는 데는 많은 세월이 지나야 할 수 있습니다. 저들이 바로 결혼을 하고 자식을 가졌을 때입니다. 그 이전에는 아무 것도 모릅니다.

이와 같이 불교도 마찬가지라는 말입니다. 자신이 어려움에 처하여만 불교를 믿게 되는 건 이미 때가 늦습니다. 진짜 내 자식을 위해서 사는 부모는 서 있는 그 자리가 법당이 되어야만 합니다. 그리고 아이들을 교화시키고 불교를 정확하게 전달시키고자 하는 노력이 필요합니다. 초코파이 하나 때문에 종교를 옮기는 그런 일이 생겨서는 안 된다는 말입니다.

이러한 포교정신이 바로 살아 있는 불교가 아니고 무엇이겠습니까? 오늘 내가 선 무상사의 법당은 참으로 위대한 곳입니다. 이 법당은 또한 항상 우리의 마음속에 있습니다. 지금은 이 지구의 모든 곳을 법당화할 때입니다. 아니 시켜야 합니다. 이것이 우리 불자들이 가져야 할 마음가짐입니다. 바로 이 땅과 저 하늘 모두가 부처님의 법언을 전하는 법당이 될 때 이 세상은 정말 따뜻한 곳이 되기 때문입니다.

이 몸이 어디든지 갈 수가 있고 이 몸으로 무엇이든지 행할 수만 있다면 그것이 바로 불공임을 명심해야 합니다. 항상 어려운 사람을 생각하고 도울 수 있는 마음을 가지고 내주위에 있는 모든 사람들과 정을 나눌 수 있는 따뜻한 사람이 되도록 우리 모두 기도 합시다.

지구라는 이 큰 법당 속에서 우리가 진심으로 불공을 드린다면 우리불교는 날마다 새롭게 다시 태어 날 겁니다. 진심에서 우러나는 마음이 곧 부처의 마음이며 이를 남에게 전달 할 때 그것이 곧 포교가 됩니다.

　오늘 여러분을 만나 대단히 기쁩니다. 나무아미타불.

설 봉 스 님

설봉스님은 1971년에 출가하여 1995년부터 강화도 무애원 입구에 해병대 법당인 기룡사를 운영하며 군 포교에 매진하고 있습니다. 설봉스님은 그동안 가진 20여 차례의 도자기 전시회를 열어 수익금 대부분을 불우청소년 돕기와 포교 기금마련 등에 내놨습니다.

허운 스님

기도와 가피

기도와 가피

    우리가 기도를 드릴 때 천수경을 많이 독송하는데 이 천수경은 관세음보살님의 자비와 원력, 신력, 공덕과 자비, 지혜를 찬탄하는 내용입니다. 천수경은 '관음예찬 기도문'이라고 할 수 있습니다.

    천수경에 이런 찬송(讚頌)이 있습니다.

    무상심심미묘법(無上甚深微妙法)

    백천만겁난조우(百千萬劫難遭遇)

    아금견문득수지(我今見聞得受指)

    원해여래진실의(願解如來眞實義)

위없이 깊고 미묘한 법

백천만겁에도 만나기 어려워라

내가 지금 보고 듣고 받아 지니오니

여래의 진실한 뜻 얻기를 원합니다.

부처님 법은 무상법(無上法 더 이상 높을 수 없다)이며 심심법(深深法 더 이상 깊을 수 없다)이며, 미묘법(微妙法 보이는 곳에 보이지 않고 보이지 않는 곳에 보이는 이치)이라는 말씀입니다.

이런 고귀한 가르침은 백천만겁(百千萬劫)에도 만나기가 어려우며 도저히 시간만으로도 만나기가 불가능합니다. 그럼 우리는 어떻게 해야 부처님의 가르침을 얻을 수 있을까요? 뜻으로 마음으로 얻어야만 합니다. 부처님 법을 지금 여기 이 순간에 듣고, 보고, 얻고, 받아지녀 진실한 부처님의 참뜻을 바르게 얻기를 원해야 합니다. 이를 위해 필요한 것이 바로 '기도와 가피'입니다. 부처님의 참뜻을 내 힘으로 알기 어려울 때 기도를 드리고, 그 기도에 대답하는 게 가피라는 말입니다.

그래서 오늘 저는 불자님들에게 '기도'와 '가피'에 관해 말씀드리고자 합니다.

불교에서 말하는 수행법에는 여러 가지가 있지만 그 중 염불기도도 하나의 수행방법입니다. 기도는 원(願)을 세우고 시작하거나, 참회에서 시작하거나 그 어떤 이유에서 시작하든지 간에 모두 원만구족이 됩니다. 원만구족이란 부족하지 않다는 뜻입니다. 기도를 드리면 무엇이 구족될까요?

여러분 합장하고 따라하세요

기도를 올리면 무명 업이 참회가 되고
기도를 올리면 청정한 지계가 이룩되고
기도를 올리면 자연히 선정이 생기고
기도를 올리면 부처님께 공양함으로서 복덕이 생기고
기도를 올리면 부처님과 같은 지혜가 생기나니.
이것이 기도를 올리면 생기는 원만구족이니라.

여러분 기도를 올리면 이렇게 참회와 청정, 지계, 선정, 복덕, 지혜가
구족됩니다. 기도를 드리면 육근이 청정해지고, 지계가 만들어지고, 선정
이 생기고, 복덕이 만들어지고, 지혜가 만들어집니다. 왜냐하면 기도 중
에는 육근이 밖으로 다니면서 물들지 않습니다. 동시에 과거의 업이 녹습
니다. 몸이 움직이지 않으니 자연히 파계할 틈도 없습니다. 기도는 반복
하기 때문에 선정이 생깁니다. 부처님께 공양하기 때문에 복덕이 됩니다.
경은 부처님의 말씀이라서 자연히 자신도 모르는 사이에 지혜의 눈으로
보게 됩니다.

기도는 인생에 대한 새로운 눈을 열어주고 듣게 하고, 보게 하고, 말하
게 하고 행동하게 합니다. 기도는 이렇게 좋은 수행법입니다.

이 사바는 모두가 인연으로 생긴 것 입니다. 이 인연법은 너무나 오묘
하여 우리 중생의 지혜로는 참으로 알기 어렵다고 할 수 있습니다. 이 인

연 속에 살다보면 인연이 오고 인연이 머물고 인연이 사라지는 것이 우리 스스로 감당하기엔 너무 어렵습니다. 이럴 때 우리 불자들은 부처님을 향해서 기도를 올려야 합니다. 그리고 인연의 실체를 바르게 보고 인연으로 부터 생기는 고통으로부터 벗어나야합니다. 왜냐하면 악한 인연을 푸는 것 중에서 기도만큼 좋은 길이 없기 때문입니다.

먼저 제가 출가를 하고 기도하면서 경험했던 몇 가지 일화들을 말씀 드리겠습니다. 저는 파계사 성우 큰스님을 은사로 모시고 출가를 하였습니다. 저의 은사 스님께서는 기도를 드릴 때 제가 법당에 먼저 들어가 촛불을 밝히고 향을 올리고 함께 기도를 드리는 것이 어린 저로서는 너무 힘이 들었습니다. 그러나 지나고 보니 그 때 은사스님을 모시고 함께 기도했던 때가 제 인생에 있어서 참으로 행복한 시간이었습니다. 은사스님께서는 저로 하여금 기도의 소중함을 일러 주셨으며 수행의 길을 말없이 보여주셨기 때문입니다.

성우 큰스님께서는 새벽기도를 마치시면 언제나 어둠이 가기 전에 반드시 도량을 빗질하고 법당을 깨끗이 청소를 하셨습니다. 또한 염불하실 때는 깨끗한 옷으로 갈아입고 간절하고 간절하게 하셨는데 시간에 전혀 구애받지 않았습니다.

지금으로부터 약 20여 년 전에 제가 알고 있던 스님이 주지로 있던 서울의 한 사찰에 어려운 일이 생겨 도움을 주기 위해 올라 간 적이 있었습니다. 그런데 얼마 되지 않아서 뜻하지 않게 제가 큰 교통사고를 당하고 말았습니다. 지금도 내 몸의 왼쪽에 사고로 인한 큰 흉터가 남아 있습니다만, 사고라는 것은 정말 뜻하지 않고 예견 할 수 없는 일순간에 일어나는 것 같습니다.

　제가 머물던 그 절의 주지 스님께서 평소에 알고 계시던 작가로부터 전시회 오픈 초청을 받으시고 참석하기 위해 아침 일찍 부터 서두르고 계시다가 대뜸 절 보시더니 "스님도 별일 없으시면 같이 갑시다." 라고 말씀하셨습니다. 마침 그날 사중(寺中)에 일도 없기에 딱히 거절할 이유가 없어 따라 나섰다가 그만 일생일대의 큰 사고를 당하게 되었던 겁니다.

　일을 보고 절로 돌아오는 중, 커브 길에서 갑자기 개 한 마리가 뛰쳐나왔는데 운전을 하고 있던 분이 개를 피하기 위해 핸들을 틀다가 그만 전봇대를 들이 박고 말았습니다. 그 와중에 부러진 전봇대가 봉고차 안으로 들어오는 대형 사고를 당했습니다.

　당시 차안에는 여러 사중의 스님들이 함께 타고 있었는데 운전을 하고 있던 분은 유리가 깨진 동시에 논바닥에 쳐 박혀 버리고, 밀고 들어 온 전봇대는 제 머리를 심하게 들이 받았습니다.

　마침 지나던 사람이 사고를 발견하고 바로 병원으로 옮겨졌지만 저는 한동안 응급실에서 의식도 찾지 못하고 혼수상태에 빠져있었습니다. 은사 스님께서 그 소식을 듣고 제일 먼저 병실에 오셨다고 합니다. 깨어났을 때 은사 스님이 보이지 않자 어린 마음에 섭섭한 생각마저 들었습니다. 사람은 아마 몸에 병이 나거나 힘이 들 때면 괜스레 사람이 그리워지고 마음이 나약해지는 가 봅니다. 나중에 은사 스님이 제일 먼저 다녀가셨다는 것을 듣고서는 얼마나 미안하고 죄송스러웠는지 모릅니다.

그날부터 저는 병원에 장기입원을 해야 했습니다. 은사 스님과 사중에게 그저 죄송한 마음이 들어 어쩔 줄을 몰랐습니다. 더욱이 사찰 운영에 어려움을 겪는 스님을 도와 드린다는 명목으로 서울로 올라와서는 오히려 더 큰 일을 만들고 말았으니 '이 일을 어떻게 하나'하고 참으로 많은 고민을 했습니다. 내가 입은 부처님의 은혜를 어떻게 하면 다 갚을 수 있을까를 고민하면서 병석에 있는 동안 단 하루도 마음 편한 날이 없었습니다. 부처님의 돈을 갖다 쓰고 큰 은혜를 입었는데 어떻게 다 갚아야 하나 생각에 생각을 거듭하다가 의사의 만류에도 불구하고 고집스레 퇴원을 하고 다음 날 대구로 내려갔습니다.

그리고는 다시 강남에 있는 절의 법당을 찾아가서 혼자 울다가 부처님 얼굴을 보는 순간 아! 이거다. 하고 외쳤습니다. 그리고는 바로 원(願)을 세우고 300일 기도에 들어갔습니다. 사실 그 때 왼쪽 머리는 거의 감각이 없을 정도로 상처가 매우 깊었습니다. 바늘 끝으로 찔러도 아프지 않을 정도로 감각이 없었습니다. 하지만 그런 몸으로 기도를 시작했습니다.

오늘 제가 이 자리에서 여러분들을 뵐 수 있는 것도 그때 했던 기도의 가피라고 저는 믿고 있습니다. 당시 기도할 때 함께 동참하셨던 분들이 오늘 여기에도 더러 보이지만 제가 오늘 여기에서 여러분을 만나게 된 것도 모두 부처님께 올린 기도의 힘과 부처님의 가피 때문입니다. 그 때 저는 죽을 각오를 하고 기도를 올리겠다고 작정하였습니다. 이것이 '내 삶의 마지막 기도다. 난 이 기도를 마지막으로 죽겠다.' 이런 생각으로 시작했던 것입니다.

저는 시내의 절임에도 불구하고 공양 이외의 시간을 빼고 새벽부터 저녁까지 기도를 드렸습니다. 새벽3시에서 6시까지, 아침 9시에서 12시까지, 오후 2시에서 5시까지 오후 7시에서 9시까지 오로지 기도에만 매달렸습니다. 잠시 쉬는 시간에도 일념으로 관음염불을 놓지 않았습니다. 그때 저는 마치 깊은 산중 암자에서 엄격한 수행을 하듯이 기도를 열심히 올렸습니다.

어느 날 나는 기도 중이었지만 꼭 찾아 뵈야 되는 문중의 어른 스님이 계셨습니다. 스님께서는 안양 염불암에 계셨습니다. 안양 염불암에 계시는 스님께서는 염불암 미륵불 부처님을 조성할 돌을 찾기 위해서 백일기도를 올리셨으며 또한 미륵불을 조성한 뒤에는 천일기도를 올리신 분이기도 합니다. 그런데 스님께 이런 저런 말씀을 듣다보니 시간 가는 줄 모르고 있다가 그만 저녁 기도시간이 다 되어서야 스님께 "기도를 해야 한다."고 말씀드리고 급히 자리에서 일어났습니다. 먼저 절에 있는 대중에게 전화를 해서 "아무리 빨리 간다고 해도 예불시간을 못 맞출 것 같다. 하지만 천수경 독경은 할 수 있을 것 같으니 내가 갈 동안에 대신 예불과 천수경을 해 달라."고 부탁을 하고 차를 탔습니다.

나는 차를 타고 가면서도 차안에서 기도를 하기 시작했습니다. 그러나 저의 마음은 초조하고 급하기 짝이 없었습니다. 차가 달리는 동안 저는 쉬지 않고 "관세음보살, 관세음보살"하고 열심히 기도를 했습니다. 그런데 이상하리만치 차는 안양을 빠져나와 대구의 절에 도착할 때까지 단 한 번의 신호에도 걸리지 않았습니다. 덕분에 일주문 앞에 도착하니까 석종

(夕鐘)소리가 울려 퍼지기 시작했습니다. 그때서야 저는 안도의 한숨을 내쉬었습니다. 기도 시간을 지키게 되어서 기쁘기 한량없었습니다.

기도를 올리는 중 설날을 일주일 앞둔 어느 날이었습니다. 부처님이 깨달음을 얻은 성도재일(음력 12월 8일)뒤 얼마 후가 바로 설날입니다. 그때 우리 절에는 80여 명의 대중이 함께 생활을 하고 있었는데 명절이 다가오자 조그만 걱정이 생겼습니다. 명색이 사찰의 기도법사인데 대중들에게 조그마한 선물이라도 해야겠다는 마음을 내었습니다. 대략 계산해 보니 500여만 원은 족히 필요할 것 같은데 저에게 돈이 있을 리가 없었습니다.

내내 이런 저런 생각으로 기도를 마치고 법당을 나오는 데 한 보살님이 뒤 따라 오면서 이렇게 말하시는 겁니다. "일주일 뒤가 명절인데 스님들께 작은 선물이라도 하고 싶습니다." 라고 하시면서 봉투 하나를 내미는 것이었습니다. 아침 공양을 끝내고 열어 보니 그 안에는 신기하게도 딱 500만원이 들어 있었습니다. 제가 생각한대로 더도 덜도 아닌 500만원이었던 겁니다. 그 순간 저는 죄를 지은 사람처럼 가슴이 뜨끔했습니다. 기도를 하면서 그저 생각만 했을 뿐인데, 이 보살이 어찌 내 마음과 똑 같았을까? 하는 신기한 생각마저 들었습니다.

300일 기도가 끝나갈 무렵 나의 체력은 완전히 소진되어 있었습니다. 저는 회향을 며칠 앞두고 목욕탕을 갔다가 그만 쓰러져 버렸습니다. 쓰러지면서 머리가 부딪혔는지 뒷머리가 깨져 피가 흘러내리고 있었다고 합니다. 다행히 스님 한 분이 함께 가서서 쓰러져 있는 저를 발견하고는 고

함을 지르며 주먹으로 내 가슴을 마구 때렸다고 합니다. 그리고 바로 응급실로 데려가 머리에 아홉 바늘인가를 꿰매었는데도 저는 아무런 느낌이 없었습니다. 저는 붕대로 머리를 칭칭 감은 채 주위의 만류에도 불구하고 그날도 기도에 들어갔습니다.

저는 온 몸으로 기도를 올렸습니다. 한기가 느껴져 털모자를 쓰고 기도를 드리고 방으로 돌아와 누우니 온몸에서 열이 펄펄 났습니다. 꿈결에 관음보살께서 주시는 물을 마시고는 깨었습니다. 그리고 새벽 기도를 올릴 무렵에는 더 없이 머리가 맑고 상쾌했습니다. 문득 아! 기도가 잘되었구나 하는 생각이 들었습니다.

제가 오늘 기도 중에 겪었던 일들을 불자님들에게 말씀 드리는 것은 기도도 하나의 치열한 수행이라는 겁니다. 기도는 모든 것을 버리는 동시에 나의 모든 것을 부처님께 바치는 일입니다. 기도는 정성과 신심으로 정진하는 일입니다. 말하자면 기도란 부처님을 믿어야한다는 것입니다. 그리고 그 믿음으로 정성을 다해 드려야 하는 것입니다.

우선 여기에서 제가 기도하면서 느낀 몇 가지 말씀을 드리겠습니다.

불자여러분! 우리가 기도한다고 마음을 내면, 가장 행하기 힘든 게 무엇일까요? 저의 경험을 봤을 때 첫 번째는 바로 음식을 가려먹는 일입니다. 두 번째는 기도시간을 잘 지키는 일입니다. 세 번째는 바로 잠을 조절해야 합니다. 네 번째는 몸을 조절 하는 것입니다.

탁한 음식이나 썩은 음식을 삼가해야 하며, 마음을 내어서 정한 시간을 정성껏 잘 지켜야 하고, 수면시간을 조절하여 머리를 늘 맑게해야 합니다. 기도를 제대로 하기 위해서는 만날 사람 다 만나고 할 일 다 하면서 잘할 순 없으므로 만남도 줄여야 합니다. 또한 기도하는 사람은 몸과 마음을 항상 청결히 해야 합니다.

제가 통도사 강원생활을 할 때 당시, 통도사에는 벽안 큰 스님이 계셨는데 스님께서는 엄정하기가 서릿발 같았지만 또한 후학(後學)을 살피시는 마음은 봄 햇살 같았습니다. 제가 기도를 하고 법당에서 나오면 시자를 시켜 속옷을 항상 준비해 주셨습니다. 때로는 차와 과일을 보내주시면서 이렇게 말씀하시곤 하셨습니다.

"기도를 올릴 때는 정성으로 올리는 것이다. 그러니 기도를 할 때에는 앞뒤도 돌아보지 말라"

저는 지금도 벽안 큰스님께서 베풀어주신 은혜를 잊을 수가 없습니다.

"기도는 목숨을 바치고 올리는 것이다"라고 강조하신 벽안 큰스님의 말씀이 지금도 귀에 쟁쟁하게 들리는 듯합니다.

요즘, 기도하는 젊은 학인들을 많이 보게 됩니다. 땀을 많이 흘려 체력이 떨어지는 그들의 모습을 보면서 내가 벽안 큰스님에게 은혜를 받은 것처럼 나도 속옷을 챙겨주어야지 하고 생각하지만 그게 마음뿐이어서 몸으로 실천하기가 여간 쉽지 않습니다. 이와 같이 어른이 된다는 것은 몸으로 보여주는 것입니다. 몸으로 어른 노릇을 한다는 게 여간 어렵지 않다는 사실을 이제 저도 느끼는 나이가 되었습니다.

저의 법사이신 중앙승가대 총장이신 종범 스님을 모시고 학인들을 가르칠 때에도 저는 기도를 게을리 하지 않았습니다. 하루는 종범 스님께서 이렇게 말씀하셨습니다.

"기도하는 염불소리가 듣기 좋다. 학인을 가르칠 때에도 염불소리처럼 가르쳐라. 진심으로 기도를 올리면 듣는 사람조차 기쁘다"

제가 300일 기도를 하면서 다시 느끼는 건 기도는 간절해야 한다는 겁니다. 나의 간절함이 깊어질 때 가피는 반드시 있습니다. 우리는 기도를 올리면서도 사실 많은 가피를 받고 있습니다만 거의 모두가 그런 가피가 있는지 조차도 모르고 있을 뿐입니다.

불자여러분! 우리는 기도를 올릴 수 있는 건강한 육신이 있는 것만으로도 이미 부처님의 가피를 입은 것입니다. 이 육신이 어딘가 병들었다고 생각해 보십시오 우리가 기도를 올릴 수 있겠습니까? 그러므로 지금 여기에 기도할 수 있는 자체가 바로 부처님의 가피임을 알아야 합니다.

기도에는 '삼종가피'가 있습니다.

'가피'란 어린아이가 길을 혼자서는 갈수 없지만 어른 손에 이끌려서 갈 수가 있습니다. 이와 같이 길을 모르는 사람도 그 길을 아는 사람을 따라서 도달하는 것이 '가피'입니다.

그 중 첫째가 '현증가피(顯證加被)'입니다. 드러날 현(顯)자 증명할 증(證)입니다. 이 가피는 스스로 원하는 것을 세우고 바로 눈앞에서 그 원이 이루어지는 걸 말합니다.

한 예로 어떤 사람이 위에 통증을 느껴 병원을 찾았는데 그땐 이미 위암 말기로 다른 장 기능에까지 암세포가 전이 되어 병이 깊어져 병원에서도 더 이상은 손을 쓸 수가 없는 시한부 인생이었습니다. 그 사람이 마지막으로 부처님께 매달려 살려달라고 지성으로 기도를 드렸는데 기도가 끝날 무렵에 병이 씻은 듯이 나았다. 이런 것이 '현증가피'입니다. 사람이 살다보면 여러 가지 다급한 일이 생기기 마련입니다. 하지만 생각지도 않은 다급한 일이 생길 때 부처님께 매달려 간절히 기도를 올리면 어려운 일이 자연스레 풀릴 때가 있습니다. 이것이 바로 '현증가피'입니다.

두 번째는 '몽중가피(夢中加被)'입니다. 꿈속에서 가피를 만나는 걸 말하는데 이러한 '몽중가피'는 그동안 설화나 영험을 통해 많이 들어봐서 우리 불자들도 익히 많이 알고 있을 겁니다. 즉 꿈속에서 가피를 만나는 걸 말합니다. 제가 재미있는 '몽중가피'에 대한 이야기를 하나 해드리겠습니다.

옛날 중인도에 구나발타라 스님이 계셨습니다. 그분은 화엄학(華嚴學)의 대가이며 중국에 화엄학을 널리 부흥시킨 유명한 분입니다. 한 번은 중국의 초왕이 화엄경 강의를 구나발타라 스님에게 요청했으나 중국말을 못하기 때문에 제대로 법문을 할 수가 없어 스님은 많은 걱정을 하고 있었습니다.

《화엄경》 입법계품에 보면 관세음보살이 나오는데 이속에는 포타라카산 금강보석에 관음보살이 계시는데 누구든지 관세음보살을 부르면 일체 두려움에서 벗어나고 자기가 원하는 것을 성취한다는 내용이 있습니다. 그래서 구타발타라 스님은 화엄경을 번역하다가 관음기도를 하기 시작 했습니다.

어느 날 기도 중에 흰옷을 입은 사람이 한쪽 팔에 사람의 머리를 들고 와서 스님에게 하는 말이 "스님, 무슨 걱정이 그리 많습니까?" 하고 물었다고 합니다. 그래서 스님은 "초왕으로부터 법문을 요청 받았는데 인도 사람이라 중국말을 할 줄 몰라 어떻게하나 하고 걱정하고 있었습니다." 라고 대답을 했습니다.

그러자 흰옷을 입은 사람이 하는 말이 "아무 걱정할 필요가 없습니다." 라고 말했습니다. 그리고는 자신의 품안에서 칼을 꺼내 구나발타라 스님의 머리를 베고는 자신이 가져온 머리를 끼우더랍니다. 꿈속에서 말입니다. 흰옷 입은 사람은 머리를 이리저리 돌려 맞추고선 하는 말이 "스님 어떻습니까, 아픕니까?" 하고 물었습니다. 그 순간 스님은 꿈에서 깨어났다고 합니다. 그리고 그 후 스님은 초왕에게 화엄경 법문을 했는데 갑자기 입에서 중국말이 능통하게 나왔다고 합니다. 이것이 바로 '몽중가피'입니다.

세 번째가 '명훈가피(冥熏加被)'입니다. 명훈은 그윽할 명(冥)자 쏘일 훈(熏)자입니다.

여러분! 우리가 어떤 냄새가 나는 곳을 지나가면 냄새가 옷에 배이고, 안개 속을 지나가면 옷이 젖듯이 명훈이라고 하는 건 우리가 열심히 기도를 하거나 또 부처님경전을 독송하거나, 염불을 하거나 수련을 하거나 할 때 본인이 느끼지는 못하지만 어느 사이에 그 가피를 만나고, 그 가피를 받고, 그 가피 속에서 살고 있음을 아는 것을 뜻합니다.

예를 들면, 어떤 사람이 있는데 주위에서 이 사람의 말을 제대로 들어주지 않았습니다. 심지어 어떤 말을 해도 귀담아 듣지 않고, 무엇인가를 제안해도 전부 반대를 했던 겁니다. 그런데 이 사람이 부처님께 열심히 기도를 한 이후부터는 어쩐 일인지 다른 사람들이 자신의 말을 믿기 시작했다는 겁니다. 말하자면 기도로 인해 이 사람의 모든 제안에 동의를 해주기 시작했던 겁니다. 바로 이런 걸 두고 '명훈가피'라고 할 수 있습니다.

저의 경험입니다만 제가 어느 절에 있을 때 입니다. 어떤 보살님이 기도를 드리는데 그 목소리가 얼마나 크고 듣기 싫었는지 모릅니다. 그래서 모든 대중들이 언짢아했습니다. 저도 그중 한 사람이었는데 어느 날부터는 그 목소리가 나도 모르게 듣기 좋아졌습니다. 백일기도가 끝날 무렵에는 모든 사람들이 그분 기도를 제일 기뻐하였습니다. 싫은 것이 점점 좋은 것으로 변하는 게 바로 명훈가피입니다.

불자 여러분! 어떤 가피든 내 마음과 행(行)이 부처님과 하나가 될 때에 오는 것입니다. 그런데 우리 불자님들은 이제 겨우 기도를 시작해 놓고 "아이고! 왜 가피가 금방 오지 않나?" 하고 투덜거리는 걸 많이 보는데 이는 결코 옳지 않습니다. 가피란 천둥번개 치듯 그렇게 오는 게 아닙니다. 우리가 간절히 기도를 드리면 마음이 편안해지고 넉넉해지며 부족함이 느껴지지 않을 뿐만 아니라 마음이 깊어지고 온화해지며 생활 속에서 본인이 느낄 정도로 많은 부처님의 가피가 있을 겁니다. 그런 확신을 가지시고 기도를 하셔야 합니다. 저도 요즘 부처님께 마음속으로 발원하고 있습니다. 그것은 기회가 되고 제가 복이 있다면 천일기도를 해보고 싶다는 겁니다.

불자여러분! 아까 제가 계경계를 하면서 설명을 드렸습니다. 불법인연은 참으로 만나기가 어렵습니다. 부처님 법 만나기도 어려울뿐더러, 사람 몸 받기도 매우 어렵다는 것을 알아야 합니다. 전생에 얼마나 많은 노력을 하고, 얼마나 많은 희생을 하고, 얼마나 많은 양보를 했으면 이렇게 사람의 몸을 받았을까? 하는 생각을 해야 한다는 겁니다.

전생에 그런 노력과 희생과 봉사를 통해 사람 몸을 받아놓고는 정작 자신이 어떤 일을 해야 할지 조차 모르는 분들이 대부분입니다. 말하자면 자신이 무엇 때문에 사람의 몸을 받기 위해 전생에 그토록 애를 썼는가? 조차 모르고 있다는 말씀입니다.

우리 불자들은 이걸 바르게 알아야 합니다. 과연 자신이 무엇을 하기 위해 사람의 몸을 받고 세상에 태어났는가? 사람 몸을 받기도 어렵지만 한 번 잃어버리면 다시 만나기도 어렵다는 사실을 잊지 말아야합니다.

우리 불자들은 "금생에 못하면 내생에 하면 되지"라는 말을 입버릇처럼 합니다. 이런 말을 들을 때 마다 저는 머리를 갸우뚱합니다. 글쎄 무슨 확신과 자신감으로 그런 말을 하시는지 모르겠습니다만 그런 말을 들을 때마다 저희 노스님께서 하시는 말씀이 "나이 들어 보아라. 아침, 저녁으로 옷을 입고 벗는 것도 힘들다."고 하셨습니다. 말하자면 옷 입고 벗는 것도 힘들고 이불 한 번 깔아 놓으면 걷기도 힘든데 나중에 어찌 사람 몸을 다시 받을 수 있겠는가? 말입니다. 우리는 지금 소중하고 고귀하고 아름다운 인연을 만났습니다. 국토의 인연, 사람의 인연, 스승의 인연, 불법의 인연을 가지고 있습니다. 여러분들은 그 소중한 인연들을 놓쳐서는 안 됩니다. 부디 꼭 잡고 있어야 합니다. 인연을 소중히 하십시오.

마지막으로 한 가지만 더 부탁드리겠습니다.

여러분은 행복해지고 싶으신가요? 그러면 지금 이 순간부터 행복해야 합니다. 행복은 내일로 미루는 게 아닙니다. 오늘 행복한 사람이 내일도 행복해 질 수가 있기 때문입니다. 말하자면 오늘이 바로 내일의 씨앗인 것입니다. 내일 행복해 지고 싶다면 지금 이 순간 행복의 씨앗을 심어야만 합니다. 씨앗을 뿌려야 가꿀 것도 있을 터이고 거둘 행복도 있을 게 아닙니까. 이 순간이 행복해지기 위해서 지금 당신의 마음속에 무엇이 일어나고 있는지 주시하십시오. 성불합시다.

허운 스님

1972년 | 파계사에서 일우 스님을 계사로 사미계 수지.
1977년 | 범어사 승가대학 대교과 졸업.
　　　　탄허 선사 화엄 학림 수료.
1978년 | 석암스님을 계사로 구족계 수지, 관응 대종사 유식학림 수료.
　　　　범어사, 통도사 승가대학 강사.
1998년 | 보림사 주지.
2001년 | 중앙선거 관리 위원.
2002년 | 대구 은적사 주지.
2005년 | 대한 불교 조계종 총무원 재무부장 역임.
2009년 현재 | 제 9교구 본사동화사 주지.